布丁琉璃 著

图书在版编目（CIP）数据

与岁长宁．完结篇 / 布丁琉璃著．-- 南京 ：江苏凤凰文艺出版社，2023.6(2025.4 重印)
ISBN 978-7-5594-7559-6

Ⅰ．①与… Ⅱ．①布… Ⅲ．①言情小说－中国－当代 Ⅳ．①I247.5

中国国家版本馆 CIP 数据核字（2023）第 030492 号

与岁长宁·完结篇

布丁琉璃 著

责任编辑 周颖若
特约编辑 喵尾一夏
责任印制 刘 巍
出版发行 江苏凤凰文艺出版社
南京市中央路 165 号，邮编：210009
网 址 http://www.jswenyi.com
印 刷 上海中华印刷有限公司
开 本 880 毫米 ×1230 毫米 1/32
印 张 12.25
字 数 375 千字
版 次 2023 年 6 月第 1 版
印 次 2025 年 4 月第 5 次印刷
书 号 ISBN 978-7-5594-7559-6
定 价 48.00 元

雪覆青丝，却终是
不能与子偕老
为什么为官
非要依附党派
这世间就不能有
独善其身之人吗
薛岑

哪怕你什么话也不说，
只是坐在我身边，我亦是欢喜的。

目录

一个人无法选择自己的出身，那不是他的错。

若我因他的出生不尊而否决他付出的一切，

那只能证明他看错了人，是我

不配承他庇佑。

我信他能逆风而起，权御天下。

第一章 重逢

虞灵犀太过担心宁殷的处境，睡得极浅，所以宁殷刚启动机关将她藏入密室，她便醒了。

她伪装得很好，没有让宁殷察觉。直至密室的墙合拢，四周悄寂，她才敢于昏光中睁眼。

外面安静了很长一段时间，她克服对密室的恐惧，强迫自己不要睡去。

而后，极轻的嗡声打破了静谧，似乎有什么东西钉在了密室与雅间相连的那面墙上。

虞灵犀竖起耳朵，很快听到了打斗声。

她悄声坐起身来，望向墙壁的方向，那阵极轻的噼里啪啦声让她觉得心惊肉跳。

宁殷在做什么？他在独自面对些什么啊？

慌乱过一阵后，虞灵犀很快明白了是怎么一回事。

如果有人要剪断宁殷的羽翼、拔去他的爪牙，光是逼他杀两个心腹是不够的。那些人定然会回来，试探宁殷是不是真的没有了幕僚党羽的庇护，而试探的最好方式，便是进行出其不意的刺杀。

宁殷只能隐忍，一直忍，直到对方彻底打消疑虑……

黑暗中，心疼的情绪如潮水般向她涌来，她指尖发冷。

她很无助，但咬着唇不敢发出一丁点声音。

不知过了多久，外面隐约的声响停了，然而密室的墙没有再次被打开。

虞灵犀又坐了会儿，实在担心得紧，便赤着脚轻轻下榻，小心翼翼地走到墙边，摸到了最边上书架后两个透风的小孔。

她将脸贴在墙上，顺着小孔朝外看，只见屋内已是一片狼藉，地上插着几支羽箭。

宁殷背上渗出一大片猩红色的血液，鲜血不断涌出的地方，冒出一点森森的刀尖。

一把匕首从前至后贯穿了他的左肩，再往下一寸便到了心肺的位置。

虞灵犀的心也像是被扎了一刀，汩汩地淌着鲜血。

她总算知道，为何从前宁殷身上有那么多陈年旧伤了，普通人随便受他身上的哪一种伤，都能要去大半条命。

外间，宁殷单手握住匕首，于是虞灵犀便眼睁睁地看着那抹刀尖从他身体中隐去，抽出，带出喷薄而出的鲜血，那鲜血溅在地上，像是一束血梅。

宁殷连哼都没哼一声，麻木且熟稔地以牙咬着绷带包扎了伤口。

他把脏了的衣物踢至角落藏起来，然后赤着上身走到屏风后，换了件新的衣裳。他转过身时，虞灵犀看见了他苍白的、没有一丝血色的脸。

喉咙一哽，她很快咬住了唇，将颤抖的气息咽了回去。

虞灵犀连出去抱抱宁殷，为他上药包扎都做不到。

她不知道还有什么危险在虎视眈眈地盯着宁殷，她唯一能做的便是藏在这方寸之地，不给他添麻烦。

宁殷走这条路走得太险、太难了，身边多一个累赘，便多一分危险。若是再被人发现，他与虞将军的幺女私订终身……虞灵犀不敢想下去。

暖光从豆大的孔洞中投入，落在她湿润通红的眸中。

她怔怔地抬手，摸到了满指的泪。

外间，宁殷简单地洗漱了一番，带着满身湿气推门进来。

他面容苍白，发梢滴着冷水，这更显得他俊美得不似凡人。

他打开窗户，扔了块香丸在兽炉中，奶白的一缕香烟袅袅升起，覆盖了满屋的血腥味。

然后他拉开床榻边的矮柜屉子，从里头拿了羊毛毡、蜡油等物，坐在香炉旁，专心致志地给一个什么物件抛光。

透过孔洞能见的范围太小了，虞灵犀实在看不清他手里是个什么物件，只猜想那应该是个对他来说十分重要且珍贵的东西——因为他的动作十分轻缓细致，苍白的侧颜上神色近乎虔诚。

直到兽炉中的香渐渐散了，身上的血腥味也散得差不多了，他才满意地将手中那枚被雕琢得精细油亮的物件收起，起身朝密室走来。

虞灵犀忙擦了擦眼睛，回到榻上躺好。

几乎同时，密室门被拧开，光线倾泻进来，高大的影子将侧躺在榻上的美人笼罩。

门又被关上，宁殷躺了上来，小心地环住虞灵犀的腰。

他如同预知梦中一般强硬地将她整个儿箍在怀里。

虞灵犀衣衫单薄的后背贴上宁殷的胸膛后，她整个人一颤，泪从她眼中渗出，渗入鬓发中。

宁殷的身体太冷、太冷了，几乎没了温度。

虞灵犀想起了梦中他腿疾复发，牙关咯咯作响时的战栗模样。

宁殷大概真的伤重累极，竟然没有发现一瞬间虞灵犀的身躯变得有些僵硬。

“我似乎有些理解小姐说的‘死了也要继续在一起’了。”他微凉的呼吸从她耳畔拂过，他嗓音极低极哑地提及虞焕臣成婚那晚两人所争辩之事，“你瞧，我们躺在这里，像不像死而同穴？”

随即他又自顾自地否认，轻笑道：“小姐不会死的。”

片刻后，他闭目，用鼻尖蹭了蹭虞灵犀柔软的头发，声音低了下去：“安歇吧，岁岁。”

虞灵犀睡不着，睁开了眼。

她等耳畔的呼吸沉了下去，方极轻极慢地、一点一点地转过身。

这番动作，梦中她陪腿疾发作的宁殷就寝时做过太多回，熟悉到能做得又轻又稳。只不过那时她是惧怕，而此时，她只有心疼。

虞灵犀在心里说：我不想和你死，我想和你活，风光无限地活。

黑暗中看不清宁殷的轮廓，虞灵犀拱了拱，用自己的体温去温暖他。

她不知道在那个日子到来之前，宁殷还要被打压几次、被伤多少回。

今夜她如果不曾惊醒，大概永远都不会知晓他所遇到的这些危险。

他不会让她知道，死都不会让她知道。

一直以来，虞灵犀都在想宁殷能为虞家做什么，却极少想过，她能为宁殷做什么。

她曾心怀侥幸，期盼能有两全其美的解决办法，一边舍不得宁殷，一边又放不下亲人。

可她很清楚，这无异于饮鸩止渴。

她逃避赐婚是换来了轻松感，但这不过是她把压力与危险分给父兄和宁殷去承担罢了。

朝堂之事步步惊心，预知梦中的宁殷也是无牵无挂，才能走得那般肆无忌惮。

外间隐约传来鸡鸣声，天亮了。

虞灵犀很小心、很小心地抬起宁殷的手臂，将他微凉的手掌塞入薄被中焐着，替他仔细掖好被角。而后她慢慢坐起，踩着冰凉的地砖下榻。

她在墙上摸索了一番，找到那个不起眼的小方块，轻轻一按，密室门再次被打开。

她回头看了一眼，晨曦蓝白的浅光落在宁殷的睡颜上，显得他安静而脆弱。

半开的衣柜中塞满了漂亮精致的衣裙，这一两日的甜蜜不过是她偷来的。

虞灵犀突然有些伤感。她觉得自己应该给宁殷留封信，可是没找到纸墨。屋里的桌椅被毁得差不多了，唯有那块铜镜还端正地搁在梳妆台上，她也不知自己以后还能不能让宁殷以簪替她绾发。

她正想着，镜中出现了一张苍白俊美的脸。

指尖一颤，虞灵犀讶异地回头望去——只见宁殷不知何时醒了，正披衣倚在密室门口，用深邃的眼神看她。他的脸那样白，这倒越发显得他的瞳仁和发色黑。

“岁岁起这么早，是打算去何处？”宁殷笑着问。

虞灵犀看着宁殷，像是一个做错事被抓住的孩童。

她未料宁殷会醒得这般快，还未把打好的腹稿说出口，便见宁殷轻咳一声，从密室的阴影中慢慢走出。

“昨夜溜进了老鼠，我还未来得及清理，当心乱跑扎了脚。”宁殷随意地抬手一按，床榻便移出归位，厚墙合拢如初。

鱼肚白的晨曦如银似铁，将宁殷英挺的容颜照得近乎透明，他如黑冰般的眸中蕴着浅浅的笑意。

虞灵犀移开了视线，启唇道：“宁殷，我——”

“尚未梳洗，急什么？”宁殷笑着打断她的话，将视线从她披散着的长发上收回，拉开抽屉取出一物，“坐下，我给你绾发。”

虞灵犀被按在了屋中唯一的椅上，正对着妆台上的铜镜。

宁殷真的拿起梳子，不紧不慢地梳起她冰凉的发丝来。

他的动作那样自然，若非昨晚亲眼见到了那些惊心动魄的画面，虞灵犀定然以为这只是一个平常得不能再平常的清晨。

宁殷给她绾了个简单的垂鬟髻，因为手法生疏，髻有些许松散，这反而让镜中的她多了几分慵懒明艳的春色。

“宁殷，”虞灵犀没有将昨天自己所看到的说出口，只略微蜷了蜷手指，尽量柔声道，“我要回家了。”

她盯着镜中宁殷的神情。可宁殷连眼也未抬，手指顺着她松散的发髻向下，滑到她白皙的颈项处，这让她产生了一阵酥麻感。

“今日天气很好，”他气定神闲地道，“待用过膳，我带你出去走走。”

虞灵犀的手指蜷得紧了些，她知道宁殷是在岔开话题。

宁殷那样聪明，还能洞悉人心，只要她表现出哪怕是一丁点为难不舍的情绪，这些都逃不过他的眼睛。

虞灵犀轻叹了声，按住宁殷的手，起身说得更明白些：“我是说，我必须回虞府了。”

宁殷神情淡然地看了她片刻，方低低一笑：“我习惯了做小伏低，极少在岁岁面前动怒，故而岁岁大概以为，我的脾气很好。”

他凑近些，抬起虞灵犀的下颌，温声道：“这张嘴，该罚。”

他凑近时，虞灵犀下意识地想抵住他的胸腔，但顾及他的伤，最终手足无措地抬指抵在了他的唇上。

他的唇也是微凉的，触之惊人。

虞灵犀咽了咽口水，继续道："出来玩了两日，我很开心。可是殿下，如今这形势，我不可能任性地跟你走。"

"玩？"宁殷垂眸品味着这个字，漆黑的眸中似有云墨翻涌，又似是一片沉寂。

虞灵犀知道自己必须说下去。

她若继续留在宁殷身边，只会给虞家和宁殷本人带来危险。

"自欲界仙都一见，历经十月，我已给不了你什么了。你如今文德兼备，快回去做王爷吧。"虞灵犀深吸一口气，撑起最完美的笑道，"我也准备嫁人啦！"

宁殷很久没有说话。

窗外晨曦刺破天际，金光倾泻，而屋内却只剩下沉默相对的两道影子。

宁殷在盘算什么呢？虞灵犀猜想，他大概是想把她塞入箱子里，锁在小黑屋里。他以目光为牢笼，将她囚于其中，让她无所遁形。

宁殷的确是这么想的。

薛家伪善，博尽虚名，自以为让皇帝指婚就能吞下虞家仅剩的兵权。

只要虞灵犀说个"不"字，宁殷就有许多种方法让薛岑消失，毁去这桩婚事。至于虞府上下其他人，他能保住他们的性命，让他们不死便可，其他的皆不在他的计划范畴内……

可虞灵犀说她要回去嫁人。

她甘愿回去嫁给薛岑。

温润的笑意褪尽，他手中还未来得及送出的玉簪扎破了他掌心的伤口，他恍如一夜黄粱梦醒。

他嗤笑一声，眼底缓缓晕开瑰丽的暗色。

他记得他还是卫七时，小姐和他说过，她的心里装了许多重要的人，他每杀一个，就无异于往她心上捅上一刀，将他们杀光了，她的心也就死了……

你看，这些教诲卫七都记着呢。宁殷心道。

所以他不杀薛岑。他怎么忍心往她心上捅刀呢?

宁殷笑着将一支温凉的物件插在她的发髻上，顺手调整了一番角度，近乎疯狂地哑声道："我用这条命贺你新婚，如何？"

虞灵犀有些愣怔，不敢去摸他插在自己髻间的是什么物件，亦不敢回应。

"卫七。"她皱眉，唤了声他们之间最熟悉的称呼。

"不可以吗？"昨天的伤裂开了，掌心鲜血淋漓，他便用干净的袖子给虞灵犀擦了擦沾在她鬓边的血迹，低声道，"反正我这条命，也是小姐捡回来的。"

"你不会死的，你不可以死。"睫毛一颤，虞灵犀随即更坚定地抬眼道，"因为你是宁殷，是我认识的强悍、聪明、无坚不摧的宁殷。"

虞灵犀在心里道：

"我曾许了你四个愿望：一为待你如客卿，竭尽所能为你提供藏身庇护之所；二为七夕祈愿，许一个'事事如意，岁岁安宁'；三为许你暂不婚嫁，守着虞府度过余生；四为……四为允你从虞府带走一物，你带走了我。"

虞灵犀在心里说了声"抱歉"——后两个愿望，她要食言了。

她凭借梦境的昭示改变了宿命的航道，一切朝着不可预知的方向发展。

宁殷大业未成，虞家与宁殷的关系一旦摆在明面上，于两家而言皆是灭顶之灾。

如今她唯一能做的，便是稳住父兄，韬光养晦，将宁殷送回他应去的轨道上，直至他如梦中那般无牵无挂、所向披靡，将天下江山踩在脚下。

朝阳自屋脊处升起，驱散一室阴暗。

虞灵犀眼中泛着粼粼的光，她终是盈盈一福礼，一拜到底，再起身时，眸中一片温柔与宁静。

"再见，卫七。"笑颜美丽如初，她后退一步，朝门外走去。

指尖触及门扉时，她身后骤然传来了低哑的咳嗽声，像是闷在喉中，要将脏腑咳出来似的。

虞灵犀没有回头。她不能回头。

青岚已经安排好一切，就等候在廊下。

她仿佛用尽了全部力气，朝青岚走去，倦怠地道：“回去吧。”

门被关拢，将房间内外分成泾渭分明的光与影。

剧烈地咳嗽过后，宁殷才慢慢直起身子，唇上染了些许血色。

“装可怜已经没有用了，是吗？”身子处在阴影中，他颇为失望地啧了声。

若是以往，小姐定会皱着眉跑回来，着急地嘟囔一句：“怎么搞成这样了啊？”

宁殷弯了弯嘴角，而后忽地皱眉，喉间感到腥甜。

他将鲜血咽了回去，抬指漠然地拭去溢出唇角的血。

人都不在了，他示弱又有谁心疼呢？

大概有了那口血的滋润，他的脸色渐渐变得红润，唇色浮出艳丽的绯红，整个人俊美得不像话。

倦鸟归林，他的灵犀鸟儿还是跑了。

没关系，他说过的，若鸟儿有朝一日厌倦了他这根枝头，他便抢一片天空，将她圈养起来，即便她用软语温言婉转地哀求，他也绝不松手。

宁殷冷笑。

他一点也不会可怜她，谁叫他是天生的坏种呢？

一路上，青岚都在担忧虞灵犀的状态。他欲言又止。

初秋的太阳明亮炙热，虞灵犀却感觉不到丝毫温暖，她不知自己是如何走出驿馆的。

隐蔽的后门外，虞焕臣几乎立刻起身，朝妹妹奔赴而来。

“岁岁！”虞焕臣的声音中有担心之意，亦有释然之意。

他披着满身冷露，连眼都不敢眨一下，在此处守了整整一夜。

他眼睁睁地看着夜里那批刺客杀回来试探宁殷，可按照约定，他不能出手暴露。

虞焕臣不知道自己是怎么熬过那半宿的。

他懊恼煎熬，无数次后悔不该纵容岁岁离府，不该心软答应许她两天的时间与七皇子告别。他既担心岁岁受伤害，又担心她冲动之下不会回来了，那整个虞府将面临前所未有的灾难。

可岁岁回来了，哭着回来的。

"兄长。"虞灵犀只叫了两个字，便哽住了嗓子，忍了一路的眼泪终于淌了出来。

她加快脚步，不管不顾地扑进兄长怀中，像是溺水之人急切地想寻找一根浮木。

"兄长，我好难受。"

虞焕臣下意识地抚了抚她的发顶，却摸到一根陌生的、带着血渍的簪子。

"岁岁以后还会遇见很多有趣之人、碰到许多快乐之事，"他自然地别过目光，低声安慰，"会开开心心、幸福到老。"

"是吗？"虞灵犀艰难地动了动嘴角。可她总觉得自己这辈子就像她刚刚从驿馆走到后门一样，走到头了。

虞焕臣早准备好了一辆低调的马车，将妹妹送回了府邸。

虞灵犀想，自己此时的脸色一定很差，因为严厉刚毅的父亲对她一句责备之言都没有，只温和地喟叹道："回来就好。乖女，回房好生歇息。"

没人知道这两日里，虞家顶着怎样的压力。

虞灵犀回了自己的厢房，在榻上坐了一会儿。

她想起了宁殷插在她发间的那物件，不由得寻来铜镜，将那东西小心取下来一瞧，才发现那是支被打磨得光滑的螺纹瑞云白玉簪。

不，说是白玉簪有些不太准确——玉身底色的确是上等的极品白玉，但云纹上晕开了一抹如红雾般瑰丽的血色，这让簪子看上去雅而不素、艳而不俗。

这是千金也买不到的成色罕见的玉簪，更何况簪身每一笔的雕工都精致无双。

虞灵犀闭目，将簪子贴在靠近心脏的地方，于榻上缓缓蜷紧身子。

虞灵犀病了，夜里便起了高烧。

自从去年秋苏醒，她有意调养生息起，她便极少再生这般来势凶猛的病。

高烧反反复复，连宫里的太医都对此束手无策，只有虞灵犀自己知道，她的病根在心里。

她太累了。苏醒一年，她千方百计地避开一个灾难，后面却有第二个、第三个在等着她……应付不完的算计、数不尽的危险令她心力交瘁。

她偶尔也会想：算了吧。然而，念及好不容易被她救回来的家人，想起有个人含笑唤她“宝贝”，她终归是舍不得。

唯一令她觉得庆幸的是，她大病一场，赐婚之事自然暂且被搁下。

深夜，服侍汤药的小婢伏在案几上，累极而眠。

虞灵犀的意识在冰窖和烈焰中反复煎熬，她试图寻找一丝清明。

身体沉得像是铁块，她迷迷糊糊地睁开眼，似是看到帐外坐着一个人。

那个人的身形轮廓令她无比熟悉。

他一言不发，只是隔着帐纱静静地看着她，像是一座暗夜中的冰雕。

虞灵犀觉得自己有些魔怔，不知为何就想哭。她想唤他，可喉咙干燥，她发不出一点声音。

她支撑不住，又迷迷糊糊地昏睡过去。

她醒来时，帐外已然空空。

待她病情勉强稳定时，已是中秋。

唐不离来虞府看她，总算给被汤药苦到失去味觉的虞灵犀带来了一丝亮色。

从唐不离的嘴中，虞灵犀零零碎碎地知道了自己生病的这半个月里发生的许多事。

譬如唐老太君久病缠身，便从世家子中给孙女挑了个夫婿，前些日子对方已经下了定亲礼。

唐不离对这桩婚事嗤之以鼻，可又无可奈何。唐公府没有男丁，那些空有虚名的世家子弟肯纡尊降贵百般求娶她，不过是想吃绝户。

譬如宁殷顺利通过考验回宫了，恢复了皇子身份。

又譬如遭太子排挤，七皇子在宫中过得十分低调。

…………

“对了，下个月秋狝，所有文武重臣和世家子弟都在受邀之列，岁岁可要一同去看看？”唐不离一边给虞灵犀削梨，一边用眼睛瞄她，“七皇子也会去的。”

虞灵犀讶异地抬眼。

唐不离切下一块梨肉塞到她嘴里，笑道：“从我进门开始，你不就一直在有意无意地打听七皇子的消息吗？你当我看不出来呢？”

虞灵犀顺嘴问了两句宁殷的近况，自认为问得颇为克制，未料连唐不离都察觉到了，这可不是什么好事。

虞灵犀细细地咽下梨块，被汤药麻痹了舌尖，她已然尝不出那梨是甜是酸。她浅浅地笑道：“朝中突然多出了一位皇子，谁不好奇？更遑论我这个重疾方愈的病人。”

“也是。不过不知为何，皇上对那失而复得的七皇子并不喜爱，这么久了七皇子连个封号也无，也没几个人见过他的相貌。”

唐不离削了块梨塞入自己嘴中，托腮道：“要我说，七皇子还不如做个平头百姓自由呢！干吗要回宫蹚这些浑水？”

虞灵犀垂下了眼眸。她知道宁殷为什么要回去——那里埋着他的血、他的恨。

心口又开始发闷，生出绵密的疼意，虞灵犀忙含了颗椒盐梅子定神。

她已经许久不曾嗜辣了，一时被呛得喉咙疼。她岔开话题道：“对了，阿离，你方才说你定亲了，定的是谁家的亲呀？”

提及这事，唐不离的眉毛耷拉下来，她满不在乎地道：“就陈太傅之孙，陈鉴。”

听到“陈鉴”之名，虞灵犀心中一咯噔。

她记得预知梦里的唐不离亦是嫁给了陈鉴。陈鉴此人金玉其外败絮其中，婚后好色的嘴脸暴露无遗。后来陈鉴醉酒失言，在背后辱骂摄政王宁殷，被当众拔了舌头……

命运兜兜转转，莫非又要回到原点？

“阿离定亲大喜，我本该高兴。”虞灵犀小心地措辞，提醒道，“不过我听闻陈鉴此人多情狂妄、声名不正，定亲之事还须三思才是。”

“是吗？那为何祖母派去打听的人，都说陈鉴是个憨厚儒雅的端方君子？”唐不离料到陈家定是买通了媒人，心中疑窦顿生，对这桩亲事也更为抵触。

顾及虞灵犀还在病中，唐不离也不好用这些事烦她的心，便装作不在意地啃了口梨道：“不说这些了，昨日我给祖母抄经文祈福时，顺便也给你抄了一份。我已经找金云寺的住持开过光啦，岁岁睡时将其压在枕头下，能消灾祛病的。”说着，唐不离拿出一个四四方方的金黄布袋，里头是厚厚的一沓手录经文。

虞灵犀知晓唐不离平时最讨厌读书写字，而今却肯为她抄上厚厚的经文祈福，这份义气给了她许多慰藉。

“多谢阿离。”虞灵犀双手接过那个布袋搁在枕下，笑道，“你那个抄书的小郎君呢？”

“什么郎君？”唐不离愣了一会儿，才反应过来她说的是七夕那夜她见过的书生，便低落地道，“哦，你说周蕴卿啊！我哪还有闲钱养他抄书？七夕后就将他打发走啦。”

“谁？”虞灵犀怀疑自己听错了名字，“你说他叫什么名字？”

“周蕴卿呀！蕴藏的蕴，客卿的卿。”唐不离很是狐疑地端详着虞灵犀的神色，问，“怎么啦？”

还真是他！虞灵犀怔了半晌，忽而无比郑重地握住唐不离的手：“阿离，你还能将周蕴卿找回来吗？将他找回来，好生供着。”

在预知梦中，她隐约记得陈鉴醉酒辱骂摄政王，被当众拔去舌头问斩，负责此案的便是宁殷的心腹之一——天昭十五年的探花郎，被誉为“冷面判官”的新晋大理寺少卿周蕴卿。

京城总不可能有两个周蕴卿！

唐不离露出一脸状态外的茫然之色。她搁下啃了一半的梨，伸手探了探虞灵犀额头的温度道：“没事吧，岁岁？你怎么说话奇奇怪怪的？”

唐不离咕哝着走后，下人又来禀告，说薛府派人送了人参燕窝等物来。

虞灵犀听侍婢说，薛岑也来过两次，每次都是枯坐了很久才红着眼离去。

那会儿虞灵犀病得神志不清，也不知侍婢有无夸大其词。不过她倒是想起好几次自己半梦半醒时，总觉得帐帘外远远坐着一人，那人还一直打量她。莫非是心病太重，她将探病的薛岑认成了宁殷？

虞灵犀重新倒回榻上，摸到头上的玉簪，只觉得心中破了一个窟窿，空荡荡的，一直在漏风。

她闭目轻叹：也不知宁殷那边近况如何。真是要疯了。

东宫。

侍从将一个头发花白的老宫女押了上来，按住伛偻着的她，强迫她跪在地上。

醉醺醺的宁檀掀起眼皮，打量了一番那颤巍巍、念念有词的老妇，皱眉问："就这么个疯婆子？"

侍从道："卑职确认过，当年服侍皇后娘娘的人，就只剩下这个老宫女还活着。"

年满出宫后逃了二十年的人，前些日子才突然冒出踪迹。若是当年的事没有隐情，那这些宫人为何死的死、逃的逃呢？

宁檀的脸色沉了下来，他挥退侍从。这次调查，他借用了禁军的人马，没让崔暗和皇后知晓。

宁檀踉跄起身，用脚尖踢了踢受惊的老妇，粗声粗气地道："老东西，你认得孤是谁吗？孤是东宫太子，有话要问你……"

他不提这茬还好，一听到"东宫太子"几字，老妇忽地弹跳起来。

她瞪大浑浊的眼，仿佛看到了什么惊恐的东西似的，不住地挥舞着枯瘦如枝的手道："奴婢什么也没说！奴婢什么都不知道！别杀我、别杀我……"

宁檀险些被她挠到，顿时没了耐心："快说！当年到底发生了何事？谁要杀你？"

"去母留子、去母留子……"不管他如何逼问，老妇嘴里只含混地念叨着这一句话。

“去母……留子？”宁檀咀嚼着这句话，忽地将妇人狠狠推倒在地，惊慌地叱道，“你这妖妇，胡说八道！孤是皇后娘娘的亲儿子！孤是嫡子！”

“娘娘饶命，娘娘息怒……青罗已经沉井了，他们都死了！”老妇哆嗦着竖起一根手指，做了个噤声的手势，近乎卑微地道，“没人知道二殿下的来历，没人知道，奴婢也不会说的……”

太子宁檀排行第二，这个“二殿下”是谁，不言而喻。

他又惊又怒，狠狠地揪住老妇的衣领，面容扭曲地逼问道：“青罗是谁？啊？你说话！”

老妇被揪得双目暴睁，断断续续地道：“青罗是……是娘娘的贴身宫婢，是二殿下的生……生母，娘娘不能生育，所以让青罗……啊！”

刺激之下，老妇抽搐了一下，口流涎水倒在地上，已然再说不出什么。

宁檀恍若被一阵惊雷劈顶，手脚冰凉地跌坐在地。

先前流言传开时，他一心要弄个明白，而今亲耳听到接生宫人的证词，却只余下无尽的恐慌之感。若他不是皇后嫡子，而是卑贱宫女所生，是皇后用来巩固地位的棋子……那薛家暗中对他的支持、他的太子之位，都将化作泡影。

老妇被拖下去了，宁檀狠狠灌了一壶酒，而后将酒壶掼在地上摔碎。

杀了这妇人吗？不，他不能杀。

母后看似与世无争，实则心思深沉，他必须为自己留一条后路。若是将来母后想废他，这个老妇便是他最好的谈判筹码。

宁檀露出个比哭还难看的笑容，觉得自己聪明极了。

等到虞灵犀能下地活动时，阳光已然变得温和，屋檐下的叶片泛起了微微的黄色。

藕池栈桥旁几点枯荷兀立，却再也没有一人漫不经心地扬手喂着锦鲤，钓她上钩。

秋狝之日，皇家轰轰烈烈地拔营而去，虞灵犀到底没参与：一是她着实没精力，二是她不知该如何面对宁殷。

近些日子做梦，她总是会梦见她挥手离开时，宁殷那双如黑冰般沉寂的眼睛，视线如刀，刀刀扎在她心里。

她在府中休息了数日，开始静心分析如今形势。

自皇帝用三言两语分了阿爹的军权后，虞家过得甚为艰难谨慎。皇帝抓不住虞家和皇子勾结的把柄，便渐渐分了心神，开始使用怀柔之策安抚虞家父子。

宁殷那边……罢了，她还是想法子继续拖延婚期吧。

她正琢磨得入神，未料虞焕臣和虞辛夷提前一天归来了。

“兄长、阿姐。”听到马蹄声，虞灵犀忙不迭地迎了出去，问道，“你们不是陪同皇上秋狝去了吗，怎么提前回来了？”

她担心是狩猎中出了什么问题。毕竟虽然宁殷是个没有资格夺储的“污点”，但他的出现，定然会打乱朝中的布局，刺痛一些人的眼睛。

虞辛夷没有虞焕臣那样灵敏的脑子，“嗐”了声，快人快语道：“皇上突发风寒，龙体有恙，便提前拔营回宫了。”

虞灵犀“哦”了声，倒是松了口气。

虞焕臣将幺妹的神色收入眼底，翻身下马道：“对了，岁岁，皇后娘娘寿辰在即，方才坤宁宫的女官来传了懿旨，宣你进宫贺寿。”

果然，虞灵犀才松开的眉头，又轻轻蹙了起来。

虞焕臣于心不忍，但相比之下，他更不愿妹妹再因宁殷卷入危险的旋涡中，只好狠了狠心，道：“你姐姐会陪你去。好好准备一下，岁岁。”

十月初九，皇后寿辰，宫中大宴。

天刚蒙蒙亮，虞灵犀便下榻梳洗，换上了精致的大袖礼衣。

离预知梦中变故发生之时还有一段时间，若她没记错，此时的宁殷深居简出，应在韬光养晦，故而极少在朝臣面前露面。

皇后的寿宴，宁殷应该也不会参加吧？记得梦中姨父在宴会上要巴结的权贵中，压根没有宁殷其人……虞灵犀一时说不清是喜是忧。

皇后寿宴，每位命妇、贵女的首饰服饰皆有品级，为了避免节外生枝，虞灵犀想了想，还是取下了发髻上的螺纹瑞云白玉簪，小心地将其收入屉中。

巳时，宫门外熙熙攘攘的，已停满了香车宝马。

虞灵犀随着姐姐下了车，便见一抹儒雅的身影走来，环佩叮咚。来人朝她朗声唤道："二妹妹。"

薛岑会等候在这里，虞灵犀一点也不惊讶。

毕竟两家结亲之事尽人皆知，又是陛下与皇后有意撮合，性质与之前大不相同，故而这样的场合，为表皇恩浩荡，她与薛岑应该一同赴宴叩谢才对。

虞灵犀露出得体的浅笑，回了一礼："久等。"

少女今日绾了飞仙髻，露出修长白皙的颈项，一袭浅绯的礼衣随着轻风飘曳，阳光都黯然失色。

薛岑眼里充斥着惊艳之色与得偿所愿的满足感，哪怕此时虞灵犀眼神平静，眼底平如秋水，没有半点波澜。

他笑了笑，温声道："二妹妹请，虞大姑娘请。"

虞灵犀与薛岑一入场，便引起了一阵骚动。

不知礼部是得了皇上授意还是如何，虞家与薛家明明是泾渭分明的文武两家，宴席的案几却被安排在了一处。

虞灵犀蹙了蹙眉，只得于薛岑旁就座。

刚入座，她便听见宴席上传来一阵更大的喧闹声。

有人窃窃地道："快看，是七皇子来了！"

虞灵犀斟茶的手一颤，两滴茶溅了出来。

他怎么来了？莫非是她的记忆出了错？

恍惚间，她听到太监尖声唱喏："七皇子到——"

宫墙朱殿，衣香鬓影之中，一道手握折扇，披紫袍、戴玉冠的身影缓步而来。

刹那间，虞灵犀心跳一停，她仿若回到了那场惊心动魄的长梦中。

第二章 宫变

宁殷年少时颠沛流离，在众人的想象中，他应是个木讷寒酸之人，所以众人看到这道紫袍玉带、苍白英俊的高大身影时，一时间，眼中的惊讶之色大过轻蔑之色。过了好一会儿，方有人陆陆续续地起身行礼。

一旁的薛岑起身欲拱手，却在见到七皇子容貌的那一刻，身子倏地一僵。

七皇子的容貌，为何与那曾引诱二妹妹的侍卫的容貌一模一样？

卫七、卫七……喉结微动，薛岑缓缓拢袖，下意识地望了身侧的虞灵犀一眼。

虞灵犀敛目，随女眷一同屈膝福礼，纤长的睫毛微微颤动，鬓钗所反射的光泽映在她的眼中，漾开浅淡潋滟的光泽。

这是她面对薛岑时不曾起过的波澜。

她几乎要用尽力气，才能控制住自己不去抬眼看他。

在她的视线中，一片深紫色的下裳从她面前“行”过，黑色的官靴没有片刻“停留”。

风停，檀香消散，已然无痕。

“二妹妹？”身侧传来薛岑压低的声音，虞灵犀这才如梦初醒，缓缓起身归位。

宁殷在上方落座，执着酒盏浅酌酒水，紫袍墨发衬得他的面容越发英俊苍白，他的视线不曾在薛、虞两家所在的位置做片刻停留，好像他只是前来赴宴讨酒喝的陌生人。

他来做什么呢？按照梦中的记忆，此时他断不会这般引人注意才对。

虞灵犀心中波澜不息。尽管她控制着自己不看、不想，可身边有关七皇子的议论声却不曾停歇，如蚊虫之声般不断地往她的耳朵里钻。

她轻吸一口气，拿起案几上的糕点和果脯，一样又一样地塞入嘴中，以此定心。

心里像是破了一个大洞，她仿佛只有不断地塞入吃食，才能填补那空缺。

一旁，薛岑不动声色地给虞灵犀递了杯茶水，眼里含着毫不掩饰的担忧之色。

又一声唱喏，太子入场，有关七皇子的议论声才渐渐平歇。

宁檀见到宁殷，眼底明显闪过一丝冷笑。

"七弟好兴致啊，孤几次三番以礼相邀都不见你人影，今日你竟肯赏脸赴宴。"宁檀夹枪带棒，给了一个眼神，立即有一名绿袍文官会意起身，端着酒盏道："太子殿下礼贤下士、厚待手足，有明主之风！臣深以为感，敬太子殿下与七殿下一杯！"

太子瞥了宁殷一眼，露出带着兴味的笑来："虽有美酒，却无人执盏。久闻七弟流亡在外，想必对伺候人的手段颇为了解，不知孤能否请七弟为孤斟酒，好让咱们兄弟把酒言欢？"

太子与其党羽一唱一和，俨然是在奚落宁殷曾沦落为奴，等着看他笑话。

宴上众人作壁上观，无人为宁殷辩驳，虞灵犀不由得握指蹙眉。

一旁的虞辛夷按住了她的手背，朝她轻轻摇了摇头。

虞家刚从风口浪尖退下，七皇子又尚未站稳脚跟，她此时出头只会授人以柄，牵连宁殷。

虞灵犀明白阿姐的顾虑，可还是觉得心堵。她正想着，玉壶斟酒的淙淙声响忽然传来。

只见宁殷亲自斟了一杯酒呈到宁檀面前，缓声笑道："皇兄英明神武、深得民心，这杯酒理应愚弟敬皇兄。还望皇兄不吝珠玉，多多赐教！”

宁檀没想到他这般顺从，不由得哈哈大笑起来，遂得意地接过酒盏，将酒一饮而尽。这酒不知是什么品种的，烈得很，一入腹中便如火遇热油般烧了起来，烧得宁檀神志恍惚。

脸颊绯红、眼神涣散，他拍着宁殷的手臂道：“七弟这般识趣，将来孤定然要将你封王留在身侧好生照顾！就封……封你为‘昏王’如何？哈哈哈哈哈！”

宴上众人面色一凛，四下顿时噤声。今上健在，太子便越俎代庖计划自己继位以后的事了，这可不妙啊！

负责通传的小黄门看着门外站着的帝后二人，顿时如被掐住脖子的公鸭，吓得闭了声。

皇帝本就风寒未愈，听了太子这句僭越的混账话，顿时气得面色青黑。

东宫的内侍面无人色，连滚带爬地搀扶住胡言乱语的太子道：“我的爷！您快少说两句吧，陛下来了！”

宁檀这才看到在门口站着的帝后。七分酒意醒了三分，他忙东倒西歪地站起来行礼道：“儿臣叩见父……父皇万岁！母后千岁！”

谁知他晕晕乎乎地找不到平衡点，身子一倒，便倒在内侍怀中，丑态百出。

众人跟着行礼迎接圣驾，想笑又不能笑，一旁的虞辛夷憋得嘴角都快抽搐了。

虞灵犀心中解气，暗道一声：该！

皇帝黑着脸入座，看在皇后寿辰的面上给太子留了几分颜面，沉声道：“众卿平身。”

皇后坐于皇帝身侧，不动声色地道：“虞二姑娘与薛二郎果真是郎才女貌的一双璧人，本宫见之心喜。不知虞二姑娘的身体可大好了？”

虞灵犀心里如明镜似的，皇后突然将话茬引到她身上，可不是在关心她，而是在转移众人的注意力。

果然，众人的目光追随皇后的目光，纷纷落在了虞灵犀和薛岑身上。

虞灵犀出列，盈盈跪拜道：“谢娘娘挂念。臣女沉疴难愈，本不该来此叨扰娘娘寿宴。”

说罢她以袖掩唇，轻咳一声，全然是一副弱不胜衣之态。

“无妨。”皇后柔声一笑，“二姑娘身体薄弱，需要一桩喜事冲一冲病气才好。依本宫看，不如趁今日良辰美景，为二姑娘定下婚期冲喜，如此也好给夙兴夜寐的虞将军一个交代。”

虞灵犀双肩一颤。都说冯皇后礼佛，虞灵犀却看她深藏不露，绝非善类！

太子宁檀今日近距离见到虞灵犀，只觉明珠耀世，万千佳丽都失了颜色，不由得暗骂：便宜了薛岑那书呆子！

太子虽是不甘，但此时为了保全自己也只得颔首附和，顺带踩一脚宁殷：“七弟，你以为呢？”

赐婚大事，本轮不到一个不受宠的皇子置喙，宁檀此举纯粹是为了恶心宁殷罢了，毕竟传闻中虞家与流亡的七皇子有过牵扯。

虞灵犀垂着头，看不清宁殷的神情，只闻他清逸的声音从前方传来，他没有丝毫迟疑地道：“得偿所愿，自是皆大欢喜。”

明明做好了准备，虞灵犀仍是被那句轻描淡写的“得偿所愿”刺得心尖一疼。

她许久没有抬起头来，仿佛咽下了锋利的冰块，忘了该如何辩驳。

她抿了抿唇，听皇帝道：“可。”

于是众人起身贺喜，薛岑端庄儒雅地笑着，耐心地同每一位道贺的命妇、世子回礼。

虞灵犀置身于虚与委蛇的热闹场面中，目光越过歌舞水袖望向前方，眼神沉静。

宁殷搁下未饮完的酒，起身离席，自始至终都不曾往她所在的方向望上一眼。

寿宴结束，坤宁宫。

皇后站在殿前，望着摇摇晃晃的太子，平静地问：“太子可知错？”

“儿臣险些坏了母后寿宴，儿臣知错！”宁檀醉眼蒙眬，踉跄着挥了挥手，道，“不过母后放心，待儿臣以后掌权了，儿臣定会给母后操办一场更风光的寿宴尽孝！”

此言一出，连一旁的崔暗都露出了几分讥诮之意。

烂泥扶不上墙的东西，白瞎了皇后娘娘一手栽培。

冯皇后蛾眉微蹙，她冷声道：“崔暗，给太子醒醒酒。”

“是。”崔暗会意，走到宁檀面前，满是歉意地道，“殿下，得罪了。”

宁檀迟钝，还未明白是怎么回事，便听扑通一声水响，他整个人宛若沙袋般飞出，栽入了殿前的佛莲池中。

“救……救……”宁檀扑腾着划动手脚，可没人敢来拉他。

他尊贵的母后就站在阶前，无悲无喜，眼神冷漠。

没错，是冷漠，她看他就像在看一颗随时可以丢弃的废子。

身上挂满水藻的宁檀总算抱住了池边吐水的石雕，狼狈地瑟瑟发抖。

他彻底酒醒了，无比清醒。

“本宫护得了你一次两次，护不了十次百次。”皇后道，“太子就在此好生冷静反省。”

殿门在眼前无情地合上，宁檀抹了把水，瞪向一旁垂首躬身的内侍。

一时间，低眉顺眼的内侍仿佛都飞扬跋扈起来，露着带着讥诮意味的笑，嘲弄他的愚昧和狼狈。

他双目赤红，恐惧之中终究夹杂了几分怨恨的情绪。他恨自己身体里流着肮脏贱婢的血，恨母后将他扶上太子之位，却不肯施舍他哪怕是一丁点的亲情……

等着瞧吧！宁檀牙关颤颤地想。

他会证明给所有人看，他才是唯一的真龙血脉！

与坤宁宫毗邻的指月楼上，宁殷着一袭紫袍挺立，将太子泡在池中的狼狈蠢样尽收眼底。

他身后，一名禁军侍卫打扮的年轻男子道：“殿下，可要制造点意外，让太子顺势溺毙池中？”

“不必。”宁殷有一下没一下地摇着手中的折扇，唇线一弯，苍白的面容上便显出几分疯狂之色来，“死是一件简单的事，本王哪能这般便宜皇兄？”

杀人必先诛心，他要将他当年所承受的一切，百般奉还给这对母子。

他的目光越过巍峨的琼楼殿宇，落在远处的宫道上。

宁殷视力极佳，哪怕那只是遥远如蝼蚁的几道人影，他亦能从中清晰地辨出那抹窈窕明艳的身影。

嘴角的笑沉了下去，他将折扇一收，转身下了楼。

宫门外，虞辛夷快步追了上来。

“岁岁。”她握住虞灵犀的手，眼里的担心神色不言而喻，“你没事吧？”

虞灵犀飘散的思绪这才收拢，她这才反应过来自己不和薛岑一起叩拜皇后就快步离席，未免有些失态。好在皇后顾着太子，不曾留意她的动静。

虞灵犀轻轻摇头，努力露出轻松的笑来：“我没事的，阿姐。”

虞辛夷拉着虞灵犀上了自家的马车，放下帘子。

虞辛夷伸手捧住妹妹的脸，直将她那张美丽小巧的脸揉得皱起、变形，方捏了捏她的腮帮道：“不开心就要说出来，岁岁。”

虞灵犀愣神。

“当阿姐看不出来呢？你对薛岑，已经没有儿时那般的情谊了，对吗？”虞辛夷叹了声，“皇后今日以冲喜为借口堵死了我们所有的退路，你连装病都装不成了，她的确不厚道。不过岁岁，若这桩婚事只能给你带来痛苦，我宁愿你不要应允，哪怕是抗旨不遵、抄家入狱，我也……”

“阿姐！”虞灵犀拥住了虞辛夷，轻声道，“不要说这种话。”

去年北征之事，她好不容易才扭转宿命，让这些可爱可敬的亲人能继续长留在她身边，怎么忍心因一时的委屈而功败垂成呢？

何况自离开宁殷的那日起，她便知道不管将来发生什么，她都没有资格难受。

这条路是她自己选的，她唯有一条黑路走到底。

虞辛夷大刀阔斧地坐着，将妹妹的头按入怀中。

她想起了虞焕臣的那句话——“虞辛夷，是我们无能，给不了岁岁更多的选择”。

皇权压迫，君命如天，一切功勋皆是泡影。

他们若想改变，唯有换一片天。

礼部的动作很快，将虞灵犀与薛岑的婚期定在了年关。

虞灵犀没有露面，开始加快步伐搜查赵玉茗之死的幕后真凶。

她需要做些事情来整理自己过于紊乱的思绪，亦怕真的成婚后，再也没机会帮宁殷什么。

至少在那之前，她得知道蛰伏在暗处谋害虞家以及意图刺杀宁殷的真凶是谁。

没想到，查了半年，她今日突然有了赵家侍婢的音信。

“你说赵玉茗的侍婢红珠，藏在青楼里？”虞灵犀倏地从秋千上跳下，讶异地道。

“接到线人的消息后，属下亲自拿着画像潜入青楼确认，看相貌，她们的确十分相似。”青霄禀告道，“且那女子额角有疤痕，而红珠也曾撞柱。”

红珠是奴籍，没有卖身契是不可能跑远的。虞灵犀只料想她还藏在京城，却未曾想过她就躲在青楼中。

“为何不将她带回？”虞灵犀问。

青霄露出为难的神色：“小姐不知，那青楼并非一般的销金窟，而是有前庭后院之分。前庭供普通人消遣，而后院则专门接待身份显贵的达官贵胄，戒备极为森严，客人需要出示专门的身份令牌才能进去……属下怕打草惊蛇，故而不敢靠近。”

这倒是和欲界仙都的规矩有些相似……

虞灵犀想到什么，眼睛一亮：“有一人绝对有门路。你备礼随我去见清平乡君，我有急事烦请她帮忙！”

青霄领命，抱拳告退。

宫门。

薛岑从礼部出来，正好瞧见宁殷自宫门处上了马车，朝市坊行去。

薛岑想起这位七皇子的容貌，不由得又联想到七夕那夜他撞见七皇子宣示主权般亲吻虞灵犀之事，于是心下一沉，勒缰回马，暗自追踪七皇子而去。

他倒要看看这七皇子处心积虑接近二妹妹，到底意欲何为。

他跟了一路，见七皇子的马车拐了个弯，消失在街口。

薛岑下马，随马车消失的方向望去，只见街道尽头是一处秦楼楚馆。

七皇子狎妓？也难怪，只有这般心术不正之人，才会将单纯的二妹妹哄得团团转。

薛岑顿时为二妹妹感到不值，可怜寿宴上相见，她仍记挂着这个朝秦暮楚的负心之人。

只有自己，才是一心一意爱着她的人。薛岑一哂，转身，正欲将此事告知二妹妹，却忽而察觉后颈一阵剧痛，顷刻间，他便倒了下去。

有人接住了他倒下的身子，将他拖入巷中隐蔽的青楼侧门内，而巷子尽头，那辆消失的马车正静静地停在侧门口，车上之人将一切尽收眼底。

“殿下，人已经顺利带进去了。”下属来报。

风撩起车帘，一线光洒入，照亮了车中倚窗而坐的华贵青年——姿容绝世。

“很好。”他一手撑着太阳穴，一手仔细把玩着一件玲珑妙曼的墨色玉雕，眼底漾开冰冷的笑意。

酉时，京城的灯火逐渐燃起，此时正是花楼开门迎客的时辰。

马车里，虞灵犀依照唐不离的计划，换了身浅金色的纱衣长裙。菱花镜中的美人长发绾作朝云髻，额间一点花钿，樱唇杏腮，艳丽无双。

唐不离不知使了什么手段，很快就弄到了青楼内院的通牌。

青楼只接男客，虞灵犀本打算让青霄执通牌混入其中，将红珠带出来，不料内院藏得极深，一张牌一位客，只进不出，更遑论要带走一个大活人极其困难。

有些话旁人无法代传，虞灵犀必须当面问红珠，故而再三思索，决定亲自前去一探究竟。

她正想着，马车停了，穿着浅杏色男装的唐不离撩开车帘上来。

唐不离装模作样地贴着两撇短髭，将随身的长鞭缩成几圈挂在腰间，俨然就是一个清秀风流的纨绔公子。

见到装扮好的虞灵犀，“唐公子”不由得瞋目道：“我的岁岁，你今日真是……真是……”

厌恶读书的清平乡君词穷，“真是”了半天，也找不出合适的辞藻形容，咋舌道：“而今我才真切地感受到，你这‘京城第一美人’的称号并非虚传。”

此番少女抹上花娘的妆扮，金纱华美，这让她更添了几分勾人的柔媚之色。她不像宠妾，倒更像是神妃仙子。

虞灵犀本人还不太适应。衣裳太薄，脸上脂粉又太厚，于是她蹙眉道：“这装扮轻佻秾丽，我实在难受。”

如此大胆的妆容服饰，她也只有在梦中服侍宁殷时，被逼着穿过一次。

不过那是在寝房之中，她倒也无所谓丢脸不丢脸，比不得今日要招摇过市。

若非通牌只有一张，而她的相貌身形实在与男人挨不上边，她若穿男装一眼就能被识破，她才不想多此一举扮成“唐公子”的宠妾。

“揽春阁虽不接女客，却允许男客带自己的姬妾前去调教学习。岁岁且扮作我的宠妾，随我混进内院，再寻机会去找你想找的人。”

唐不离又将计划细细复述了一遍，而后看向马车外候着的青霄、青岚两兄弟：“你们嘛，就在前院接应，别打草惊蛇。”

唐不离安排好一切，虞灵犀遮上面纱，跟随“唐公子”下车。

阁内喧嚣，脂粉气立即扑面而来，莺歌燕语环绕四周，此地极尽奢靡。

入了揽春阁的门，虞灵犀方觉出此处自己略微熟悉。

她越往里走，这股熟悉之感便越发深重。直至沿着九曲画廊走向内院，远远瞥见西边茶室翘起的檐角，她才确定此处自己来过。当初她遇刺，手臂受伤时，宁殷便是将她带来此处内院的雅间疗伤的。

揽春阁里有他的内应吗？思绪略微飘飞了一瞬，接着，她便见身旁的唐不离揽住她的肩，嘻嘻地笑道：“听闻素琴姑娘一曲西域舞举世无双，本公子特地带爱妾前来学习，回府也好让爱妾跳给本公子看，以作消遣。”

原是护院上来查验通牌了。

“公子和夫人请进，不过……”护院将通牌还给唐不离，看了她身后的青霄与青岚一眼，“侍卫仆从一律不得入内。”

虞灵犀略微回首，以眼神示意。

青霄、青岚二人领命，退后一步，各自分头前往约定的接应之处。

内院楼阁不似前院楼阁那般浮华艳丽，反而分外雅致，可闻琵琶琴音叮咚作响。

龟奴引着唐不离她们二人去素心姑娘的小楼，在回廊里远远看着一群富贵公子迎面而来。

为首的那人油头粉面，揽着身侧之人的肩笑道：“陈兄，那红蕊姑娘到底如何啊？”

叫“陈兄”的是个弱冠之年的年轻人，他看上去浓眉大眼，颇为正派，可惜一开口就露了底。他眯着眼轻佻地道：“不虚此行。”

“难怪陈兄……哈哈哈哈哈……”

后面那些淫词艳语，不堪入耳。

一旁沉默的唐不离忽然停了脚步。

虞灵犀回眸，疑惑地低唤道：“阿离？”

唐不离仿若不闻，死死地盯着对面正在结伴狎妓的人，面容唰地沉了下来。

虞灵犀看了看她，又看了看迎面缓步而来的几人，忽然明白了：那个“陈兄”，估摸着就是唐不离的未婚夫——陈太傅之孙陈鉴。

她来不及安抚，唐不离已有了动作。

唐不离解下悬挂在腰间的长鞭，大步朝陈鉴走去，手腕一抖，长鞭便如蛇般被甩出。

廊下琉璃灯灭，惊呼声四起，陈鉴嗷的一声朝后摔去，脸上出现了一道红肿的鞭痕。

陈鉴捂着脸惊怒地道：“你是何人？为何打人？”

唐不离本就不满这桩婚事，此时怒上心头，握着鞭子冷笑：“我是你唐祖宗！我打的就是你这个人模狗样的大淫贼！”

陈鉴的惨叫声和他同伴的呼救声惊动了楼下的护卫，此时再阻止已经来不及了，虞灵犀只好趁乱退下，转身朝青霄踩点过的杂房小跑而去，据说红珠就在那里。

刚下楼，她便险些与一人迎面撞上。

她定睛一看，见这人原是个熟人——曾向她提过亲，后又与一狐媚外室苟合的成安伯世子。

难怪揽春阁的内院戒备如此森严，此地真是藏龙卧虎，随便走三步都能撞见一位前来消遣的达官显贵。

两人曾见过面，虞灵犀忙不迭地垂首敛目，却被成安伯世子一把拉住："站住。"

虞灵犀心下一紧：莫不是被认出来了？

她将头垂得更低些，唯有两片鸦羽般的眼睫在面纱外扇动。

成安伯世子"咦"了声，绕着她上下打量了一番："你叫什么名字？我怎么之前不曾见过你？"

说着，他便要上手来扯她遮面的轻纱。

虞灵犀才放下的心又提了起来，她忙捂着面纱后退一步，接着撞入一个硬实的怀抱。

世界一瞬间陷入沉寂。

檀香萦绕，她下意识地想起了寿宴上那片自己所见到的紫色衣摆。

虞灵犀僵立着，心脏骤然一缩，而后，心中漫出无限的酸疼感来。

薛岑醒来的时候，天已经黑了。

"这是……哪儿？"

揉着疼痛的后颈起身，他这才发现自己仅穿着松散的亵服躺在垂纱软榻上，而身侧，一名香肌玉骨的女子紧贴着他而睡，发出绵软的声音。

薛岑顿时大骇，从榻上跌了下来，带起案几上一堆器具稀里哗啦倒下。

"干吗呀？"那女子彻底被吵醒了。她不满地打着哈欠起身，钗堕鬓松，被褥滑下，露出大片旖旎风光。

可薛岑着实没有欣赏的勇气。他红着脸别过头道："姑娘快将衣裳穿上，这……这成何体统？”

“公子莫不是在说笑？来我们这儿的都是脱衣服的，没有穿衣服的。”女子毫无羞耻之心，柔若无骨地往薛岑身上靠，嘻嘻地调笑道，“何况，公子方才不是脱得挺欢心的吗？”

薛岑只觉得脑中嗡的一声。他什么礼教规矩都忘了，起身推开女子道：“你胡说！我……我……”

他背过身，慌忙地检查自己的衣物。

他没有过女人，说不出眼前情况到底是失身了还是不曾。他心乱如麻，却在见到胸腹处几个鲜红的口脂印时，忽地手脚冰凉。

花娘看着这玉面郎君的脸从绯红变得惨白，不由得吓了一跳，伸出艳红的手指戳了戳他：“公子，没事吧？”

薛岑哆嗦着合拢衣襟，因为手抖得太厉害，他系了好几次都不曾将衣带系好。

他赤红的眼中渗出泪来，半晌后，他声音沙哑地道：“出去。”

花娘看到他哽咽，嘴角抽搐了一番。

来这儿都是找快活的，他何至于哭啊？

“公子……”

“出去！”

于是花娘便将那句“你昏得跟死人似的，啥都没有干”给咽了回去，将白眼翻到后脑勺，哼了声，披衣走了。

薛岑仍怔怔地坐在地上，英俊的面容上满是灰败之色。

这到底是青楼的人刻意宰客陷害，还是七皇子……他握紧了双拳，撑着榻缓缓起身，将散落在地上的衣袍玉带一件件拾起。

仿佛是要拼命地捡起破碎的尊严般，他越捡眼睛越红。

嘎吱，门被打开了。

薛岑慌乱地抬头。进来的不是花娘，而是个额角有疤的送茶小婢。

“公子，请用茶……”侍婢抬起头来，却在见到薛岑的脸时惊颤，手中的杯盏摔落，发出刺耳的碎裂声。

薛岑也认出了她，不由得将衣裳拢在胸前护住：“红珠？”

他眼前之人，不就是赵家小姐那名失踪的贴身婢女吗？

两人相顾无言，红珠瞳仁抖动，她转身就跑。

她的表现实在太过反常了，而且她又撞见了自己这番狼狈的模样，薛岑不禁羞愤交加，忙上前解释："红珠姑娘，不是你想的那样……"

红珠却如见索命鬼，惊得大叫起来。她哭着去拽门扉，发现拽不动，便缩在墙角哀求道："我什么都没看见！那天撞见你们密谈的是小姐，我真的什么都没听到！薛公子放过我吧！"

"什么密谈……"薛岑意识到了不对劲，怔怔地看着红珠，"你在说什么？"

内院廊下。

虞灵犀感觉腰上一紧，后背立即贴上一片硬实的胸膛。

"新来的？"她听到头顶上方传来一声极轻的嗤笑，熟悉的嗓音散漫又低沉，"怎么，成安伯世子也对这美人有兴趣？"

这个声音虞灵犀听过千万次，从来没有哪一次如今夜般，令她心悸难安。

她记得寿宴上宁殷那双冰冷的眼睛。

她和宁殷都做出了自己的选择，而今在这样的境地相遇，实在是尴尬至极。

同样尴尬的，还有成安伯世子。

他去过皇后寿宴，自然认出了面前这位着紫袍华服的俊美青年是谁。

七皇子虽无权无势，但到底是个皇子，成安伯世子好美色却不溺色，只得松手赔笑道："殿下喜欢，我怎敢横刀夺爱？"

"很好。"宁殷似是没认出怀中的女子是谁，淡然地道，"今晚就她了，诸位大人请。"

虞灵犀这才留意到他身后还站了两位中年男子，看服饰打扮，他们应是着常服夜游的文臣。

此时骑虎难下，虞灵犀还未想好怎么脱身，便被强行揽着上了楼，进入了一间雕金画壁的雅房。

华贵的花枝烛台落地，明灯大亮，照得满屋珠帘璀璨无比。

屏风后，已有琴娘奏乐，琴音如流水凤鸣，高雅无双。

宁殷与那两位文臣落座，自顾自地斟了杯酒，乜眼看向明艳的美人："叫什么名字？"

他好像真的没认出她来。也是，她穿成这般模样，浓妆艳抹还蒙着脸，谁能认出来？

虞灵犀第一次如此拘束。她在宁殷的审视中抬不起头来，只想快些脱身去找红珠的下落。可她走不动，也不敢出声回应。

宁殷冷淡的眼神像是沉重的枷锁，将她钉在原地。

她心乱如麻，真是没有比现在更糟糕的时刻了。

宁殷忽地一笑："原来是哑女。"

两名文臣相视一眼，其中一名年纪稍轻的颔首，率先开口道："臣……我等冒险前来，是与阁下有要事商议，而非贪恋声色……"

"跳个舞。"

宁殷充耳不闻，只眯眼看着灯火下用轻纱覆面的窈窕美人。

虞灵犀僵住了。她不擅跳舞，可偏偏听从唐不离的计划，做了舞姬宠妾的打扮。

"七殿……"那文臣苦口婆心，还欲试探。

宁殷却是搁盏，沉声道："跳。"

一字之重，如有千钧，虞灵犀只好身子僵硬地踩着琴声音律，慢慢地舒展手臂。

她出身将军府，学的是琴棋书画，无须学那下等姬妾以声色娱人的手段，所以她只会跳一支舞，这舞还是梦中宁殷逼她学的，因为他说想看金铃在她身上叮当作响的样子。

梦里的她有点害怕，亦有点委屈，学得不怎么认真，现今动作都已忘得差不多了。何况那样的舞需要用专门的曲子来配，与这轻缓的琴音套不上，故而她跳得十分生疏。

她全程盯着脚尖和飘飞的裙裾，不敢看宁殷的眼睛。

从两位文臣的神色来看，她跳得大约……是不忍直视的。

酷刑也不过如此。

一曲毕，屋内静得只听得见虞灵犀略显急促的呼吸声。

她一刻也待不下去了，福礼欲退，却忽地听见一阵掌声。

“甚妙。”宁殷像是看到了什么绝妙的表演般，拊掌大笑起来，笑得双肩都在抖动。

他这么一笑，虞灵犀便不好退场了。她僵在了原地。那两名文臣不明所以，面面相觑。

宁殷收了笑，乜眼道：“跳得不好看吗？”

“好看、好看……”两人只好跟着抬手，很是敷衍地鼓起掌来。

“过来。”宁殷露出愉悦的样子。虞灵犀走不成了，便挪着小步靠近他，依旧低着头。

“坐。”宁殷又道。

虞灵犀面纱外的杏眼抬起，她飞快环视了一眼四周。

屋内一共才三把椅子，并无多余的位子。

见她迟疑，宁殷将交叠的腿放了下来，屈指有一下没一下地叩着膝头，暗示得不能再明显。

他该不会是让她坐在他的腿上？在两位来意不明的文臣面前，这未免也太……

这人做卫七时处处乖巧，做摄政王时又沉迷于杀戮，表现得不近女色，未料做七皇子时，却是这般荤素不忌……

罢了，如今的她，没有资格说他。

虞灵犀咬唇，小心地藏着情绪，抬手撑着八仙桌轻盈一跳，姿态优雅地坐在了桌面上。

酒盏倾倒，淅淅沥沥的水打湿了她垂下的金纱舞裙，一滴滴，在烛火下折射出耀眼的光。

那两名文臣愣住了，宁殷也愣了愣神。

片刻后，他眼底绽开带有兴味的笑来，叩着膝头的手缓缓抬起，落在了虞灵犀的背脊处。

而后，隔着薄薄的布料，他的手沿着她背脊的曼妙曲线往下，若有若无地停留在她腰窝的凹陷处。

虞灵犀顿时浑身一紧。她像是被人捏住了命门般，下意识地要打战。若非此时宁殷的神情太过佻薄，他像置身局外般散漫，她几乎要以为他认出她来了。

那两名文臣大概见他真的沉迷于女色，无心夺权，此时也正在兴头上，彼此交换了一个眼神，便作揖告退。

那两人一走，虞灵犀便见他眼底的笑意淡了下来，眼神变得沉静。他搭在虞灵犀背上的手，也缓缓撤下，重新搁回了膝上。

这样的变化，令虞灵犀急促的心跳平静了下来。

她知道，方才宁殷不过是在做戏，戏演完了，她也该走了。

脚尖点地，虞灵犀趁机离席。

她的腰带被钩住，宁殷幽幽地开口，语气与方才截然不同："打翻了我的酒，不补偿我一杯就走？"

虞灵犀认命，只好重新斟了杯酒，垂首敛目递到宁殷面前。

宁殷不接。他抬起如黑冰似的眼来，缓声笑道："以前我喂小姐吃东西，可不是这样喂的。"

宁殷叫她"小姐"。果然这家伙一开始就认出她来了，却故意装作不识，看她像跳梁小丑般遮掩起舞。

真是……像是最后一层窗纸被戳破，虞灵犀的脸变得燥热，本稳稳执着茶盏的手也颤了起来，连眼尾都染成了艳丽的桃红色。

过往那以唇含药的画面，如同被压抑到极致后喷薄而出的洪流，顷刻间塞满了她的脑海。

宁殷欣赏着她不自在的模样，眸中透着淡漠的神色。

他缓缓抬手，要取她遮脸的面纱。

她戴着面纱又如何喂酒呢？

虞灵犀却像是惊醒般退后一步，面纱从他的指尖拂过。

那两名文臣刚走，花楼鱼龙混杂，她不确定暗处有没有人钉着宁殷。若此时她露出容颜暴露身份，恐节外生枝。

她连福礼都忘了，匆匆转身就跑。

嘴角微不可察地动了动，宁殷没有阻拦。

宁殷屈指叩到第七下的时候，虞灵犀已停住脚步，站在了廊下。

庭中忽地涌入一批禁军和巡检司吏员。为首的禁军手拿文书，喝令道："例行检查，所有人即刻出门站好！违令不出者，就地论处！"

惊叫声四起，纸醉金迷的花楼顿时一片鸡飞狗跳。

虞灵犀心下觉得奇怪，这群禁军来得太过巧合了。虽然每月亦有吏员定期来花楼收税检查，但是他们只会在前院走个过场，却并不会搜查到内院来。毕竟来内院里消遣的，可都是沾亲带故的朝中贵胄，谁都得罪不起……禁军出面，除非是皇帝下令严查官吏狎妓之事，否则绝非例行检查这般简单。

虞灵犀定神，在禁军前方看到了一张眼熟的脸。

薛嵩？他来做什么？

此时下楼会与禁军撞上，虞灵犀索性隐在了廊柱后。

楼下，禁军挨间踹门搜查，将一对对衣衫不整的男女赶了出来，集中在庭院中。

这阵仗，他们是在搜查什么人？心头一跳，虞灵犀下意识地回头望了一眼。

只见宁殷端着她先前所斟的酒轻嗅，一派淡然，仿佛楼下的热闹场面与他无关。

奇怪，他们不是冲着宁殷来的？虞灵犀心想。

直到禁军粗大的吆喝声戛然而止，薛岑迎着众人诧异的目光走了出来。

他虽勉强穿戴齐整，但发冠仍是斜的，鬓角发丝散乱，一看他就是在此处美美地"睡"了一觉。

一时间，那些或愁眉苦脸、或破口大骂的权贵公子都安静下来了。

他们面色古怪地盯了薛岑许久，眼神如刀，似是恨不得将他凌迟解剖。忽而，院内爆发出一阵哄笑。

薛嵩领着禁军前来检查，却查到自家亲弟弟"狎妓"，简直是"大水冲了龙王庙"。

"没想到端方君子薛二郎也流连这等风月场所。"

“看不出来啊，啧！”

薛岑充耳不闻。他红着眼睛，失魂落魄地站在薛嵩面前，像是确认了什么般，好半晌才神情复杂地唤了声：“兄长……”

薛嵩的表情一时精彩极了。

虞灵犀看着薛岑僵硬的背影，也有些惊讶。

在她的印象中，薛岑虽单纯又傻，但还有点文人骨子里自带的清高，也并非好色之人。

“谁家光风霁月的未婚夫，竟是花娘的床上恩客？”她身后传来宁殷低沉的嗓音。

不知他何时走到了虞灵犀身后，用高大的影子将她笼罩，啧了声道：“真可怜啊。”

虞灵犀不用回头也能听出，他定然是在笑，还笑得极其恶劣。

没什么可怜不可怜的，她本就不在意他。

宁殷在观察她的反应，试图从她面纱外的眼睛中瞧出一丝一毫的后悔或是愤怒的情绪。

可虞灵犀的眼睛明澈依旧，里头没有丝毫的怨怼神色，于是他眼底的戏谑嘲弄之色淡了下去，整个人显得极其阴沉。

他对虞灵犀的表现相当不满意。可虞灵犀已然没时间同他或是薛岑周旋了，这一切都与她无关，她只想快些找到红珠。

此时揽春阁一片混乱，护院都被禁军控制住，最适合她浑水摸鱼。

虞灵犀走了两步，顿住，终是深吸一口气下了楼梯，朝前院花楼上候着的青霄点了点头。

青霄会意，趁乱随着人群潜入后院中，与她会合。

宁殷冷冷地站了会儿，回房关上门。

琴女早就不在了，取而代之的是一位身穿劲装的年轻人，那是张不起眼的生面孔。

那人禀告道：“如殿下所计划的那般，那婢女已经和薛岑见面。”

“很好。”宁殷负手。

他说过，比起要薛岑的命，他更想诛薛岑的心。

“方才那位姑娘……”

“溜进来一只猫，我陪她玩玩。”

见宁殷松口，那人便不再多问什么，只道：“方才我见那姑娘往柴房而去，想必也是为那婢女而来。可要属下将其拦下追回？”

宁殷神色微凝。原来她藏着这手段呢，哼，真是长本事了。

“不必。”非但不阻拦，宁殷还要促成此事。

让虞灵犀亲眼看见薛二郎被拉下神坛、跌落泥泞中还不够，他还要剖开薛家道貌岸然的皮囊，将她所保护的、所信仰的青梅竹马情谊，一点一点地推翻，踩作齑粉。

虞灵犀找到了躲在杂房中的红珠。

她原想当面求问，谁知红珠不知先前受了什么刺激，一直大哭着不肯配合。

没办法，为了不引来护院，虞灵犀只好让青霄将她打晕，趁乱将人从侧门偷了出来，竟然也没被人察觉。

不久后，青岚将唐不离带了出来。

唐不离刚将陈鉴揍了一顿，两撇小胡子都掉了。她没坐虞灵犀的马车，而是自己策马回府了。虞灵犀不放心，让青岚远远跟着，送她平安归府。

马车还未到虞府，昏迷的红珠便醒来了。

睁眼瞧见自己在虞灵犀的车上，她愣了会儿，爬起来就要跳马车。

“放我回去！放我回去……”那些人说了，她乖乖听话才能活，若是想跑，便只有死路一条。

红珠磕磕巴巴念叨着什么，虞灵犀听不清，只好让青霄按住她。

“你别怕，既然已将你带出来，我定当竭尽将军府所能，护你周全。”虞灵犀放缓声音安抚她，认真地道，“我只想知道，赵玉茗死的前一天，到底发生了什么。”

红珠只是摇头：“二姑娘也是为薛家来的对不对？奴婢知道的，你和薛二公子被指婚了，你和薛家是一条道上的。”

“也？”虞灵犀迟疑地问，“还有谁问过你？”

红珠吸着鼻子不肯说。

虞灵犀明了，直身靠在车壁上，换了个姿势道："既然已有其他人找过你，说明这个秘密已经不安全了，你也就没有了利用价值。若连我们虞府这根最后的稻草都不抓紧，你信不信我现在就将你放在路边，下一刻你就会被真凶抹杀掉。"

她这么一分析，红珠立刻颤了颤。

"奴婢说、奴婢说！求二姑娘莫要抛下奴婢！"红珠忙不迭地跪下，"二姑娘来之前，奴婢奉命去给雅间送茶水，撞见了薛二公子。奴婢以为他是……是为那事而来的，所以情急之下，什么都对他说了。"

她反复提起薛家，虞灵犀心生不好的预感，不动声色地问："你对他说了什么？"

"说了小姐死……死前的事。"红珠绞着粗布袖子，抽噎道，"那天小姐返回水榭，看见二姑娘和一个侍卫举止亲近，便想……想去薛府，向薛二公子揭发二姑娘与下人苟……苟合之事，好让他死了求娶二姑娘的心思。但是薛府门第森严，小姐根本进不去，只能和奴婢在门外守着，等薛二公子出门时再跟上去，借机揭发此事。"

"后来呢？"

"后来我们等了近两个时辰，薛府才有马车出来。小姐听见仆从唤马车中的人为'薛公子'，便不管不顾地跟了上去。我们的马车慢了一步，等追上薛公子的车马时，他人已经上了醉仙楼的雅间，小姐便也跟上了上去……"

回想起那天的一切，红珠仍是止不住地发抖。

"可是，薛府有两位公子，我们跟错了人。雅间里的薛大公子和一个白净的年轻人在议事，薛大公子毕恭毕敬地唤那人崔提督，还提到了什么灾粮之事，奴婢站得远，没听清，只看见小姐的脸色变了……"红珠淌下泪来，"然后，小姐就被发现了。"

虞灵犀闻言，心中恍若有重锤落下。

薛大公子自然是薛嵩，而崔提督，想必就是分了阿爹军权的提督太监，崔暗。

赵玉茗死的时候，灾粮并未出事，那么他们提前商量此事，只有可能是在密谋如何坑害虞焕臣。也只有户部出手，才能将灾粮偷换得神不知鬼不觉。

可怜虞灵犀当初凭着预知梦中的记忆，只揪出了一个户部右侍郎王令青，却不料连左侍郎薛嵩也是崔暗同党。

这么说来，薛家并非传闻中那般忠正中立？

“所以，薛大公子便杀了你家小姐？”虞灵犀的声音沉了下来。

“奴婢不知道。当时薛大公子发现了偷听的小姐，一点也没生气，还客客气气地将小姐请进门饮茶。”红珠道，“奴婢不知道他们在里面说了什么，小姐出来后便心事重重，后……后来……”

后来的事，大家都知道了。赵玉茗毒发而亡，死于梦里夺走虞灵犀性命的百花杀。

所以，预知梦中要借她的身体毒杀宁殷的人，其实是薛嵩？

现今，薛家一边利用与虞府对薛家的情分，一边暗中坑害兄长和宁殷，到底是在维护所谓的正统道义，还是另有所图？

梦中薛家为何会覆灭亦有了缘由，一条条线索串联起来，交织成一个可怕的真相。

虞灵犀将红珠悄悄安顿在了别院中，没有让人察觉。

她亟须亲自确认一事，故而想了想，备了厚礼登门看望薛岑。

薛岑去揽春阁的事已在京中传开了，若是平常男子风流些，倒也无碍，可他生在礼教森严的百年世家，损了家族名誉，是要按家规受罚的。是以虞灵犀登门拜谒时，薛岑正挺身跪在宗祠之中，面对列祖列宗悔过。通过他苍白的脸色不难看出，他应是跪了极长一段时辰了。

薛岑见到虞灵犀，原本就没有血色的脸更白了几分，平静的脸上也浮现出自责愧疚之色。

他的身子晃了晃，虞灵犀立即道：“你别动。”

薛岑摇了摇头，忍着膝盖处的剧痛，缓缓朝着虞灵犀拢袖，一揖到底。

“抱歉，二妹妹。”他的声音俨然没有了平日的清朗，而是变得嘶哑低沉，“是我一时不察，对不起你……”

“没事的，你不必歉疚。”虞灵犀给他倒了杯茶，温声道，“我一直拿你当兄长敬爱，若是以后奉旨与你成亲，亦不会阻止你纳妾。”

薛岑双肩一颤。她说“若是……成亲”，她说她不阻止他纳妾。这样温柔的话语，像是一把锋利的匕首捅向他心间。

原来只有不爱，才不在意啊！

再抬首时，薛岑竟是红了眼眶。

他想辩驳，有很多话想对她倾诉，可喉结动了动，他却只是嗓音喑哑地吐出一字：“好……”

他已经不干净了，没有资格请求二妹妹的垂怜。若非赐婚关乎两个家族的存亡，他昨晚便该用一尺白绫悬身，带着对二妹妹的爱干干净净地走。

“以后，二妹妹也可做自己想做之事，我……不会阻拦。”薛岑别过脸，艰难地道。

虞灵犀着实惊讶了一把。薛岑这话是什么意思？

她还没琢磨透，身后便传来一声刻意的低咳。

转头一看，虞灵犀沉了目光：是薛嵩。

她还没想好怎么不动声色地接近他，他倒是自己送上门来了。单论相貌和才华，薛嵩处处都不如薛岑优秀，丢在人群里都找不出来，实在不像是大奸大恶之徒。

“大公子。”

“二姑娘。”

二人互相见了礼后，薛嵩便转向薛岑：“祖父命我来问，昨晚到底怎么回事，你有没有……”

顾及虞灵犀在场，薛嵩没有说得太明白。

“我不知。”薛岑用余光看着一旁安静柔婉的少女，似是在权衡什么，半晌后道，“阿兄应该去查查别的皇子。”

虞灵犀闻言，心脏一紧。如今仅剩的几位皇子，太子自然无人敢查，而三皇子痴傻，小皇子才几个月大，能查的……不就只有宁殷吗？

薛岑这话，是在暗示什么？

“自己犯的错自己扛，莫要转移话茬。”薛嵩说话也是一本正经的。

他面不改色地道：“皇子毕竟是皇子，有纵情声色的资本，出入风月场所也无人敢管。但阿岑，你是祖父寄予厚望的嫡孙。”

薛嵩看似平常的一句话，却让薛岑和虞灵犀的心同时一沉。

虞灵犀不傻，短短数言便揣度出，薛嵩的确在钉着宁殷，否则，他怎会对宁殷出入风月之所的动静了如指掌？

她还未来得及套出的话，薛岑自己就说出来了。

果然，薛岑也对薛嵩起疑了。但他不知道红珠已经落到她手中，故而没有避讳，以为她听不出这其中的奥秘。

虞灵犀一脸复杂。她寻了个理由告退，快马加鞭赶回了府。她没有迟疑，确定此事之后便将红珠的话原封不动地告知了兄长。

虞焕臣面色凝重，他又亲自去审问了红珠一番。

长久以来的猜测终于得到证实，他紧蹙剑眉，神色复杂地道：“我说怎么我们暗查七皇子下落的事，这么快就捅到了皇上面前。我不是没有怀疑过，只是不愿相信两家几十年的世交情义，竟是被他们利用的把柄……”

如此看来，两家结亲赐婚之事，也是他们蚕食虞家的陷阱。

虞焕臣越说脸色越沉，抹了把脸对虞灵犀道：“岁岁别怕，我这就去禀告父亲，商议对策。”

有了兄长的话，虞灵犀心中的巨石总算落下了一半。

她并未停下脚步，因为和虞家一样身陷旋涡的，还有宁殷。

虞灵犀猜测过，红珠藏在揽春阁，或许是宁殷的手笔，但宁殷没有关于预知梦的记忆。他不知道，赵玉茗和虞家都只是挡在薛嵩面前的石子，而威胁薛家主子地位的宁殷，才是薛嵩真正忌惮、想要铲除的目标。

梦中预示的结局决不能应验，她得想办法将此事告诉宁殷。

虞灵犀思忖片刻，去街上买了一盏祈愿灯。她在灯纸上仔细画了一幅《小儿戏藏图》，在上面写上了两句应景的话：

抱首蕉北闻南语，僻处无人花下藏。

这两句话按照方位拆解，便能合成二字：警、薛。

警惕薛家。

为了安全起见，她写得晦涩了些，不过宁殷这般聪慧，能猜出来吧？

做好这一切，虞灵犀才让车夫掉转马车，顺道去了一趟唐公府。

唐公府外围了一圈人，虞灵犀从正门进去，这才听见唐不离哼道：“也没什么，我被人退亲了而已。”

“退亲？”虞灵犀皱眉。

唐不离解释说，因为她昨夜撞见陈鉴狎妓，一时气不过，当众鞭笞了陈鉴十几鞭，陈家人面上挂不住，又欺她家没有男人撑腰，便以她“蛮横无理，有失妇德”为由，退了亲事。

这种事明明错在男方，但只要被退亲，毁的便是女孩儿的名誉。

虞灵犀沉默，既替唐不离不值，又懊恼在这种时候还要麻烦她帮忙。

“不就是替你送一张拜帖给七皇子吗？”唐不离听了她的来意，大度地摆了摆手，“举手之劳。”

虞灵犀知道，清平乡君这个人最是要强，心里再苦也不会摆在明面上。

她将给唐老太君的血参和延年丸奉上，低声道：“我不能和七皇子见面，也不能让别人知道我与他有牵扯，所以这拜帖，只能借唐公府的名义送出。”

唐公府没有实权，即便和宁殷联系，也不会有人起疑。

“没问题啊。”唐不离道，“可是那七皇子孤僻得很，深居简出的，不一定会看我家的帖子。”

虞灵犀想起了七夕那夜的高楼明灯，垂眸笑了笑：“赌一把吧。”

除了厚着脸皮提及往事，她也没有别的法子了。

虞灵犀将拜帖和祈愿灯递出，郑重地交给唐不离。

现在并非七夕和上元节，唐不离对她赠灯的举措感到十分不解，不过到底没有多问，立刻叫管事下去安排了。

“多谢。”虞灵犀给她行了一礼。

唐不离被她逗笑了，捏了捏她的脸颊道：“傻岁岁！你我姐妹之间，还讲什么客气？”

虞灵犀也浅浅一笑。许久后，她认真地道："阿离，你值得更好的人。"

回府的路上，虞灵犀撩开车帘对青霄道："你帮我查一个人，他叫周蕴卿，蕴藏的蕴，客卿的卿，应是准备来年科考的清贫儒生。"

她补充道："找到他，以清平乡君的名义资助，务必诚心善待于他。"

按照梦中的记忆，周蕴卿身为大理寺少卿，是朝堂新贵中的翘楚，亦是宁殷的左臂右膀。

这样的人大有前途，且她不曾听闻他有过什么品行不良的嗜好，比陈鉴那厮可靠得多。

但愿他能念着唐不离的好，以后扶摇直上，能帮衬她些。

入夜，深秋朔风凛冽，星月无光。

宁殷着一袭紫袍立于廊下，欣赏着笼中宛转啼鸣的漂亮鸟儿。

墨发披肩的俊美皇子拈着一根草，逗着鸟足上拴着根细细金链子的鸟儿，鸟儿扑腾飞起，但又被链子无情地拽回原处。他乐此不疲地逗弄着。

内侍禀告道："殿下，下午唐公府差人送来拜帖，还有一盏祈愿灯。"

宁殷懒得和人打交道，平日不看拜帖。不过既然内侍都禀告到他眼前来了，这拜帖就必定有它的特殊之处。

"谒言如何？"宁殷没有回头，声音也是慵懒的。

内侍道："只有一句：事事皆如意，岁岁常安宁。"

宁殷不动声色地拈着手中的草秆道："拿过来瞧瞧。"

内侍便将那帖子和祈愿灯一并送来。

帖子上的字迹娟秀漂亮，且笔锋留白，显然所用之笔韧劲大不吸墨，可见这字并非用羊毫或狼毫写成。

宁殷倒是辨得那笔，毕竟笔上的一丝一毫，都是他从剪下的头发中一根根挑出来的。

他垂眸嗤笑，啪的一声，将帖子合拢丢到一旁。

那内侍被吓得缩缩脖子，退下了。

那盏没被展开的祈愿灯躺在案几上，提醒着他种种往事。

宁殷站了一会儿，终是没心情逗鸟了，走过去将祈愿灯拿了起来。

灯纸上画了插图，是一个总角孩童抱着头藏在花树下，神情小心。他似是在与玩伴玩捉迷藏。

旁边写着两句话：

抱首蕉北闻南语，僻处无人花下藏。

琢磨着这两句话，宁殷眯了眯眼。

就这？七皇子殿下颇为不满。她大费周折，就为了提醒他这事？

少说她也得写上洋洋洒洒的千字罪己书，他才可勉强考虑一下，将来要不要温柔些待她。

毕竟他这人一向睚眦必报，记仇得很。

他取来灯盏，将祈愿灯点燃，火光映在他的黑眸里，他眸中的光明灭不定。

灯笼脱手，缓缓自檐下升起。一阵疾风吹来，那盏灯挣扎了片刻，终是被风吹得烧了个窟窿，顷刻间化作黑灰坠落，连竹骨都不曾剩下。

“好风。”宁殷赞叹，眼底蕴着疯狂的神色。

他等不及了。

他要借这场风，送太子一份大礼。

红珠的出现，让虞家父子看清了许多事，他们不得不重新审视与薛家的关系。

连着好几天，虞渊与长子长女在书房一谈就是大半夜。

“若薛家人真的两面三刀，岁岁嫁过去便成了人质，不行！”说话的是虞辛夷。

虞焕臣面色凝重：“皇上赐婚，没你想的那般简单。”

虞辛夷急道：“这也不行那也不行，那你说如何？”

三人还未商议出对策，就闻青霄快步而来，叩门道：“少将军，宫中急报！”

宫中急报，东宫出事了。寅时东宫库房走水，并因此风为西北风，大火大有往天子宫殿蔓延的趋势。

皇帝命虞焕臣与崔暗领禁军合力救火，却不料这一救，便救出了了不得的东西——

太子库房里藏着良弓和铠甲，还有一套明晃晃的龙袍。

东宫，库房半塌，浓烟滚滚。

正殿，一阵玉瓷碎裂的刺耳声音传来，太子宁檀颤抖着伏在地上，额角立刻涌出了一片黏稠的血液。

皇后刚闻讯赶来，皇帝便怒道："瞧瞧你养的好儿子！"

皇后道了声："陛下息怒，龙体为重。"

黏稠的血糊住了宁檀的眼睛，他不敢用袖子去擦，只能膝行着以头抢地道："儿臣冤枉！定是有人在构陷儿臣！万望父皇明察啊！"

"竖子还敢狡辩！"皇帝发出一阵咳嗽声，指着他道，"在你母后的寿宴上，你当着百官与命妇的面大放僭越之词。平日，你在东宫亦不思进取，还和内侍宫婢夜宴行欢，封了好几个'皇妃''总管'……就这几条，朕便可治你犯上死罪！"

宁檀吓得脖子一缩，哭号声顿时堵在了嗓子眼。

先前父皇秋猕归来，龙体有恙，宁檀帮着批了两日奏折，尝到了皇权至上的滋味，便有些沾沾自喜起来。他以为自己做得神不知鬼不觉，却不料父皇竟是一清二楚。

见太子六神无主，皇帝便知那些荒唐行径都是真的，怒意更甚。

"记住，你的一切都是朕给的！朕能立你，也能废你！"说罢，皇帝拂袖而去。

"父皇……母后、母后！"宁檀拼命拉住皇后的凤袍，仿佛抱住了最后一根浮木。

皇后敛目，立刻有宫人上前将太子的手指一根根扳开。

皇后毫不留情地拖着凤袍从他面前掠过时，他终于塌下了双肩。

"右相，薛右相！"宁檀又望向门外拄拐站着的老人，涕泗横流，"孤是唯一的嫡子！您会帮我的对不对？"

白须微动，薛右相从鼻腔中发出一声叹息，在薛嵩的搀扶下缓缓转身离去。

北风呜咽，皇帝疲惫的嗓音隐隐传来：“薛老，依你之见，这废立之事……”

“立储之事关乎社稷礼法，不能操之过急。”薛右相声音苍老地道，“待皇长孙出生，陛下再做定夺也不迟。”

“既如此，那就再等两个月。”皇帝喟然长叹，“岁末多忧，马上就是冬节，朕累了……”

偌大的殿堂中，只剩宁檀如烂泥般瘫软在地，影子如同幽灵般在墙上跳跃。

渐渐地，绝望在他心中肆意蔓延，他滋生出了滔天的恨意。

年关宴饮酬酢颇多。

冬至日素有“亚岁”之称，本朝百年前于冬至建国，故而这日是仅次于上元节的大节。

今年冬节和往常一样，皇帝命礼部主持盛大宫宴，祭天飨食，以犒劳文武百官一年来的忠诚辛劳。因被赐婚，虞灵犀今年亦在受邀之列。

朔风凛凛，乌云低低地压在天边，似有大雪之兆。

虞焕臣有公务在身，虞辛夷亦率百骑司值守内宫，虞渊便亲自陪女儿赴宴。

街道宽敞热闹，马车行得很慢，虞灵犀裹着嫣红的斗篷，兔毛领子衬得她的面容精致无双。

马车忽然哐当一声，虞灵犀撞在车壁上，胳膊生疼。

“怎么回事？”虞渊问。

侍卫检查了一番，答道：“回大将军，是车辋崩坏了。”

中途坏车，此乃不祥之兆。虞灵犀蹙眉，心中有些不安。

她想起了在预知梦中，这个年底会发生的巨大变故，每一日，朝中之人都如履薄冰。

虞渊的面色亦凝重起来。见车辋迟迟修不好，他便抓起披风道：“赴宫宴不可误了时辰，我先行入宫，若车轮修不好，你便让青霄送你回去。皇后和薛家那边，我替你告个假。”

虞灵犀想了想，提醒道：“近来恐有变故，万望阿爹小心。”

“爹知道。”虞渊弃车上马，朝宫门赶去，披风猎猎。

修车的叮当声响起，虞灵犀独自在车内坐了一会儿。

她先前托唐不离送出拜帖和灯笼，却并未收到半点回音，也不知宁殷看出她的暗示没有。按照梦里的记忆推演，宁殷血洗金銮殿、杀兄弑父亦是这年岁末的事，距离如今不过一月之遥。

可惜，她等不到那个时候了。七日之后，便是她的婚期。

她若是幸运，待一切尘埃落定之后，兴许虞家能为她换来一纸和离书。

或许这便是她篡改命运的代价，毕竟事事都未必能如她意。

她正想着，又闻一阵哐当声。

她沉默了片刻，外头传来侍从小心翼翼的声音：“小姐，另……另一边的车辋也坏了。”

“……”虞灵犀今日装扮得不适合骑马，现在再去寻车轿已来不及。

何况她正好懒得入宫虚与委蛇，便道：“归府吧。”

宫中。

帝王祭天，冗长的祝词祭文被宣读过后，百官及命妇贵女、世子王孙等分成两列，于紫英殿入座酬乐。

虞渊看了一眼，薛家的人也没来。据说薛右相因为薛岑狎妓被抓之事动了肝火，告假在家养病，不曾赴宴。再回想起最近的动静，虞渊思虑颇沉。

殿前，虞辛夷着一身百骑司的戎服，背负良弓箭矢，护卫一众内宫妃嫔的安危。

见到虞渊阔步入席，她朝后头看了一眼，问道：“父亲，岁岁呢？”

“马车坏了，她兴许赶不及赴宴了。”虞渊用三言两句解释清楚，又告诫道，“今日值守宫门的禁军有些眼生，你当眼观六路，切不可马虎大意。”

“女儿省得。”虞辛夷道。

虞渊一走，一个清朗的少年音便传来："虞司使！"

虞辛夷一听这个声音就忍不住想翻白眼，转身一看，来人果真是南阳小郡王宁子濯。

"小郡王。"虞辛夷只好抱拳行了个礼。这少年素爱招猫逗狗，这样热闹的宫宴他定然是不会错过的。

宁子濯穿着一身浅金白的郡王袍子，高束马尾发，笑吟吟地跑过来道："虞司使，本王方才尝了一块透花糍，觉得滋味甚佳，你也尝尝！"说罢他当着众人的面，十分高调地把从宴会上顺来的漂亮糕点塞到了虞辛夷手里。

虞辛夷觉得，这小子身后就差竖一条尾巴狂摇了。

她身后的百骑司下属目不斜视，想笑又不敢，憋得脸红脖子粗。

"诸君不必拘谨，请开怀畅饮！"

皇帝举杯，群臣起身回敬，宴会便正式开始，一时歌舞丝竹袅袅，编钟齐鸣，绮丽无双。

殿门外忽然走进来一个人。

太子宁檀着一身素衣，披发跣足，与衣着华丽的百官命妇格格不入。

丝竹编钟声戛然而止，互相祝贺的百官渐渐安静了下来，皇帝的脸色瞬间沉得宛如锅底。

虽然宁檀私藏龙袍之事被压下来了，但天下没有不透风的墙，何况宁檀蠢得那般高调，大家多少能猜到一点。

"你应在东宫修身自省，来此处做什么？"皇帝板着脸问。

"儿臣有愧父皇、母后教诲，夙夜难安，值此冬节大典，特来向父皇和天下人叩首请罪。"宁檀赤足踩在地砖上，整个人冻得哆哆嗦嗦，神情哀戚，"求父皇给儿臣一个当面悔过的机会！若百官依旧觉得儿臣德不配位，儿臣……甘愿让贤！"

虞辛夷极轻地嗤了声。她看着以额触地、涕泗横流的太子，心道：他这是唱的哪一出？

席上的虞渊亦是面色凝重，远远观望。

皇帝的面色缓和了些，他道："知错能改，罪不至死。有什么话，你便说吧。”

宁檀从宫婢端着的托盘中取了一杯酒，起身道：“天昭七年，父皇立孤为太子，为储君七年，孤毫无建树。在父皇秋狝病倒前，孤不曾碰过一次奏折，不曾理过一次政务……”

这番话，实在不像是昏庸好色的太子能说出口的。

虞辛夷皱眉。她感觉不太对劲。

果然，下一刻，宁檀抬手转身，指尖直指座上天子，哀戚的面容有些扭曲：“那是因为，孤的父皇——当今天子，将他儿子当贼一样防着！他需要的不是一个太子，而是一个傀儡，一个对他言听计从的傀儡！”

太子疯了，竟敢当众辱骂皇帝！

满座哗然色变。

“您为什么不听儿子解释？为什么？”宁檀面色通红，他攥着杯子怒吼，“为什么啊！”

皇帝刚缓和的脸色又倏地一变，额角青筋凸起：“太子，你入魔了！”

“是、是！那也是被您逼的！您不许儿子染指皇权，又不许儿子无能好色，太子之位说给就给、说夺就夺，做您的儿子真的好难、好难啊！”宁檀笑了起来，嘶吼道，“在您眼里，我不是太子，我就是一条你高兴时施舍、不高兴时一脚踢开的狗！”

哗啦一声，玉器碎裂的声音响起，宁檀狠狠摔碎了手中的酒盏。

离皇帝最近的王令青率先发难，继而，云麾将军李冒与兵部侍郎刘烽领着甲兵一拥而进！

利益之下，没有绝对的忠诚。

太子许下了若自己继位后，对他们“封王封侯”的承诺，对于贪心不足之人来说，这足以驱使他们做任何事。

碎玉飞溅，映着满殿的刀光剑影。

七皇子府。

地上横躺了六七具尸首，有宦官的，亦有宫婢的，他们都是东宫或是宫里安插进来的细作，此时俱被灭了个干净。他们背后的主子都活不过今日了，这些碍事的老鼠宁殷自然也不能留。

宁殷吩咐：“清理干净。”

尸体被拖走，几盆水泼下，不稍片刻，阶前锃亮如新。

侍从接了密信，快步穿庭而来，禀告道：“殿下，东宫已有动作，沉风等人亦准备妥当，咱们是否……”

宁殷坐在兽炉边，仔细将手擦干净。

直至指节被擦得发红，满身异味被熏去，他方倚在窗边书案上，把玩着手中玲珑妙曼的黑色玉雕——一寸一寸，轻轻摩挲。

“收网不可操之过急，等着。”宁殷道。

他刚在宫中站稳脚跟，除了假死混入禁军中的沉风和李九，他能用的人十分有限。

何况他既然是回来复仇的，自然要等里面君臣反目、父子相残，等他们惨惨烈烈地死得差不多了再登场。

“殿下，还有一事。”

“说。”

“属下依照计划让虞府的马车坏在半路，且命人堵了街道，可还是未能阻止虞大将军……”侍从躬身，喉结滚了滚，他方低声道，“他孤身策马，进宫去了。”

摩挲玉雕的手一顿，宁殷俊美苍白的脸上泛着冷光：“哦，进宫去了？”

他明明是用轻描淡写的语气说的话，那侍从却背脊生寒，忙跪伏道：“属下失职！可否要将计就计胁迫虞将军，让他与咱们里应外合……”

“不必。”虞渊是个一根筋的武将，虽然迫于皇帝的打压猜忌，不得已暗中给了他些许便利，但并不代表虞渊会认同他那些疯狂的想法。

除非……宁殷望着掌心的美人玉雕，用指腹摩挲着玉雕上纤毫毕现的眉眼。

虞灵犀坐在花厅中，眼皮直跳。她心神不宁。

“岁岁？”

虞夫人连唤了好几声，虞灵犀才回过神来，笑笑道：“阿娘，什么事？”

苏莞有些担心，拉住虞灵犀的手道："阿娘是问你陪嫁过去的礼单可有要修改之处。"

虞灵犀瞥了一眼那烫金的冗长红礼单，眼睫垂了下去："都听阿娘的。"

虞夫人何尝看不出女儿的心事？女儿与薛二郎两小无猜，可女儿对薛二郎到底只有兄妹之情，并无男女之情，两人却偏偏被一道赐婚的旨意绑在一起。

听丈夫说，女儿原是有机会逃走的，但为了顾全大局，亦是为了这一大家子人的安危，女儿依旧选择了乖乖回家。她这个做阿娘的，如何不心疼呢？

她叹了声，接着便听门外传来了急促的马蹄声。

和平日父子归府的动静不同，这阵马蹄声十分凌乱，纷杂得很。

虞焕臣已经换上了甲胄，风尘仆仆地推门进来，带起一阵凛冽的风。

"岁岁，你和母亲还有阿莞待在家中，无论外面有何动静都不要出门。"他的语气很低沉，全然没有了平日的爽朗。

虞灵犀安抚好阿娘和嫂子，刚追出去，便见阿爹麾下的几名心腹将领已整装待发，正在商议着什么。

"皇上将军权一分为三，现在咱们想搬兵勤王，还需要听户部和太监的指令，这如何来得及？"其中一人气笑了，愤然道，"若咱们私自调兵，今上又要扣咱们一顶谋逆的帽子！真是猪八戒照镜子，里外不是人。"

"父亲和虞辛夷还被困在宫中，咱们不能不管。"虞焕臣当机立断，"你们先去调动所有能调动的禁军，于玄武门听令。咱们即便不能贸然行动，也能震慑逆党……"

随即，虞焕臣扭头看到了于庭中站立的妹妹，不由得一怔。

"岁岁。"虞焕臣挥手示意下属前去安排，自己则按刀朝妹妹走来。

虞灵犀看着兄长身上的银鳞铠甲，蹙眉问道："宫里出什么事了？"

虞焕臣看着妹妹通透的眼神，想起她先前说过的年底朝中会有大乱的预言，还是说了实话："太子趁冬节宫宴造反，将赴宴的大臣、命妇等三百余人囚于紫英殿，胁迫天子退位。"

虞灵犀脑中一空，所有缺失的记忆都在此刻连接成环。

她终于明白，梦中的自己重病卧榻时错过了什么——

是一场宫变，一场足够让宁殷坐收渔利、血洗朝堂的动乱。

太子和皇帝自相残杀，总会败一人，而剩下的苟延残喘之辈，便如瓮中之鳖，根本阻拦不了宁殷的脚步……

但是梦里的动乱中没有兄长和阿爹的存在，这是宁殷此时的复仇计划中唯一的变故，一个非常危险的变故。

“兄长，你能不能再信我一次？”虞灵犀认真地道。

“当然！”虞焕臣点头。

从灾粮案的幕后真凶到卫七的真实身份，从薛家的两面三刀到她说过的年底必有大乱，妹妹预料的太多事都变成了现实，虞焕臣没有理由不信她。

“不管这场宫变中发生了什么，请兄长救出阿爹和阿姐，也保护好七皇子。”虞灵犀深吸一口气，朝哥哥行了大礼，“求兄长帮帮他！”

在那场梦中，宁殷灭掉了很多人，用近乎自毁的方式站在天下至高的位置，却也承受着最恶毒的谩骂和反噬。

如果可以，现今，她要让他得天下权势，还要让他得众人敬重。

她会让他从梦里那个倒行逆施的疯子，变成名正言顺的英雄。

第三章 膝枕

紫英殿已沦为人间炼狱。

几十具宫婢和内侍的尸首横躺在地上，美酒倾倒。

殿内惨叫声和“护驾”声连连，众人拥着皇帝且战且退，却退无可退。

紫英殿已经被太子的乌合之众包围了。

虞渊的官袍已染了血，他领着仅剩的禁卫挡在最前，大有一夫当关万夫莫开的凛然气势。

虞辛夷和宁子濯则护着女眷在后，除此之外，文武百官竟没有几个人敢站出来阻拦逼宫的叛军。

虞辛夷手持刀刃抵着殿柱，而宁子濯气喘吁吁，手里拿着从叛党手中抢来的弓矢，腰间的箭筒已经到了底。

皇帝大概没有想到，最后拼死护在他面前的除了几个亲卫，就只有一个纨绔少年与被他猜忌、打压过的虞家父女。

直到这种时候，他才意识到谁才是值得他信任的坦荡之人。

他们抵抗了两刻钟，但，也只是两刻钟。

一阵厮杀过后，死伤遍地。皇帝的亲卫们都死光了，虞辛夷和宁子濯亦身负重伤，被叛军缴了器械。

“你……哼！”太子抓起虞辛夷高束的马尾发，望着她那双不甘的眼睛，恶狠狠地道，“等我登上皇位，我再好好处置你！”

皇帝冠发凌乱地坐在龙案后，花白的头发从鬓边散乱，顷刻间，他仿佛年老了十岁。

殿中的数百名臣子亲眷，皆沦为了宁檀手中的人质。

这些人个个家世煊赫，其中不乏武将亲眷。这些人落在宁檀手中，极有可能成为他威胁策反武将的把柄。

情势对皇帝极为不利。

宁檀从人质中抓了一男一女两名朝臣亲眷，朝皇帝道："父皇大势已去，何必负隅顽抗？您传位于儿子，儿子自会让您颐养天年……如若不从，有如此二人！"

说罢他拔刀一砍，将那两名衣着华贵的人质就地斩杀。

瑟缩在殿中的人哭号得更甚，虞辛夷眼睁睁地看着那两人被斩杀，不由得咬牙："畜生！"

宁子濯拖着伤腿悄悄挪了过去，握住虞辛夷的手给她止血。

宁檀暴躁地在殿中走来走去，散乱的头发在北风中乱舞，将他整个人吹得如鬼魅般恐怖。

"父皇，您这般英明神武、仁德宽厚，就不愿意救救您的臣民吗？"他哈哈一声，几乎声嘶力竭地道，"您为什么不像个君王一样，挺身出来保护您的臣民？他们都快被我杀光了啊！"

龙案后，皇帝腮帮几番鼓动，他终是选择了沉默。

在皇位和保护臣民面前，他选择了前者。

绝望笼罩着殿中的所有人，他们神情枯槁，还在等禁军勤王。

可虞辛夷知道，禁军没有三方军符，即便屯守在宫门外也无法行动。何况禁军统领的亲眷都被困在宁檀手中为质，他们又摸不清关押人质的方向，投鼠忌器，是不敢轻举妄动的。

时间一刻一刻地过去，鏖战之下，追随太子的叛党折损了近半。

虞渊等人也没讨到好处，已然力竭。

天色渐渐变得晦暗，殿中充斥着极浓的血腥味。

太子出去了一趟，再归来时，又连杀了数人。

被刀架在脖子上，皇帝依旧不肯退位。他像是一只年迈的狼，死死地咬着嘴里的肉，以维持他身为帝王最后的威严。

宁檀不住地拉扯着头发，声嘶力竭地对兵部侍郎道："找出玉玺，逼他写退位诏书！"

"陛下，得罪了。"兵部侍郎举起了手中的长剑，剑尖映着森森的寒光。

千钧一发之际，一柄尖刀扑哧一声从兵部侍郎的后胸入、前胸出。长剑脱手，叛军口吐鲜血栽倒，露出殿门处那着紫衣的俊美青年。

宁殷甚至没有穿铠甲，依旧是常服打扮，墨色的长发半披半束，若非他脸上有飞溅上去的鲜血，袖袍被染成了暗色，宁檀定会以为他只是临时起意散步至此。

"你……你怎么进来的？"宁檀睁大双眼，随即暴喝道，"来人！给我杀了他！"

殿外屯守的叛军毫无反应。

宁檀不知道自己的兵力怎么突然没有动静了，一边后退一边暴喝道："弓弩手呢？李冒何在？"

没人回应他。

"殿外的那一千叛军，皇兄恐怕是等不到了。"宁殷仅带了数名下属，踩着满地蜿蜒的血河而来。

"儿臣救驾来迟，请父皇恕罪。"他不卑不亢地说着，如黑潭般的眸子里没有半点波澜。

皇帝神色极其复杂。他大半辈子用尽心机手段，到头来救他的，却是那个他视为耻辱的儿子。

老七是来救他的吗？皇帝不确定。但眼下处于困境，老七的确是他能抓到的最后稻草。

胸膛起伏，皇帝嗓音嘶哑地道："吾儿助朕捉拿逆党，朕封你为静王，食邑一万！"

宁殷嘴角动了动。这个时候，皇帝倒是愿意认他这个儿子了。

可惜，太晚了。

守在后殿门口的王令青见太子大势将去，吓得屁滚尿流，忙不迭地丢了刀，撒腿就逃。

太子睚眦欲裂，被几名亲卫护着且战且退，尤在绝望地嘶吼：“母后！母后你来帮帮儿臣啊！你忘了你这个儿子是怎么来的了吗？”

他渴望有奇迹出现，期盼皇后看在利益的分上帮他一把：“母后！儿子若是败了，你的秘密也守不住了！我们是同一条船上的人啊……啊！”

一柄短刃飞来，贯穿了宁檀的胸膛。

他睁大眼，僵硬地低头，难以置信地看向心口的一线血色。

宁檀沉重的身躯朝前扑去，一摊暗红色的血液在他身下缓缓流淌开来。

他的眼睛犹自睁得很大，嘴中溢出血沫：“母……为……为什么……”

他颤巍巍地朝角落中的人影伸出手，似乎想要抓住什么，可终究只是徒劳。

皇帝看着猝然死去的太子，干枯的嘴唇动了半晌，他终是颓然地倒回龙椅上，任由溃散的叛军从太子的尸首上践踏而过。

宁殷笑了起来。染血的笑容衬着他白皙的肤色，让他有种疯狂的俊美之色。

六年前母子相残的游戏，他总算一笔一笔地讨了回来。

真是美妙啊。

“折戟、沉风。”宁殷唤来安插在禁军中的下属，抬眸道，“还不快替陛下把‘叛党’消灭？”

紫英殿外。

虞焕臣率着亲卫围住了宁檀那一干投诚的叛军，缴了他们的武器，又命青霄、青岚等人，将受困在殿中的父亲和虞辛夷等人救了出来。

他刚救出人，便听殿中传来一阵高于一阵的惨叫声。

虞渊露出惊讶的眼神，下意识地要往回走，却被虞焕臣一把按住。

军旗飒飒，寒风一卷，年关的第一场碎雪缓缓落下。

“下雪了，好冷！”胡桃搓着手关上门，转身见凤冠喜服都原封不动地搁在案几上，便暗自叹了声。

胡桃取了小暖炉塞到虞灵犀微凉的手中，哄道：“京中手最巧的绣娘赶工了三个月，才做好这婚服呢！可漂亮啦，小姐不试一试吗？”

“不必了。”虞灵犀还在等宫里的消息，便淡淡地道。

“试试吧，小姐穿这衣裳定然美极！若是不合身，奴婢再让绣娘去改。”

胡桃的想法很简单，她想让小姐稍稍开心些，而女孩儿见到漂亮的衣服和首饰，一般会很高兴。

虞灵犀拗不过她，只好道：“你先出去，我自己试。”

胡桃脆生地应了声，去屋外等着了。

虞灵犀坐了会儿才起身，解下狐裘披帛和外衣，披发走到被叠放整齐的婚服面前，伸指摸了摸。

虞灵犀站在落地铜镜面前，看着里头红衣似火的自己，一时有些恍惚。

婚服很美，珠光华美，金线秀丽，层层绽放的裙裾自然垂地，鲜妍得仿佛世间的璀璨都集于她一身，她却只感到了沉重和陌生。

穿了不到半盏茶的时间，她便迫不及待地想要将婚服脱下，丢在一旁。

手指刚触及腰封，她忽闻门外守候的胡桃一声惊叫。

虞灵犀转身，便见有人破门而入。继而颈侧剧痛，眼前一黑，她没了意识。

两刻钟后。

虞灵犀是被说话声吵醒的。

她被缚住手脚丢在了冰冷的地面上，头被一个黑布袋所罩，布袋上面只留有一个透气的小孔。

身边，一个油滑的声音悲戚地道：“罪臣王令青因受太子胁迫，不得已做出了冒犯天威之事，罪臣悔不当初，特来向殿下请罪！”

王令青？黑布袋下，虞灵犀微微一怔。

她原以为有人指使王令青绑走自己，是为了胁迫阿爹屈服，现在看来，并非如此。

太子出了事，能让王令青低声下气恳求的“殿下”，只有可能是……

虞灵犀停止了挣扎，突然变得安静起来。

王令青将虞灵犀推了出来，继续谄媚道：“这个，是微臣的一点心意。”

虞灵犀被推得跌在地上，在心里将王令青骂了个狗血淋头。

他请罪就请罪，关她何事？

王令青道：“听闻殿下流亡在外时，曾落难成为此女的奴仆，受尽屈辱。今罪臣将此女当作投诚的礼物，献给殿下。”

“……”

好吧，她终是逃不过被人当作礼物送给宁殷的宿命。

一直沉默的人总算有了动静，虞灵犀听到了沉稳的脚步声，风吹得他厚重的衣袍窸窣作响，里头夹杂着她所熟悉的木香。继而，她眼前出现一阵刺眼的亮光，有人取走了蒙她面的黑布袋。

天边漆黑如墨，庭中火把通明，铺天盖地的碎雪飘下，被庭院中的火光映成漂亮的浅金色。

纷纷扬扬的回雪如花般落在宁殷玄黑的大氅上，落入虞灵犀琉璃般通透的眼眸中，转瞬间融化成潋滟的水光。

院中跪了一片人，他们俱是朝着宁殷的方向，跪拜俯首。

宁殷摸着下颌俯身，看着乌发披散的红衣美人。

他的视线一寸寸瞥过虞灵犀柔美娇艳的脸庞，落在她身上织金绣珠的婚服上。

宁殷漆黑的眸中像是隐隐燃起了火焰，瑰丽而又凉薄。

他半眯着眼眸，忽地轻笑一声。

虞灵犀毫不怀疑，睚眦必报的小疯子见到她这副倒霉样，定是开心解气极了。

“怎么把自己搞得这样狼狈，嗯？”宁殷低嗤了声，视线再往下，停在她的手腕上。

少女的皮肤白皙娇嫩，粗绳绑得紧，已将她勒得红肿破皮，这让她看上去颇为可怜。

恣肆的目光沉了下去，他盯着那处红肿的伤痕看了许久。

短刃的寒光闪过，虞灵犀腕上的粗绳应声而断。

王令青见宁殷不排斥这份礼物，不由得喜上眉梢，忙不迭地表忠心道：“罪臣王令青愿弃暗投明，为殿下肝脑涂地！”

虞灵犀听到这句熟悉的话，嘴角动了动。

她心道：唉，神仙也救不了你啦。

“哦？”宁殷眯了眯眼，轻轻地笑道，“那便成全你吧。”

下一刻，虞灵犀被揽入一个宽阔的怀抱。

“都不留了。”宁殷淡然地说着，抬手扬起大氅边缘，为她挡住了飞溅的血花。

禁军清理了紫英殿内外。

死者大部分是受利益驱使的叛军，也有一些不是。

不过那又有什么关系呢？“叛军”知道自己没有活路了，狗急跳墙时“误伤”了几个皇后或是皇帝的亲信，亦是说得过去的。

皇帝元气大伤，受惊卧榻，于皇城以北的长阳宫休养——说是休养，实则无异于仓皇而逃。

再凶狠的狼也终究是老了，獠牙残断，这局父子相残，他付出的代价太大太大。

殿中，虞焕臣抱拳道：“臣未得三方符令领兵入宫，有违军纪，请陛下责罚。”

“小将军一心护驾，情有可原，朕赦你无罪。”帘后的皇帝坐起身来，声音沙哑疲惫，“今日那逆子许以王侯爵位，拉拢李冒的北衙禁军于冬节逼宫，幸得大将军父女二人舍命相护，朕才能平安渡过此劫。朕都记在心里，必将重赏尔等忠正良将！”

虞焕臣知道这是一个极佳的机会，于是悄悄看了一旁的父亲一眼。

虞渊忍着身上的伤痛，一撩下裳跪拜：“尽忠职守乃臣之本分，何况陛下仁厚英明，自有天佑，臣不敢居功求赏。只是臣年迈体衰，拙荆又体弱多病，若陛下能允许臣之小女承欢膝下共享天伦之乐，臣感激涕零。”

皇帝何尝不知虞渊是想让他撤回赐婚旨意？但君无戏言，此时他收回成命无异于承认自己错了。

皇帝沉吟片刻，道：“虞卿过谦了！古有上将军七十披甲而战，虞卿忠肝义胆正值壮年，现在谈论天伦为时过早。夜深雪寒，虞卿也早些回去歇息，朕明日与礼部商议后，再论功重赏！”

皇帝竟是装作听不懂，将此事糊弄了过去。

虞渊出了长阳宫，心思沉重。

他沿着天梯般的白玉阶往下走，问儿子："今日七皇子于紫英殿内救驾，到底怎么回事？"

虞焕臣明白，父亲是在问那些"捐躯"的近侍和大臣。他们有的是帝后亲信，有的是参与或是接手过"丽妃潜逃"一案的官员。而虞焕臣控制着叛党余孽，与紫英殿只有数丈之遥，本来是有机会保护他们的，可他没有。

经此宫变，朝堂恐怕不再是今上的朝堂了。

虞焕臣选择相信妹妹，便道："一两句话说不清楚，父亲不妨回去问岁岁。"

父子俩万万没想到，岁岁失踪了。

胡桃跪在厅中，脖子后一大块紫痕，她已然哭成了泪人。

"歹徒是趁我们倾巢而出、虞府防卫松懈时潜入的，先是打晕了侍婢，再掳走了岁岁。"虞辛夷熬得眼里满是血丝，愤然地道，"让我查到是哪个浑蛋干的，我定要将他千刀万剐！"

虞焕臣冷静些，上前查看了胡桃颈后的伤，而后问："歹人可有留下信笺？"

胡桃抽噎道："奴婢到处找过了，没有。"

"观胡桃伤处，歹人应是击打了好几下才将人击晕，可见此人是个上不得台面的急躁生手，又不为钱财。"虞焕臣道，"敢潜入将军府劫人，此人绝非普通的盗匪，且趁着虞府上下被困在宫中时下手，这说明对方知晓宫中所发生的事……"

虞辛夷瞪大眼："是宫里的人？"

莫非是太子走狗见事情败露，于是绑走妹妹以换取保命筹码？她心想。

虞渊顾不得喝一口热茶，握拳沉声道："即刻去查，今日乱党中有谁趁乱潜逃出宫！"

虞辛夷带着伤，要跟着出门，却被虞焕臣制止："你照顾好家里人，封锁消息。尤其是这几日我们与薛家往来频繁，切莫让他们听到风声，以免他们拿此事大做文章。"

虞辛夷这才勉强作罢。

风雪肆虐，吹落满树的冰霜琼花。

七皇子府邸，纷纷扬扬的大雪顷刻间覆盖了大地。

虞灵犀被罩在厚实的黑色大氅下，撑起一片干净的小天地，鼻间全是宁殷身上的淡淡木香。

大氅突然垂下，光线重新倾泻下来。

虞灵犀抵着他的胸膛抬首，沿着他干净苍白的下颌往上，撞见了那双令她无比熟悉的墨黑色眼眸。于是她眨了下眼，朝他露出一个浅笑来。

处境如此，她竟然还有心思笑。

眉梢微动，宁殷下意识地攥住了她的手腕。

被抓到了被粗绳捆绑擦破的伤处，虞灵犀抿唇，轻轻地蹙了蹙眉。

宁殷忽地松了手，看了她红肿的手腕一会儿，而后改为拎着她婚服的衣领，跨过庭院，转过回廊，拎鸡崽似的拎着她来到一间寝殿外。

然后，他毫不留情地踹开门。

暖光扑面而来。

这间寝殿她觉得十分眼熟，和梦中的摄政王府寝殿颇为类似，她竟然生出了一股归属感来。不过现在可不是她想这些的时候，因为宁殷看上去心情略微不佳。

“慢……慢点！”虞灵犀踉跄道。

宁殷的步伐看上去不快，可因他腿长，她跟得颇为艰难。

宁殷置若罔闻，反手将门关上，拎着虞灵犀来到内间的雕花宽榻前。

落地的花枝灯盏如星辰般明亮，炭盆生暖，兽炉焚香，宁殷身上却仿佛只蒙着千年不化的霜雪孤寒之意。他解下大氅，将其随意地丢在地上，转身坐在榻上看虞灵犀，似是在思索如何处置虞灵犀这个让他曾“受尽屈辱”的礼物。

他不得不承认，虞灵犀很适合穿娇艳的红色衣裳。雪肤墨发，红裙美得仿佛能将人的眼睛灼烧，他却只觉这红裙碍事又刺眼，非常刺眼。

虞灵犀见他缓缓眯起了眸子，便知他算总账的时候来了。

她也没见他有什么动作，便见一把匕首出现在他的指间，被他漫不经心地转动着。

“过来。”他道。

虞灵犀想了想，朝他走了两步。

宁殷眼也不抬，于是她又慢吞吞地挪了两步，裙摆几乎贴上了他的膝盖。

宁殷这才慢慢抬眼看她，指间的刃尖沿着她下垂的袖子一点点往上，从手肘处横过，落在了她不盈一握的腰肢上。

匕首压在衣料上的触感很特别，仿佛隔着几层衣裳，她也能感觉到来自冷刃的锋利与森森之感。

继而他将刀尖一挑，她只闻吧嗒一声布帛断裂的细响，束腰的腰带应声而落。

她颤了颤，站着没动。

宁殷的匕首再往上，落在她胸侧起伏的轮廓上，他又一挑，衣带崩开，质地精美的婚服松至她的臂弯处，里头纯白的中衣露了出来。

再往下，便是裙带。

华贵的婚服被他用刀刃一件件划开、剥离，变成一堆破布，如荼蘼般层层堆叠在虞灵犀的脚下。最后只剩下纯白的中衣中裙，圣洁如雪。

她怕吗？当然不。若是梦里那个被送进王府的虞灵犀，定然是怕极的。但现在的虞灵犀，甚至来不及可惜这件费时三个月制成的华美衣裳。

谁会怕自己喜欢的人呢？

一切尘埃落定，宁殷也如愿以偿。

积压在她心头的阴云正在逐渐消散，繁复的嫁衣一层层从她身上滑落的这一刻，亦是她这几个月来最轻松、最自由的时刻。

被划破的嫣红上衣还将落不落地挂在她的臂弯上，让她颇有妖妃之态。她清了清嗓子，主动将它脱了下来，让它如一片瑰丽的晚霞般落在脚下。

此时她身上只剩下纯白的中衣中裙。

她看出来宁殷讨厌她这身衣裳，尽管单薄里衣和中裙并不保暖，即便她在炭盆旁还有些畏寒。

宁殷对她的懂事态度甚为满意，总算收起了指间的短刃。

虞灵犀捡起他丢下的大氅，将自己裹了起来，黑狐毛领衬得她的脸庞娇小又白嫩。

宁殷挑了挑眉尾，到底没说什么。

于是虞灵犀便顺杆而上，小声问道："家人不知我在卫……殿下府邸做客，恐会担心，我能给他们送封家书吗？"

宁殷交叠双腿倚在榻上，嗤笑道："你说呢？"

这便是不行了。几个月前她也是借着送家书报平安的当口，与虞焕臣定了两日之约。天亮过后，她走得决绝。

果然，宁殷慢声道："灵犀似乎搞错了自己的处境，一个礼物，恐怕没有提要求的资格。"

他叫她"灵犀"，不是"小姐"，也非"岁岁"。

虞灵犀对这个称号很熟悉，有些怅然，但她依旧是轻松的——有了梦里的经验，又加上几分情难自禁，哄人的话她几乎脱口而出。

"那……我如何才能有资格？"她笑得明艳，放软了声音问。

"不急，"宁殷意味深长地道，"我喜欢慢慢玩。"

那个"玩"字，他咬得格外重，像是在品尝什么。

虞灵犀不知他在打什么坏主意，想了想，还是决定再争取一把："礼物也需要绾发，我出门急，忘了带贴身的发簪。"

她望着宁殷的眼睛，补充道："就是那支夹了血丝的螺纹瑞云白玉簪。"

宁殷手一顿，而后他起身，高大的身影瞬间将虞灵犀笼罩。

"灵犀不必要花招了，没用的。"他俯身，伸指玩了玩虞灵犀冰凉顺滑的发丝，哼笑道，"我谨慎又记仇，绝不会在同一个地方跌倒两次。"

说完这句话，宁殷果真不再理她。

有人叩门，给他呈了一份名册，他便倚在榻上慢悠悠地看了起来，时不时用朱笔画个圈。

屋内安静得只有炭火刺啦的轻响，虞灵犀并不拘束，站了会儿，察觉到累了，便坐到了一旁的脚榻上。

她抱着双膝，将下颌抵在膝盖上，墨发自颈侧分散，她细嫩脖子后的一小片青痕便露了出来。

这正是王令青的人掳她时，下手不知轻重弄的。

眸色沉了片刻，宁殷忽而轻轻一咳。

虞灵犀回过头来，疑惑地看着他。

“上来。”宁殷合拢名册，指了指暖和的床榻里侧，“暖榻。”

暖榻？虞灵犀极慢地眨了眨眼睛。这事她熟。

何况，她的确累了。

虞灵犀起身，解下斗篷仔细地将它挂在一旁的木架上，任由乌发垂至腰际，从另一侧爬上了榻。

宁殷的视线落过她下塌的腰窝上，他还未看够，便见她翻身一滚，轻巧地滚入了被褥中，只留出鼻尖和澄澈的眼睛。

她的动作竟是一气呵成，连头发都规矩地摆在枕头两侧。

宁殷半晌无言。有那么一瞬，他竟觉得眼前的画面他似是很早以前就见过，无比熟悉。

殿内暖意充盈，他身上的气味慢慢散了出来，和少女身上淡淡的花香形成了鲜明的对比。

宁殷有些嫌恶地皱了皱眉，起身去隔壁净室沐浴。

门开，清冷的雪光铺地。

门关，风雪声停息。

宁殷行至廊下，唤来折戟。

“将王令青鞭尸三百，示众。”他沉声道。

折戟有些意外。主子是真的动了怒。

折戟抱拳疑惑地想：王令青到底犯了什么错，惹着殿下了？

寝殿中，虞灵犀一动不动地躺着。

宁殷一走，整座大殿都空了下来。

她放软身子，打了个哈欠。现在的小疯子终究有几分人性，没有梦中那么多磨人的癖好，竟然不知“暖榻”是不能穿衣裳的，得实实在在用娇嫩的肌肤去暖。

她穿得齐齐整整的，他也没说什么，好哄得很。

嘴角翘了翘，虞灵犀朝里侧了侧身子，心终于安定下来。

她因宫变之事提心吊胆许久，已是累极。

她合上眼皮，不过片刻，便糊里糊涂地坠入了梦乡。

宁殷带着一身清爽的湿气入殿时，虞灵犀已经睡着了。

他站在榻边，墨发披散，大片结实的胸膛露在外头，他也不觉得冷。

虞灵犀总喜欢朝着里边侧睡，微微蜷着身子，安静得像是一朵含羞的花。

宁殷俯身，扳过虞灵犀的肩头，盯着她的脸看了很久。

她睡得沉，竟然没醒过来。

他心道：啧，真是心大。

宁殷吹了吹她的眼睫，见她毫无动静，才索然无味地拿起一旁的药膏，焐化了抹在她的伤处。而后他掀开被褥上榻，调整姿势，将她柔软的身躯整个儿箍在自己怀中。

抬袖灭了灯盏，他面无表情地收拢手臂，与她一起叠成两张契合的弓。

虞灵犀感觉自己要窒息了。

腰仿若被一条铁链箍住，她挣不脱、逃不掉，做了一晚的噩梦。

她醒来时，天已大亮，榻边被褥冰凉，已经没有了宁殷的身影。

她揉了揉眼睛，忽然发现腕上的伤消肿了不少，也不疼了，闻之还有一股淡淡的药香。

虞灵犀醒了会儿神，破碎的婚服还躺在地上，提醒她昨天那场腥风血雨的动乱和她被闯入府邸的贼人掳走之事都是真的。

自己一晚上没见人影，她也不知家里人急成了什么样子。

虞灵犀起身，接着便有几个低调内敛的宫婢端了铜盆、衣裳等物陆续入殿，一字排开。

为首的大宫女福了一礼道："姑娘，请下榻梳洗用膳。"

虞灵犀下榻看了一眼，只见托盘中衣裳裙裾还有披风一应俱全，唯独少了绾发的簪子。

"是不是少了什么？"她问。

"回姑娘，没有少。"为首的宫女道，"殿下吩咐奴婢们准备的就是这些。"

宁殷的意思？这是昨日她提及玉簪之事，戳他的痛处了，所以他现在要对她小小“惩戒”一番吗？

可他分明又不许她回家去取。

虞灵犀不太明白。

宫婢放下东西便走了，态度恭敬有余，却对她并不热络，想必是真将她当成了以色侍人的宠婢。

虞灵犀只好拿起案几上的一根象牙筷子，简单地绾了个低髻，搭配杏红的冬衣襦裙，这倒显得她别有一番娇柔之态。

用过膳，她试着从寝殿探出头去。

青檐藏雪，冷雾氤氲，内侍躬身立在廊下，没人阻拦她。

于是她胆子更大了些，提裙跨门出去，在府邸中四处转悠起来。

积雪甚厚，目之所及皆是一片苍茫的白色。

虞灵犀唤住一个端着空食盒路过的内侍，问道：“你们殿下呢？”

内侍退至一旁，恭敬地道：“殿下在偏殿处理事务。”

虞灵犀道了声谢，朝偏殿行去，一路畅行无阻。

奇怪，自己明明是第一次来宁殷的这座府邸，为何对这里的一砖一瓦如此熟悉？走到偏殿，虞灵犀才明白这股熟悉之感从何而来。

这座府邸，赫然就是梦中摄政王府的雏形，就连偏殿的摆设都几乎与梦中的一模一样。

宁殷着一身深紫锦袍，墨发以玉冠束了一半，他正拿着一份密折倚在坐榻上看，质感极佳的袖袍顺着榻沿垂下，不见一丝褶皱。

瞥见门口悄悄探首的美人，宁殷弯了弯唇，唤道：“过来。”

虞灵犀便大大方方地走了进来，行动间裙裾摆动，耳畔两缕碎发垂下，给她平添了几分温柔明媚之色。她竟是别出心裁，用象牙箸绾了发髻。

他对她小做刁难，她倒玩出了花。

美人已行至他面前，见没有多余的椅凳，便自然地坐在凭几的一边。

宁殷面前摆着一碟金黄甜香的糖蒸栗粉糕和一盏嫣红剔透的山楂果酱。

杏眼一弯，她如同在虞府时那般干净明艳，主动搭话道：“殿下用膳了没？”

宁殷并不作答，收回视线，将密折丢至炭盆中。

见火苗蹿起，将那玩意儿烧成了黑灰，他方顺手将案几上的栗粉糕推至虞灵犀面前。

虞灵犀以为宁殷是要将栗粉糕给自己。虽然刚刚用过早膳，并不饿，但她还是客气地拿起一块栗粉糕，蘸上酸甜的山楂果酱，送入嘴中轻轻咬了一口。

宁殷睨她，神情变得微妙起来。他挑起眉问："你被人送到本王府上，到底是来做什么的？”

虞灵犀一怔，而后反应过来，自己这会儿是个被献来讨好他的礼物。

做小姐太久了，她都快忘了伺候人是何滋味了。

虞灵犀毫不吝惜地绽开浅笑，没有一点做礼物的自觉。反正她只有这几天自由日子能过了，不如及时行乐。

“好啦。”她搁下吃了一半的糕点，重新拈了一块递到宁殷嘴边，“殿下请。”

宁殷换了个姿势，挑剔道：“没有蘸酱。”

虞灵犀只好仔细地蘸了果酱。她刚把糕点送过去，就被宁殷捉住了腕子。

他没用劲，温热的掌心贴在她的伤处，她觉得有点痒。

“不是这样蘸的。”宁殷笑了声，用另一只手蘸了一食指的山楂酱，慢慢地涂满虞灵犀柔软的唇瓣。

虞灵犀的唇形饱满好看，唇上涂了嫣红的果酱，宛若上了一层口脂般，这衬得她皮肤雪白，嘴唇更是娇艳诱人。

宁殷凑过来时，虞灵犀一时忘了呼吸，眼睫微微颤动。

只见他倾身侧首，先是用嘴唇碰了碰那两片诱人的嘴唇，然后再以舌尖一点一点地将山楂酱慢慢舔食干净。

宁殷半垂着眼睛，刻意放缓了动作。

“殿下，薛侍郎、薛二郎求见。”侍从的声音远远从阶前传来。

虞灵犀从旖旎春色中惊醒，忙要退开，却被宁殷一把按住，顺势搂入怀中。

宁殷睁眼，眸色变得深沉起来。换气的间隙，虞灵犀听见他用喑哑低沉的嗓音道："宣。"

宣？虞灵犀可不想在这种情况下见到薛岑——准确来说，她并不想面对那桩她好不容易短暂逃离的婚事。

殿门大开，廊下已经传来了脚步声，可宁殷依然没有停下的迹象，炽热的呼吸如同旋涡般，拉着虞灵犀往下坠。

"宁……"虞灵犀伸手抵在宁殷厚实的胸膛上，推了推，他却纹丝不动。

宁殷想做什么？她睁大眼，心脏突突地狂跳。

脚步声一声比一声近，来人如同一步步踩在了她的心脏上。

宁殷的手却往上，他强势地扣住了她的后脑。

他疯了，他要拉着她一起疯。

虞灵犀绷紧了身子，整个人都快烧起来了。心跳如雷，她无法呼吸。

脚步声已经到了殿门口，她脑中一空。"嗯"了一声，她攥紧了宁殷的衣襟。

宁殷一扬手，面前半卷的纱帘应声而落，挡住了外头之人的视线。

几乎同时，薛家兄弟一前一后踏了进来。

纱帘晃晃荡荡地垂下，庭外清冷的雪光通过帘上玉片的缝隙投入殿中。

窄窄的一线光影落在宁殷漆黑的眸中，他眼中跃动着极致疯狂的神色。

虞灵犀感觉自己像被抛到高处，又猛然坠落，心脏快要裂开。

"臣户部侍郎薛嵩。"

"草民薛岑。"

"拜见七皇子殿下。"一严谨、一明朗的薛家兄弟入殿，朝帘后之人拢袖行礼。

一想到薛岑就在与自己一帘之隔的地方，虞灵犀就禁不住心脏一紧，脸上浮现出浅浅的绯红色。

她呼吸凌乱，绾发的象牙箸不知何时掉落在地，长发倾泻着垂至腰际，嘴角还染着山楂酱的颜色，这样的她看上去当真是可怜极了。

质感极佳的华贵紫袍被揪得起皱，宁殷也不在意。他一手抵着太阳穴，一手沿着虞灵犀的纤腰往上，慢慢悠悠地轻抚她的背脊，像在安抚一只受惊的猫。

薛嵩和薛岑有些意外。

隔着朦胧晃动的织云纱帘，他们明显可见宁殷的怀中坐着一个女人。女人面容模糊，但身形极为曼妙窈窕，纱帘的流苏下，露出一截裙裾和松散垂下的墨发，裙裾下一点簇新的鞋尖隐现，可见女人是何其媚态无双。

兄弟俩心照不宣，当作没看见。

薛嵩等了片刻，见帘后之人没有回应，便又稍稍提高声音谒见。

“有事就说。”宁殷淡然地道，眼睛却定定地望着虞灵犀。他将她的忍耐尽收眼底。

“臣奉陛下之命，赏赐七皇子殿下永乐门外良宅一所、婢十人、舞姬一对，另有黄金千两、珍玩宝马若干。”薛嵩呈上赏赐礼单，道，“请殿下过目。”

听到皇帝赏赐了宁殷美婢与舞姬，虞灵犀抬眼，抿了抿红润的唇。

她抿紧唇后，嘴角那抹晕染开的山楂红便格外显眼。

神色悠闲的宁殷凑上去品尝她嘴角的山楂酱。

虞灵犀心道：还来？

虞灵犀气呼呼地欲别开脸，却被宁殷轻而易举地捏住下颌。她躲无可躲。

温热的气息再次铺洒过来，她索性磨了磨牙齿，在他过于放肆的舌尖上一咬。

宁殷果不其然地轻哼一声。

这番动静，帘外的人自然听见了。

薛岑皱眉，移开了视线，心道：荒唐。

宁殷张了张嘴，露出一点被咬破的殷红舌尖。

细微的疼痛感使得他眼底的兴味更浓，他不退反进，在换气的间隙稳声道：“薛侍郎忙点，本王尚能理解，只是薛二郎无官无职，怎么也跑到本王这儿来了？”

薛岑一时无言。不过短短数月，帘后的人便从身份卑微的家仆摇身一变，变成了宫乱之中的最大赢家。宁殷恐怕就只在二妹妹身上栽过唯一的跟头。

婚期将近，薛岑怕他会针对虞灵犀，故而才借祝贺之由登门。

薛岑朗声道："殿下乃英雄翘楚，舍身救国于危难，薛岑理应拜谒。"

好一个冠冕堂皇的借口。宁殷捉住虞灵犀乱动的腕子，哑声道："那愣着做什么？赶紧拜完走吧。"

薛岑一怔。宁殷却是将虞灵犀的脸转向纱帘，让她隔着如雾的帘子面对薛岑，漫不经心地道："拜啊。"

薛岑只好拢袖躬身，一揖到底，恭敬地朝着帘后的人再行大礼。

薛嵩以余光瞥向胞弟，也拱手道："臣见叛党王令青之流的尸首……"

"薛侍郎既要掌管户部财力，又要管百官言行，如今连叛党的处置手法也要过问，当真是公务繁忙。"宁殷甚至还带着笑意，"知道王令青因何事而死吗？"

薛嵩问："何事？"

宁殷道："多管闲事。"

一语双关，讥讽得极妙。

明明隔着一道帘子，薛嵩却仿佛被一眼看穿了灵魂。

他下意识地拱手道："臣奉陛下之命，与提督、大将军分管军务，尸位素餐，实乃惭愧。"

薛嵩已得到宁殷的态度，转动心思，说了几句自谦之言，便欲退下。

"慢着。"宁殷唤住了他们。

他箍着虞灵犀，于她耳畔一字一句地沉声道："替本王向你的未婚妻问好，薛二郎。"

这句话无疑充满了威胁挑衅的意味，薛岑浑身一震，白净的脸上浮现出薄怒之色。

他不知道，自己的未婚妻已经成了宁殷禁锢在怀中的鸟儿。

薛嵩倒是不动声色地回了句："臣替弟妹谢殿下关怀。"

兄弟俩不再言语，各怀心思出了偏殿。

帘子后，虞灵犀憋在心间的那口气总算吐了出来。

方才之事比她任何时候所经历的事都惊险刺激，那种刺激并未源于她行为的放纵，而是源于她精神道德的崩塌。他竟然当着薛岑的面……

虞灵犀耳尖都烧红了——有一半是恼的。她挣开宁殷的钳制，倏地站起身。因为腿软且人比较慌乱，她落地时踉跄了一下，撑着宁殷的肩才勉强站稳。

手掌柔若无骨，她推起人来跟猫挠人似的，宁殷不禁笑了声："灵犀还真是一如既往地爱过河拆桥、翻脸不认人，明明方才还缠我缠得极紧。你瞧，我这衣裳都被抓皱了。"

"欺负人还要倒打一耙。"虞灵犀抹了把红肿的嘴唇，"你太过分了。"

她想了想，还是觉得后怕，便又加重语气恼道："太过分了！"

她这般鲜活的神态，显然取悦了宁殷。

"这就过分了？"嘴角微动，宁殷拾起掉落在地上的镶金象牙箸，抓起她的长发绾了个松散的髻，淡然地道，"我生来心狠凉薄，只是以前舍不得对你太过分。"

"你的过分之处并非什么心狠凉薄。"虞灵犀实在忍不住了，蹙着眉道，"明明是两个人之间的雅事，你为何非得在薛家人面前如此？真是败兴。"

宁殷抬眸，半晌后道："哦，败兴？"

"不是吗？"虞灵犀吹了吹散乱的鬓发，恼他，"小疯子。"

宁殷喜欢听她唤他"小疯子"，他也的确挺疯的。

"别急，我还有好多法子与你玩，"他笑得肆无忌惮，"等我玩够了再将你赶出府。灵犀若是听话配合，兴许还能赶上与薛岑拜堂呢。"

提及"与薛岑拜堂"，此话还未刺到虞灵犀，他自己倒是咬牙切齿起来。虞灵犀索性拿了块栗粉糕，堵住他了那张可恶的嘴。

见她真生气了，宁殷这才垂眸，稍稍安分下来。

泥雪满地，天地寂寥，皇城一片巍峨静谧。

街道上，薛家兄弟驭马而行。

"阿兄还不收手？"薛岑控制着踱步的马，眼中有挣扎之色。

薛嵩道："你生性纯净，未经磨难，不知朝局这张网撒得进去，未必能拖得出来。"

"自古奸宦狡诈，阿兄与崔暗来往无异于自毁前程。"薛岑凝神，月白色的披风于马背上猎猎作响，"我去向祖父坦白一切，他老人家自有办法。"

薛嵩捏缰勒马，阴沉地道："已经晚了，王令青手里有东宫和祖父往来的证据，他折在七皇子手里，有多危险想必不用我来说。牵一发而动全身，你此时自乱阵脚，无异于将薛家上下百余口人推入万劫不复之地。"

薛岑看着兄长，觉得陌生——先是祖父、父亲，现在连阿兄也……

薛岑苦笑了声，质问道："为什么为官非要依附党派，这世间就不能有独善其身之人吗？"

"虞家先前不依附党派，你看他们如今混成了什么样？若非运气好，他们家去年秋就该被灭满门了。而你之所以能穿着锦衣华服干干净净地长大，然后再自诩正义地质问我，不过是……有人替你承担了所有的风雨和泥泞罢了。"终年温和的薛嵩望着眼睛通红的弟弟，脸上总算露出了讥诮之色，"你要去揭发，我不拦你，大不了薛家三代人，为你的清高陪葬。"

说罢，他掉转马头离去。

一人一马停在街道中心，薛岑被风吹红了眼睛。他一扬马鞭，策马在街道上狂奔起来，仿佛只有这样他才能将那些积压在心头的彷徨感觉与痛苦情绪宣泄出来。

良知如尖锐的刀刃，搅得薛岑日夜不宁。

他没有脸去见虞家人，天地这么大，他却如一叶苦渡孤舟，找不到自己的方向。

薛家兄弟走后，宁殷也领着人出去了。

虞灵犀独自在王府里转悠。大概是之前宁殷吩咐过的缘故，她在此间畅通无阻，唯有接近府门时才会被挡回来。她循着梦里的记忆摸去书房，寻了两本书看。天色渐暗，她揉了揉脖子起身，这才发现一旁的案几上已经燃了纱灯，并已备好了热腾腾的饭菜。

府中的侍从婢子来去无声，安静得仿若提线木偶。

虞灵犀用过晚膳，忽然有了个主意。她唤来于廊下值守的宫婢，让其送了针线绸布等物来寝殿，接着便借着如星辰般繁多的烛火，亲手描了个香囊花样。

许久不曾做针线活，她有些手生，拆拆补补绣了半宿，才勉强绣了个她最拿手的壶形瑞兔香囊。她属兔，从小只擅长绣这个。

她将事先备好的香料和红豆塞入香囊，再打上墨绿色的穗子，此时纱灯里的灯盏已经快燃到尽头了。

夤夜，宁殷竟还未归来。

他莫不是去新赐的宅邸里，找那十几个新赐的礼物去了？

不至于，宁殷并非耽于女色之人。

虞灵犀很快否定了这个想法。

她打了个哈欠，不再等候，梳洗完毕便脱了鞋袜，滚入那张宽敞的大榻上，盖上被子沉沉地睡去。

醒来时天已大亮，虞灵犀抻了抻身子，扭头一看，见一人双腿交叠坐在榻边的交椅上。

玄色大氅上凝着雪化后的水珠，衬得宁殷的脸俊美白皙，他垂眸静思时眼底有淡淡的阴影，这让他显得格外阴沉冷漠。

虞灵犀眨了下眼睛，又眨了下眼睛，迟钝的思绪变得清晰起来。她带着睡醒后的鼻音问："你一夜未归？"

宁殷抬眸，慢悠悠地道："皇上新赐了宅邸和美人，我总得过去瞧瞧。"

虞灵犀一顿。

嘴角轻轻一动，宁殷又道："但我担心有人独守空房太过寂寞，便匆匆赶回，未料你倒睡得香甜。"

听这语气，虞灵犀便知他定然是在骗她了。她哼了声，掀开被褥起身，便见一个墨绿色的东西从她怀中掉了出来——是她昨晚临时赶工绣好的香囊。

宁殷的视线也落在那枚香囊上，眼神中带着几分探究之意。

虞灵犀清了清嗓子，将香囊抓在手里，披衣踩着柔软温暖的地毯下榻道：“我见殿下不曾佩戴过香囊，昨日无事，便试着做了个。”

她走了过去，而后闻到了一股血腥味。

虞灵犀在心里轻叹一声，装作没闻见，蹲身笑道：“我要给你佩戴上。”

宁殷盯着她手里的那只香囊，过了许久，抬抬袖子，露出了空荡的墨玉腰带。

虞灵犀的指尖触上他的腰带，那股气味便越发明显。

她仔细一看，见他的墨玉腰带上都有细小的血渍。

虞灵犀才略一迟疑，宁殷便按住了她的手。

她抬头，听见宁殷若无其事地道：“陪我沐浴更衣。”

虞灵犀一愣。

陪……陪？

净室中有一片用白玉砌的人工汤池，这汤池虽不似梦里那般雕金流丹、奢靡华丽，但甫一推门，虞灵犀还是被层层叠叠的垂纱水雾迷得晃了眼。

侍从送了干净的衣裳、浴巾等物进来，又悄然掩门退下。

宁殷随意地解了大氅丢在榻上，朝着虞灵犀张开双臂。

好吧。虞灵犀认命地走过去，替他解了腰带和外袍。

深暗色的外袍不显颜色，将其褪去后她才发现他里衣下摆处染了一片鲜血。

虞灵犀的心提了起来。她定了定神，再挑指解开他的里衣系带，他精壮的上身就露了出来。半披半束的墨色长发垂在他宽阔的肩头，于是白的越发苍白，黑的越发墨黑，呈现出一种凌寒而又具压迫感的画面。

万幸他身上虽沾着血，却并没有什么新伤。

虞灵犀借着替他宽衣的间隙悄悄观察了一番，终于确定，那些气味想必是他处理别人时留下的。她刚放下心来，便听宁殷问：“好看吗？”

虞灵犀回神——自己方才的眼神的确太过放肆了。

她浅浅一笑，坦然地道：“殿下英姿无双，自然好看。”

这些话，他做卫七时可不曾听过。

“那便过来，看仔细些。”宁殷哂笑一声，自己解了裤带。

指尖一抖，虞灵犀下意识地移开了视线。

宁殷像是当她这个人不存在似的，神色悠闲地迈动长腿，迎着水光朝汤池中走去。

哗啦一阵水响，水雾如涟漪般层层荡开，他坐入汤池中，线条有力的手臂搭着池沿，下颌微微仰起。

干涸的血渍碰了水，洇开了些。

水雾温柔地从四面八方而来，时不时有一滴水从宁殷过白的指尖滴落，荡开些许涟漪，他整个人像是误入人间的俊美妖孽。

见身后之人久久没有动静，他睁开了眼，侧首问：“这汤池大否？”

这问题着实来得莫名其妙，虞灵犀摸不准他的意思，看了一眼偌大的汤池，眨眨眼道：“很大。”

“既然大，你还怕容不下一个你？”宁殷屈指叩了叩池沿，“还是说，我该教灵犀如何陪侍？”

“……”

他拐弯抹角，原来是为了说这个。

虞灵犀咽了咽口水，婉拒道：“不必，我没有清晨沐浴的习惯。”

她道了声“殿下自用”，便低头去了外间，反正宁殷也不可能赤身来追。

她一口气冲到外间才发现，香囊还被自己攥在手里。她忘了将香囊搁在他盛放衣裳的托盘里了。

罢了，等他沐浴完再亲手给他吧。虞灵犀想着，坐在外间用于休息的小榻上，将香囊贴在心口，慢慢抬手覆住了被热气熏得发烫的脸颊。

奇怪，她方才心慌什么？她大概是安稳日子过久了，脸皮也越来越薄了。虞灵犀自省了一番，起身打了干净的水，简单地梳洗起来。

今日无风，唯有雪簌簌落下，如柳絮般纷纷扬扬。

外间与汤池相连，因烧有地热且铺了柔软毛毯，即便门扇大开外间也不会寒冷。

侍婢送了茶盏点心过来，虞灵犀便倚在正对雕花月门的软榻上，一边饮茶等待，一边欣赏庭中的雪景。

宁殷沐浴更衣出来，所见的便是如此之景——

外间温暖如春，姿容美丽的少女披着素衣倚在软榻上，手执一盏清茶，柔软的长发顺着腰线垂下，在榻上积成墨色的一摊，不用开口说话，便已是尽显风华。

他总觉得眼前之景有些熟悉，熟悉到似乎很久以前，她便属于这里。

宁殷系好腰带走过去，伸指捻了捻她冰凉的发丝。

虞灵犀回过头，嘴角翘了翘："洗好了？"

宁殷在她身旁的空位上坐下，半湿的头发披散，显得他面容英挺瘦削，这样的他倒与梦中病态尽显的他有几分相似。

"你把我丢在浴池，自己跑出来消遣？"他的声音很低沉，里头带着几分半真半假的不满之意。

虞灵犀觉得他下一刻就会用千奇百怪的方式恐吓她，然后再居高临下地欣赏她受惊的样子。于是她笑着沏了一盏茶，推过去哄道："这么冷的天，湿着头发吹风容易着凉，我给殿下擦擦吧？"

宁殷瞥了殷勤的她一眼，松开了她的头发。

虞灵犀取了柔软的毛巾，于榻上跪坐而起，将他潮湿的发丝擦成九分干，然后梳理齐整。

宁殷的头发手感极佳，连发根都极黑，虞灵犀情不自禁地多替他梳了会儿，直至头发全干了，方恋恋不舍地松手。

宁殷看着她捣鼓，而后取了一把三寸长的短刃丢在她的手边。

那短刃一看就很锋利，薄薄的，上面泛着冷光。

虞灵犀的心下意识地一紧，她问道："做什么？"

宁殷掀起眼皮，指了指自己的下颌。

虞灵犀这才发现，他忙活一天一夜未归，下颌处已冒出了极浅的淡青色胡楂。

这人真是越发爱刁难人了，不只让她替他宽衣暖榻，连梳发剃须这等小事也要她动手。王府里其他侍从都不管事吗？

腹诽归腹诽，可虞灵犀还是好脾气地拿起短刃，挪身凑近了他些。

离他太近了，她有些无从下手。

"怎么做？"她诚心求问。

即便在那场预知梦里，她也没替他做过这般亲密之事。

宁殷啧了声，指了指一旁托盘里备好的白玉盒：“抹上润滑的香膏再下手，不容易刮伤。”

虞灵犀抿了抿唇，依言取了香膏焐化，擦在他略微粗粝的下颌上，而后用小刀谨慎地一寸寸刮着他的胡楂。

她做得十分细致认真，刮了一半，冷不防地对上宁殷的视线，不由得微怔。

她被宁殷看得有些手抖，便放下刀子无奈地道：“殿下总盯着我，我不敢下手。”

“灵犀若想逃回去，此时便是最佳的时机。”宁殷忽然开口。

虞灵犀没反应过来：“什么？”

“现在四周无人，你若出其不意用刀刃划破我的喉管，取胜的概率甚大。”宁殷握着她的手，引着她将刀刃抵在自己的喉结上，慢悠悠地道，“就像这样，鲜血喷涌而出，我连叫都没法叫一声。”

虞灵犀明白他的意思后，神情由茫然变得惊愕。片刻后，她眼尾渐渐浮现出愠怒之色。

“你在说什么？”她试图抽手，“你在说什么呢，宁殷？”

宁殷却是笑了起来，嗓音低低的、沉沉的，里头似透着疯性。

“教你如何逃走。”他道。

这个玩笑一点也不好笑。

虞灵犀皱起了眉，可抽不回刀刃，又怕伤着宁殷，心下一横，索性抬起另一只手去握刀刃，企图包住那锋利的刀。

宁殷下意识地松了手。

原来，他也有怕的时候啊。

虞灵犀哼了声，趁机捧住宁殷的脸颊，将他的脸牢牢固定。

“不许乱来，听见没？”她瞪着杏眼，没什么威慑力地警告道，“当心真伤着你。”

她温暖柔软的手掌贴在他的侧脸上，这足以暖化他阴暗不堪的心。

宁殷的眼睛变得明亮，他疯起来的时候眼睛总是很亮。

“怕吗？”他看了虞灵犀许久，温柔地道，“如果是灵犀的话，我不会还手的。”

虞灵犀已经连生气的力气都没了。

“如果是殿下的话，我亦不舍得下手。”虞灵犀顺手拿起桌上的点心堵在他的嘴里，无力地道，“安分点吧，别发疯。”

于是宁殷屈腿倚在榻上，总算安静下来了。

嘴巴虽然紧闭，可他的目光不甚老实，依旧落在虞灵犀身上，随着她的动作微微转移。

虞灵犀将他的下颌擦干净，侧身将小刀搁回案几上，忽然觉得腿上一沉。

宁殷大概累极，身子渐渐变得松弛下来。他换了个仰躺的姿势，以她的双腿为枕。

虞灵犀愣神，心中涌起一股奇异的暖流。

大概是他此刻乖巧又安宁，像是露出肚皮的野兽，对她透出了以前不曾有过的信任亲近，她积攒的那点愠恼情绪竟消散殆尽。她撑着榻沿倾身摸到他的腰带，轻手轻脚地努力许久，终于将香囊顺遂地挂在了他的白玉腰带上。

“别动。”宁殷捉住虞灵犀的手贴在自己的脸上闭目道，“让我睡一会儿。”

明刀暗箭，一天一夜处在乱局之中，奔波不息，他大概是累了，眼睫下有着一圈阴影，越发显得鼻梁挺直而眉目深邃，唇薄得仿佛两片折断的剑。

虞灵犀的目光变得柔软起来，她以膝为宁殷之枕，有一下没一下地轻抚着他的墨发。

大雪不停飘洒着，时间仿若慢了下来。

…………

宁殷只睡了半个时辰便醒了。

下属的脚步声尚在十丈开外，他便骤然睁眼，眸黑如墨，脸上一点疲色也无。

待到下属隔着月门禀告事宜时，他已起身束发。他道了声：“按计划行事。”

接着，他便又是大半日不见人影，简直是个不知疲倦的怪物。

虞灵犀的腿酸麻得不得了，宛若被万蚁啃噬，她缓了许久才缓过来。

她心想：那个香囊，宁殷会戴着去上朝吧？

虞灵犀不太确定。

这个答案，第二日一早便有了。

虞灵犀是被闷醒的。她转过头一看，便见宁殷侧躺在榻上，将她整个儿拦腰箍在怀里，他温热绵长的鼻息喷洒在她的颈窝中。

他应是忙了彻夜后，直接从宫里归来的，身上的王袍还未来得及换。

虞灵犀知道，昨日吉时是他的封王大典，如今的宁殷，是货真价实的静王殿下。

此时，他离梦中他的巅峰，仅有一步之遥。

虞灵犀刚动了动身子，宁殷便醒了。

他将虞灵犀的身子硬生生地扳过来，让她换成与他面对面的姿势，端详着她柔媚的睡颜。

方才转动的姿势幅度太大，虞灵犀的衣襟系带松了，露出一片雪白起伏的肌肤，精致的锁骨也随着呼吸微微起伏。

“什么时候回来的？”她浑然不觉，睡眼惺忪地问道，“要睡会儿吗？”

视线往下，他声音喑哑、意味深长地道：“好啊。”

虞灵犀顺着他的视线往下，顿时大窘，忙缩入被中想合拢衣襟，却被宁殷单手按住。

虞灵犀睁着眼，忍不住想要打战。

寝殿朦胧，银炭生香。

就在此时，门外传来了侍卫的声音：“殿下，虞家小将军求见。”

兄长？虞灵犀下意识地挺身，手腕却被他轻而易举地压在枕边。

宁殷翻身覆在她身上，指腹沿着她的耳垂与颈侧往下，目光深邃：“不见。”

“殿下？”虞灵犀小声恳求。

宁殷不为所动。不过片刻，侍卫去而复返，脚步明显变得匆忙了许多：“殿下，小将军打进来了。”

宁殷眉头一皱。现在这情景俨然不适合继续谈情，虞灵犀忙道：“让我去见他一面，好吗？”

宁殷看了她半晌，松开了手。

“去吧。”他淡然地道。他这么好说话，虞灵犀反倒迟疑了。

见她不动，宁殷轻笑了声：“你费尽心思做了个香囊让本王随身携带，不就是为了这一刻吗？”

虞灵犀张了张嘴，蹙眉道：“也不全是为了这个。”

“给你两刻钟。”宁殷伸手将她的鬓发别至耳后，“趁我还未反悔。”

“其实那个香囊是……”

“一刻钟。”

时间怎么还变短了？虞灵犀只好悻悻地住了嘴，用平生最快的速度飞快穿衣下榻，连斗篷也忘了系，小跑着朝前庭奔去。

她一走，宁殷眼底的笑意便淡了下来。

“叫李九过来。”他赤足踩在冰冷的地砖上，唤来侍卫，“让他带上弓。”

第四章 红豆

虞家出过不少武将，但真正称得上是天赋异禀的少年将才的，只有虞焕臣。

此时他背映青檐苍雪，白色武袍无风自动，他以一人之力突破王府亲卫的拦截，已经闯到了中庭。因是不请自来，他甚至没有拔剑。

虞灵犀跑得气喘吁吁，于廊下唤了声：“兄长！”

虞焕臣停了脚步，朝她望来。

虞灵犀提裙下了石阶，红着脸严肃地道：“都住手！”

侍卫们下意识地朝旁边的某处看了一眼，不知得了谁的命令，都乖乖收拢了兵刃，立侍于一旁。

虞灵犀松了口气，忽而腕上一紧，她被虞焕臣大步领至一旁。

“你怎么样？有没有受伤？”虞焕臣看到她披头散发、衣裳单薄的模样，皱紧英气十足的剑眉道，“大雪天的连件御寒的厚衣裳都没有，是他故意苛待你了？”

“不是。”虞灵犀摇了摇头，“是我听闻兄长来了，心中欢喜，来不及穿戴齐整。”

虞焕臣解下罩袍裹在妹妹身上，担忧道：“他……欺负你了？”

虞灵犀愣了会儿，才反应过来这句“欺负”的意思。毕竟她这副睡意初醒的模样，明显是从榻上匆匆赶来的。

她露出了干净的笑颜，温声道："没有被欺负，我在这儿一切都好。"

此言也不算是假话。宁殷虽然偶尔会使坏吓她，但始终不曾越过底线。真正疯起来时，他也只敢握着她手里的刀刃，往自己的喉结上送。

虞焕臣将信将疑地看着她。

"那日宫变，府中防备松懈，岁岁因此遇险，是哥哥不好。回来后不见你，我们都快急疯了。"他绷着嗓音，"直到早朝之上见到了静王腰间的香囊，认出那是你所绣，哥哥这才笃定你在静王府中。"

妹妹唯一擅长绣的便是瑞兔花样的香囊，虞家人人皆有一个，对她的针法十分熟悉。

虞焕臣的那个兔子香囊被他佩戴了三四年，直到今年成婚后，他才换上苏莞送的葡萄纹镂银香囊。

"我就知道兄长能认出来。不过，此事真的与宁殷无关，宁殷知道那个香囊是给你传信用的，可依然选择佩戴，这已然能表明他的态度。"虞灵犀怕兄长对宁殷的误会加深，便解释道，"是王令青事败后狗急跳墙，听闻七皇子曾沦落为奴，便将我掳来这儿送给他，以此换取生机。"

虞焕臣沉思：王令青？七皇子流亡的内情并未摆在明面上，一个小小的东宫走狗是如何知晓的？

他还未想明白，便听妹妹问："而今朝堂局势如何？"

"一摊浑水。"提及这事，虞焕臣的神色变得凝重了些，"旧党新贵蠢蠢欲动，总有不怕死的想趁乱分一杯羹。"

难怪这几日宁殷身上总有许多未干的血迹。虞灵犀轻轻蹙眉。

"这些暂且不提，前日我与父亲欲以功劳换取皇上收回赐婚成命，皇上却只是装糊涂，想必咱们不能来明的了。"虞焕臣道，"大婚之前还不知会有什么变故，你先跟哥哥回家。"

虞灵犀抓着兄长宽大的外袍，没有动。

虞焕臣回过头，唤道："岁岁？"

"我不想回去。"虞灵犀深吸一口气，抬首道，"我要留在宁殷身边。"

"岁岁不回去？"虞焕臣有些讶异，随即沉下目光，"静王威胁你，让你留下来做人质？"

“我说了，是我要留下。”虞灵犀呼出一口白气，垂眸柔声道，“上一次，我没有选择的余地；这一次，我不想再抛下他。”

虽然如今朝局动乱，但至少，宁殷不再是那个命悬一线、需要忍辱负重的卫七了。

虞焕臣还是不放心。朝中小乱不断，宁殷又锋芒太过，他怎么可能放心将妹妹独留在此间？

“不行……”

“我想赌一把，兄长。”虞灵犀眸光坚定、思绪清明地道，“若到大婚当日还没有最后的结果，那才是我认命的时候。”

“离大婚不过四日，如何来得及？”虞焕臣正色道，“你这是拿自己的命做赌，岁岁。”

“可不选择他，我这辈子都会后悔。”

见虞焕臣不肯松口，虞灵犀便抿唇笑了笑。

“告诉兄长个秘密。”眼里盛着明亮的光，她上前一步道，“你以为就我们在为赐婚的事着急，宁殷不急吗？”

那个人，可是光提到她与薛家的婚事，就会咬牙切齿、拈酸吃醋呢。

于是虞灵犀想赌一把，就赌她在宁殷心中的那点地位。

虞焕臣没有说话，眼中略有挣扎之色。

虞灵犀轻轻拉了拉虞焕臣的袖边，哄道：“我送兄长出府，好不好？”

虞焕臣看了妹妹许久，终是长长地叹出鼻息。

虞灵犀带着明净的笑，亲自送哥哥至府门前。

“不成，还是太冒险了！”虞焕臣出了府门又折回，一把拉住妹妹的手腕道，“哥哥不放心！”

他刚触及虞灵犀的腕子，便闻一阵咻咻而来的破空之声。

常年在疆场练出的反应能力使得虞焕臣第一时间松手，继而，一支羽箭擦着他的护腕飞过，钉入他身后凝了冰的地砖之中。

地砖瞬时裂开蛛网般的纹路，羽箭力度大到入地两寸，箭尾仍嗡嗡不止。

虞焕臣瞥了一眼被划破的袖子，脸色一沉。方才若不是他反应迅速，及时收回手，这支箭刺破的便不只是他的袖子了。

“岁岁，哥哥希望你想清楚。”虞焕臣指着地上那支羽箭，“你要留在这样危险的人身边？”

虞灵犀知道，一刻钟的时间到了。

“他只是怕你带走我，像上回一样。”虞灵犀抿了抿唇，解下虞焕臣的外袍递还过去，“我会每日给家中写信报平安的。再纵容岁岁一次，可好？”

虞焕臣心情无比复杂地接过外袍往外走了几步，停住。他回头看了妹妹许久，直至她笑着挥手，才步伐沉重地迈下石阶，翻身上马。

屋檐上的雪块坠落，发出吧嗒一声轻响。

兄长走后，虞灵犀垂眸看着钉在地砖中的羽箭，轻叹了一口气。

她双手并用，将羽箭拔了出来握在手中掂了掂，然后转身去了寝殿。

现在，她该关起门来找小疯子算账了。

寝殿里没有一个侍从，宁殷赤足坐在榻上，仍保持着她离去时的姿势，手中把玩着一块黑色的玉雕，不知在想什么。

虞灵犀极少见他这般岑寂的模样。

见到虞灵犀面色沉静地进门，他明显愣了愣，而后极慢地绽开一抹笑来。

“你回来了。”他若无其事地直身，将玉雕锁回榻头的暗格中，“迟了两息。”

“这个是怎么回事？”

虞灵犀蹙着眉，气呼呼地将那支羽箭拍在了他面前的案几上。

“这个啊。”宁殷拿起那支羽箭，叮的一声，屈指弹了弹冰冷的箭尖，“本王素来记仇，所以告诉李九，若是虞焕臣敢带你走，便废他一只手。”

见虞灵犀瞋目，他不在意地道：“废他一只手而已，我又不想杀他。”

“那是我兄长。”虞灵犀站在他对面，神情认真严肃，“你要伤他，还不如伤我来得痛快。”

“我怎么舍得伤灵犀呢？”宁殷笑了声，缓声道，“灵犀永远不会犯错的，错的都是别人。”

“那真是抱歉，我没有跟兄长走，殿下的计划落空了。”虞灵犀抱臂往他身边一坐，“殿下如今扶云直上，既然甘愿放下身份做我的姘夫，我为何要走？”

宁殷抬眸，端详她的神色半晌，问道：“你说什么？”

“我说，我要赖在这儿！”虞灵犀一字一句说得清楚，“哪怕我有皇帝的赐婚在身，哪怕四日后花轿上无人、婚宴大乱，也与我没有关系！反正是静王殿下将我留下的，是殿下舍不得我……”

“放肆。”宁殷眯了眯眼。

“难道不是？兄长被我气走了，爹娘也不会再管我，我没有家了。”虞灵犀竟然越说越动情，鼻子一酸，别过脸道，“殿下若不管我，大不了四天后我们一起死。”

宁殷许久没有答话。一向能言善辩的静王殿下，此时变得格外乖巧。他定定地看着虞灵犀，眸色深沉。

“灵犀又骗我了。”这话他像是说给自己听的。他看了一眼自己腰间挂着的那个针脚杂乱的香囊，慢悠悠地嘲讽道：“毕竟你连亲手给我做香囊，都只是为了向虞家传递消息。”

虞灵犀难以置信地看着他。有时候，她真是恨不得将宁殷的脑袋打开，瞧瞧那里面都装了些什么。

她索性伸手，将香囊一把拽了下来。

吧嗒一声轻响，宁殷眼底的笑意一凝。他抓住她的腕子，将她拉近些，望着她的眼睛温声道：“趁我没生气，还回来。乖。”

“既是知道我的用意，为何你还心甘情愿佩戴这物？”虞灵犀忍不住问，“你这么聪明，怎么就不曾想过打开香囊看看呢？”

她气得将香囊扔回了宁殷身上，然后扭身坐在榻尾，背对着他不理他。

宁殷狐疑地捏了捏那只墨绿色的壶形香囊——手感的确有些不对劲。

他昨日拿到这物后忙于公务，只在疲惫时解下来嗅了嗅其中的香味。他如同饮鸩止渴，带着近乎自虐的情绪与甘于堕落的沉迷，并未对里头的填充物起疑。

宁殷迟疑了片刻，终是拉开收紧香囊的细绳，倒出里头的香料和棉花。

除了薄荷、丁香等常见的香料外，里头还有两颗指尖大小的红豆。

红豆上刻了字，一颗刻着“岁”，一颗刻着“七”。

宁殷忽然安静下来，垂下眼，用指腹来回摩挲着那两颗刻了拙劣字迹的相思豆。

他抖了抖香囊，里头又掉出一张折叠的纸来，纸上用娟秀的蝇头小楷写着一句话：

双生有幸，见君不悔。

双生有幸，见君不悔。宁殷在心里默念了一遍这句话，而后低笑一声，故作平静地道：“都道一生一世，灵犀却为何写的‘双生’？”

虞灵犀扭过头，瓮声瓮气地道：“因为一辈子不够你作怪的！”

香囊是京中女子用作剖白定情的信物，往里头放红豆寓意生生世世、相思不忘。她花了大半夜才做好这个东西，宁殷这疯子竟是压根没领悟到，难怪一早就阴阳怪气的。

明亮温柔的少女，连独自生闷气的样子都是赏心悦目的一幅画。

宁殷盯着手里的纸看了片刻，忽而低笑出声，越笑越放肆，直至笑得双肩颤动，连眼尾都笑得泛起了红。虞灵犀从未见宁殷这般恣肆地笑过，不由得皱眉看他。

宁殷扳过她的肩，她想起自己还在生气，便扭身挣开。

宁殷再碰她，她复又挣开，难得有骨气了一回。

于是宁殷将她整个儿揽入怀中，而后收紧手臂，用下颌抵着她的发顶，轻轻摩挲。

他一句话也没说。他永远都不会说“对不起”。

这就是他道歉的方式。

“你完了。”虞灵犀埋在他怀里，娇气地道，“我赖上你了，小疯子。”

宁殷拥得紧了些，像是要将她整个儿融入骨血，藏在心尖。

“好啊。”他笑得温柔又疯狂，于她耳尖一咬，“陪疯子堕落吧。”

虞灵犀不想和宁殷一起堕落。

人世间这么多美好之物，风花雪月，山河万里，她要和宁殷一同走过，将梦里的缺憾活成圆满。

可虞灵犀还是有那么一丁点生气，不仅是因为宁殷派人向兄长射了那支箭，也是因为宁殷这偏执的性子。她并不打算将此事揭过。

“以后我会常给家人报平安，告诉他们我在此处挺好，直至四日后天下大乱。”她趁机提要求，告诉他，“若不放心，你可以拆看信件内容，但不许阻拦，知道了吗？”

宁殷面无表情地捏了捏她腰间的肉。

“差不多得了。”

他松懈过后，声音里带着慵懒之意，他轻笑道：“平常人若这般对本王说话，是会被拔舌头的。”

虞灵犀哼了声，在他怀里转过身，将散落满榻的香料、红豆和纸重新装回香囊中，拉紧抽绳系了一个优雅的结，重新挂回宁殷的腰带上。

“这个我只送一次，你要收好。”她穿得单薄，方才又出门吹了风，指尖冻得微微发红。

宁殷没有回答，只略微抬起手臂，声音低沉地道：“到姘夫怀里来。”

虞灵犀与他面对面，将下颌搁在了他的肩头上。

宁殷就势将她揽入怀中，单手解开衣襟抓着她的手按在自己的胸膛上，用自己身上最滚烫的心跳温暖她的指尖。

冰冷的手掌猝然贴在他心口的位置，凉意刺骨，他定然不好受。

可宁殷反而将她的手掌贴得更紧些，低声笑着，胸腔震动，震得虞灵犀的半边脸颊发麻。

他慢慢抚着虞灵犀的头发，用身体将她禁锢，心口的温度烫得她指尖微蜷。

大婚前日。

宁殷照旧早出晚归，忙时整天整夜不见人影，闲时便唤她陪着烹茶静思，像是忘了薛、虞两家那桩天子亲赐的婚事。

下属进进出出禀告朝中事宜，从惠嫔暴毙，不到一岁的小皇子殿下过继到了皇后名下，一直谈到御史台的官员调动，事无巨细，却不曾有一件与取消婚事有关。

虞灵犀提笔润墨，只能愤愤地宽慰自己：那便看谁先沉不住气吧。

她修家书一封，告知家人自己一切安好，婚事喜堂的布置需如常进行，以免被人抓住把柄云云。

写好后吹干墨，她便将家书折好交给门外的侍从，回屋躺在榻上，撒手不管了。

一盏茶的时间后，这封家书便到了宁殷的手中。

他一手屈指抵着太阳穴，端详着那页薄薄的信纸，视线在那行“婚事喜堂的布置需如常进行”上稍稍停留。

几名亲信正立在一旁，等候命令。

自宫变以来，朝中职位空缺无数，不乏户部、兵部的肥差。而宁殷最先埋下的棋子，却是御史台的言官。他所见并非眼前之利，控制了御史台院，便能控制朝廷风向。

不知过了多久，静王殿下将信笺慢条斯理地折好，吩咐道：“让御史台的人准备奏折。”

坤宁宫，崔暗躬身进殿。

见皇后正在榻上哄小皇子入睡，他便顺手取走宫女手中的篦子，替皇后慢慢梳起头发。

襁褓中的婴儿未及周岁，还不知道自己已经没有亲娘了，正睡得香甜。

皇后不动声色地坐起身，略一抬指挥退宫婢，崔暗便慢声禀告道：“娘娘，新上任的柳御史两刻钟前着官袍离家，正准备入宫面圣。”

皇后看了一眼外头残雪上的斜晖，道：“这个时辰，他有何事要报？”

崔暗回答：“据说，他手里有薛右相的一些不利证据，可要臣出手……”

“给薛家传个信吧，你我便不必蹚这趟浑水了。”皇后的目光落在熟睡的婴儿身上，她问道，“原先东宫中怀孕的那几个侍妾，如何了？”

“皇上念及她们身怀六甲，并未处死，而是将她们幽禁在掖庭宫中，如今，她们孕期已快足月。”崔暗顿了顿，方继续道，“孩子生下来，世代为奴。”

“既如此，就不必生了，免得陛下某日想起，会觉得心堵。”皇后拍了拍小皇子的襁褓，古井无波地道，“处理了吧。”

虞府西宅，下人正在挂红绸喜字。

见到薛岑登门，虞焕臣有些意外。

如今两家貌合神离，且薛岑目前还有着“幺妹的未婚夫”的身份，他不该此时上门。薛岑瘦了些许，但依旧儒雅俊朗，开口只有一句：“阿臣，二妹妹还好吗？”

虞焕臣心里一紧。他险些以为薛岑已经知晓幺妹留宿在静王府的消息。

但很快，他否认了这个想法。

薛岑的目光看起来干净温和，他似只是这么久没有虞灵犀的消息，忍不住为她担心。

“岁岁很好。”于是虞焕臣回答。

薛岑略松了一口气，又道：“可否劳烦阿臣替我转告二妹妹，让我与她小叙片刻？”

当然不能！虞焕臣心道。

“此时见面，于礼不合。明日便是婚期……”说到这儿，虞焕臣微妙地一顿。

他心里无比清楚，明天恐怕没有什么婚期，只有翻天覆地的一场动乱。

傻岁岁一条心系在了七皇子身上，归是为了他，逃亦是为了他。

可薛岑什么都不知道。薛岑只是略一皱眉，便做出了让步。

“是我唐突了。不过阿臣，望你这两日守护好二妹妹，那日自静王府邸归来，我便心神不宁，总担心她出意外。”他笑了笑，温声道，“但愿是我想多了，她在将军府里，不会有什么意外。”

“阿岑……”虞焕臣心情复杂。他与薛岑有十几年的交情，从儿时“秀才遇上兵”的互看不顺眼，到少年、成年后的无话不谈，没有人比他更清楚薛岑是个怎样的人。

薛岑太干净了，活在三代人的庇护下，干净到有些犯傻的地步。这原是虞焕臣最欣赏他的一点，这样的人没有心机，不会辜负妹妹。

可直到现在，薛岑还天真地认为能有两全之法，谁都不会受伤害。

薛岑无辜，虞焕臣理解，却永远不会原谅薛家人，这是他的底线。

“没什么。”见薛岑投来疑惑的目光，虞焕臣改口道，“岁岁很安全，放心吧。”

“阿臣。”不知为何，薛岑忽然有一种冲动，几乎脱口而出。

他咽了咽口水，过了许久，问：“不管将来发生什么事，我们还能是好友吗？”

虞焕臣思忖片刻，说：“当然。”

薛岑点头，认真施以一礼，方转身朝马车走去。

马车里，薛岑闭目靠着车壁，握紧了手指。刚才那一瞬，他很想跟友人坦白阿兄伙同崔暗参与了“灾粮”一案之事，可想起祖父和父亲，到嘴的话却被他硬生生地咽回了腹中。

茫然过后，沉重的自责感席卷而来，他为自己的卑劣行径而感到羞耻。

入夜，风夹杂着雪粒坠下，满堂红绸喜庆。

五更鸡鸣，薛府上下就忙活起来，无数侍婢随从来来往往，操办着京城中近年来最盛大的一场婚事。

薛岑一夜未眠，木架上齐整的大红婚服在烛火的照射下发出浅金色的光泽，衣襟上的瑞鸟祥云栩栩如生。他沉浸在这场喜庆的梦境里，短暂地卸下满腹心事，认真沐浴更衣，按礼前往厅堂受祖父教诲。

路过书房，他却听见里面传来薛父的呵斥声。

“失败了？”他问，声音极其严厉。

“街上耳目众多，我们的人没有拦住。”这低哑的声音，明显是阿兄的。

薛岑情不自禁地停下了脚步。

书房中安静许久，才传来父亲的声音：“去查查，这背后到底是谁授意。”

“不必了。”祖父嘶哑苍老的声音响起，里头带着少有的疲惫感，“二郎既快成家，我这把老骨头也该让贤了，薛家的基业迟早要交到他们两个年轻人手中。”

继而门开，着一身官袍的薛右相拄着拐杖，缓步迈出。

薛岑立刻退至一旁，恭敬地道："祖父要入宫？"

薛右相长舒一口浊气，颔首道："是。"

"今日孙儿大喜，是有何急事……"

"这些不用你管。"薛右相打断他的话，"你唯一要做的事，便是顺顺利利地将虞二姑娘娶进门，莫要辜负皇上厚爱。"

薛岑目送祖父上车入宫，心中隐隐不安。

好在再过半日，他便能与心爱之人拜堂成亲了。他不奢求得到二妹妹的爱，但如果唯有权势才能护住心爱之人，他甘愿学习为官之道，努力强大起来，一辈子敬她、护她。

这是他欠她的。

大婚当日。

卯时，朝会之前。

皇帝一夜头疼，先是御史台的人联名弹劾薛府与废太子私交过密，继而又是虞大将军入宫陈情，请求卸去军职陪伴家人。

皇帝怎么可能自断臂膀，准许虞渊卸职归田？

他正头疼着，便闻内侍通传："陛下，薛右相于殿外长跪求见。"

薛右相年近古稀，此时又天寒地冻的，皇帝到底存了几分体恤之心，喘咳几声后，方倦怠地道："宣。"

薛右相膝盖上跪湿了一块，须发上沾着寒霜，他一入殿，便颤巍巍地拄着拐杖下跪。

他以额触地，叩首道："臣年迈昏聩，难以堪任高位，今主动告老还乡，还望陛下恩准！"

此言一出，皇帝的心沉了半截。这么看来，薛家暗中结交废太子之事十有八九是真的，那些没来得及烧毁的书信也绝非作假。

薛右相这只老狐狸是想丢卒保车，主动退位，以保全两个孙子的仕途。

思及此，皇帝一声长叹。他上位二十余年，到头来忠非忠、奸非奸。几乎所有人都骗他、背离他……难道，这就是老天对他的惩罚吗？

…………

辗转一夜未眠的，还有虞灵犀。

天都大亮了，宁殷那边还没有一点动静，他又是彻夜未归。

今日可是她的婚期啊，她就要嫁给薛岑啦！

虞灵犀用力翻了个身。虽说即便宁殷不出手，虞家也绝不会让她盲目出嫁，可是，宁殷出手是不同的呀。

辰时，正是梳妆打扮穿嫁衣的时候，宁殷总算姗姗来迟。

虞灵犀一听到他归府的动静，便一骨碌从榻上爬起来，寻声去了书房。

见到她入门，下属都心照不宣地抱拳退下了。

宁殷披着大氅，脸上浸润着彻夜不消的冰冷之色，他正将一份不知道是什么的文书往火盆里烧。

火光跳跃，他摩挲着手中一方成色熟悉的玉雕。

虞灵犀独自站了会儿，忍不住坐在他对面，瓮声道："今天是我的婚期，可我的嫁衣被你割坏了。"

宁殷抬眸看她。

虞灵犀越想越觉得委屈，蹙了蹙眉："你得赔我！"

大婚在即，虞灵犀到底沉不住气了。

她也不知宁殷在盘算什么。莫非，他真做好了与她一同毁灭的准备？

毕竟对于小疯子而言，"毁灭"应算得上最美好的归宿。

宁殷见虞灵犀难得着急一回，眼中漾开极浅的笑意，他靠在背椅上道："现在赔嫁衣，怕是来不及了。"

原来你也知道来不及啦？虞灵犀心道。她的本意也并非真的索取嫁衣，她就等着这句话呢！

她板着明艳娇柔的脸道："既然已来不及做衣裳了，那便请殿下像当年离开虞府一样，允我从王府中带走一样东西作为陪嫁。"

听到"陪嫁"二字，宁殷微微眯起眼眸。

"我要带走殿下的清白。"虞灵犀抿唇道。

宁殷摩挲玉雕的手一顿，他意外地道："带走什么？"

"殿下的清白。"虞灵犀又无比认真且清晰地重复了一遍。

这回宁殷听清楚了。眼眸微睁，他第一次浮现出明显愕然的神情。

"生米煮成熟饭后，我自然也就失去了奉旨成婚的资格。"虞灵犀坐在他对面，像煞有介事地道，"到时候事情败露，我便说静王殿下是我的姘夫，我与殿下早已暗通款曲。大不了一起做对苦命鸳鸯。"

宁殷听得一愣一愣的。半晌后，他低沉地笑了起来，笑得大氅上的黑狐毛都在微微抖动，笑得眼尾都泛起了红。他屈指点了点自己的腿，以纵容的口吻道："来拿。"

虞灵犀起身，毫不客气地坐在了他的腿上。

反正她退无可退，既然赌心，不如赌得彻底些。

她刚坐进他的怀里时，尚能察觉冬日清晨的冷意，渐渐地，霜雪似已融化，唯有滚烫的体温透过衣料传来，通过流动的血液暖遍她的全身。

虞灵犀咬了咬唇，解了宁殷的大氅系带，而后抬手松松地环住了他的脖子。

她柔顺黑长的头发顺着腰线散落，搭在宁殷白皙匀称的指节上。

宁殷神态自若地看她，拈起指间的一缕头发，漫不经心地玩了起来，力道不轻不重，但虞灵犀的耳后根一阵酥麻。

她捧着宁殷的脸，看着他眸中倒映出的小小的自己，忽而一笑，染了墨线般的眼睫扑闪，宛若钩子般撩人。

她先是轻轻吻了吻宁殷的鼻尖，再往下，蜻蜓点水般地碰了碰他的喉结，偏生对他的唇瓣视而不见。

喉结动了动，宁殷玩着她头发的手慢了下来。

这招对他永远有用。

虞灵犀的脸颊随着身下的热度渐渐升温，最终，脸上泛起如朝霞般绮丽的绯红色。她依旧笑着，带着明显的得意之色，故意将唇撤离。

眸色一暗，宁殷倾身压了过来。

上下颠倒，两人顷刻间换了位置。

书房的大门尚且大开着，庭外残雪枯枝，青檐黛瓦，随时都可能会有侍从路过，虞灵犀却无暇顾及。她满眼都是宁殷的俊颜，那深邃的眼神几乎能将她整个儿吸入其中。

廊下侍从的声音响起的时候，虞灵犀吓了一跳。

“殿下，虞大姑娘谒见，说应期前来接人。”王府的侍从训练有素，禀告时低头躬身站得远远的，目不斜视，但虞灵犀还是下意识地埋进了宁殷的怀中。

宁殷笑了声，心道：方才撩得大胆，这会儿倒知道要脸了？

虞灵犀被他笑得耳根通红，有点懊恼。她没想到阿姐他们来得这么快。

今日不管如何，她都要出面了结此事，这是一开始她就通过家书与他们商量好了的。

可是，这柴火刚刚点着，还未来得及煮米呢。

虞灵犀撑着宁殷的胸膛，眨眨眼，唤道：“殿下。”

宁殷置若罔闻。

“下去。”他屏退侍从，并不打算这么停住，指节沿着她的起伏轮廓游走，一挑系带。

“不是要拿走本王的清白吗？”他将虞灵犀笼罩，像是一只盘踞在猎物身边的野兽，指节往下再一挑，“拿啊。”

这一时半会儿她可拿不走。

虞灵犀有经验，太了解他了。

“都怪你，不早回来一个时辰。”脸颊绯红，她一脸不认账地道，“马上就要天下大乱了，我要先去准备。”

宁殷不语，抬手轻抚着她。

他不想放人的时候，她是逃不掉的，可是阿姐临时赶来，府中必定出了什么变故，她不能再拖下去了。

虞灵犀努力忽视那阵战栗感，视线往下，落在宁殷腰间与香囊并列悬挂的一块龙纹玉佩上。

她伸手将玉佩摘了下来，握在掌心晃了晃：“这个，就当作殿下送我的信物。”

宁殷望着她手中的玉佩，似是想起了什么好玩的东西，眸色暗了暗。

“别着急。”宁殷抬手挥下隔帘，于晃动的碎光中道，“既是姘夫的信物，你当然要拿最好的。”

明明逆着光，他的眼眸却分外明亮。见此，虞灵犀便知道，他又要要疯了。

她萌生了些许怯意，问道："什……什么？"

"但凡名家私藏的珍品，都会在上面盖个私印，以示占有，"宁殷俯身凑近，低沉带笑的嗓音从她耳畔响起，"我给灵犀盖个章，可好？"

"盖章？"虞灵犀看到了他掌中的玉雕。

方才虞灵犀满腹心事，只觉得他把玩的墨玉材质有些眼熟，却并未仔细留意。

现在离得近了，她才发现那玉雕通体玄黑，线条柔和起伏，整块玉被雕成一个春睡半卧的美人形态，美人横陈于四方玉身之上。

美人的姿势她也有些眼熟，她再定睛细致一瞧，便越发觉得美人的发髻与眉眼纤毫毕现，十分令她眼熟，就像……

虞灵犀猛然想起秋日在后罩房中，宁殷说让她给玉雕做个参照的事。她不由得脸颊一热。

宁殷竟是去繁就简，仿照她的容貌和身形雕刻了这尊墨玉。

"这玉是当初灵犀送我的，我想了许久，唯有灵犀的模样才配得上这枚私印的雕花。"

宁殷顺着墨玉美人的起伏轮廓轻轻摩挲，黑白交织。

他问："喜欢吗？"

这么奇怪的私印，也就疯子才喜欢！

"这枚私印，盖在何处好呢？"宁殷认真地思索了一番这个问题，视线往下，随即眼眸微亮，"有了。"

下一刻，虞灵犀察觉双腿一凉，来不及反应，纤细的脚踝便被大手攥住。片刻后，虞灵犀惊愕地咬唇，蹬了蹬腿。若换作从前，她断然不敢踹宁殷，但感受到冰凉的触感，还是下意识地做出了反应。

这还不如"煮饭"呢！

宁殷却是轻而易举地抓住了她乱踢的脚踝，放下来，整理好她的裙裾。

他欺身点了点落章的地方，道："别蹭花了，回来后，本王会核查印痕是否完整。"

穿戴齐整迈出王府时，虞灵犀莲步轻移，恨不得将一步分成三步走，怎么走怎么觉得不对劲。

耳尖发烫，她到了门口才反应过来，宁殷方才说了“回来后”。

他笃定她会回来。所以，他是埋了什么棋子吗？

她正想着，于府门外徘徊的虞辛夷眼睛一亮，大步走来道：“岁岁！”

“阿姐。”

“怎么出来得这般慢？再没动静，我就要杀进去捞你了。”虞辛夷拉住虞灵犀的手，快言道，“薛家那边临时将吉时提前，已经着手准备迎亲之事了。”

虞灵犀被姐姐拉着上了马车，最后回头看了一眼静王府的大门，方将手放在脸颊上吁气道：“为何突然提前？”

“不知。”虞辛夷抱臂道，“父亲已经将红珠移交至大理寺卿，拿到供词后便会和大理寺卿一同面圣，只是始终都没找到薛家存有百花杀的证据，也不知能否赶在你们拜堂之前拿到结果。”

虞辛夷甚至做好了万一计划不顺，自己代替妹妹出嫁的打算。

无奈众目睽睽，薛家又对她们姐妹俩了如指掌，她和妹妹的身段容貌不尽相同，她想要替嫁，几乎不可能。

“没事的，阿姐。”虞灵犀握紧了手中的龙纹玉佩，温声道。

她相信家人，也相信宁殷。

王府西侧的岫云阁上，宁殷负手而立，目送虞府的马车疾驰而去。

薛家的人很狡猾，王令青死前供出的那点事，根本不足以将老狐狸置之死地。所以，宁殷换了计划。

他交给柳御史的证据半真半假，之后，他再放出风声，故意让躲在暗处的人知道柳御史要入宫弹劾，检举薛右相，激他们自乱阵脚。

果然这一诈，薛家人便坐不住了。

不过，这可远远不够。

街道上空空如也，乌云如墨，风中已带了霜雪的凛凛之气。

宁殷望着某处，低低地哼了声。反正，他等会儿得把人再抢回来。

这回，他会光明正大地抢。

将庸人的痴梦碾碎在最美好的时候，毁得彻底，那才叫痛快。

“将东西清点好。”宁殷眸中蕴着墨云的暗色，他转身下了阁楼，“抢人去。”

午时，虞府闺房。

虞灵犀淡扫妆容，简单地绾起长发，压下沉重华美的凤冠。因先前的嫁衣被毁坏，她只披了件临时赶工而制的嫣红成衣。

落地铜镜前，虞灵犀独自端坐，而后一寸一寸地卷起裙裾和里裤，露出匀称白皙的双腿。

将裙裾和里裤卷到最上面，她隐约可见铜镜中映出的一枚红色印花，不由得脸颊一烫。她忙不迭地将嫣红的裙摆放下来。

只愿阿爹在宫中一切顺利。虞灵犀托腮叹了声，否则她真不知该以什么样的勇气，带着这枚印章“嫁”入薛家。

薛右相入宫还未归来，薛父临时将迎亲的时辰提前。

未时三刻，薛家迎亲的队伍热热闹闹地朝虞府而去。

按照京中旧俗，迎亲时新郎本人并不亲自前往，而是由傧相前去相迎。

喜绸满堂，红烛高照，庭外宾客往来如云。

薛岑穿着嫣红的喜服，端方如玉地坐在喜堂之中，等候花轿的到来。他情不自禁地捏了捏拳，这一刻，大概是他一生中最接近于圆满的一刻。

他不知期待了多久，外头终于隐约传来了迎亲队伍归来的欢庆声。

薛岑倏地站起身，一时欢喜又无措。直至媒人催促提醒，他才如梦初醒，认真地整了整衣冠，踏着绵延数十丈的红毯，迎着祝贺，走向他即将娶进门的新娘。

天色阴沉，风刮得人脸颊疼。

迎亲、送亲的队伍缓缓行过街道，锣鼓喧天。

虞焕臣打马在前方引路，虞辛夷和唐不离则作为女傧相护在花轿两侧。一行人不顾媒人的催促，刻意放慢了行程。可尽管如此，薛府的大门还是离他们越来越近，丝竹乐起，宾客簇拥着一袭婚袍的薛岑出来。

花轿中，虞灵犀手握龙纹玉佩，龙凤呈祥的却扇却被她冷落在一旁，上面放着薛岑的庚帖。

她闭目深呼吸，祈愿父亲那边一切顺遂。

如果宫里再无消息，他们只能采取下下之策。

在一阵热闹的爆竹声中，花轿落地，虞灵犀的心也跟着咯噔一沉。

隔着轿头的绣花红帘，她见薛府门前锦衣如云，薛岑迈着端正的步伐向前，玉面微红地朝着花轿拢袖施以一礼，朗声恭请新妇。

虞灵犀握紧了玉佩，没有下轿。

凛凛的朔风中，身量颀长的薛岑又认真地行了一礼，再次朗声恭请新妇。

马背上，虞焕臣与虞辛夷对视一眼，各自在对方的眼中看到了决然之色。

第三次请新妇不下，他们便该彻底与薛家撕破脸皮了。

风拂过京城如被墨染过的天空，卷下一阵碎雪来。

先是细碎的几点白，而后越来越多，连成飘飘扬扬的一片白。

“新娘子，快落轿啊！”

“二郎别怯，把你的新妇抱下来呀！”

周围宾客热闹地催促起哄，薛父的笑中带了几分勉强之意，他不住地以眼神示意薛岑。

薛岑只当没领会父亲的暗示，新郎官帽上沾着几片细碎的白雪，他礼貌地请诸位宾客莫要吓到轿中新妇，这才红着脸，坚持按礼节，第三次朝着花轿中的红装美人拢袖躬身，手举过眉上。

着一身浅红袄衣的侍婢胡桃立侍一旁，偷偷瞥了一眼轿中一动不动的主子，手中的帕子早已绞得起了皱。

时间仿若被无限拉长。

一阵急促的马蹄声自北街而来，吆喝声刺破了下轿礼的喧闹声。

“圣旨到！薛府一众接旨！”一名锦衣内侍手拿明黄圣旨，匆匆勒马停下，打断了薛岑还未说出口的话语。

薛岑只好直身退至一旁，与面色凝重的薛父和薛嵩一同朝向圣旨的方向，撩袍跪拜。

毕竟是天子赐婚，大婚当日今上下圣旨表示慰问亦是正常，众人没有过多起疑，甚至隐隐有艳羡之意。毕竟全京城能得这般殊荣的新人，再也找不出第二对。

锦衣内侍翻身下马，清了清嗓子，方展开圣旨高声道："奉天承运皇帝诏曰：薛右相两朝元老，兢兢为国，朕感念其年迈多病，特准其解官请老，颐养天年。户部左侍郎薛嵩，迁光禄寺少卿，即日上任，不得有误……"

闻言，宾客皆从艳羡变得惊讶。薛家两位身居高位的朝官，一个解官请老，一个被迁去核心权力之外的光禄寺——这明显并非赐予荣耀，而是降罪啊！

在众人摸不着头脑之时，内侍继续道："薛府二郎重孝重礼，虞府二姑娘温柔贤淑，然两人天命不合，相冲相克，允其各还本道、侍奉双亲。待时机成熟，朕再为两人重择佳偶。钦此！"

圣旨被念完，满座哗然。

这是始料未及的，薛岑倏地抬起头，眼中温润的笑意退去，渐渐涌上茫然之色。是圣旨上写错了吗？他们怎么会突然天命不合？

薛岑不愿相信、不敢相信。

眼前碎雪迷离，花轿就落在离他一丈远的地方，他触手可及。

定亲时礼部明明已经为他们合过八字、测过吉时了，不是吗？

"薛二郎，接旨吧！"内侍高声提醒。

薛岑毫无反应，仿佛身处噩梦之中，怔怔地不知如何自处。

是一旁的薛嵩代为跪伏伸手，嘶哑地道："臣，领旨。"

圣旨落在薛嵩掌心，宛若泰山压下，薛父哽咽着闭目，知一切都完了。

计划毁在了离成功最近的那步，功亏一篑，他们沦作笑柄。

虞焕臣和虞辛夷同时长舒了一口气，轿子中，虞灵犀紧绷的身形松懈下来，她靠在软垫上长长呼出一口白气。

直到这一刻，她才像重新活了过来。

"好在尚未礼成，薛二郎、虞二姑娘。"

内侍朝两家各自行了个礼，堆着假笑道："还请两家互相退还庚帖，这桩婚事便算作罢，小臣也好回宫向陛下交差。”

虞焕臣点点头，转身撩开轿帘，伸出手掌低声道：“岁岁，没事了。”

虞灵犀拿起一旁早就备好的薛岑庚帖，指尖紧了紧，而后，她抬眸道：“兄长，我要亲自与他说。”

虞焕臣有些惊讶，迟疑了片刻，终是改为握着妹妹的手，引她下轿。

媒人已经战战兢兢地取来了虞灵犀的庚帖，递到薛岑手中。

薛岑惘然地接过庚帖，怔怔地站在原地，不知该如何办。

这是一场突如其来的噩梦，没人告诉他该如何醒来。

花轿中有了动静，虞灵犀搭着虞焕臣的手掌提裙下来。

她没有拿却扇，精致无双的面容露于众人面前，洁白的碎雪洒落在红衣上，衬得她娇艳且耀眼。

薛岑没有焦点的眼睛中总算燃起了些许亮色，他迟钝地向前一步，唤道：“二妹妹……”

虞灵犀却是站着不动了，与他保持着半丈远的距离。

裙裾猎猎，她并未穿薛岑亲自挑选监制的那套华丽嫁衣，腰间却挂着一枚尊贵的龙纹玉佩。

薛岑明白了什么，步履缓缓顿住。

两人隔着半丈远的距离对视，一个通透冷静，一个茫然无措，之间宛若有天堑。

虞灵犀定了定神，双手将庚帖退还，柔声坚定地道：“君成人之美，有高山之姿。愿君此生佳人在侧，前路似锦。”

一句“成人之美”，薛岑眼中的最后一点希冀破灭，化作泪意。

虞灵犀亲自下轿归还庚帖，是在保全他的最后一点颜面，亦是表明了她的态度。

她心有所属，温柔而清醒。

活在梦中自作多情的，一直都只有他自己。

这么近的距离，他却连碰一碰她都是奢望。

薛岑望着她手中的庚帖，半晌后，以袖拂去虞灵犀庚帖上的雪花，这才将其双手奉还。

他躬身垂首，喉结几番滚动，他方极其艰难地道：“愿二姑娘事事顺遂，余生无忧，再觅……良人。”

“多谢。”虞灵犀接过了自己的庚帖，方略一颔首作别。

薛岑仍保持着躬身的姿势，拿着薄薄的庚帖，颤抖得不像话。

两滴滚烫的水珠坠下，溅在地砖的薄雪之上，烫出两个暗色的窟窿。

内侍完成任务，满意地回宫复命去了。

周围的人议论纷纷，或惊骇或猜测，一时间看着薛岑的眼神里都充满了可怜之意。

“唉，好端端一桩空前盛大的喜事，怎么就弄成这样了？”

“可不是嘛！临拜堂时黄了婚事，搁谁谁受得住啊？”

“依我看，虞家二姑娘以后再想嫁个门当户对的世家子弟，可就难啰！”

“谁说不是呢？先是各种流言，好不容易有个情深义重的薛二郎，婚事却又无疾而终。姻缘坎坷，或许是命犯孤煞。”

“可惜了这般正值妙龄的绝色美人，经此一事，虞家二姑娘再难觅得正经良人。”人群中，有人啧啧叹惋，“将来不知会便宜哪家落魄子弟或是续弦的鳏夫。”

唐不离听不下去了，气得柳眉倒竖，下意识摸向腰间的长鞭。而后她才反应过来，今日原是虞灵犀的大喜之日，她身为女傧相，自然不能带武器。

虞辛夷亦是面有愤色，因顾及妹妹的面子，才强忍着没有当众揍人。毕竟走到这一步，虞府不可能堵住天下人的嘴。

“不管如何，幺妹都是我虞府的掌上明珠，虞家上下宁可她长留府中承欢膝下，也绝不会委屈她一分一毫。”虞焕臣环顾四周，朗声道，“谁再出言不逊，便是与我虞家为敌。”

周围的议论声这才稍稍平息，可众人看虞灵犀的眼神，依旧充斥着肆无忌惮的消遣和探究之意。

“兄长，别在闲人身上浪费时间。”虞灵犀拉住虞焕臣的袖子，平静地道，“我们回家。”

这已经算得上是最圆满的解决方式了，和所嫁非人相比，这点流言蜚语对她而言根本算不得什么。

她迎着众人打量的目光转身，风雪沉重，她却只觉得轻松。

而后，虞灵犀停住了脚步，目光落在长街尽头。

不只是她，满街躁动围观的人都安静下来，自动分开一条道，让那庞大的一支队伍通过。

三千碎雪如柳絮纷飞，为首的那人紫袍玉带，身披玄色狐裘驭马而来，俊美的面容几乎与飞雪融为一体，他宛若降世的神祇。

在他身后，百余名侍从宫人挑着绫罗箱箧等物，怀抱如意珍宝，垂首井然而来。

“嚯！谁家的王孙贵胄，这般排场？”

“是静王！”

人群中有人认出了这支队伍的主人。

“他……他来做什么？”

“带着那么多的东西，他是又抄了哪位大臣的府邸吗？”

这几日静王肃清朝堂，手段狠毒，朝中人人自危，一时间赴宴的朝臣骇得连声音都变了调。

虞灵犀也愣住了。

她原以为宁殷最多会在幕后操纵，却未料他此时竟堂而皇之地露面，还带着那么多侍从和箱箧珍宝。

当宁殷驭马越过薛府门前，走到虞家人面前时，所有的大臣皆是战战兢兢地伏地跪拜，高呼道：“叩见静王殿下！”

大臣们唯恐慢了一步，就会被他以“废太子同党”论处，革职入狱。

宁殷无视跪了一地的人，越过面色苍白的薛岑，慢悠悠地打马停在虞灵犀面前，居高临下地看着她。

众人皆是随着宁殷的移动转动身子，始终头朝着宁殷的方向跪伏。

他们皆是捏了一把汗。才看了薛家的热闹，看样子，他们又要看虞家的了。

静王这气势明显是冲着虞家来的，来者不善啊。

虞灵犀仰着头与马背上的宁殷对视，眸光跳跃。

风雪迷离，眼睫上沾着碎雪的她压低声音问：“宁……殿下，你来做什么？”

宁殷以马鞭轻抵下颌，眼眸如墨，唇线上弯。

他竟是直接当着薛家上下的面，朝刚退婚的少女伸出一只修长的手，俯身邀约道：“闻虞二姑娘退婚大喜，本王甚悦，特备上厚礼前来……送清白。”

“送清白”三字，他咬得格外清晰，虞灵犀心尖一颤。

能将下礼说得如此委婉新奇的，也只有宁殷其人。

地上战战兢兢跪伏的人一顿，宛若见了鬼。

这……这事情的走向，怎么不太对?

第五章 鸿门

虞灵犀刚退婚，自然不能再坐花轿归府。

所有人都知道，此时宁殷朝刚退婚的虞灵犀递出手掌，意味着什么。方才还在惋惜嚼舌的人，瞬时都闭了嘴。

风雪漫漫，虞灵摘下头顶的凤冠提在手中，任由青丝如瀑般倾泻。

她望着骏马上俊美的宁殷，下意识地抬了抬指尖。

“岁岁。”虞焕臣清了清嗓子，平静地道，“你坐清平乡君的马车归府。”

虞灵犀明白，兄长是在保护她。

她尚在退婚的风口浪尖，若当众与宁殷执手同乘一马，太过招摇，并非好事。

“本王向来不做无利可图之事，”宁殷难得有几分耐心，伸出的手几乎与霜雪融为一体，“以厚礼相赠，是要堂堂正正地向将军府要一个人。”

他太张狂了。

虞焕臣看了一眼妹妹，皱眉道：“若静王殿下所求为舍妹，恕臣不能领命。”

宁殷挑眉。

虞焕臣还未说话，一旁的虞辛夷按捺不住道：“岁岁是虞家的掌上明珠，无价之宝，非利益所能衡量，给多少银两也不换。”

宁殷轻轻颔首："若是不肯换，也可。"

虞灵犀不解——宁殷绝非这般好说话的人。

果然，宁殷面不改色，悠然地道："只是本王若真动手抢起人来，恐怕会闹得不太好看。"

他垂眸，看向虞灵犀道："虞二姑娘是自己上来，还是本王抱你上来？"

虽说这是询问，但虞灵犀俨然没有选择的机会——

她还未来得及说服兄姊，宁殷已抬手扬鞭，一抽马臀。

黑色的骏马喷出一口白气，朝着她疾驰而来。

下一刻，她只觉得腰间一紧，整个人腾空而起，落于宁殷的马背上，被禁锢在他的怀抱中。宁殷低喝一声"驾"，竟是载着她冲破人群，朝静王府的方向狂奔而去！

"岁岁！"短暂地愣怔过后，虞焕臣翻身上马，第一个追了上去。

"宁……宁殷！"风呼呼作响，马上颠簸，虞灵犀险些咬破舌头。

她嫣红的袖袍被风吹起，宛若一只挣脱束缚的蝶。

嘴角微动，宁殷用手臂将她的纤腰箍得紧了些，玄色的狐裘与嫣红的衣裳在风中交织。两人所至之处，众人皆俯首躬身相送，不敢出一言。

四周寂静，薛家人的神情顿时十分精彩。薛家先是被降罪革职，又被退了婚事，如今静王竟当着他们的面，堂而皇之地抢了他们未过门的新妇……薛家的颜面，几乎是被按在地上摩擦。

"府中有要事，我便不送各位了。"虞辛夷朝着薛家人和唐不离一抱拳，翻身上马，领着送亲的自家人归府，赶去处理另一个难题。

薛岑一直目送着虞灵犀的身影离去，直至肩头积了厚厚一层白雪。

宾客惶惶起身，也不敢多留，陆陆续续地告别离去。

不到一刻钟，门庭若市的薛府便变得冷冷清清，只余雪水中的爆竹纸屑凌乱地铺洒，如同旖梦破碎，一地狼藉。

"耻辱！"薛父气得胡须微颤，重重地道，"奇耻大辱啊！"

薛岑怔怔地望着墨色天空下洒落的雪花，喃喃道："雪覆青丝，却终是……不能与子偕老。"

"梦该醒醒了，二郎。"一旁的薛嵩道，"你若还有一腔血气，就该想想如何报这夺妻之恨，让他们血债血偿！”

“别说了，阿兄……别说了。”薛岑闭上眼，抬手摘下新郎官帽，眼角沁出一行清泪。

马蹄踏碎一地霜雪，宁殷勒缰停马，早有静王府的亲卫驾着马车等候在街口。

宁殷率先下马，顺手掐着虞灵犀的腰，将她提溜了下来，塞入温暖如春的马车内。

“归府。”宁殷整了整袖袍坐下，而后随意地往车壁上一靠，拍了拍身侧的空位。

虞灵犀低头走过去，坐在他身边。

案几上兽炉焚香，暖香四溢，她满身的寒气被驱散。

虞灵犀坐在宁殷身边，看了他冷峻的侧颜一眼，又看了一眼，嘴角溢出轻浅的笑容。

宁殷乜眼过来，半晌后，抬手捏了捏她的后颈：“被抢还这么开心，胆子挺肥。”

“你是怕我被人诟病，所以才寻了个抢人的名号，将恶名揽在自己身上。”虞灵犀贴近了他些，弯着眼眸揣摩道，“而且当众如此，既能让那些欲捡漏攀亲的人死心，又可堵住天下悠悠众口，殿下可谓为我煞费苦心。”

宁殷看了她许久，笑得缓慢：“不仅胆子肥，脸皮也厚。”

他虽然嘴上嫌弃，可到底稍稍抬起了手臂，放任虞灵犀钻入他的怀中。

虞灵犀以脸颊贴着他的胸膛，聆听那沉稳有力的心跳声，轻声吁道：“我都知道的，宁殷。”

外面的雪那么大，可此刻他们之间，只剩下无尽的安宁。

马车颠簸，宁殷松松环着虞灵犀细腰的手也随之下移，落在她嫣红的裙裾上。

男人搁在她腿上的指骨分明的手颇有分量。

虞灵犀眼睫一颤，她正迟疑着要不要与他五指相扣，那只修长的手却是往下，一寸寸卷起她娇艳如火的裙边。

纤细的脚踝隐现，继而，她白皙如玉的小腿露了出来，她回过神，忙坐直按住裙子道：“你做什么？”

宁殷捉住她的腕子，极慢地眨了下眼睛：“检查印章。”

在……在马车里？虞灵犀甚至能清晰地听到车后侍卫踏过积雪的窸窣声，不由得脸一热，下意识地后退。可马车一共就这么点大，她退无可退，很快就被抵在了垫着柔软褥子的坐榻上。

“嘘，别动。”

宁殷按住她的唇瓣，漆眸如墨，英挺的鼻尖近在她眼前。

身下一凉，虞灵犀咬唇屏住呼吸，顿时不敢动了。

目光下移，宁殷用温凉的手指抚过印章残留的红色印记，仔仔细细地观察了许久，方惋惜道：“淡了。”

印泥又非染料，印在皮肤上过了半日，且她又是坐轿子又是骑马的，怎么可能不淡？

“我再给灵犀补一个章，可好？”

还来？虞灵犀忙不迭地摇头，想要拒绝，可嘴唇被他以指按住，她只能发出含糊的呜呜声。

宁殷置若罔闻，俯身往下。

温热的气息拂过，虞灵犀绷紧了身子，随即落章的地方传来如被羽毛拂过般轻柔的触感。他轻轻触碰她，如同在吻一件易碎的珍品。

虞府。

虞渊刚从宫中出来，便听闻了薛府门前发生的事。

虞将军猜到薛家没落之事必定有静王在背后推波助澜，却不曾料到，静王竟会堂而皇之带着侍从厚礼，去薛府门前抢人。

虽说他暗中扶植过卫七，但这不代表他赞同静王的手段，更不代表他能放心地将刚退婚的女儿交到静王的手中。天家皇族，没有几个是纯良干净的。

虞将军心事重重，看着堆积了满院子的厚礼，脸上的忧虑之色更甚。

马车依旧不徐不疾地走着，刺了绣的垂帘微微晃动，几片雪花落了进来。

脸颊绯红的虞灵犀默不作声地整理裙裾和罗袜，用湿润的眼睛愤愤地瞪着宁殷。

而始作俑者衣着齐整华贵，神色淡然，正执着一盏冷茶慢悠悠地品着。

他转过头来，虞灵犀一见他便心烫得慌，忙不迭地移开视线。

不知是否是错觉，虞灵犀总觉得宁殷在笑她。

不成！她怎么能败在这儿？

虞灵犀心有不甘，起身往宁殷那边挨去。

马车转了个弯，虞灵犀也跟着一晃，跌坐在宁殷的腿上。

宁殷一怔，手中的茶盏一晃，溅出几滴茶来。

虞灵犀下意识地抓住宁殷的狐裘，几乎同时，属于男人的炙热体温隔着厚厚的衣料传来，从她的印章处蔓延，漫至心尖。

果然……她再抬眸时，眼里已有了些许笑意。

那笑是明媚轻松的。

她换了个姿势，取走宁殷手中那碍事的茶盏，扶着他的肩与他面对面。

虞灵犀唇上红润之色未褪，她眨了眨眼，凑近了他些。

“礼尚往来，我能给殿下一个回礼吗？”她气息轻快地问。

满身女儿香萦绕，宁殷眸中有暗色流淌。虞灵犀侧首，将自己的唇贴在他的唇上，先是碰了碰，而后压紧。

宁殷的呼吸停滞了一瞬。

少女柔软的气息轻轻拂过，他愉悦地半眯起了眼眸，抬手轻抚虞灵犀的后脑，直到她憋得脸颊绯红，方垂首启唇，反客为主。

虞灵犀想开始推他，然而他纹丝不动。直到马车猝然停下，他们的唇齿撞在一块，舌尖尝到淡淡的血腥味。

小疯子嗅到鲜血味，总是会格外快乐些。

虞灵犀惊魂甫定，宁殷就笑得温柔，欺身喑哑地道：“怎么不继续了，嗯？”

“静王殿下。”马车外传来虞焕臣清朗的声音，他驭马高声道，“你要将舍妹带去哪儿？”

是兄长！虞灵犀忙不迭地坐起，却被宁殷一只手按住。

“一次两次也就罢了，灵犀还想跑第三次？”宁殷惩罚性地捏了捏她腰间的嫩肉，“本王可不是有耐性的人。”

“我哪有要跑？”虞灵犀刚想反驳，而后反应过来，宁殷所说的跑，并非实际意义上的那种跑。

第一次是兄长打进府中时，第二次是今晨阿姐来接她时，第三次……

这的确有些不厚道。

“你当众将我带走，兄长定然担心，亦不好回家与爹娘交代。何况，这儿也不适合继续……”最后一句话，她咬在唇齿间，几不可闻。她哄道：“我去和兄长说两句，让他放心，可好？”

宁殷的眼神凉薄至极、危险至极。

马车外传来一阵吵闹声，王府侍卫道：“小将军，你不能擅闯！”

虞灵犀顾不得许多，捧着宁殷的脸颊亲了一口，而后忙不迭地整理好衣裙，撩开车帘钻了下去。

车帘一开一合，宁殷的眸子也跟着一明一暗。他缓缓直身靠在车壁上，半晌后，抬手触了触被吻过的地方。

“兄长。”披散着的墨发上沾着碎雪，虞灵犀满是歉意地道，“让你担心了。”

虞焕臣一眼就瞧见了妹妹下唇的破皮处。目光一沉，他连冲进去宰了宁殷的心都有了。

“岁岁，跟哥哥走。”虞焕臣严肃地道，“只要你不愿，这天下就没有谁能从哥哥手中抢走你。”

虞灵犀笑了笑，温声回答：“没有谁抢我，是我自己愿意的。”

“岁岁，薛家的事已经解决，世间再无可胁迫你之人，你又何必刚出狼窝，又入虎穴？”

虞焕臣将利害摆在她面前，字字明白地道：“你生性纯良，若和逆正道而行的人在一起，那天下的口诛笔伐或许不能伤他分毫，却足够让你心力交瘁……到那时，你该如何自处？”

“我知道的，兄长。”虞灵犀眸光澄澈，她字字清晰地道，“我当初离开他是迫不得已，现在既然自由了，为何还要委屈自己？”

“你……”虞焕臣看了一眼毫无动静的马车，视线再次落在妹妹身上。

也不知道那卫七给岁岁灌了什么迷魂汤，三番五次，岁岁一遇见和他有关的事就像变了个人似的，非常执拗。

今日静王当街抢人，无非是向世人宣告占有。经此一事，还有谁敢向妹妹议亲呢？

卫七这人心机深、手段狠，非常人能及，哪个做哥哥的会不担心妹妹受伤？

虞焕臣心情复杂，他向前道：“你决定了吗，岁岁？”

虞灵犀点点头。

“我好不容易才恢复自由身，让我像普通女子那般和心仪之人待会儿，可好？”她放轻了声音，小声道，“天黑前，我会回府向爹娘请罪的。”

“傻岁岁，你何罪之有？”虞焕臣轻叹一声，紧绷的嗓子稍稍松懈了些，“晚膳前我来接你。若有人胆敢欺负你，哥哥决不轻饶！”

最后一句话，他俨然是对着马车中的宁殷说的。

“谢谢兄长！”虞灵犀福了一礼，带着轻松的笑意道，“兄长慢走。”

虞焕臣走向前，轻轻抚去妹妹发顶的碎雪，这才转身上马，回去复命。

虞灵犀立刻撩开车帘，钻了进去。

宁殷靠着车壁倚坐，见她进来，便抬了抬眸子。

虞灵犀有时候会觉得，宁殷真的是个很神奇的人。

或者说，他简直强悍得不像个人。譬如方才他还和自己吻得热火朝天，此时已能冷静地坐在车中，不见半分情欲。在梦中也是如此，他享受着虞灵犀的伺候，有时会疯得厉害，却极少主动沉沦其中。

虞灵犀有时会觉得，他是个十分冷淡的人。

尽管他们有那么多惊心动魄的共同经历，虞灵犀却依旧感觉不到他对情事的热衷，他更像是在遵从身体的本能。

这大概也是梦里的他没有别的女人的原因。

这个奇怪的念头一闪而过，虞灵犀收回飘散的思绪，坐在宁殷身侧。

她轻轻哈了口气，搓着微凉的指尖道：“我方才和兄长说的话，你听见了吗？”

宁殷看着她，眼底有墨光流淌。他漫不经心地道：“哪句话？天黑前归府，还是晚膳前回家？”

虞灵犀一噎，蹙了蹙眉头。她说了那么多句剖白之言，怎么宁殷就只听见了这最没用的一句话？

“那是我为了让兄长安心的承诺。你想啊，若得不到家人的祝愿和认可，我即便和你在一起也难以安心。”虞灵犀解释道，“再说了，即便是正经谈情说爱的璧人，婚前也不能日日夜夜黏在一块的，何况我们还没……”

“我不是你的姘夫吗？你还在乎这些？”宁殷单手攥住她的指尖拽入自己的狐裘中，忽而道，“皇帝赏赐于我的那座宅邸我已布置好了，我命人在书房中造了一间极大的密室。”

话题转换得太突然，指尖贴着他硬朗炽热的胸膛的虞灵犀疑惑地眨了眨眼睛。

“我把灵犀藏在那里面，可好？”宁殷用指腹摩挲着她细嫩的手掌，计划道，“这样谁也不会来打搅，我们便能日日夜夜在一起。”

一点也不好。

虞灵犀哼道：“密室太黑了，我不喜欢。我喜欢和你一起在外边，看这风花雪月。”

宁殷笑了声，伸手捏了捏她的脸颊，她便知道，他又在半真半假地吓她。这个性子恶劣的人，虞灵犀拿他一点办法也没有。

她顺势靠在宁殷怀中，想起一件非常重要的事。

“对了，虽然现在薛家暂时失势，但你不可不防。”虞灵犀想起梦里的前车之鉴，认真地道，“我怕有人暗中对你下手。听见没？”

宁殷垂眸看她，想起了之前收到的那盏谜面天灯。

“当初信誓旦旦地要嫁进薛家，而今又来关心我，”他抚着她的头发，慵懒地道，“你这马后炮，放得是不是太晚了？”

这人真是！怎么还翻旧账？

“我那时不那样说，你能放我走吗？难得我要让自己成为你的累赘，再躲在密室里看你伤痕累累却无能为力？”

虞灵犀想起宁殷当时所遭遇的一切，心中仍止不住地发疼。

她将手从他怀中抽离，转过身道：“关心自己心爱之人，无论何时都不嫌晚。”

一股脑地把话说完，虞灵犀方觉心中舒畅，如释重负。

这些话，她终于能说出来了。没有赐婚，无须隐忍，她可以堂堂正正地告诉宁殷：你是我心爱的人。

身后之人久久没有动静，正当虞灵犀以为宁殷没有听见时，一股大力将她拽住。宁殷将她拽入怀中紧紧拥住，她的后背磕上他硬朗的胸膛，心尖发麻。

“对我坏点没关系。”宁殷温热的呼吸拂在她的耳畔，他用鼻尖蹭着她的脸颊，嗓音喑哑地道，“不要骗我。”

论起骗人，谁也比不过宁殷。想当初他装乖卖巧，为了能留在虞府，简直无所不用其极。

虞灵犀心知肚明，可听到他那句“对我坏点没关系”，心尖还是止不住地一颤。

“第一个骗我的人，已经死了，死得好难看。”宁殷像是想起了遥远的过去，嗓音也变得轻淡起来，“不过若灵犀骗我，我却是舍不得……我只能将灵犀关起来，直至灵犀说不出话，只能呜咽着求饶。”他抬指按了按虞灵犀的唇瓣，眼底晕开一抹墨色。

宁殷此时定是心情很好，连呼出的气息里都带着轻松的笑意。

虞灵犀知道，如果自己想要宁殷的心，这个小疯子定然会毫不迟疑地挖出来擦擦干净，然后笑着送给她。可这样一个狂妄恣睢之人，面对她的示好时总是偏执大过理智。仿佛在他的潜意识里，他压根觉得不会有人真心爱他。

第一个骗宁殷的人是谁?

她不可抑制地揣测：宁殷如此谨慎偏执，是拜那人所赐吗?

“不会骗你。”虞灵犀轻声喟叹，顺势依靠在他的怀中。

对于心思坦荡的人来说，说两句真心话并不是难事。

于是，她用细嫩的手掌轻轻拢住宁殷的指节，引着他的手贴在她的心口，让他感受那一刻她剧烈的心跳。

“不信你摸摸。”虞灵犀微微侧首，轻声道，“我的心跳不会说谎。”

宁殷不说话了，将下颌埋在她的肩窝处，感受着掌心下的心跳。

半晌后，他意味深长地道：“摸不出。”

“嗯？”虞灵犀不解。

宁殷垂眸，于她耳畔道：“衣裳太厚，碍事。”

“……”虞灵犀反应过来，倏地瞪大眼，将他的手甩开。

宁殷却轻松按住她的腕子，欺身而上，指节顺着她的手腕往上，撩过颈侧，而后，他轻轻捏住她的下颌。

他迫使她望着自己，直至她的脸颊泛起了绯红，他方笑着俯身，用牙尖咬住她的下唇，托着她后颈的手掌稍一用力，她便惊呼一声。

等马车停在王府门前时，虞灵犀已面红耳赤、目光涣散。她满脑子只有一个念头：绝对不能骗小疯子，否则舌头真会被吃掉的。

与此同时，宫中。

皇后滚动手中的串珠，问：“静王当街抢走了退婚的虞灵犀？”

“众目睽睽，千真万确。”崔暗拖着语调慢吞吞地道，“先前几次暗杀皆以失败告终，咱们的人折损严重，静王若再娶虞家的女儿，染指兵权，形势必定对娘娘和小殿下大为不利。”

皇后半眯着眼，问：“崔暗，你一心为本宫和废太子出谋献计，到底图什么？”

崔暗敛了眼底的暗色，跪拜道：“自然是感恩娘娘大德，结草衔环以报。”

“行了，这话你哄哄别人也罢，骗不了本宫。”皇后拔下金钗挑了挑佛龛前的烛火，半晌后道，“本宫记得，薛嵩被贬去了光禄寺？”

崔暗稍一思索，忙道：“臣这就下去安排。”

“静王狡猾，给出的诱饵要足够大，我们才能引他上钩。”皇后将金钗插回发髻间，声音平静得她仿佛不是要殊死一搏，“去吧。再失败，你便不必来找本宫了。”

这次，她要亲手了结那小畜生。

就像当年，她了结他娘一样。

因是除夕，这几日，虞灵犀都老老实实地待在虞府中，陪伴爹娘兄姊。

嫂嫂苏莞有了两个多月的身孕。因府中有添丁之喜，除夕夜便比往昔更为热闹。

庭中明亮如昼，天边烟火粲然，虞灵犀忍不住想起去年此时，宁殷饮完加了重辣的屠苏酒，薄唇发红地说“小姐是这世上待我最好的人”的模样……

她的嘴角不禁弯起一抹浅笑。不知宁殷今年在静王府会怎样过年。

大概连一副对联、一盏热闹的红灯笼都不会有吧。偌大的府邸，他总是孤零零的，像活在坟冢里一样。虞灵犀想着想着，嘴角的笑淡了下来。她抬手摸了摸髻上夹着血丝的螺纹瑞云白玉簪，轻叹一声。

守完岁，虞灵犀沐浴更衣，打着哈欠往寝房走。内间的垂帘已被放下，侍婢提前整理好了床榻被褥，虞灵犀未加多想，撩开帐帘坐了下去，却冷不防地坐进一个又热又硬的怀抱中。她被吓得三魂去了两魂。

她还未惊叫出声，嘴已经被人从后捂上。宁殷将她牢牢按在怀中，带笑的声音从她耳畔传来：“噤声，将人引来了本王可不负责。”

虞灵犀甚是惊愕，过了半晌才放软身子，拉下他的手掌道：“你怎么在这里？”

“去抄家，路过此处故地重游，想起了灵犀，”宁殷轻轻扳过虞灵犀的脸，墨色的眼中有未散的冷意，他轻声道，“所以来看看。”

大过年的去抄家？他现在明明是炙手可热的静王殿下，怎么活得比以前的卫七还要岑寂孤独？

虞灵犀张了张嘴，千言万语，最终只化作一句：“你有压祟钱吗？”

宁殷眉尾微挑，他似乎在问“那是什么东西”。

虞灵犀便垂首，从自己刚得的钱袋中摸出两枚铜钱，将铜钱用红纸包好塞入宁殷的手中。

“别嫌钱少，只是图个吉利而已，你也不缺银子。”虞灵犀解释，“这是压祟钱，睡觉时放在枕头下，能保你整年顺遂平安。”

帐帘内十分昏暗，宁殷难得流露出几分新奇之色来。他摆弄着掌心用红纸包裹的两枚铜钱道：“压什么祟？”

虞灵犀换了个舒服的姿势，与他并排倚着，小声回答：“自然是压恶鬼邪祟。”

宁殷笑了声：“本王不就是这世间最大的恶鬼邪祟吗？”

虞灵犀眨了眨眼，想：这话……似乎也不是不对。

“依本王看，不如是‘压岁’。”宁殷虚握五指，将两枚铜钱握在掌心，凑上前压低嗓音道，“岁岁的岁。”说罢，他揽着虞灵犀的腰，将身子一转，自上而下禁锢着她——“压岁”。

他翻身时衣袍带起疾风，疾风撩起了帐帘。他的眉眼轮廓变得格外模糊深邃，眼神似有着摄魂夺魄的蛊惑之力。

奇怪，虞灵犀竟然会觉得宁殷的眼神极具蛊惑之力。明明他是个五感缺失、定力强到近乎自虐的人。

“小姐，汤媪备好了，您等被褥暖和了再睡。”胡桃抱着一个用绸布包裹好的铜汤壶进屋，脆生地道。

虞灵犀一惊，下意识地撩起被褥一盖，将宁殷推到榻里藏好，道：“你放在案几上！”

她的声音听起来有些焦急，胡桃被吓了一跳：“小姐？”

宁殷眯了眯眼，抬手捏了捏她的腰窝，她“啊”了声，心脏都快从嗓子眼里蹦出来了。

她忙咬唇瞪着始作俑者，胡乱编造道：“我在脱衣裳呢，你别过来。”

好在胡桃并未起疑，将热乎乎的汤媪搁在案几上，便掩门退出去了。

虞灵犀竖着耳朵，直到胡桃的脚步声远去，才长舒一口气。

宁殷舔了舔牙尖笑道：“不是说在脱衣裳吗？脱。”他侧身屈肘，一手撑着脑袋，被褥中的另一只手往下。

…………

烟花爆竹声到将近天亮时才消停。

虞灵犀不知宁殷是何时走的，她醒来时，身侧已没有了那人的温度。

梦醒，心间空荡，却又像品了一颗糖，回味无穷。

好在很快便是上元节，官民同乐，夜游灯会。

上元节戌时，天子会率王孙贵胄登上宣德门，观高台灯市，接受万民朝拜，但因皇帝尚在长阳宫养病，此次登楼，便由七皇子宁殷代劳。

按理说，宁殷对这种场合毫无兴致，应是不会露面的。

大家都在猜测，能有资格代替天子行礼的人，极有可能会成为皇位的继承人，七皇子但凡有点野心，都不可能拒绝这项殊荣。

所以，宁殷是想做太子吗？

虞灵犀不清楚。

戌时，虞灵犀身着红装礼衣，提着一盏琉璃灯，与虞辛夷一同登上宣德门西侧的楼台——那里是后宫嫔妃和朝臣女眷观灯的场所。

而宁殷和宁子濯等皇子王孙，则会代替天子站在宣德门东侧的楼台之上。

极目望去，夜空深沉，宣德门下人声鼎沸，千万盏花灯化作光河蜿蜒向前。

虞灵犀将手搭在宫楼的扶栏上，远远注视着东侧缓步上楼的宁殷——紫袍玉带，冷俊无双。

她的嘴角忍不住上弯。一旁的虞辛夷走上前，伸手挡住她的目光道："可要阿姐借你令牌，过去找他？"

虞灵犀这才收回目光，不好意思地笑笑："不必啦。"

她约了宁殷燃灯会结束后一起去市坊赏灯猜谜。

今日乃上元佳节，众人可以不受礼教束缚，通宵达旦地赏灯游玩。

风一吹，满街的花灯摇晃，如散落在人间的星子。

薛岑站在拥挤的人群中，一眼就瞧见了宫楼之上的虞灵犀。

那么多衣着华丽的贵女、命妇，唯有虞灵犀如出水芙蓉般美丽亮眼。她额间一点嫣红的花钿灼灼绽放，映得满楼灯火黯然失色。

她的眼眸依旧漂亮温柔，只是，她再也不会望向自己。

薛岑是跟着阿兄来此的。废太子死了，祖父也卸职归家，薛家与虞家的婚事告吹，沦为全京城的笑柄，此时，薛府陷入了前所未有的颓势之中。

薛岑偶尔彻夜不眠时，会听到三更半夜阿兄匆匆出门的声音。

整座薛府，唯一没受打压影响的，似乎就是薛嵩。渐渐地，薛岑起了疑。薛家扶植的废太子已经死了，他不知道阿兄还在为谁奔波劳累……抑或是，阿兄暗中侍奉的，压根不是废太子？

心中疑窦重重，薛岑跟着阿兄的马车来到宫门下。将人跟丢了，他看见了宫楼之上浅笑嫣然的虞灵犀。他像是扑火的飞蛾，心中灼痛，却又情不自禁地被光所吸引。

光禄寺和礼部的吏员领着一班杂耍艺人和商贩上楼，人群变得拥挤起来，薛岑被后面的稚童撞得趔趄了一下，再抬首时，楼上已没有了虞灵犀的身影。

微红的眼眸暗淡下来，他逆着人群，孤零零地往回走。

火光直喷至三尺多高，惹来西楼上的女眷们欢呼叫好。

这是礼部甄选出来的民间杂耍班子在给宁殷献艺，此环寓意“与民同乐”。

宫墙上风大，虞灵犀对观赏瓦肆杂技没有兴趣，便换了个避风的地方待着，只想燃灯会快些结束，自己好和宁殷一同去市坊夜游。

“这火喷得好高啊！”一名十四五岁的少女挽着妇人的胳膊，兴高采烈地道，“阿姊快看！都快喷到静王殿下的脸上去了！”

“嘘！静王殿下的名号岂是你能大呼小叫的？”妇人明显顾忌许多，压低声音解释道，“这杂耍班子来自漠北，能歌善舞，通晓百戏，自然不是汉人能比的。”

听到“漠北”二字，正在饮酒暖身的虞灵犀一顿。她起身，闻声找到那名妇人，福了一礼道：“夫人方才说，这支献艺的杂耍班子是哪里人？”

妇人想必也是官宦人家的命妇，立刻回了一礼，答道：“是漠北人。奴也是曾听夫君说的，他们都是先帝灭漠北后掳来的奴隶，在京城瓦肆中很有名。”

虞灵犀趴在栏杆上极目远眺，那个正在朝宁殷喷火表演的汉子她越看越觉得眼熟。

漠北人，上元节，鸿门宴……

虞灵犀的心脏仿佛被一只无形的大手狠狠攥住，手中的琉璃灯吧嗒坠落在地，四分五裂。

她后退一步，转身就走。

此事比预知梦中发生的时间提前了一年！

如果她没猜错，因为现今虞家并未覆灭，皇后残党忌惮宁殷的势力，于是皇后便联合宦官精心准备了一场血腥鸿门宴。这竟比梦中发生的时间提前了整整一年！

即便是梦里能震慑天下的摄政王，亦在这场刺杀中身负重伤，更何况……

现在的宁殷还不是摄政王啊！

“阿姐！”虞灵犀一把拉住正在安排百骑司巡逻的虞辛夷，嗓音颤抖地道，“令牌借我一下！”

“怎么了，岁岁？”虞辛夷一头雾水，“你的脸色怎么……”

“献艺的杂耍班子是漠北刺客，皇后设了燃灯宴，想联合宦官刺杀静王。阿姐，快禀告兄长救人！”

来不及解释更多，虞灵犀解下虞辛夷腰间的令牌，挤开人群朝东楼大殿的方向不要命地奔去。直到妹妹的身影消失在攒动的人群中，虞辛夷才反应过来，召集下属道：“杂耍班子有问题，速报禁军！”

轰——

三丈多高的灯楼拔地而起，城门外亮如白昼，百姓高声欢呼。

鼎沸的人声将虞灵犀的呼喊声淹没。

“宫墙东侧乃皇子王孙之所，女眷不可擅闯！”禁军用长戟拦住了气喘吁吁地奔来的虞灵犀。

“我奉虞司使之命，有要事禀告静王！”虞灵犀拿出了阿姐的腰牌。

禁军依旧拦在路口，虞灵犀索性一把扯下腰间的龙纹玉佩：“见此玉者，如静王亲临，你们谁敢阻拦？”

龙纹玉佩是皇子专有的，禁军果然被唬住了。

虞灵犀不再耽搁，趁着禁军迟疑的当口朝宴席走去。

楼上殿门大开，一位红装美人气喘吁吁地闯进来，一时间，宴席上的众人皆有些惊讶。

“这不是虞二姑娘吗？”

“她来做什么？”

宁殷放下手中的杯盏，杯盏与案几碰撞，发出极轻的一声响，四周细微的议论声立即戛然而止。

虞灵犀的视线与宁殷的对上，她定了定神，迈步越过那群杂耍艺人，朝宁殷走去。

“殿下的玉佩落下了，臣女为殿下送来。”虞灵犀竭力稳住呼吸，跪坐在宁殷面前，双手递上那枚玉佩。

她朝着杂耍艺人和某些大臣的方向使了个眼神，一切全在不言之中。

宁殷察觉到气氛不对，眸子缓缓眯了起来。

他神色如常，脸上甚至带着优雅的笑意。他低声道：“你不该来的，岁岁。”

继而，他一手抓住虞灵犀的腕子将她拽入怀中，一手抬起空着的杯盏遮挡!

几乎同时，一把细长的匕首刺穿杯盏底部，森森的光映亮了宁殷幽暗的眸。

忽地一声巨响，灯楼上的齿轮开始转动。

火花四溅，宛若金银碎屑点缀夜空，一片火树银花，百姓的欢呼声如浪潮般涌来，盖住了殿楼上的动静。

事出紧急，虞焕臣能调动的人不多，且他的人很快被崔暗的人拦在了城楼之下。

两军对峙，谁也不敢轻举妄动。

“崔提督这次真是将老本都搬出来了。”虞焕臣按着腰间的刀刃，一袭银铠白袍随风猎猎作响，“从你三番五次针对虞家时我便起疑了，你和漠北有勾结？”

闻言，崔暗慢吞吞地道：“来的不是虞将军，真是可惜。不过无碍，父债子偿也是一样。”

“什么意思？”虞焕臣皱起了眉，按在刀柄上的手指不着痕迹地点了点，藏在暗处的虞辛夷立刻会意，隐入人群之中。

“虞将军见过本督许多次，可每一次，他都没想起我是谁。”崔暗笑得阴沉，“他好像忘了那些被他杀死的异族人，忘了那一串被草绳镣铐串联、赤着脚跌跌撞撞地被送入京城漠北俘虏中的那个瑟瑟发抖的小少年。”

危险到来的那一瞬，火花四溅，虞灵犀想起了预知梦中的许多细节：

自上元节遇刺后，宁殷其实有好几日不曾出门。

“那暗器上有毒，受了这么重的伤还能活下来的，真是罕见。”

“沉疴旧疾隐而不发，如将倾的大厦，谁知将来会如何？”

太医们压低声音交谈路过，虞灵犀倚在窗边，默默搁下了手中的书卷。

然后没过多久，她就看见宁殷拄着拐杖信步而出，优哉游哉地领着下属去抄家灭族。

他依旧镇定从容，苍白冷峻的容颜上没有丝毫疲倦枯槁之色，他强悍得仿佛这世间没有什么东西能够摧毁、杀死他。

可人心是肉长的，世上哪有什么金刚不坏之身？

此刻，见到那跳纸伞舞的女子偷偷转动伞柄机括，虞灵犀不知哪来的力气，下意识地将宁殷扑倒在一旁。

几乎同时，十数支银针大小的暗器如梨花般散落，咚咚咚地钉在宁殷原先所在的位置。

虞灵犀紧紧拥住了宁殷，唯恐他像从前那样，被这带剧毒的暗器划伤手臂。

脖颈间滴落了些许黏稠的液体，她被烫得浑身一颤。

虞灵犀下意识地抬手一摸——明亮热闹的烛火中，指尖的殷红血迹刺痛了她的眼睛。

她猛然抬头，望着宁殷鼻中缓缓淌下的鲜血，睁大的瞳仁微微颤抖。

“怎么会……”虞灵犀难以置信，无措地伸手去碰他的鼻端。

她明明已经挡住了那些毒针，为何宁殷还会流血？

宁殷抓住她的指尖包在掌心中捏了捏。

“别碰，脏。”他平静地抬手拭去鼻端的血渍，而后淡然地在旁边那具尸首上擦干净手。

“方才本王还觉得奇怪，为何这名吐火者喷出的烈焰是蓝紫色的，且浓烟刺鼻。现在本王明白了，皇后娘娘是将毒下在了喷火者的酒水中。”

虞灵犀顺着他的视线望去，立刻绷紧了身子。

皇后不知从何处赶来，身后还跟着一支羽林卫。

只是这群羽林卫的刀刃对准的并非行刺之人——其中一人把刀架在了宁殷的脖子上，继而，其他几个制住了几名试图呼救的大臣。剩下的大臣，要么是战战兢兢不敢出声的中立派，要么就是皇后的同党。

“不错，静王谨慎狡猾，本宫不得不用些手段，将特制的药掺进吐火郎的酒水中。”见已经控制全场，冯皇后也不再隐瞒，拖着垂地的凤袍进殿道，“这药溶于酒中时检验不出，但经过烈焰焚烧化出的烟雾，却是能麻痹全身、侵袭五脏的奇毒。”

这是虞灵犀在预知梦中不曾得知的信息。

事情终究还是脱离了她的掌控。

“妙极。”宁殷抚掌赞叹，“饶是本王，也不得不佩服这毒下得巧妙。”

这小疯子，竟然还笑得出来！

也不知这毒凶不凶险，虞灵犀压下心间的慌乱感，沉静地道：“后宫不议政，还请娘娘三思，为小殿下着想。”

为今之计，她只有尽可能为宁殷的下属和兄长的禁军争取时间。

冯皇后的视线落在虞灵犀身上。在满殿的刀光剑影中，她依旧慈眉善目，眼神中透出一股诡谲之色。

“你也在这里，倒省得本宫还要费心去找你。”冯皇后转动着手中的佛珠，一语戳破虞灵犀的心思，“想拖延时间，本宫劝你莫要白费心思。虞焕臣里通外敌，已让崔暗拿下，就地正法。”

虞灵犀绞紧手指。

刺客混入燃灯会，负责守卫的虞少将军自然逃脱不了干系，还会背上一个“勾连刺客”的罪名。冯皇后是想用一石二鸟之计，将虞家一并铲除。

这是一个完美又恶毒的计划，甚至比梦里上元节的那场鸿门宴设计得更为周密详细。

宁殷受毒素影响，身子麻痹乏力。他支撑不住，往旁边倒去。虞灵犀忙往他身边靠了靠，接住他倾倒的身子，低声道：“你怎么样？”

宁殷看着她，漆黑的眼中有浅淡的光跳跃，他似乎想要抬手触碰她的脸颊，可手只抬到一半，就无力垂下。

虞灵犀忙接住了他坠落的手紧紧握住。

“本王若是灵犀，此时就该和本王划清界限，主动投诚。”宁殷低笑道。

“闭嘴。”虞灵犀恨不能堵住他这张可恶的嘴。

一名羽林卫叛党自殿外而来，关上门道：“娘娘，禁军已被崔提督制住，一切尽在掌控之中。”

虞灵犀闻言，心凉了半截。

“处理干净。”冯皇后毫不拖泥带水，几名王府亲卫立即应声而倒。

另一边。

虞辛夷下了宫楼，与一唇红齿白的金袍少年撞了个面对面。

宁子濯刚从燃灯宴上溜出来，提着一盏憨态可掬的老虎灯，如小狗眼一般的眼睛忽地一亮：“虞司使！我正要去寻你，你瞧这灯——”

“没空！”虞辛夷朝墙下的骚乱处看了一眼，正要越过宁子濯，又忽地停住脚步。

想起什么，她倒回来，打量宁子濯道：“你现在能去上阳宫吗？”

宁子濯点头：“我是圣上的侄子，当然能——”话还未说完，他已被虞辛夷一把拽走。

“别出声，别问为什么。”虞辛夷拽着宁子濯健步如飞，压低声音道，“带我去面圣，快！”

宣德门东殿。

叮当一声，一把带血的匕首被丢在了虞灵犀脚下。

宁殷的视线落在那把匕首上，眸中映出一片暗红色。

七年前的记忆浮现在他的脑海中，如梦魇般挥之不去。

"你们母子之间只能活一个。"无尽的黑暗中，女人悲悯的声音传来，"杀了你儿子，本宫让你活命。"

"这把匕首熟悉吗？"冯皇后看向宁殷。她流露出悲悯的神情，像是在欣赏猎物垂死时的挣扎之态，"当年你们母子只能活一人，丽妃可是毫不迟疑地将刀刃送进了你的胸膛。"

虞灵犀猛地抬眸，难以置信地看着宁殷。

她想起了自己中极乐香时，宁殷给她讲的那个故事。

"大狼派手下抓住了小狼母子，然后丢了一把匕首在他们面前。那些人告诉小狼的母亲，她和儿子之间，只能活一个……"

虞灵犀曾问宁殷，故事的结局是什么。

那时他想了很久，才带着凉薄的讥诮笑意道："小狼的母亲大概会将匕首刺入自己的心口吧？"

最后，他反问："故事里，所有的母亲都会这样做，不是吗？"

虞灵犀想起了宁殷心口那道细窄的旧伤，心里一阵绞痛。

宁殷不是"故事里的孩子"。

他一直……都活在黑暗里。

"给你个将功赎罪的机会。"冯皇后的声音打断了虞灵犀的思绪，她故技重施，"杀了静王，本宫让你活命。"

虞灵犀只是看着宁殷，眼眶一片湿红。

冯皇后不仅要杀宁殷，而且还要用最诛心的方式杀他……她在享受最后一刻折磨他的快感！

虞灵犀的呼吸剧烈地抖了起来。方才冲进殿给宁殷送信也好，被乱党以刀胁迫也罢，她都不曾像此刻一样乱了心智。

宁殷也看着她，眼神平静，眼里像是凝着黑冰。

虞灵犀不知道七年前的小少年该有多疼、多绝望，才会变成如今这个平静得近乎冷漠的宁殷。

虞灵犀颤巍巍地伸指，握住了那把匕首。

宁殷依旧懒洋洋地半倚着她，朝她露出一抹温柔的笑来。

"我死了，灵犀就自由了。"宁殷低声一笑，"这一刀若是杀不死我，灵犀生生世世，都只能待在本王身边。”

疯子！这个小疯子！

虞灵犀握紧匕首，目光逐渐变得坚定。她猛然抬手，用尽全力，毫不迟疑地举刀，朝着用刀架住宁殷脖子的那名羽林卫狠狠地刺去！

这就是她的答案。

锋利的匕首带起耳畔的冷风，宁殷望着面前娇弱而勇敢的少女，一瞬间有些茫然。

虞灵犀是这场局中，最令他意外的意外。

她选择了他。

这一次，他没有被抛弃。

继而当的一声，那名羽林卫反应过来，骇得匆匆抬刀将她手中的匕首打落。

就是现在！虞灵犀捂着手腕踉跄一步，喝道：“宁殷！你还要……演到什么时候？”

被打飞的匕首准确地落回了宁殷手中。继而他反手一刀，两名围上来的羽林卫倏地瞪大眼，脖子上被划出一条血痕，随即，两人像断线的木偶般跪地扑倒。

几乎同时，宣德门外几支羽箭破空而来。

灯楼与宣德门相接的绳索崩断，上百盏花灯如陨落的星辰般荡开，狠狠地砸在宫墙之上。灯楼摇摇欲坠，火花木屑四溅，如流萤乱舞，吸引了百姓和宿卫军的注意。

飘荡着的火光照亮了殿中的刀光剑影，众人惊呼，崔暗手下的队伍不由得乱了队形。

鼓声如雷，沉风和折戟听信号而动，各领一支小队冲上殿来。

趁此机会，虞焕臣拔剑冲入重围，高呼：“有刺客，随我救驾！”

冯皇后意识到事情即将败露，转动佛珠的手一顿。

崔暗没有拦住宁殷的人，必定是出了意外。

见宁殷鼻端又渗出鲜血，冯皇后不再恋战，在内侍的护送下从西侧殿门撤离。

虞灵犀见到宁殷的人总算赶到，憋在胸口的那口气终于吐了出来，整个人宛若脱力般跌坐在地。宁殷单手捞住她的腰，目光停留在她犹带泪痕的苍白脸颊上。他皱了皱眉。

“处理干净。”宁殷擦干净手指，这才弯腰抬起虞灵犀的膝弯，将她整个儿打横抱起，踩着干净的地砖朝殿门外走去。虞灵犀将脸紧紧埋在他的怀中，指尖冷得发颤。

感受到她在后怕，宁殷收紧了手臂，吻了吻她的发顶。

“没事了，岁岁。”他不理会身后成片绽放的血花，轻声道。

因为突如其来的刺杀，宫墙上基本已经空了，阁楼里还残留着女眷匆忙间落下的花灯。

宣德门上下乱成一团，禁军守卫森严，可无一人敢阻拦宁殷的脚步。

夜风凛冽，吹落满天星辰。

宁殷抱着虞灵犀上了静王府的马车，而后张开披风将她裹入怀中，轻抚着她颤抖的双肩。

侍卫目不斜视，请示道：“殿下欲去何处？”

宁殷垂眸，温声道：“带岁岁去看花灯，可好？”

虞灵犀哪还有心思看灯？她想起梦里那场燃烧得轰轰烈烈的“天灯”，想起梦里紫袍染血的宁殷的绝望疯狂之态，喉间一哽。

“叫太医来解毒。”虞灵犀紧紧攥住宁殷的衣襟，呼吸轻颤地道。

宁殷笑了声，顺势握住虞灵犀的手：“我从小尝毒，体质异于常人，这点剂量的毒弄不死我。”

“去叫太医！”虞灵犀固执地抬眸，加重了语气。

马车外的侍卫听到车内的娇喝声，下意识地抖了抖肩膀。

静王心思深、手段狠，何曾有人敢以这样的语气喝令他？这姑娘，未免太恃宠而骄了。亲卫们提心吊胆，宁殷却是笑得极欢。

他以唇碰了碰虞灵犀额间的明艳花钿，道：“回府，叫药郎过来。”

宫墙上，崔暗被虞焕臣一刀刺去冠帽。微鬈的头发披散下来，给他白净的面容上添了几分阴鸷之色。

崔暗到底是阉人，没有了皇后坐镇，名不顺、言不正，手下的那几十名羽林卫皆已军心涣散，只有他的几名心腹还在负隅顽抗。

虞焕臣用刀指向崔暗，沉声道："漠北七部早已覆灭，你又何必再兴风作浪？"

"若是你亲眼看着阿爹被斩杀于马下，自己从前途无量的将军之子变成卫人的阉奴，你也会这样劝自己吗？"夜色如墨，崔暗慢悠悠地理了理散乱的头发，"虞将军靠斩杀我阿爹和族人扬名立万，现在，他的儿子却来质问我'何必'……真是好高尚的情操。"

虞焕臣皱眉："我父亲当年也不过是奉命北征，若非你们以进献美人为由毒杀本朝先帝，又怎会招来灭族之祸？"

"因果报应，所以我替族人报仇，有何不对？"崔暗那张终年挂笑的脸上，总算显现出几分怨毒之色，"去年秋那场北征，你们虞家就该死在塞北了。"

皇帝连头发都来不及梳理，在宁子濯和虞辛夷的护送下赶到宣德门，听到的就是崔暗的这一句话。

"反了！都反了！"皇帝瞪大浑浊的眼睛，气得咳嗽不断。

他委以重任的近侍，竟然是潜伏入宫的敌国余孽！

若非亲眼所见、亲耳所听，他恐怕还被蒙在鼓里！

崔暗眯了眯眼。他这才明白，虞焕臣是故意拖延时间套话，好让皇帝明白谁才是真正"里通外敌"的叛臣。

"败在你的手里，我不冤。"崔暗举起双手后退，直至后背抵在宫墙的雕栏上。接着，他往上一踩。

虞焕臣来不及阻拦，崔暗已仰面跃下城楼。

崔暗迅速调整身形，攀上交错的灯绳，借着绳索的力道缓冲，滚落在地。连杀了两名来不及反应的禁军后，他被等候已久的同党带走，借着夜色的遮掩混入四处逃散的人群中。

虞焕臣重重一拍栏杆，眉头紧锁。

虞辛夷让宁子濯安顿好皇帝，上前道："我已经让人去追了，他跑不掉的。"

虞焕臣想的并非是此事，即便他不出手，静王的人也绝不会放过崔暗。他只是没想到从那么早开始，崔暗就在实施自己的复仇计划了。若非去年他与父亲阴错阳差大病一场，错过了北征，他不知道等待虞家的将会是什么。

宁殷的人动作很快，虞灵犀和宁殷回到静王府时，那毁了一半面容的药郎已等候在庭中。

静王府里没有颜色鲜丽的花灯，唯一的亮色，便是殿中那成对的落地花枝烛台。

药郎明显有备而来，把脉看了看宁殷的症状，便懒洋洋地道："这毒虽凶险，但因殿下体质特殊，且吸入不多，暂且不算致命。"

药郎摸出两颗黑色的药丸递给宁殷。

这药一看就苦得慌，虞灵犀正要倒水给宁殷送服，却见宁殷捏起那两颗药丸送于嘴中，细细嚼碎了咽下。那明明是苦得令人舌根发涩的药丸，他嚼着，却仿佛在品味什么珍馐。

服下药丸约莫一盏茶的工夫后，宁殷抬手抵着唇，面不改色地咳出一口鲜血来，鼻端也渗出一缕鲜红的血液。

虞灵犀呼吸一窒："怎么还会吐血？"

"小娘子莫怕，这毒血吐出来才好。"药郎提笔写了一个方子，交给宁殷道，"每日两剂，连服七日。今夜过后我便要出京云游四海了，还请殿下保重，再百毒不侵的身子也禁不住这般折腾。"说罢他也不多留，背着药箱便拱手告辞。

侍从领了药方下去煎药，殿中只剩下宁殷和呼吸短促的虞灵犀。

"哭什么？"宁殷将虞灵犀揽入怀中，抬手给她拭去眼泪，声音低沉地道，"我就这么一个宝贝岁岁，你若哭坏了，我便是死一万次也不足惜。"

虞灵犀忍了一路，可瞧见宁殷唇上的鲜血，眼泪还是不争气地溢了出来。

她抬袖擦了擦他的唇畔，哽咽道："可是，我也只有这么一个宝贝宁殷啊。"

宁殷静静地看着她。眼前烛火熠熠生辉，他心中破损的那道口子正在缓缓愈合，温暖的热流灌入其中。他忽地笑了起来，那笑衬着薄唇间的血色，便显得格外艳丽疯狂。

“你知道吗，岁岁？”宁殷以额轻轻触碰虞灵犀眉心的花钿，与她鼻尖抵着鼻尖，轻声说，“我今夜很高兴。”

声音里带着餍足感，他像是终于在折腾中收获了一枚稀世珍宝。

千言万语哽在喉中，虞灵犀终是放软了身子。

好在宁殷之后不再流鼻血。他褪去衣物泡在水雾缭绕的汤池中，脸上也渐渐有了几分气色。

片刻后，他忽地站起，硬实的身躯上水珠滑落，他就这样大大咧咧地踏着一地湿痕缓步上岸。虞灵犀原本脱了鞋袜倚在榻上，猝然撞见腰窄腿长的结实躯体，心脏忽地一跳。

她下意识地转过脸，抿唇道：“你早知道皇后要害你？”

宁殷随手抓起一件黑色外袍裹上，坐在虞灵犀对面：“要钓大鱼，自然要以身做饵。”

见她蹙起眉头，宁殷不在意地笑了声：“反正死不了。”

“死不了，就没人心疼了吗？”虞灵犀瞪了他一眼，心有余悸地道，“既然有准备，那你为何不早点动手？你可以早点动手。”

宁殷墨发披散，单薄的黑袍衬得他的面颊白得异于常人。

他靠着椅背，想了想道：“因为想让岁岁心疼啊。”

他当时就想：灵犀心那么软，说不定我可怜些，她就一辈子都舍不得离开了。可是当他看到她急得掉眼泪，看到她将手中的匕首毫不犹豫地刺向敌人……他心疼不已。

“就因为这个？”虞灵犀难以置信地问。

宁殷不语，伸手去拉她。

虞灵犀躲开他的手，瞪着他看了半晌，咬字道：“你以性命做赌，就为了这个？”

她有一点生气，她不喜欢宁殷对他身体的作践与漠视。

宁殷大概看出了她的愠怒，安静了下来。

池边的水滴滴入汤池中，叮咚一声，圈圈浅淡的涟漪荡开。

过了很久，久到虞灵犀以为宁殷不会开口解释时，他淡色的薄唇才微微启合："那个女人恨我，逃出宫的那天……"

他只说了一句话，便闭紧了唇。虞灵犀怔了片刻，才明白宁殷嘴里的"那个女人"，大概是他的母亲。

这是宁殷心中埋藏得最深的秘密，在预知梦中，他宁可抹杀掉和丽妃有关的一切，也不愿提及此事分毫。

虞灵犀的直觉告诉她，宁殷所有偏执与疼痛的来源，都与这个尖锐的秘密有关。

心里的那点愠色仿若烟雾般被风吹散，她心中只余下淡淡的怅惘与迷茫之意。

她坐在榻上看了宁殷许久，见他没有再开口的打算，便闷声问："我可以靠着你吗？"

宁殷看着她，轻抿着唇，屈指叩了叩自己的膝头。

于是虞灵犀起身，提着浅丁香色的襦裙坐在了宁殷的腿上，将头抵在他的肩头。

宁殷什么话也没说，垂首以鼻尖蹭了蹭她的鬓发，合拢双臂拥抱住她。

虞灵犀放任他抱她，将脸埋入他的颈窝。她知道，此刻真正需要依靠的，是这个以命做赌的小疯子。

"我从小体弱，故而阿娘将所有的精力都放在了照顾我这一事上。她教我说话识字，为我裁衣梳发。"虞灵犀絮絮地说着，笑道，"她是见过最温柔体贴的娘亲。"

"是吗？"宁殷低沉的声音自她耳畔传来，"我出生时，那个女人不曾看我一眼，因为我身体里流着她杀夫仇人的血。"

虞灵犀贴他贴得紧了些，声音也低了下去："我的小名也是阿娘去慈安寺求来的，她希望我岁岁平安。"

"我倒也有的小名。"宁殷嗤笑一声，"小畜生、杂种……不过大多时候，她不屑于唤我。"

虞灵犀环住他的腰肢，说不下去了。大概是开了个头，又或许是此时怀中的人太过温暖，宁殷自顾自地说了下去。

“那个女人自恃清高，却又懦弱胆小，不愿委曲求全，亦没有赴死的勇气，所以活得很痛苦……”

宁殷嗓音轻缓，他平静得仿佛在说别人的故事。

他说那个女人被仇人强占，对方想方设法更换了她的身份将她纳入宫中，她却被折磨得生出了癔症。她时常呆坐，时常痛哭，渐渐地，连仇人对她也失去了兴致。

仇人觉得有一个疯子嫔妃是件丢脸的事，何况被逼疯的还是他的前嫂嫂，他怕他英明神武的形象被玷污，索性将女人连同她的宫殿封锁起来，不准任何人出入。

在冷宫里，丽妃唯一的乐趣便是折磨她的儿子。似乎只要将痛苦施加在儿子身上，她便能获得短暂的解脱。

日子一年一年地过去，渐渐地，连皇帝都忘了这个儿子的存在。

直到有一天深夜，坤宁宫的两名太监在冷宫外的枯井里抛尸，正烧毁证据时，被一墙之外的丽妃撞破。死的人都是当初服侍皇后生产的宫女，她们皆在年满出宫的前夜被杀人灭口。

枯井旁，还有半页没来得及完全烧毁的太医院病历记录，于是丽妃知道了一个惊天大秘密——一个足以扳倒皇后，也足以为她招来杀身之祸的秘密。

“她当年带你出宫，就是为了避难吗？”虞灵犀绷紧了嗓子。

“是，也不是。”宁殷一手环着虞灵犀，一手撑着脑袋，缓缓地道，“她的确想逃出宫，却并不打算带上我。我说过了，她恨我身体里流着那人肮脏的血。”

虞灵犀沉默。

“她前夫的旧部费尽千辛万苦联系上了她，说要带她逃出宫，逃得远远的。她高兴极了，亲自下厨给我做了一碗甜汤。那是她生平第一次给我做汤，她说她会永远对我好，哄我喝下汤，让我快快睡觉。”宁殷半眯着眼眸，笑了声，“那汤里下了药，那药就是灵犀曾在欲界仙都求过的那味九幽香。”

虞灵犀心脏忽地一跳。她不曾想过，那味被她拿来避难的救命之药，曾是宁殷所遭遇的第一场骗局中的重要一角。

“可她没有想到，我从小被逼着骗着喝了不少毒药，体质异于常人，那汤药对我的作用并不大，后半夜，我就迷迷糊糊地醒了。计划被撞破，她只能带上我。”说到这里，宁殷笑了声。

那笑有些冷，她说不清里头所带的是同情之意还是嘲讽之意。

“她太傻了，一个困居冷宫多年的疯女人，怎么可能值得旁人冒险相救？她好不容易逃到宫外的破庙，可等在那里的却是前来‘捉奸’的皇后和羽林卫。”宁殷的眼神冷了下来，他嗤笑道，“后面的事，灵犀已经知道了。”

这一切，不过都是皇后为了光明正大地灭口而贿赂丽妃的旧部布下的陷阱罢了。

破败的小庙，斑驳的石佛，夜里那么黑、那么冷，没有人来救他们。

冯皇后生不出孩子，但乐于摧毁别人的母性。

她丢了一把匕首在丽妃他们母子面前，让丽妃做选择。

“那个女人并不知道，她寄予希望的旧部早就被皇后贿赂，背弃于她了。她觉得自由就在眼前。”宁殷似笑非笑地道，“她看着我，哭着说‘对不起’。”

“宁殷……”虞灵犀心脏一疼，后面的事，她不忍心再听下去了。

“匕首刚刺进来时，我听到扑哧一声，然后就感觉到了剧烈的疼痛，那比我受的任何一次鞭笞之刑都要痛上千百倍。”宁殷回忆着，用最平静的语气讲述最残忍的事情，“当血流得太多，渐渐地，我便感觉不到疼了，只觉得黑和冷。”

“别说了……”

“那个女人真是蠢得可以。她知道了那么大一个秘密，皇后怎么可能放过她？大概是托九幽香的福，抑或是那女人抖得太厉害，没刺准，我醒来的时候还躺在破庙里，那个女人就躺在我身边，因中牵机毒而剧烈抽搐，七窍流血。”

牵机毒……虞灵犀听说过，服下此毒的人不会立即丧命，极度痛苦地挣扎一天一夜后才会扭曲着死去，面目狰狞。

宁殷说，丽妃的身体和那张美丽的脸扭曲着，赤红的眼睛却一眨不眨地盯着他。

她在求宁殷给她一个痛快。所以，浑身是血的少年哭着将匕首送进了她抽搐的身子里。

她终于安静下来，紫红的嘴唇颤抖着翕合，她断断续续地说：“谢……对……”

一滴泪从她的眼角滑入鬓发中，没人知道她这滴泪是为谁而流。

“第一次杀人，我不记得是什么感受了，只知道天空和皓月，都好像被染成了鲜红色……”

“别说了！”虞灵犀环住宁殷，颤声道，“别说了，宁殷。”

宁殷抚了抚虞灵犀的头发，而后拉着她的手按在了自己的左胸上。

“这里受过伤。”眼神幽邃，他引着虞灵犀的手去触摸胸口那道细窄的伤痕，“那个女人说，没有人会爱我。”

“爱”这种东西太过虚无，所以对于宁殷而言，只要虞灵犀永远待在他身边就够了。

这便是他所认为的爱人的方式。

“你是傻子吗？你是不是傻子？”眼眶一酸，虞灵犀睁着水光潋滟的美目道，“你想证明什么呢？我对你的心意，你感受不到吗？”

宁殷垂首，默默拥紧了她。

他早就感受到了——很暖。毕竟没有谁会像她那样，傻乎乎地握着匕首“保护”他。

感受到宁殷拥抱的力度变重，虞灵犀抿了抿唇，用双手捧起他俊美的脸颊，注视着他墨色的眼眸。而后她俯下身，温热的气息拂过他的喉结，拂过他的锁骨，最后，她在他心口的伤痕处轻轻一吻。

身躯微微一紧，宁殷眯眸道：“岁岁，你在做什么？”

“在爱你。”水雾氤氲，少女额间的花钿明媚如火，面容比满池的灯影还要明媚勾人。

她用手抵着他的胸膛，轻而认真地将唇贴过他的每一处旧伤，亲吻他年少时的苦痛与绝望。

宁殷明显怔了怔。而后，黑眸染着笑意，手掌顺着她的腰窝往下，他揽住她往上掂了掂。

“不够。”宁殷捏着她的下颌，“多爱一点。”

虞灵犀眨眨眼，毫不迟疑地吻了吻他的鼻尖，然后往下，将柔软的唇印在了他的薄唇上。

宁殷的眸垂了下来，盖住那片叠合涌动的幽深之色。

他张开了嘴，放任心上人温柔地胡作非为。

净室中水汽缭绕，不停跳跃的灯火给白润的暖玉披上了一层浅淡的金纱。

她贴着宁殷的心口，不知为何，想起了梦中那只受伤后、被宁殷亲手捏碎颈骨的猎犬。

在他的潜意识里，与其看猎犬苟延残喘，倒不如给它一个痛快，就像在当年的破庙里，他持刀刺向他饱受折磨的母亲一样。

虞灵犀不知道该说什么，只能用亲吻掩盖喉间的哽塞反应，直至呼吸被攫取，意识沉沦。

即便在这种时候，宁殷也依旧坐得悠闲，只微微仰首，托住了她的后脑勺。

虞灵犀退开了些，呼吸不稳地道：“宁殷，你还欠我一样东西。”

宁殷眉尾微挑。直至虞灵犀大胆地攥住了他黑袍的系带，指尖轻挑，他才明白她说的“东西”，是大婚那日她没来得及带走的清白。

“想要爱得更深些吗？”虞灵犀认真地凝望着他，杏眼中晕开温柔和坚定之色。

宁殷忽地低笑一声，染着艳色的黑眸仿佛能吞没一切。

隆冬时节，净室里却温暖如春。

烛台燃到尽头，接连灭了几盏，宁殷的俊颜变得模糊起来。

虞灵犀趴在宁殷的肩头平复呼吸，长发至自己单薄的肩头披散，顺着纤细的腰肢垂下，似墨水般在宁殷的臂上积成一摊。

宁殷细细品尝着她的眼角，抱着她起身朝汤池中走去。

感受到颠簸，虞灵犀身体一紧，下意识地咬住了唇。

水雾随着水波荡开，又温柔聚拢。

热水一点点没过身躯，虞灵犀感觉到了些许刺痛，不由得皱起了眉头。

“浑蛋。”虞灵犀没力气，连骂人的声音都如气音般低哑。

宁殷坐在水中，慢悠悠地给她擦洗道：“是岁岁自己说的，想爱得更深些。”

虞灵犀瞋目，愤愤地张嘴在他的肩头咬了一口。肌肉很是硬实的男人连眉头也没皱一下。

“做什么？”宁殷将青筋分明的手臂搭在池边，轻缓的嗓音中带着纵容之意。

“也给你盖个章。”

虞灵犀埋在他的肩上磨了磨牙，含糊不清地道。

她松了牙齿，亲了亲那个小巧浅淡的牙印，环着宁殷的脖子倚在他的怀中。

她太累了，没过一会儿就迷迷糊糊地睡去。

中途似乎宁殷将她抱出了汤池，擦拭她的身体，还抹了一些冰冰凉凉的药膏在她腰间的瘀痕处。她半梦半醒。

“小时候，皇帝偶尔会来找那个女人。”宁殷低哑的声音如案几上的香炉一般慢慢飘散。

“每次那个女人都哭得很惨，我被关在隔壁的小房间里，蜷缩在黑暗的角落，只能拼命地捂住耳朵。”他一开始只是有些懵懂害怕，后来再长大些，便觉得肮脏恶心。

虞灵犀倚在他的怀里，睫毛抖动。她明白了宁殷从前对此事的冷淡态度从何而来。

“可是岁岁不一样，你的声音怎么那么好听，嗯？”宁殷抹药的手指没一刻消停，勾了勾指头，他强行将虞灵犀从混沌中拉回现实，“若给你刻个章，你喜欢‘岁岁’这个名字，还是‘灵犀’这个名字？”

眼皮沉重，虞灵犀疲倦地哼了声，却连抬手的力气也没了，索性循着那气息用嘴唇堵了上去。揽着她腰的手臂收紧，世界总算变得安静。

虞灵犀醒来时已是日上三竿。

她躺在宁殷那张极宽的床榻上，肌肤贴着柔软的被褥，耳畔传来了些许窸窣的纸张翻阅声。

虞灵犀艰难地动了动身子，转过头，果然瞧见了披衣散发倚在榻头的宁殷。

大冬天的，他竟然只披了件单薄的中袍，松散的衣襟下隐隐可见两道浅红的抓痕……

昨晚的种种浮现于脑海中，虞灵犀没忍住，脸颊发烫。

果然在某些方面，小疯子和大疯子一样不讲道理。

视线从书卷上移开，宁殷向她瞥了过来。

“醒了？”宁殷一手以书卷抵着下颌，一手探入被褥中，揉了揉虞灵犀酸痛的纤腰。

虞灵犀浑身一颤，声音中带着醒后的轻软鼻音：“我的衣裳呢？”

“要上药。”宁殷半垂着眼眸，取来一罐药膏焐化。

他一边揉推，一边缓声道：“我昨晚忽而明白了一件事。”

他这话说得没头没尾，虞灵犀疑惑地眨了眨眼。

宁殷俯身，耳后的墨发丝丝垂下，他低声道：“白玉的质地，的确比墨玉的质地要细腻许多。”

虞灵犀一愣，而后气呼呼地将宁殷推开。

宁殷被她推得脸颊一偏，不退反进，反而将她拥得更紧些，闷笑了几声，笑得胸腔微颤。

“你是我的。”他很轻很轻地说。

被勒得喘不过气的虞灵犀只好放软身子，用纤细的手臂揽上他的腰肢，弯了弯嘴角：“你也是我的。”

片刻后，虞灵犀想起一事。

“糟了。”她倏地从宁殷怀中抬首，慌张地道，“我整晚未归，爹娘定是急坏了。”

虽然昨天是上元节，按照本朝传统，晚上没有男女大防，年轻人可以整夜游玩赏灯，但昨晚燃灯会上出了那么大的事，她说什么也该给家人报个平安才是。

宁殷捏了捏虞灵犀的颈项，道：“虞焕臣已经来过了。”

“兄长来了？”虞灵犀惊讶，“什么时候来的？”

“卯时。”宁殷慢悠悠地道，“那时岁岁累极而眠，我实在不忍叫醒，便亲自去同他说了。”

虞灵犀有了不好的预感，问道：“你……怎么和他说的？”

宁殷看了一眼身上松散的袍子和胸口的红痕，道：“就这么和他说的。”

就这么……

虞灵犀呼吸一窒。

殿门外传来咚咚两声轻叩门扉的声音。

侍从禀告道：“殿下，已追查到崔暗的下落。”

虞灵犀这才从羞愤的情绪中回神，小声道：“快去处理正事吧。”

宁殷叼着她的耳垂咬了咬，这才披衣起身。

他推开殿门时，眸中的平和笑意便化作了一片冷意。

宁殷出门后，便有侍婢陆续进门服侍。

她们目不斜视，话也不多，倒让虞灵犀不觉得很尴尬。

殿外清扫净室的侍婢路过，虞灵犀眼尖地瞥见她们手中捧着一堆浅丁香色裙裳。

她记得，昨晚宁殷随手拿她的心衣擦拭……

脸颊一热，她忙起身道：“等等！”她接过侍婢手中的裙裳躲在屏风后翻了翻，不由得有些疑惑。她又翻了翻，还是没瞧见那件被弄脏的心衣。

“衣裳都在这儿了吗？”虞灵犀问道。

“回姑娘，都在。”侍婢有些小心翼翼，“可是奴婢落下了什么？”

“没什么。”虞灵犀故作如常地将衣裳还回去。

奇怪，心衣去哪儿了呢？

待梳洗齐整，用过一顿极其精致丰盛的早午膳后，虞灵犀便留了一封书信给宁殷，告知他自己要先回虞府一趟。

自己和宁殷有关的一切，她不想瞒着家人。

谁知她刚出了静王府大门，便见虞府的马车已经停在阶前。

这次，是阿爹亲自来接的她。

虞将军看着明显留宿更衣过的女儿，刚毅的脸上浮现些许复杂之色。半晌后，他沉声道："先上车。"

第六章 情诗

静王府寝殿。

床榻上的人双目紧闭，皮肤苍白得没有一丝血色。那人脉象虚浮，年轻太医不动声色地收回手，写了个固本培元的方子后，便躬身退下。

太医甫一出大殿，病榻上“垂死”之人便睁开了眼，眸色深沉。

宁殷吐出压在舌下的药丸，屈腿起身道：“跟上他。”

太医没有回太医院，而是绕了一圈，辗转去了一家客舍。

少时，一只鸽子从客舍后院飞出，往东南方而去。

屋脊上的灰隼侧了侧脑袋，紧跟其上。

两个时辰后，刑部大牢前。

着一袭玄黑狐裘的宁殷从轿中下来，灰隼在空中盘旋一圈，乖巧地落在他结实的手臂上。

沿着森森的石阶往下，他一直走到最里层，阴暗腐朽的气息扑面而来。

“我真是没想到，能走到这一步的竟然是七殿下。”口鼻溢血的崔暗被铁索缚在铁架上，咧开嘴笑道，“若非你们宁家与我有灭族之恨，殿下与我，兴许会成为相谈甚欢的同类。”

宁殷交叠着双腿坐在椅子上，理了理袖袍道：“是你将宁檀的注意力引到虞灵犀身上，三番五次针对她。”

声音低沉，他是用笃定的语气说的这话。

"谁让她是虞渊的女儿？"崔暗冷笑一声，"虞辛夷、虞灵犀……她们应该像我那些被掳来的族人一样，尝尝被人糟践折辱的滋味。"

如果不是虞家的运气好得出奇，他的计划早就实现了。

崔暗敢大大方方地承认，是因为他知道宁殷不会杀他。他手里握着太多皇后的秘密，宁殷若想彻底扫除障碍，则必须拿到他的口供，让他做人证。

"你是不是在想，只要你一日不招供，本王便一日杀不了你？"宁殷带着轻慢意味的声音传来，"可惜，我这人做事只讲喜好，不讲道理。"

心思被猜中，崔暗嘴角的笑僵了僵。

"紧张什么？"宁殷屈指撑着太阳穴，俊美的面容上神色难辨，"你动了本王心尖上的人，就这么死了，未免太便宜你。"

他抬了抬手指，立刻有下属拿来一沓轻薄如烟的银丝网纱。

崔暗处理过那么多人，自然知道这看似精美的网纱是何等厉害的刑具。

"三天，一千刀，本王陪你慢慢玩。"说到这儿，宁殷微微一顿，笑道，"险些忘了，崔提督少了二两肉，用不着挨一千刀。"

崔暗那张平静的脸总算绷不住了，上面流露出原本应有的阴鸷和恶毒之色。

他哈哈大笑起来，厉声道："好、好……殿下的刀可要够稳才行……"

但很快，他再也开不了口。

宁殷从地牢中出来，坐在轿中，接过侍从递来的湿帕子一点一点地将手指擦干净。

帕子换了七八条，直至白皙修长的手指被擦拭得泛红，他才打开兽炉上的小盖，让木香熏去沾染在身上的气味。

宁殷将掌心黑色的玉雕搁下，悠然地道："去虞府。"

回府后，虞灵犀时常会去后罩房坐一会儿。

窗边斜阳浅淡，这里仍保留着当初卫七离去前的样子，仿佛还残留着他的气息。

她正出着神，忽见一片残存的枫叶随风飘落，落在了窗边的案儿上。

虞灵犀将枫叶拿了起来，叶片如火，被严冬的风雨雪霜折磨后，仍然热烈嫣红。

她转了转枫叶，而后提笔润墨，在枫叶上写了两行蝇头小字：

愿我如星君如月，夜夜流光相皎洁。①

落笔吹干墨迹，她轻轻呼出一口气，忍不住猜测这个时候宁殷在做什么。

“阿莞说你连椒粉梅子酒也不喝了，就一个人躲在此处出神。”虞灵犀身后传来了虞焕臣的声音，他盘腿坐在虞灵犀对面，望着她看了半晌，“还在想父亲的话呢？”

虞灵犀将枫叶压在镇纸下，收敛神思道：“兄长，阿爹为何不喜欢宁殷？”

这是她梦里不曾面对过的难题。

那时她无牵无挂、孑然一身，跟了宁殷便跟了，不用去考虑什么世俗牵绊、身份利益。

可是那日从静王府归来的马车上，阿爹一句话也没有说。

她自小受尽疼爱，阿爹和她说话都会下意识地放轻声音，她从未见过阿爹如此严肃沉默的时候。

虞焕臣沉吟片刻，只问：“岁岁知道，静王是如何处置那晚参与燃灯会的刺客和侍臣的吗？”

虞灵犀当然知道。她记得梦里的画面。

虞焕臣道：“那些人有的是参与者，有的只是受胁迫牵连进来的人，但无一例外都被吊在了宫门下的木桩上。”

“是那些人先想杀他的。”虞灵犀解释，“旁人要置他于死地，我们外人没资格要求他以德报怨。”

“的确，站在上位者的角度，我得称赞静王一句‘杀伐果决’，但站在看妹夫的角度，他太危险。”虞焕臣顿了顿，又道，“当然，我们最顾

① 引自宋代诗人范成大的《车遥遥篇》。

虑的并非这个。”

他起身，关上了门窗。

“咱们关起门来说两句大逆不道的话，静王走到这个位置，离皇位只有一步之遥，即便他自己没心思做皇帝，他的拥趸也会为了前途利益推举他即位。”虞焕臣叹了声，看着妹妹，认真地道，“无情最是帝王，到那时三宫六院七十二妃，每个女人身后都站着一个盘根错节的家族，岁岁可受得了委屈？骄傲如你，你真的能允许自己和别的女人共享一个男人？”

他说：“父亲不是不喜欢他，而是有很多事必须去衡量——从父亲的角度也好，从臣子的角度也罢。”

兄长冷静的分析如投石入海，虞灵犀心间似溅起了细碎的水花。

是啊，如今的宁殷不曾腿残，健健康康的，卑微的出身已无法成为他的阻碍。

他想做皇帝吗？虞灵犀不太确定。

她唯一确定的，是自己和他的心意。

“兄长，虽然在你们眼里，我与卫七只相识了短短一年有余，但我的确是花了很长很长的时间，才明白一件事。”虞灵犀弯眸，温声道，“我心里，只装得下一个宁殷了。既是如此，我又何必为没有发生的事而胆小止步？难道你会因为害怕一个人跌倒，就不让他走路了吗？”

“岁岁……”

“我相信他，就像相信兄长和阿爹永远不会伤害我一样。”这明明是含着笑意的软语，虞焕臣却觉得掷地有声。

“小姐，静……静……静……”胡桃小跑而来，扶着门框“静”了许久，才一口气道，“静王殿下来了！”

虞灵犀一愣，顾不上虞焕臣，迅速提裙起身跑了出去。

虞灵犀袖袍灌风，披帛如烟般飞舞，她穿过廊下于上元节布置的花灯，径直跑去了待客的正厅。

宁殷果然坐在主位之上。听到脚步声，他立刻朝她望了过来。唇微不可察地动了动，他旁若无人地朝她招手。

虞灵犀小喘着朝他走去。

"咯咯！"厅中响起了两声突兀的低咳。

虞灵犀瞥见阿爹的黑脸，忙收敛了些，规规矩矩地朝宁殷行了个礼："殿下。"

她没有丝毫的忸怩之态，那双眼睛仍然是明媚的，里头透着清澈的光。

"过来。"宁殷当着虞渊和虞辛夷的面，抬手捏了捏虞灵犀的脸颊，似是在观察她回家这两日身上长了几两肉。

他心道：瘦了一点，虞家人是怎么伺候的？

宁殷的眸子眯了起来。

见父亲的脸色越来越复杂，虞灵犀只好将宁殷的手扒拉下来，小声道："你怎么来了？"

"本王来接岁岁归府。"宁殷颇为不满地垂下手，把手搭在膝盖上叩了叩，"既然人来了，本王便不叨扰虞将军了。"

虞渊大概从未见过说要带走自家掌上明珠说得这般堂而皇之的人，一时梗着脖子说不出话。

这人和做卫七时的他简直是两副面孔。

倒是虞辛夷反应了过来，心直口快地道："岁岁待字闺中，还未出嫁，怎能留宿于殿下府邸？"

宁殷轻轻"哦"了声："本王现在就下聘。"

虞灵犀抿了抿唇，以眼神示意宁殷：你要做什么，哪来的聘礼？

"虞将军清正，看不上本王送的金银珠宝，那本王便换个有意思的聘礼。"

他抬了抬手指，立刻有侍从捧上一个托盘，托盘上面放着一束被齐根割断的鬈发。

"这是？"虞辛夷只一眼，便认出了此物，"殿下抓到崔暗了？"

"这份聘礼，虞将军可还满意？"宁殷问。

宁殷有备而来，虞渊将目光投向自家女儿。

那目光沉重，里头却又透着虞渊无限的关切之意，虞灵犀想了想，终是后退一步，朝着虞渊跪下。

一时间，屋内所有人神色各异。

宁殷的眸子中有些许凉意。

即便是在生气的时候，他也只敢以嘴惩罚虞灵犀。

谁也不能罚她下跪，哪怕那人是她爹。

宁殷起身，弯腰扶住虞灵犀的肩膀，眸色幽暗，嗓音却无比轻柔："岁岁是自己起来，还是本王让所有人和你一起跪下？"

虞灵犀眨了眨眼睛，安抚性地握住宁殷的指节。

"阿爹。"她看向脸上心疼之意大过强势之意的父亲，将自己的心意和盘托出，"阿爹，这位静王殿下，是女儿认定的心上人。我不会为了他而抛弃对我有养育之恩的阿爹，但是，也请阿爹准许我像个普通女子一样，去选择自己真正喜欢的人。"

厅内众人沉默。

虞灵犀微微吐气，浅笑道："现在，我要和心上人独处一会儿，请阿爹允许。"

说罢，她抬手交叠，施一礼，而后起身，拉着宁殷的手朝外走去。

斜晖洒下，如金纱铺地。

虞焕臣从廊下而来，朝目光沉重的父亲摇了摇头。

虞灵犀浅色的裙裳和宁殷檀紫色的衣袍交织，两人牵手而行的画面，当真是一幅浓墨重彩的极美画卷。

虞灵犀带着宁殷去了后院。

再次踏进后罩房，着一袭檀紫锦袍的宁殷褪去了青涩感，反倒显出一种与这儿格格不入的贵气来。

"岁岁又在想什么借口拖延回王府的时间？"宁殷温顺地坐在案几对面，伸手掸了掸虞灵犀方才下跪时粘在裙裾上的一点尘灰。

虞灵犀听不出他这是生气还是没生气，只好笑着解释道："阿爹有他的顾虑，怕我嫁入皇族会受委屈。我们要做的，就是以实际行动打消他的顾虑。"

宁殷抬手抵着下颌，问："生米煮成熟饭，这还不够打消他的顾虑？"

一提起这事，虞灵犀便心烫得慌。

"普通情人都是要相恋过后，爹娘觉得放心才会允许他们成亲的。"

虞灵犀眼中似有一汪秋水，她轻声道，“我还未和殿下认真地谈情说爱过呢。”

这倒是实话。

宁殷似笑非笑，静静地看着她，侧颜上蒙着一层从窗纸外透进来的浅光，俊美无瑕。然而，他下一刻说出来的话，却一点也不美好！

宁殷目光缠绵地道：“前夜不算？”

“……”虞灵犀瞪了他一眼。

她努力将话题拉回，将镇纸下压着的那片写有相思句的枫叶拿出来，推至宁殷面前。

宁殷顺手拿起枫叶，微挑眉梢道：“一片叶子？”

而后他瞧见了枫叶上的小字，目光微微一顿。

“愿我如星君如月，夜夜流光相皎洁。”虞灵犀见宁殷看了许久，目光情不自禁地变得柔和，“一叶寄相思，送给卫七，这才是谈情说爱。”

卫七……宁殷有一阵没有听过这个称呼了，颇为怀念。

他将枫叶小心地搁在一旁，让字迹朝上，又看了许久，方缓声笑道：“过来，本王回赠岁岁一句诗。”

虞灵犀一见他笑得这般温和，便觉得有哪里不对。

“没有纸。”她迟疑地道。

“无妨，眼前就有最上等的净皮白宣。”说话间，宁殷双手掐住虞灵犀的腰，将她轻而易举地托至案几上。

“你干什么？”虞灵犀下意识地要起身，却被宁殷单手按在肩头。他用另一只手摸到她的束腰，一拉一扯，她的外衣和中衣便退至臂弯处，露出杏粉色的心衣和一片白皙细腻的腰背。

虞灵犀下意识地打了个冷战。紧接着，宁殷倾身贴了上来，质感极佳的衣料蹭过她的后背，引得她一阵战栗。

“别动。”

宁殷以一个半圈住她的姿势掐着她的腰，于她耳畔低哑地道。

他慢悠悠地提笔蘸墨，在那片雪白的腰窝处落笔。

屋内没有燃炭火，空气冰冷，可轻轻掐在她腰间的那只大手却温热有力。

虞灵犀的头发被尽数拨到一侧，湿且凉的鼠须笔游弋在她的腰窝上，一行字没写完，宁殷还有继续往下写的趋势。

“痒。”撑着案几边沿的手指扣紧，她情不自禁地哆嗦了一下。

掐在她腰侧的手紧了紧，黑色的字迹衬着她白皙的肤色，显得她整个人万分妖冶。

宁殷慢条斯理地收了笔，嗓音哑了些许：“岁岁的身子是什么做成的，这么软滑？”

他垂首嗅了嗅，继续道：“还是香的。”

方才还觉得冷的虞灵犀，这会儿又热了起来。若是在王府，宁殷如此，她倒也看得开；可眼下她毕竟是在自家府邸，一想到兄姊可能会跟过来，或是后罩房外可能有人经过，她便不那么自在了。

“胡说八道。”虞灵犀下意识地要披衣遮掩。

“急什么？”宁殷按住她的外衣，“还未盖上私印。”

在瞥见那枚熟悉的墨玉私印时，虞灵犀一噎。他竟是随身带着这物！

“早知如此，当初我就不送你这块玉料了。”虞灵犀羞愤地小声嘀咕，腮上多了几分灵动的娇艳之色。

“温暖的白玉不在身边，本王只能用冰冷的墨玉解解相思之苦。”宁殷一本正经地说着，已用指节拉下她的裙带。

没有印泥，他微不可察地蹙了蹙眉。见身后之人久久没有动作，虞灵犀快要撑不下去了，不由得将脸埋在宁殷的臂弯中，赧然地道：“还要我冻多久？快些。”

她身后传来一声带着纵容意味的轻笑。

也不知宁殷捣鼓了些什么，不稍片刻，温润的墨玉印章便轻轻盖在了她后腰以下的位置。

宁殷顺手拿起袖袍擦了擦手指，随即俯身，英挺的鼻尖沿着她腰线往下，而后，他将薄唇印在了她腰窝的墨迹处。

他一个安静而虔诚的吻，令虞灵犀感觉一股暖流顺着腰际往上，漫遍了她的四肢百骸。

真是要命。

她红着脸，没忍住，双肩一抖，打了个喷嚏。

身后之人解开大氅，将她拥入其中，男人炽热的体温驱散了冬末的冷意。

虞灵犀贪恋这片温暖与厚实的胸膛，不自觉地放软了身子依靠在他怀中。半晌后，她心思一动：“这不公平。”

“嗯？”宁殷轻轻捏着她的下颌。

虞灵犀抬眸看他，轻哼道：“我也要刻个印章，在你身上留个独一无二的印记。”

“原来是为这事。”宁殷以拇指轻蹭着她的唇角，“回头就给你刻。”

“真的？”虞灵犀惊异于他的顺从。

宁殷黑眸中泛起些许兴奋的神色，他慢悠悠地玩着她的鬓发道：“等找齐了那种染料，本王便给岁岁刻。”

染料？刻章需要染料吗？虞灵犀不太懂手艺活，很快，这点疑虑就被期待给冲淡。

宁殷肩阔腿长腰窄，身体极为矫健，皮肤又比常人白，若在他身上落下鲜红的印记，定然……那画面，她想都不敢想。她定然是受了宁殷的影响，也变得不正经起来。

虞灵犀决定找点正经的话题，想了想，轻声道：“宁殷，你想做皇帝吗？”

宁殷的嗓音平静而轻淡，他一针见血地道：“这是虞将军想问的，还是虞焕臣想问的？”

“是我自己想问的。”虞灵犀道。

她丝毫不怀疑宁殷的心意。小疯子的爱总是炽热又偏执，且偏执的另一层面，是异于常人的专情。她只是不确定，自己能不能扛住母仪天下的责任。

“想做皇帝？”宁殷面不改色地问。

虞灵犀一时没留意他这话的古怪之处，下意识地摇了摇头：“不太想……”而后，她又摇了摇头，轻叹一声，“我不知道。”

如果宁殷想要夺储，想要站得更高，她便不该束缚他。

“你是怎么想的呢？”虞灵犀问。

“想谈情说爱。”宁殷眨了一下眼睛。

虞灵犀忙按住他下移的手，退开了些许：“我在家呢，不许……”

宁殷捏了把她的腰窝。

虞灵犀整个人顿时一软。她忙挣开他的怀抱，将散乱的中衣和冬衣匆匆拢好。

宁殷低笑一声，抬手嗅了嗅指节上残留的少女香，将手指送至唇边一吻。

在自家府邸，虞灵犀到底不敢太放纵，好说歹说才在天黑前送宁殷出府。

宁殷坐在马车上，面无表情，眸色极深。

对于他这样性子的人来说，今天他已是做出极大的忍让了。

“明日，本王来接你。”宁殷丢下这样一句话，也不顾一旁的虞渊是何神情，直接让侍从驾车离去。

虞灵犀回过头，小心翼翼地看了虞渊一眼，笑道：“阿爹，女儿挑选夫婿的眼光是不是很厉害？”

女儿笑得明艳，虞渊却是心沉如海。半晌后，他长叹一声，抬手拍了拍女儿的肩，什么也没说就走了。

虞灵犀回到房中，第一件事便是掩上门窗将衣物褪去，背对着更衣的落地铜镜而站，扭头去看后腰上的情诗。看不清楚，她只好又拿起梳妆的菱花镜，一前一后调整镜子的角度。

纤腰袅袅如雪，墨色的字迹隐隐可见。

虞灵犀原以为宁殷定是写些什么逗弄之言，可对着前后两面镜子瞧了许久，她只看见了洒脱的八个字：

岁岁千秋，灵犀永乐

字迹旁的印泥不似平常印泥那般鲜红，而是殷红色的。

虞灵犀缓缓放下菱花镜，衣衫半褪地在镜子前伫立许久。

怎么办？我好像等不及明天了。她抬手捂住脸颊，心道。

静王府，汤池。

雾气氤氲，俊美的男人站在偌大的水池中央，袒露出如被刀斧雕琢过一般的矫健修长的上半身，墨发垂至腰际，细密的水珠沿着他的锁骨滑过胸口泛白的伤痕，淌过腰腹的沟壑，最终坠落至水中。

“殿下，人证已安排妥当。”折戟高大的影子投在门扉上，他尽职尽责地禀告动静，“只是当年太医院的就诊记录却是难以复原。”

宁殷闭目，哂道：“让太医院的棋子跑一趟，皇后生没生过孩子，一验便知。”

“属下明白。”折戟道，“还有殿下托人寻找的那赤血染料，也找到了。”

见宁殷默认，折戟这才打开殿门，双手捧着托盘道：“可要属下帮忙？”

“不必。”宁殷抬了抬手指，折戟便将托盘搁在池边的案几上，抱拳退了出去。

宁殷睁开墨色的眼，迎着水雾迈上石阶，随手抓起一旁的浴巾擦了擦身子。

案几上的托盘中盛放着一枚白玉盒子，透过通透的玉，隐隐可见里头装着的红色染料。

宁殷将半湿的浴巾丢至一旁，而后神色淡然地拿起托盘中的一枚银针搁在烛台的焰火上烧了烧。他对着落地铜镜审视许久，而后将沾了红色染料的银针抵在胸膛上，一针一针地在心口的伤痕上刺下鲜红的字迹。

殷红的液体凝聚成珠，让人分不清那是染料还是血迹。

一个时辰后，鲜红的“灵犀”二字在他白皙结实的胸膛上隐隐浮现。

她是他心尖上的善念，是刻在他伤痕上的名字。

软榻上藏着一件被叠放好的月白心衣，宁殷拿起它，将胸口渗出的血珠擦去。

这样，他与她的痕迹便永远地融合在了一起。

烛火摇曳，宁殷没有穿衣，寻了把椅子交叠着双腿坐下，看着镜中赤身的自己。

最开始时，他刚从汤池中出来，刺青的颜色是极其鲜红的，但晾了一会儿，“灵犀”二字便随着他体温的下降而渐渐淡去，最终与肤色融为一体。

宁殷满意地将银针搁回托盘中，起身抓了件袍子披上。

明日相见，但愿虞渊已经想通了，否则……

唇线微动，宁殷抬手摸了摸心口。

这几日，朝中一片混乱。

先是禁军在查抄废太子的外宅时，解救出一名半疯状态的老宫女。

这老宫女是当年伺候皇后“生产”的那批宫人中唯一的幸存者，禁军根据她的口供，在冷宫墙外的枯井中挖出了三具尸骸，这足以证明老宫女那番“去母留子”的话并非空穴来风。

紧接着，太医院新上任的正奉上太医前去坤宁宫请脉，竟无意间验出冯皇后多年前便丧失了生育能力，从骨架上看，她根本不像是生育过太子的人！

此言一出，满朝皆惊。若冯皇后混淆皇室血脉，真瞒着皇帝借腹生子，将身边卑贱宫婢生的孩子冒充嫡长子，那便是犯了欺君死罪！

废后在即，坤宁宫中却仍是一片佛檀萦绕，极为宁静。

皇后手搭凭几靠坐在床上，闭目转动佛珠，对悠闲地踱进殿中的宁殷视而不见。

“当年虞家自沙场崛起，冯家式微，你地位岌岌可危，所以你亟需生下嫡长子以稳住地位。可惜，你不幸小产，自此丧失生育能力。”宁殷负手而立，仰望着殿中那座悲悯众人的金身佛像，嗓音透着凛冽与优雅之意，“皇帝对抢夺而来的女人兴致正盛，你害怕不能生育之事暴露，会失宠跌落皇后之位，便索性杀了问诊的太医，再以药物迷惑皇帝，让身边陪嫁的宫女代替你服侍皇帝，怀上孩子。”

“你佯装中毒垂死，就是为了诈本宫？”冯皇后面不改色，“让本宫见皇上。”

“你计划周密，瞒住了所有人，甚至在服侍你的宫人年满出宫时，将他们一个个处死灭口。”宁殷拍了拍佛像坐莲，又抚着香炉，悠闲得仿佛只是散步参观一般，“可你没想到，还是有一条漏网之鱼跑了，更没想到你派人掩埋尸体和烧毁证据时，竟会被冷宫中的那个疯女人撞见。”

“本宫要面见皇上。”

“虽说那疯女人被囚禁在冷宫，但因狗皇帝时常会去留宿，那里被防守得极为严密，你若是下毒，难免会落下把柄，引人起疑。你开始寝食难安，思忖该如何才能顺理成章地将那女人除去。”

“这一切，都是你的臆测。”冯皇后道，“何况废太子行大逆不道之事，已然伏法，他的过往如何已经不重要了。”

宁殷将手从香炉上收回，放于鼻端嗅了嗅：“所以宫变事败之时，你才让崔暗杀了宁檀。”

冯皇后转动佛珠的手一顿。她自然知道宁殷说这些，是为了套话。

如今废太子已死，只要当初生产的那个宫婢永远不被人找到，证据不足，便没人能给她定罪。而那个宫婢所藏的位置，永远都不会有人知道。

冯皇后长长地吐纳气息：“你说这些，可有实证？光凭太医院的三言两语和几具不明来历的枯骨，可不足以构陷本宫。”

宁殷站在佛像面前，许久没有答话。

冯皇后的嘴角微不可察地一弯。果然……贱人所生的野种，手段也不过尔尔。

“这尊佛像很好。”宁殷负手看了这尊慈眉善目的佛像许久，忽而道。

“哪里好？”冯皇后的冷笑僵住。

“大小好。”宁殷睨看佛像，抬起手指比了比佛身，“看起来，刚好够藏起一具枯骨。”

冯皇后忽地睁眼，尖利的指甲掐断了手串，佛珠蹦落一地。

几乎同时，于旁边立侍的一名宫婢摸出袖中隐藏的匕首，直直地朝宁殷的颈部刺去。

匕首还未触及宁殷的一丝头发，便被打飞出去，叮的一声钉入佛像之中。

继而宫婢双目暴睁，脖子以一个奇怪的姿势扭曲着，整个人扑倒在地。

宫婢的尸首很快被人拖了下去，宁殷缓步向前，抬手握住钉入佛像中的那把匕首，用力向下一划。

金皮翻卷，石灰渗出，裂口中，一截干枯的手指连同宫女的衣角显露出来。

佛像的脸上挂着悲悯众人的微笑，它与裂缝中隐约可见的蜷缩白骨形成了极强的对照，显得森森无比。

见宫婢青罗的尸身被发现，冯皇后已是彻底变了脸色。

众人皆以为皇后是为天下祈福，所以才和德阳长公主一同礼佛。没人知道，她伪装得慈眉善目，只是为了遮掩自己犯下的罪行。

"现在，本王该如何处置皇后呢？"宁殷转身坐下，以食指轻轻点着座椅扶手。

"你没有资格私审本宫。"皇后掐着掌心，强作镇定地道。

"有了。"宁殷轻叩扶手的手指停下，他以最无害轻柔的语气，说着令人毛骨悚然的话语，"皇后这样诚心礼佛之人，理应坐缸证道。"

冯皇后倏地瞪大双眼。

这于普通人而言无异于活埋。

这小畜生要活埋她！冯皇后见到禁军抬入殿中的那口大瓮，先前的镇定神色不复存在。

她扭曲着面容，厉声道："本宫要见皇上！除了皇帝，没人能处置本宫！"

然而已经晚了，太晚了。

殿门在她身后合拢，宁殷面容冷淡，让人瞧不出他有多少快意。

折戟跟在他身后，沉默了半晌，终是没忍住，问："皇后已无生路，殿下何不将她送入刑狱之中？"

按照宁殷狠辣记仇的性子，皇后这样的仇人，他应该留下来慢慢折磨才对。

宁殷脸上让人看不出喜怒，他以帕子拭净手指道："本王急着娶亲，自然要快些解决碍事之人。"

不知是否是折戟的错觉，他总觉得主子提及“娶亲”二字时，漆黑的眸中化开了极浅的笑意。

马车就停在宫门外。

侍从知道主子办完事出宫，定然是要往虞府去的，便禀告道：“殿下，虞二姑娘去唐公府了。”

宁殷上了马车，将袖袍搁在兽炉上熏染片刻，略一抬眼。

侍从立刻会意，吩咐车夫：“去唐公府。”

唐老太君终究没有熬过这个冬日，驾鹤仙去了。

唐不离一夜之间沦为孤女，唐府家大业大，惹人觊觎。虞灵犀听闻消息后，换了身素净的衣物便匆匆登门祭奠。

唐公府白绸刺目，停灵的大厅里挤满了人，连几代以外不知姓名的旁系都赶来了，一个个假仁假义，虎视眈眈地惦记着唐府庞大殷实的家产，其中还有打着祭奠旗号登门，实则来看热闹的名门望族。厅内乱糟糟的，挤成了一片。

虞灵犀一下马车便见唐公府大门前站着一名身穿半旧儒服的年轻书生。

虞灵犀见这人面熟，不禁多留意了一眼。

而后她想起来，这位俊俏安静的书生，不就是唐不离曾资助过的书生周蕴卿——未来的大理寺少卿吗？

“周公子可是来祭奠老太君的？”虞灵犀问。

若他是为唐不离而来的，虞灵犀愿意为他引见。

听到她的声音，周蕴卿像是受了惊扰似的，略一作揖便转身离去。

这书生有些内敛木讷，光看外表，谁也想不到他将来会是宁殷身边最得力的“冷面判官”。

虞灵犀没有多想，顺嘴问了问身后的青霄：“我让你以阿离的名义资助此人的事，你可有做到？”

青霄点头道：“此人清高端正，不愿收取银钱，属下便定时买些上等的纸墨书籍送去——用的是清平乡君的名号。”

"很好。"虞灵犀稍稍宽心了些。

正厅，一对陌生的中年夫妻正在招呼祭奠的贵客，游刃有余，俨然是一副唐府当家人的气派。

而唐府真正的主子唐不离，则将白麻布条扎在额间，穿着孝服安静地跪在棺椁前，

虞灵犀一见她消瘦的背影，便鼻根酸涩。

虞灵犀历经了梦中人生，没人比她更了解亲人离世、孑然一身的悲痛心绪。

她先朝老太君的棺椁拜了三拜，方蹲身与唐不离平视，轻声道："阿离，节哀。"

唐不离将嘴唇一抿，又有眼泪"决堤"之势。

她抹了把眼睛，哽咽道："谢谢你，岁岁。"

"怎么回事？"虞灵犀朝着外头迎宾送客的中年夫妻微抬下颌，眼底尽是担忧的神色。

"我姑父姑母，来分家产的。"唐不离往炭盆中丢了把纸钱，木然地道，"他们带了一个我连面都没见过的表哥过来，说要做主给我们定亲……"

虞灵犀蹙眉。他们不过是想借着联姻的名号，私吞唐公府的家产罢了。

"今早，他们甚至在我的粥里下药，想让我和表哥……"说到此，唐不离攥紧手中的纸钱，撑起一个勉强的笑，"没了祖母的庇护，我什么事也干不好，让你看笑话了。"

"怎么会？"虞灵犀抬袖给唐不离擦去眼泪，心疼道，"你是我最好的朋友呀！"

两人正说着，便见唐姑母推着一个二十来岁的男人过来，低斥道："戳在这儿做什么？还不快去帮你表妹，以后亲上加亲，我们就是一家人了……"

那男人生得脑满肠肥，一双眼睛被肉挤得几乎看不见了。闻言，他不情不愿地挪上来，往炭盆中撒了一堆纸钱。

通过唐不离紧绷身躯的反应，虞灵犀能感觉到她对男人的厌恶。

虞灵犀起身，直视妇人道："阿离是皇上亲封的清平乡君，婚事当由

礼部首肯。唐老太君尸骨未寒，夫人擅作主张为阿离议亲，是要置朝廷礼法于何处？”

那男人一见虞灵犀，眯缝眼顿时睁大。他这一辈子还未见过这样娇媚的美人，没听过这么好听的声音。

唐姑母照着儿子的后脑勺拍了一巴掌，这才抬眼审视虞灵犀，笑道：“这位小娘子定然就是虞二姑娘吧？”

她故意提高声音，吸引众人的注意力。

一时间，所有人的目光都聚集在虞灵犀身上。当初退婚之事闹得沸沸扬扬，众人皆打量着她。

唐姑母显然是有备而来的，已将唐不离的人际关系摸得一清二楚。她殷勤地道：“二姑娘有所不知，唐府家大业大，阿离这样无依无靠的女孩儿，必须有个男人照顾才行。外面的男人咱们自然不放心，她须得找个知根知底的夫君才合适……”

说到这儿，唐姑母以帕捂嘴，佯装抱歉地道：“瞧我这张嘴！这时候和二姑娘说婚事，实在冒犯。”

虞灵犀焉能听不出她言语中暗含的嘲讽之意？

“你说话注意些！”唐不离红着眼起身，挡在虞灵犀面前。

唐不离这人就是如此，自己受了委屈能忍，唯独不准朋友受辱。

虞灵犀拉住唐不离不住颤抖的指尖，正要张嘴反驳，却瞥见了从大门外走进来的高大身影。她不由得愣了愣神。

不仅是她，在场的所有人都有些愣神。声音戛然而止，他们迅速让开一条道来。

唐姑母不认得宁殷，她丈夫却认得。他不由得大骇，拉着妻子匆匆叩拜道：“臣工部员外郎王思礼，叩见静王殿下！”

庭中顿时跪了一片人，他们随着宁殷移动的脚步而跪伏挪动。

宁殷乌发紫衣，贵气无双。他坐在厅中唯一的长椅上，留出身侧一半位置，旁若无人地牵住虞灵犀的手，然后用力一拉，虞灵犀便跌坐在了他的身侧。

虞灵犀极慢地眨了下眼睛。

面上严肃，可眼里已荡开笑意，她小声问道："你怎么来了？"

"来看看本王的宝贝岁岁。"宁殷抚了抚她的腰背，而后掀起眼皮，看向战战兢兢的王思礼，"不用管本王，继续说。"

王思礼哪还敢说？一想到静王身边的宝贝方才还被他的妻子失言嘲讽，他便恨不得一头撞在柱子上昏厥过去。

他汗出如浆，却听宁殷的声音蓦地一冷："说。"

王思礼一抖，只好硬着头皮解释道："老太君仙逝，内侄女孤苦无依，臣这才斗胆来此替内侄女分忧，绝无龌龊心思……"他说到最后一句话时，声音已然颤抖得厉害，不知他是怕还是心虚。

宁殷笑了声："王大人一片孝心，老太君在天之灵，定然十分欣慰。"

虞灵犀一听小疯子这温柔的语气，便知大事不妙。

她借着袖袍的遮掩，碰了碰宁殷修长的手掌。她才不信他会闲到来这里看热闹。

姿态优雅的宁殷反手捉住虞灵犀的小指，捏了捏，又钩了钩，而后道："那王大人便下去，陪陪她老人家吧。"

"下……下去？"明白过来宁殷的意思，王家夫妇顿时跌坐在地，面如土色。

在场的人无不吓出一身冷汗。

静王殿下是在为虞二姑娘撑腰？

虞灵犀和宁殷从唐公府出来，斜阳正好。

宁殷那辆宽敞华贵的马车就停在大门口，虞府的马车则被挤至墙根，进退维艰。

虞灵犀侧首看了一眼虞府马车，怀疑宁殷是故意的。

宁殷的确是故意的。他站在王府马车前，朝着虞灵犀微抬手臂，将眉尾一挑，暗示得不能再明显。

虞灵犀看了一眼还在试图将虞府马车赶出来的青霄，想了想，临时改了主意。

她吩咐了青霄几句，而后顺手握住宁殷微抬的指节，弯眸一笑："今日天气晴好，我们出去走走吧。”

望仙楼的画桥上，不乏文人墨客登高望远，饮酒吟唱。

虞灵犀以轻纱遮面，直接上了顶层的小阁楼。宁殷负手不紧不慢地跟在她后面，视线落在她被墨发扫过的纤细腰肢上。

他抬手抓了缕她的墨发捻了捻，又拉了拉。

虞灵犀发现了，回过头来将宁殷抓了个正着，笑道：“越来越孩子气了。”

宁殷极慢地眨了下眼睛，当着她的面将那缕头发咬了咬。

虞灵犀“呀”了声。虽然昨晚才濯了头发，但她还是小声提醒道：“脏的。”

“香的。”宁殷又捻了捻，才舍得放开那缕可怜的头发，改为轻捏虞灵犀的后颈，“岁岁哪里都不脏。”

虞灵犀看了一眼值守门外的侍卫。她对时常冒出坏性的宁殷没有一点办法。

或许她不是没有办法，而是有心放纵。

阁楼狭窄透风，上面只放了一张案几。侍从奉上瓜果、糕点和酒水等物，便躬身掩门退下。

“岁岁故地重游，是想再现当时之景？”宁殷眼中含着极浅的笑意，他用白皙有力的手指捏着一只橘子，慢慢转了转。

虞灵犀想起了七夕时两人在阁楼上的吻。

“故地重游也是一种乐趣，不是吗？”虞灵犀在他面前坐下，取下面纱笑道，“谈情说爱嘛，别人有的快乐，我家卫七也要有。”

随即她愣神——她竟是下意识地唤了宁殷在虞府时的名号。

宁殷吃过很多苦，受过很多伤，以卫七的身份生活的日子，大约是他少有的一段安宁时日。

宁殷的眸子弯了弯，他朝她道：“过来，小姐。”

虞灵犀听到“小姐”二字，心脏忽地一跳——小疯子穿着尊贵的紫衣王袍，温柔地唤她“小姐”。

她起身，含着笑坐在宁殷身边，而后头一侧，枕在了他的肩上。

宁殷顺势抬手，将她松松地圈在怀中。他转了转手中的橘子，开始慢悠悠地剥了起来。他用修长白皙的手指一点点剥开橙红的橘皮，扯去果肉上的白丝，每一步的动作都优雅至极。

“张嘴。”他用下颌抵着她的发顶，蹭了蹭。

虞灵犀笑着启唇，那片果肉便喂进了她的嘴中。他用食、中二指颇为留恋地在她的唇上按了按。

“小姐的嘴又软又甜，好看还好吃。”

宁殷低沉的嗓音自她的头顶上方传来，他说话时，贴着她后背的胸腔微微震动，震得她心弦一动。

“小姐。”他又喂了一片橘肉在虞灵犀嘴中。

薄唇下移，他在她耳畔轻笑道：“我这样唤你，你可喜欢？小姐？”

宁殷说话时气息扫在她耳畔，她痒得侧了侧脑袋，耳尖泛起绯红。她不可否认自己生出了几分燥意，想起了当初他们在虞府以主仆身份相处时，曾有过的那些短暂而又稀里糊涂的亲昵时光。

虞灵犀索性也分了瓣橘肉，塞到宁殷那张不饶人的嘴里。

“喜欢。”虞灵犀扭头看着宁殷的侧颜，咽下嘴里的酸甜汁水，莞尔道，“哪怕你什么话也不说，只是坐在我身边，我亦是欢喜的。”

宁殷眯着眼咬破橘肉，啧了声：“小姐今日吃糖了？”

“在唐公府，你为我和阿离惩戒坏人，我其实特别高兴。”

在预知梦中，宁殷杀人只是为发泄，现在的他疯虽疯，但也有几分原则。

这个原则，便唤作“虞灵犀”。

宁殷知道她还有话说，便只静静地听着。

虞灵犀眼中映着艳丽的晚霞，她柔声道：“但这样的小事还要烦你出手，我既开心，又有些过意不去。”

宁殷何其聪慧，听懂了她这番奉承话之外的深意。

他极轻地“哦”了声，垂眸道：“小姐是觉得，我多管闲事了？”

“怎么会？”虞灵犀靠在他的怀中，沉吟许久后，放轻声音道，“我曾做了一个梦，梦中的你比现在还要强悍尊贵。你以雷霆手段清除了所有的障碍，站在权势的顶峰，可也因此树敌无数……”

这是虞灵犀第一次在宁殷面前提及那场梦，明明梦里的许多爱恨她已淡忘，可再次忆起，她仍是泛起了淡淡的怅惘之感。

“我梦见我因此而死，留你一个人孤零零地活在世上。”虞灵犀握着宁殷那青筋微微凸起的手掌，微笑道，“所以，我有点怕，怕你如我所梦到的那样结怨颇多，活成孤家寡人。”

她笑得温柔，可宁殷却从她的声音里感受到了她淡淡的悲伤情绪。

“就为一个梦？”宁殷屈指抵住虞灵犀的下颌，让她抬眼看着自己，“你不会死的。”

“我是说万一……”

“没有万一。”宁殷将拇指压在她的唇上，用强硬的态度去掩饰心间那一闪而过的刺痛感觉。他不知自己那瞬时的慌乱感从何而来。

“工部这个姓王的做错了事，必须死。”宁殷抚了抚虞灵犀的唇角，难得多解释一句，“我不全是为了小姐。”

“真的？”虞灵犀松了口气，随即环住他被玉带勾勒出的结实的腰肢，“那你也要小心些，别总拿自己当靶子。我心疼……”

最后那几个字，已是几不可闻。

唇角弯了弯，宁殷淡淡地道：“还疼吗？”

虞灵犀点头道：“你好好的，我自然就不心疼了……”

“我不是指这个。”宁殷打断她的话，修长的指节拂过她的纤腰，在她的腰带上徘徊。

她的腰那样细，他双手就能拤住，一掐就是一个指痕。

黑眸暗了暗，宁殷笑得放肆。

虞灵犀反应过来，热意直冲脸颊。

“不行。”她难得有些局促，抿了抿唇小声道，“流着血呢。”

宁殷的指节一顿，笑意敛了些许：“我看看。”

“不是那种流血，是……”虞灵犀也不知该如何解释，索性拉下宁殷的颈项，在他耳畔短促地耳语了几句，而后别过脸去不看他，活像一只将脸藏入羽翼中的鸟雀。

眼睫动了动，而后，宁殷低笑出声。以前在欲界仙都时，他倒也隐约听过女人会有月事葵水一事，那些花娘每月那几日都无法接客。

但若说葵水究竟是什么水，他却不懂，听虞灵犀匆忙解释了两句，才有些明白。

戌时，街道悄寂，夜色沉沉。

接到青霄回禀的消息后，虞渊连晚膳也无甚心情享用，挺身在虞府前伫立许久，谁劝也不管用。

他等了一个时辰，才见一辆陌生的华贵马车缓缓驶来。

马车停在虞府门前，片刻后，侍从将车帘掀开，露出了于车中端坐的静王殿下，以及于静王殿下怀中酣眠的虞灵犀。

车中纱灯昏黄，宁殷俊美的面容隐在晦暗的光线中，他一手撑着太阳穴，一手揽着睡得面色绯红的虞灵犀，将裹在她身上的狐裘紧了紧，方抬眸望向抱拳行礼的虞渊。

他低声道："本王要带未婚妻归府，虞将军没有意见吧？"

这本是问句，他话中却没有丝毫询问的意思。

虞渊知道，静王今日在唐公府当众为岁岁撑腰也好，特地来虞府一趟也罢，都是在宣示主权。静王在逼虞家下决心。

"岁岁刚退婚，殿下……"

"虞将军，本王来此并非是为了征求你的意见。"宁殷悠然地打断虞渊的话，"我这人生性凉薄，虞府只是我曾寄居过的一具壳子，没人会对壳子产生恩情。本王要娶岁岁，有一千种方法达到目的，不过因为虞将军是岁岁的父亲，所以本王愿意多花点耐心。"

虞将军目光炯炯。他望着在宁殷怀中睡得一无所知的女儿，沉声道："岁岁是臣捧在掌心长大的，殿下要走的路荆棘遍地，杀戮成海，臣怕岁岁折寿。"

"将军大可放心，本王的寿折完了，才轮得到她折寿。"宁殷唇线一弯，"这两日，虞将军不妨和尊夫人商议一番，下月哪个日子适合操办喜事。"

说罢，他叩了叩指节，车帘被放下，马车扬长而去。

腮帮微动，虞渊下意识地欲追。

“夫君。”不知虞夫人在门内站了多久，她目光温柔地注视着他。

一切尽在不言之中。

虞渊解马缰绳的手终究慢慢落了下来。

“父亲，我去和静王谈谈。”虞焕臣也从门后走出，握住虞渊手中的缰绳，“以后，还有我保护岁岁。”

虞渊吁出一口浊气，松了缰绳。

听到虞焕臣骑马追上来的马蹄声，宁殷皱了皱眉。

“殿下，请留步。”虞焕臣勒马。这动静稍稍大了些，惊扰了熟睡的虞灵犀，她动了动身子，宁殷立即将她按入怀中，抬手捂住她的耳朵，另一只手有一下没一下地轻抚她的背脊。

直至虞灵犀再次睡去，他方冷冷地抬眼，瞥向虞焕臣。

虞焕臣透过车帘，瞧见宁殷轻抚妹妹背脊的那只手，抱拳放轻了声音："臣有几句话，说完就走。"

虞焕臣措辞了一番："当初废太子逼宫，臣之所以睁一只眼闭一只眼控制住殿外叛党，为殿下清理异党争取时间，不是因为我有多支持殿下，而是有一个傻姑娘以大礼求我，求她的亲哥哥……尽力帮帮七皇子。"

宁殷闻言，眸中掠过浅淡的光影。虞焕臣朝车内看了一眼，而后翻身下马。

挺拔高大的白袍小将朝着车中之人单膝跪拜，抱拳认真地道："不管殿下所求为何，请殿下……一定要保护好岁岁。"

他追上来，只为说这两句话。他只为告诉静王，静王怀里的这个姑娘有多值得静王去珍惜。

虞焕臣走后，马车久久停在原地。

没有宁殷的命令，侍从也不敢贸然赶车。

宁殷抚了抚虞灵犀的发丝。楼阁上，她轻轻叙述的那个梦如波澜般荡过，片刻后，了无痕迹。

只要他足够强，便没人能伤得了虞灵犀。

宁殷温柔一笑。那个梦，只可能是噩梦而已。

虞灵犀迷迷糊糊地醒来，一睁眼便对上了宁殷乌黑的眼睛。

她愣了愣神，睡眼惺忪地问道：“去哪儿？”

“静王府。”宁殷抬了抬指节，马车便继续朝前驶去。

“去王府做什么？”虞灵犀起身，狐裘滑下肩头，她眼尾勾着睡醒后的媚意，“爹娘会担心。”

“不会。”纱灯昏黄，宁殷的嗓音中透着几分缱绻之意，“带你去看印章。”

“印章？”虞灵犀记得自己昨天的确提过此事。印章这么快就刻好了吗？

深夜，乐坊中一片歌舞升平。

薛嵩熟稔地上了二楼雅间，叩门六声，方在门开的一瞬谨慎地闪了进去。

“主上。”薛嵩朝着屏风后的人躬身一礼，方沉声道，“静王命王思礼为老太君殉葬，人……已经没了。”

闻言，屏风后的人放下手中的木刀和泥人，长叹一声。

“唐公府的家产必须拿下。”屏风后的人动了动，将酒水洒下，祭奠道，“那件事，少不了花银两。”

“臣再去想办法。”薛嵩道。

他话音刚落，忽闻门外一声极轻的声响。

“谁？”薛嵩警觉，将门拉开一条缝。

手中的匕首顿时停住，薛嵩眉头一皱，严肃地道：“你怎么在这里？”

“这句话，应该我问阿兄。”匕首横在颈项，薛岑的喉结滚动了一下，他艰难地道。

案几上散落着来不及被收走的泥人，而屏风后的人已不见踪影。

第七章 祝婚

静王府巍峨静谧，没有一点新春上元的余韵。

寝殿宽敞，房门刚被掩上，虞灵犀就被宁殷的影子笼罩。

“你做什么？”虞灵犀嗓子发紧。

他不是说给她刻了枚私印吗，怎么还脱起衣裳来了？

“看印章。”宁殷单手解了腰带，墨眸中闪过一丝的笑意，“小姐这手，不是最会撩拨了吗？”

虞灵犀被抵在榻上，觉得他此刻的眼睛极其漂亮。

“这几日真的不行。”她用双手抵着宁殷的肩头，想了想，又放软声音轻轻地道，“我难受着呢，没心思行乐。”

宁殷不轻不慢地揉着她的腰窝，没有放手的意思。

“去汤池。”他冷峻的面容上让人看不出多少欲念，眼神却勾得人心痒痒。

“这几日，也……不能泡澡。”

宁殷眉尾微挑。他抓起虞灵犀的手贴在自己的心口，极轻地哼笑一声：“眼巴巴地想要印章的是小姐，娇气的也是小姐。”

“我也不想的呀，身体的事谁能控制？”虞灵犀小声嘟囔着，又起身道，“我去外间睡。”

她平时睡相乖巧，唯有特殊期间睡得不甚安稳，夜里爱动。在预知梦里，她为了不招惹大疯子，每月这几日都会自觉与他分床而睡。

她还未完全起身，手腕就被拽住，她又跌坐回榻沿。

“坐好。”宁殷嗓音淡淡的，但里头带着不容人反驳的力度。

他起身拉开门，吩咐了两句什么，不稍片刻，便有宫婢侍从陆续端着银盆和热水，捧着浴巾里衣等物进来。

虞灵犀一瞥，甚至在叠好的衣物上看到了两条细软工整的月事布！

她轻咳一声，别开了眼睛。

宫婢侍从们搁下洗净的物件，便躬身安静地退下，掩上房门，动作熟稔得仿若提线木偶。

宁殷慢条斯理地解了外袍，挽起袖口，露出一截白皙紧实的小臂。

直至他往银盆中洒入驱寒的干花，单膝抵地半跪于虞灵犀的裙裾旁，虞灵犀才反应过来他要做什么。她太过惊讶，以至她的第一反应是往后缩了缩脚尖。

“不必了，我自己来。”

宁殷略一抬眸，虞灵犀便不动了。

她的裙裾被推至膝盖以上，露出里裤和白嫩匀称的小腿。继而，她纤细的脚踝被温热的大手握住，夹绒的绣鞋和罗袜被褪去。

虞灵犀的脚小巧精致，宛若由上等的软玉雕琢而成，足尖还有些粉。宁殷握了握她的脚，又将她的脚和自己的手掌比了比，好奇地得出结论：“小姐的脚怎么生的？还不如我的手掌宽大。”

虞灵犀蜷了蜷脚趾：“凉。”

宁殷使坏捏了捏她的脚趾，这才恋恋不舍地将她的双足拉入热水中。

双足被恰到好处的热度包裹，虞灵犀舒服地轻喟了声。

宁殷拿起一旁的帕子擦了擦手。他的指节修长有力，手背上青筋微微凸起，这显得他的手格外硬实漂亮。

“小姐在想什么？脸都红了。”宁殷保持着擦手的动作，侧目看她。

他的眸子那样乌黑漂亮，虞灵犀觉得自己被看透了心思，下意识地捂住脸颊。而后，她听闻一声恶劣且愉悦的轻笑。看着宁殷微弯的眸子，她不难看出，这家伙又在逗她。

虞灵犀放下手，赧然地踩了踩银盆中的水。

哗啦一声，几滴水珠溅在宁殷的下颌上。

“快去沐浴更衣吧，别冻着自己了。”她撑着榻沿催促。

宁殷抹去手指上的水渍，一点一点地将水蹭在虞灵犀的裙裾上，这才整袍起身，去了净室。

虞灵犀将脚泡得热乎乎的，擦洗干净身子，方取下发间的螺纹瑞云白玉簪，脱衣滚上床榻。

床头摆着一个矮柜，虞灵犀记得在梦里时，宁殷的床头便有这样的柜子，也不知里头装了何物。

虞灵犀下意识地伸手，然而碰到抽屉时又微微顿住，将手缩了回来。

这两日畏寒疲乏，她打了个哈欠，朝着宁殷枕头所在的方向，安然地合上双眸。

净室中，灯影绰绰，波光如鳞。

宁殷披散着墨发，从齐腰深的汤池中缓步走出。热气氤氲，水珠滑过他的胸口，他胸口上头的“灵犀”二字宛若鲜血般艳丽。

他简单地将身子擦拭一番，披衣朝寝殿走去。

门被推开，烛火摇曳，榻上的人裹着被褥熟睡，安静得像是一朵含苞待放的花。

宁殷倚在榻头，伸指按着她的嘴角往上推了推。

“这么傻。”他声音低低的，里头带着几分怜惜之意，“居然去求虞焕臣。”

虞灵犀被闹醒了，含混地握住他的手指道：“别闹，睡吧。”

宁殷敞开的衣襟内露出一大片硬实的胸膛，虞灵犀隐约瞧见了一抹极淡的红痕，那上面似是刻了什么字。然而等她费力从混沌中回神，睁眼仔细去瞧时，那抹红痕又消失了。

或许是她看错了吧？她枕着那片胸膛，半晌后，复又闭上眼，一夜香甜无梦。

…………

天刚蒙蒙亮，虞灵犀便醒了。

她身侧的位置果然已经空了，上面一片冰冷。

“王爷呢？”虞灵犀墨发雪肤，打着哈欠起身，别有一番慵懒柔媚之态，连前来进门服侍的宫女们也看得心旌摇动。

“回姑娘，王爷卯时便入宫去了。”宫婢恭谨地答道，答得一句不少，一句也不多。

虞灵犀撑着榻沿醒了会儿神，心想：莫不是残党的事还未解决？

礼部，堂内肃穆。

钦天监监正与礼部尚书躬身分列于两旁，看着悠然地坐在主位上的静王殿下，擦了擦下颌处并不存在的汗水。

钦天监监正率先开口，将千挑万选出来的日子手册双手奉上：“据……据老臣推算，八月十六花好月圆，天朗气清，乃是十年难遇的吉日，宜娶亲入宅……”

宁殷的手指有一下没一下地叩着扶手，他挑眉道：“八月？”

“嗯……”监正顿了顿，忙用食指蘸了丝唾沫星子，迅速翻了一页道，“八月是……是迟了些，老臣还备了两个日子，五月初九亦是吉日。”

见宁殷眼也不抬，监正又抖着胡须道：“四月十二也可。”

静王笑了声。他明明是如天人般俊美之人，笑起来却会让人背脊一寒。

礼部尚书使了个眼色，监正这才颤巍巍地道：“或许，下月十八？”

十八吗？宁殷心道。

宁殷估摸了一番——一个月，足够他将事情清理干净了。

见宁殷轻叩扶手的手指停下，礼部尚书立刻拱手道：“臣这就下去安排三书六礼之事，明日将礼单呈给殿下过目。”

“本王只成这一次亲，有劳二位大人。”宁殷起身，负手悠然地出了殿门。

谁能担当得起静王殿下一句“有劳”呢？这话明为客气之言，实则是静王殿下在向他们施压。谁敢搞砸静王唯一的婚宴，便是有十颗脑袋也不够掉的。

礼部尚书和钦天监监正惶惶地跪地相送，齐声道：“臣等必将竭尽全力！”

二月，城南曲江池畔杨柳袅袅，新绿垂丝。

稚童举着风车跑过巷口，险些撞上迎面而来的马车。

手臂被攥住，小孩儿怔怔地抬头，瞧见一张肃穆俊朗的脸。

“一个孩童而已，不必紧张。”马车中传来一个被刻意压低的嗓音——很轻很沉。

薛嵩这才松手，朝车内的人道：“是，主……”

念及有外人在场，薛嵩止住了声音。马车内伸出一只如女人手般好看的手，上面还有些许木屑。他将几颗糖果轻轻搁在小孩儿的手中。

“去玩吧。”车内人道。

小孩儿得了吃食，欢欢喜喜地跑开了，车帘合拢，马车朝着北面缓缓驶去。

薛嵩四处看了看，让侍卫守于门外把风，自己则进了一处僻静的院落。

走到院落的最里层，他略一颔首，示意侍从打开门锁。

嘎吱一声，刺目的光倾泻，窗边那道月白身影下意识地眯了眯眼。

“杨柳抽条了是吗？风里有早春的气息。”薛岑转过温润的脸来，看向薛嵩。

薛嵩关上了门，春日的艳阳转瞬而逝，只余下无尽的暗黑。

“我与父亲和祖父说了，你外出游学，要离家月余。”薛嵩将檀木盒搁在案几上，看着上头写满了“灵犀”二字的宣纸，皱紧眉头，“家中一切安好，你不必挂心。”

“我竟不知，阿兄置办了这样一座别院。”即使被幽禁在这方寸之地，薛岑犹自保留着儒士的傲骨。

他轻声道：“阿兄所做之事，到底是会让家中安好，还是会永无安宁？”

“你不会理解我。”薛嵩颈上的青筋鼓了鼓，他沉声道，“你这样在蜜糖罐里长大的人，从小就被寄予厚望，当然不会理解被你踩在脚下的影子是何感受。”

薛岑一怔，看着眼前有些陌生的兄长，喃喃道：“你在说什么啊，阿兄？”

“温润如玉是你，万众瞩目是你，与虞家定下婚约之人也是你……从小什么好处都是你得的，你当然不会明白我之感受。”薛嵩冷漠地道，“明明我才是薛府嫡长孙，可世人只知光风霁月薛二郎，何曾记得薛家还有个默默无闻的老大？我拼命入仕，凭借自己的能力爬到户部侍郎之位，父亲、祖父，他们哪一个肯正眼瞧我，对我有过哪怕是半句的夸赞？”

“所以阿兄就瞒着薛府上下，另投靠山？”薛岑红了眼睛，“阿兄从祖父那里掌控废太子的动静，从我这儿刺探虞家的消息，这一切都是为了给你幕后真正的主子提供便利……阿兄如此，可曾对得起那些被利用的亲情与友情？”

薛嵩面上没有一丝动容之色。

“大丈夫存于世，无非名与利。我就是要证明给祖父看，我的选择是对的。”薛嵩转身，一字一句地道，“我才是薛家的顶梁柱。”

“阿兄……”

“静王宁殷和虞灵犀定亲了。”

薛岑未说完的话被堵在喉中，他的脸色迅速变白。

他早料到了会有今日，可真听到消息，仍是宛若尖刀入怀，心中一阵绞痛。

“你青梅竹马未过门的妻子，即将和别人拜堂成亲。”薛嵩嘴角挂着带着讥诮意味的笑，“静王和他那个昏庸残暴却又喜欢粉饰太平的父亲一样，只会抢夺别人的妻子。而你，阿岑，你只能像个懦夫一样，躲在角落里哭泣。”

“别说了……”

“你以后看着你的二妹妹，还得下跪叫她一声‘王妃娘娘’……不，你这样软弱无能之人，必定连见她一面都不敢。”

“别说了！”薛岑握紧双拳，颤声道，“别说了，阿兄。”

薛嵩如愿以偿地看到了濒临崩溃的薛岑，放缓声音道：“你就不想夺回这一切吗，阿岑？”

心间宛如落下一声闷雷，薛岑倏地抬起赤红的眼睛。

薛嵩打开檀木盒，里头露出一对成色极美的龙凤琉璃杯，以及一个黑色瓷瓶。

他道："你去祝她新婚大喜，她不会对你设防。"

薛岑往后退了一步，踉跄着跌坐在椅子上。

"不……"薛岑的面容上已没有一丝血色，他难以置信地道，"你要做什么，阿兄？"

"放心，她不会死。我的目标，是静王。"薛嵩沉声道，"静王死后，你便带她远走高飞。"

薛岑仍是难以置信地看着他，像是第一次认识这个和他一母同胞的兄长。

"你是我弟弟，我不会逼你。"没有得到薛岑的回复，薛嵩收起了琉璃杯和药瓶，"既然你不要她了，我便也不必留她。事成之后，我再放你出来。"

薛嵩抱着檀木盒朝门外走去。他身后传来桌椅倾倒的声音，薛岑急切地道："阿兄……"

薛嵩停住了脚步。

"你发誓，你不会利用我害她。"薛岑的下颌在颤抖。

"我发誓。"薛嵩回答得毫不迟疑。

沉默了许久后，薛岑缓缓闭目。他滚动喉结吞下泪意，喉咙宛若砂纸打磨过般，声音粗哑："好……我应允你。"

长阳宫门窗紧闭，宫内死气沉沉。

有着陌生面孔的侍从将一尊新修补好的大肚金佛置入殿中，放在皇帝龙榻的正对面。

这明明是尊双目带着悲悯之意的佛像，耸立在晦暗处，却显出几分诡谲的阴森感来。

龙榻上的皇帝嘴歪眼斜，双手颤抖，已然显露出中风之兆。宁殷慢悠悠地拖了条椅子坐在离龙榻半丈开外的地方，欣赏着皇帝狼狈和无能为力的样子。

皇帝用浑浊的眼睛直愣愣地盯着那张和丽妃的脸颇为相似的脸，眼中尽是赤红的血丝。

他称帝二十载，御女无数，到头来在无尽的猜忌和残杀中活下来的儿子，只剩下一个傻子、一个稚子，还有……还有一个疯子。

“杀……杀……”皇帝拼命动着歪斜的嘴角，眼珠子如将死之鱼的鱼目一般鼓出。

“杀？不。”宁殷弯着唇线，嗓音特别轻柔，“我不会杀你的，至少不是现在。”

皇帝若死了，天下大丧，那会给他与虞灵犀的婚事败兴。他会让皇帝“舒舒服服”地残喘到他大婚之后。

宁殷看够了皇帝的丑态，这才悠悠地抬手，立即有两队浓妆艳抹的女子鱼贯而入，跪在龙榻两侧。这些女子虽穿着宫女的服饰，但满身风尘之气，每一个都曾是吸精夺魄的刮骨刀，俨然不是什么干净之人。

“皇帝喜欢美人，可又不好意思承认，你们要尽心伺候。谁要是伺候得不周到……”

宁殷悠悠地扫视一圈，女子们立刻颤巍巍地道：“奴家必定尽心服侍！”

宁殷满意地笑了声。视线落回龙床之上，他起身道：“好好享受最后的快乐时光吧。”

淡绯色的薄唇微微张合，他无声地吐出两个字眼。

双目暴睁的皇帝看出了他的口型，他是在说“父皇”。

“杀……杀！”皇帝如涸辙之鲋般挣扎起来，涎水直流，但仍不停念叨着“杀”字，干枯的手指颤抖着伸向那抹深紫的背影。

艳俗的女子们一拥而上，将他按回龙榻之上。

明黄的帷幔鼓动，宛若无形的巨兽，将那带着愤恨之意的呜呜声尽数吞没。

尚衣局日夜赶工，将吉服裁剪好后便马不停蹄地将其送去了静王府。

“这么快？”虞灵犀正照着一本古谱煎茶，见尚衣局的宫人捧着套簇新的婚服进门，颇为讶异。

宫人笑道："只是初步裁剪绣好，烦请姑娘纡尊一试。若是大小长短并无不当，尚衣局的绣娘还会再缀上珍珠宝石。"

虞灵犀起身去内间试了衣裳，对着铜镜照了照。

绛红的嫁衣尽管还未缀好宝石，但已是华美至极，质感极佳的柔软布料顺滑地垂地，她宛若身披晚霞。衣服大小刚好，一寸不多，一寸不少，连给美人贵妇做惯了衣裳的尚衣局大宫女也忍不住惊叹不已。

静王府的铜镜极为光滑清晰，试完嫁衣，虞灵犀忍不住多照了会儿。

披上衣裳转身，她便见宁殷优哉游哉地坐在案几后，也不知在那里看了多久。

虞灵犀挽着披帛过去，坐在宁殷身侧："奇怪，尚衣局的人不曾来量身，如何知晓我的尺寸？"

墨眸一转，宁殷问道："我估量的尺寸。可还准？"

虞灵犀反应过来，睁大杏眼道："你何时估量的？"

"既然之前有人将岁岁赠与本王，本王自然要查验。"宁殷露出一副理所当然的样子，看了看自己修长有力的手掌。

虞灵犀深吸一口气，没脸想象这幅画面。

"我说那几日睡觉时，为何总感觉有什么东西箍得慌……不对。"想起一事，虞灵犀问，"你竟是那么早就在筹备嫁衣之事了？那为何一开始总是欺负我？"

她当时还以为宁殷记仇，是在报复她呢。

"胡说，我明明是在疼爱岁岁。"宁殷似是看穿了她的心思，缓声笑道，"无论你做什么，我都不会恨你。因为，你是本王的宝贝岁岁啊。"

他习惯用开玩笑的口吻说真话，越是用轻飘飘的语气说的话，便越是真实。

虞灵犀猜想，哪怕他实在是伤心紧了，也只会迁恨于别人，毁了这个世界。

"小疯子。"虞灵犀按捺住心间汹涌的酸涩暖意，侧头枕在他的肩头，轻轻地道，"王令青知道的你曾在虞府为仆的消息，也是你刻意放出去的，对不对？你这样聪明的人，若想隐瞒过往，王令青是不可能查到的。"

宁殷端起虞灵犀先前斟好的茶，啧了声，假模假样地道：“岁岁真聪明。”

“阴阳怪气。”虞灵犀含着浅笑，抢走了他手中的茶盏，将茶一饮而尽。

宁殷看着空空如也的手，眉尾微挑。

“这杯里面放了椒粉，你又吃不了辣。”虞灵犀眨眨眼，重新倒了杯茶。

宁殷没有接那盏新茶水，而是伸手将虞灵犀拽过来，抬指按住她的下唇。

虞灵犀张嘴要咬他的手指，却被他乘虚而入含住唇瓣。

半晌后，宁殷气定神闲地抹了抹有些艳的嘴，回味道：“是有些许辣，不过滋味甚好。”

虞灵犀气喘吁吁地抿了抿红润的唇。

“正经的茶不喝，都弄洒了。”她手中的那杯新茶早已洒尽，茶水顺着手指淌了一臂，洇湿了她的袖口。她欲寻帕子擦拭袖口，却被宁殷握住手腕。

“喜欢住哪座宅邸？”宁殷问。

虞灵犀下意识答道：“就这座吧。”

这处宅邸是梦里的摄政王府的雏形，楼台亭阁中都有她熟悉的影子，生活在这里，她总觉得能弥补许多缺憾。

宁殷没说话，只垂眸俯首，一点一点、认真地沿着她的指间往下，将茶汤舐干净。

初春阳光和煦，他的侧颜上覆着一层浅淡的暖光，这让他看上去安静又俊美。虞灵犀蜷起了手指，任由酥麻感沿着手腕蔓延至四肢百骸。

宁殷最近突然变得忙碌起来，这几日早出晚归，虞灵犀连与他碰面的次数都少得可怜。

偶尔路过廊下，她会看到官吏和侍从搬着一箱一箱的东西往府内走，似是准备布置什么。

宁殷打算什么时候娶她呢？兴许得入秋吧。

虞灵犀掐着日子猜想，皇子大婚至少得提前半年准备，等一切礼节齐全，应是丹桂飘香的时节了。

秋天也很好，梦中的她被送到宁殷的身边，就是在初秋之时。

二月十七，清晨。

虞灵犀迷迷糊糊地醒来，在榻上翻了个身，而后滚进一个硬实的怀抱中。

她抬手摸了摸，忽地睁眼，撞见一双墨黑清明的眼眸。

“宁殷？”虞灵犀眨眨眼。有好些时日醒来时不曾见到他，她一时以为自己尚在梦中。

她睡眼惺忪的样子有些媚，眼尾如带了钩子似的撩人。

眸中泛起笑意，宁殷伸指点了点她的眼尾，轻声道：“起来，用过膳，本王送你回虞府。”

“回虞府？”

她心道：小疯子今天是转性了？

虞灵犀梳洗用膳毕，带着满腔的疑惑登上了宁殷的马车。

王府门前，几名侍从正在撤下旧宫灯，换上簇新的红灯笼。宫婢们井然有序，捧着烛台绸缎等物来来往往。

虞灵犀还未看仔细，宁殷便放下车帘，将她的脑袋轻轻扭过来，直至她眼里只看得见他一人。

虞灵犀也挺想爹娘的，可又舍不得小疯子，遂眨眼笑道：“突然大发善心送我归府，你就不怕自己将来会想我？”

“岁岁未免太高估自己了。”宁殷露出一抹极浅的笑意，意味深长地道，“一天而已，我还是等得起的。”

“一天？”虞灵犀总觉得他的神情令她有些捉摸不透，不知他又在酝酿什么坏主意。

但很快，当马车停在虞府大门前时，虞灵犀总算知道那句“一天而已”是何意思了。

虞府上下热闹无比，虞辛夷亲自指挥仆从将红绸花挂在正门的牌匾上，不时后退端详道：“歪了，再往左一点。”

见到妹妹从静王府的马车上下来，她叉腰笑道："岁岁，回来了？尚衣局的人把吉服和凤冠送过来了，你快去瞧瞧合不合适！"

"阿姐，这是……"虞灵犀望着满府热闹的红绸喜字，忽然猜到什么似的，猛然扭头看向身侧笑得恣肆的宁殷。

"他没告诉你？"虞辛夷被妹妹的茫然反应吓到了，震惊地道，"不是吧，明天就是你的大婚之日了，殿下真的没和你说？"

尽管已经猜到了，但虞灵犀仍是止不住地心脏狂跳。惊喜交加到了极致，她便有了如做梦般的虚幻感。

"你最近就在忙这些？"虞灵犀一时不知自己是该笑还是该恼。

憋了半晌，她向前拥住宁殷道："你何时定下日子的，为何不同我说呀？"

眼眶有点酸，虞灵犀转动脑袋，将那点甜蜜的泪水全蹭在了他的衣襟上。

虞辛夷摸着下巴看得正起劲，却被虞焕臣给赶开了。

宁殷轻抚着虞灵犀的背脊，对此刻有惊喜与无措反应的她十分满意。

温水慢炖所尝到的蜜意永远不如瞬间而来的刺激感那般刻骨铭心。

一纸婚姻对他并无约束：只要是他放在心尖上的人，即便他们不成亲，他也会一直疼爱她；若是懒得理睬之人，他娶进门，在他看来也不过是件死物。

但是，他想让她开心，想用尽一切或卑劣或正常的手段，将自己永远地烙在虞灵犀的心上，让她每次想起今日都会心潮叠起，至死不休。

"只要是岁岁的愿望，都是应该实现的。"宁殷捏了捏虞灵犀的后颈，垂眸近乎温柔地道，"把眼泪收一收，留到洞房夜再给本王尝。"

"没哭。"虞灵犀深吸一口气，抬首，弯弯的杏眼中涌着细碎的光。

宁殷抬指蹭了蹭她微红的眼角，缓声道："明日，我来接你。"

这次，他是真的要接她回家了。

他们的家。

虞灵犀穿过热闹的庭院，满目皆是红绸喜字。

她回到闺房，发现里面亦是被布置得焕然一新——桌上摆着成对的喜烛，窗扇上贴着大红的窗花喜字，丰厚的嫁妆堆积于地。

最中间的木架上挂着一套绛红绣金的吉服，凤冠首饰一字排开，琳琅满目，每一件都是绝世的珍品。这比之前那场潦草的婚事规格不知高出多少倍。

虞灵犀伸手抚了抚绛红衣裙上的精美云纹，嘴角不禁露出一抹浅笑。

这是她等了许久的、她所认为的真正的嫁衣。

…………

虞灵犀用过午膳，便有宫中的嬷嬷过来给她讲解婚宴流程和注意事宜，等到一切安排妥当，已是日落黄昏时。

虞灵犀累得一根手指都抬不起来了，可还是兴奋，恨不能明日快些到来。

她坐在榻上小憩，看着屋中华美的嫁衣出神。胡桃快步而来，欲言又止道："小姐……"

虞灵犀回神，问道："何事？"

胡桃支吾了一会儿，回答道："薛二公子来了，说是……有样东西要给您。"

虞灵犀一顿，眼里的笑意淡了淡。

"他在哪儿？"虞灵犀问。

"人来人往的，奴婢怕别人瞧见了传出什么不好的流言，就请他先去水榭坐着。"胡桃小声问，"小姐，要奴婢将他打发走吗？"

虞灵犀垂下纤长的眼睫，望着杯盏中浮沉的茶叶，思忖了许久。

"不必。"她搁下杯盏道，"你去告诉兄长一声……"

耳语嘱咐了胡桃几句，虞灵犀方起身出门，朝水榭行去。

春寒料峭，夕阳斜斜地洒在平整的池面上，水上没有半点波澜。

虞灵犀站在栈桥尽头，一眼就看见了伫立在水榭中的那道月白影子。

水榭中还站了个陌生的小厮。

中间的石桌上，搁着一对包装精致的琉璃酒杯和一壶清酒。

听到轻巧的脚步声，薛岑顿了顿，方转过身来。

四目相对，他明显变得清瘦了些，温润的眉眼中有残存的忧郁之色，此时的他倒有几分她在梦中与他最后一次相见时的样子。

“二妹……”他意识到叫此称呼不妥，喉结动了动，他方微笑着改口道，“闻二姑娘新婚大喜，我特备薄礼登门道贺。”

薛岑看向水面的枯荷，像是忆及了遥远的过去：“记得儿时，我与阿臣时常在此泛舟游乐、谈天说地。彼时二姑娘身子不好，便在这水榭中远远地看着。”

虞灵犀以为薛岑多少会有点怨怼之意，或者像梦里最后一次与她相见时那般清高自傲、愤世嫉俗。

出乎意料地，他很平静，平静得近乎哀伤。

“十岁那年秋，我见你们撑船穿梭在莲叶之间，艳羡不已，闹着要吃莲蓬。可那时哪还有莲蓬？兄姊们都哄骗搪塞于我，只有你伸手去摘。”虞灵犀站在离他半丈远的地方，轻声道，“却不料你失足跌落池中，自此留下怕水的病根。”

薛岑笑了笑：“最是儿时欢乐，少年不计离愁。”

他挑了这个时辰前来，应该不只是叙旧这般简单。

虞灵犀的目光落在那一对龙凤琉璃酒杯上，酒杯流光闪闪、玲珑剔透，显然是上佳之物。

“这壶中装的是埋了十年的百岁合，原是饮合卺酒时用的，我如今用不上了，不如赠给二姑娘。”薛岑的视线落在那壶酒上，喉结几番滚动，他方温声道，“我……能与二姑娘小酌一杯，当作饯行吗？”

虞灵犀问：“饯行？”

薛岑有些仓促地移开视线，苦涩地道：“明日二姑娘出阁喜宴，我就不登门扰兴了。”

他做了个“请”的手势。

虞灵犀落座，吩咐侍婢去取新茶和吃食过来。再回首时，她便见薛岑带来的小厮向前，开了那坛被珍藏了十年的百岁合。

薛岑取了琉璃杯，亲自斟了两杯酒，虞灵犀只好将还未说出口的话语咽下。

杯盏中琥珀金色泽的酒水微微荡漾，酒水上倒映着她澄澈的眼眸。

…………

曲江池畔，僻静的院落中传来叮咚叮咚的轻响。

“主上安心，我已命人改良了百花杀药性，其毒性更强，且可延长一日发作，以确保万无一失。”薛嵩掩上厅门，朝屏风后的那道影子道，“舍弟已带此药进入虞府，待那两人明日洞房礼成，便是静王暴毙之时。”

屏风后，拨浪鼓的清脆声音传来。

那个略显沙哑的声音响起：“竟沦落到要靠连累一个女子来完成大业，我终究于心有愧。”

“主上仁德，然成大事不拘小节。”薛嵩道，“静王府固若金汤，静王其人阴险诡诈，我们只能从虞府这薄弱处入手。”

屏风后的人放下拨浪鼓，起身道：“此药并无解药，我听闻令弟出门前特意尝了一杯酒作为验证，这可会连累他的性命？”

“舍弟虽单纯，但也不会对臣言听计从。那酒他必定要先尝一口，确定无毒，他才会安心答应去见虞灵犀。”

薛嵩眉间凝着阴鸷之色，道：“主上放心，那毒，臣压根就没下在酒水里。”

“哦？”

“臣将百花杀的毒，抹在了琉璃杯的杯口。只要虞灵犀执杯饮酒，哪怕只是轻沾一口，也必定中毒。”

“你如何知晓，令弟定会将有毒的杯盏给虞二姑娘？”屏风后的人长叹道，“薛二郎满腔痴情，并非三两月能消弭的。若他下不去手呢？”

薛嵩似是早已料到如此，颔首道：“主上说得对，阿岑生性纯良，必定下不去手。”

屏风后的人顿了片刻，方问：“那为何你还让他……”

“正是因为知道，所以臣才告诉阿岑，一定要将凤杯给虞灵犀，让他自己执龙杯。”薛嵩沉默了一会儿，道，“阿岑心中起疑，必定偷换杯盏，代虞灵犀受过。”

他从来不相信自己那个如一张白纸似的弟弟，他相信的，只有自己对人心的把控。

所以那毒，其实是抹在了龙杯上。

虞府，水榭。

呼吸紧了紧，薛岑短促地道："等等。"

虞灵犀收回手，略微疑惑地看向他。

"二姑娘嗜辣，此酒味道稍淡。"薛岑伸手去摸挂在腰间小绸袋，大约心不在焉，解了许久，小绸袋才被他解下。

薛岑抱歉地笑笑，从袋中夹出两颗椒粉甘梅置于面前的琉璃酒杯中。

虞灵犀愣了愣神。这么多年了，薛岑竟然一直随身携带着她喜好的东西。

不过今日他们既是要分道扬镳了，他此举是否太过亲近多余了？

她正想着，便见薛岑将那只雕龙纹的琉璃杯推至她面前，笑了笑："二姑娘，请。"

他率先端起那只凤杯郑重一举："这一杯，敬过往两小无嫌。"

说罢，他顿了顿，仰首将酒一饮而尽。

薛岑本就端正克己，从不酗酒，此刻饮得急了，眼角便被呛得湿红。

他拦住想要劝解他的虞灵犀，又斟了一杯酒道："这一杯，敬未来春风万里。"

虞灵犀总觉得，此刻他的眼底藏了太多东西，那些东西仿佛要溢出来了似的。

她按捺住心底的疑惑，面不改色地端起自己面前那只龙纹琉璃杯，与薛岑遥遥一举。

小厮端着酒壶，目光落在缓缓靠近虞灵犀唇瓣的杯沿上。

虞灵犀微不可察地抿了抿唇，眼底映着酒水的波纹。

在杯盏即将触碰到嘴唇的一刻，虞灵犀微微一顿，继而，薛岑忽地伸手过来，夺走了她手中的那杯酒，仰首一吞而下。

虞灵犀阻止不及，那名小厮也因惊愕而僵在原地。

趁着监管他的小厮没反应过来，薛岑红着眼嘶吼道：“酒里有毒，别碰！”

须臾后，那名小厮回过神来。知晓坏事，他转身欲跑，却被赶过来的虞焕臣一掌击翻在地。这名小厮身手极为了得，一骨碌爬起来，迅速踩着假山攀上围墙，朝外边逃了。

虞焕臣欲追，又担心水榭中的情况，迟疑了一瞬，还是将追击的任务交给青霄等侍从，自己则大步朝薛岑走去。

“把地上的琉璃杯收好，去叫太医！快去！”

虞灵犀想到什么，眼中的诧异之色渐渐变成惊骇之色，她向前一步道：“我那杯酒里有百花杀是不是？快吐出来！”

“来不及了。”薛岑只是轻轻摇首。

从阿兄故意拿虞灵犀和静王的婚事反复刺激他开始，他便有了怀疑，被至亲背叛的绝望击破了他残存的希冀。他没有别的办法，与其换别人来对付虞灵犀，不如自己冒险一趟。

薛岑眼角微红，他撑起一个温和的笑来：“若不这样，我没机会将消息告知你。”

虞灵犀一时无言。

作为前未婚夫，薛岑此番登门有些突兀。

若是在预知梦里，虞灵犀或许对他没什么心防。

今天，她应约见面，只是想着薛家如果像梦里那样，借薛岑的手来害她和宁殷，她便可顺势而为揪住薛嵩用百花杀残杀异己的把柄。可她没想到，薛岑竟会傻到自己吞下那杯毒酒。

虞灵犀看着被虞焕臣搀扶住的薛岑，勉强保持镇定道：“兄长，给他催吐。”

“阿岑，吐出来！”面色冷峻的虞焕臣伸指按压薛岑的腹部穴位催吐，可根本来不及。

没人比虞灵犀更清楚百花杀的药性有多狠。

“不……不必管我。”薛岑抓住虞焕臣的手，抬头看向虞灵犀，急促地道，“他们做了两手准备，亦在参加婚宴的人中埋了刺客，欲行刺静王！

此番我打草惊蛇，他们的行刺计划必将提前……去帮他吧，快去。”

薛岑的眉眼温润依旧，只是其中多了几分从容的决然之色。

虞灵犀后退一步，拜托兄长处理眼前之事，而后飞快地转身跑开。

夕阳收拢最后一丝余晖，薛岑微红的眼中一片宁静。

“幸好……”幸好这一次，他没有来迟。

马车自静王府而出，朝永乐门行去。

案几上熏香袅袅，宁殷屈指抵着额头闭目小憩，垂下的睫毛在眼睑下投下一圈阴影。

他极少做梦，这两天却反复梦见自己走在一条悠长的黑色密道中，密道像是永远都没有尽头。

但这一次，他触碰到了终点。

终点像是一扇门，他用力将门推开，蓝色的微光迎面而来。

这是一间狭窄的斗室，蓝光便是从斗室中的冰床上散发出来的。而那蓝光的中心，安静地躺着一位乌发红唇的美人。

“灵犀。”宁殷审视着冰床上熟睡的美人，伸手去触碰她僵硬的嘴角，却只碰到了一片冰冷。

他的心脏蓦地一阵剧痛。

…………

察觉到什么，屋檐上的灰隼骤然飞起，尖锐的隼鸣声刺破夜空。

宁殷倏地睁眼，略一侧首，森森的刀刃便迎面朝他刺过来。

冷光映在他的眸中，呈现出一片寒意。

片刻后，行刺之人手臂上传来一声脆响，继而，刺进马车中的那柄刀刃飞出，贯穿了他的喉咙。

刺客眼中还残留着难以置信的神色，他如破布娃娃般，被钉在了坊墙上。

“总算上钩了。”隐藏在暗处的沉风松了口气，又屈肘顶了顶身侧的折戟，“殿下为何不在王府里处置这群刺客，而要费力将他们引来此处？”

折戟看了一眼巷中的刀光剑影，只说了一句：“因为殿下明天要在王府和虞二姑娘成亲。”

殿下是绝不会允许这些杂鱼将王府的砖瓦染脏的。他要干干净净地迎娶虞二姑娘。

“上。”折戟反手取出背负着的重剑，瞧准时机率先冲了出去。

墙头的桃花悄然绽放，一片粉红云霞。

微风浅动，月影扶疏，桃花飘飘荡荡地坠落在地。

宁殷蹙了蹙眉，有些嫌恶地拭去沾染在手上的一点血渍，睨向墙角四肢俱断的刺客。

那是十名顶尖刺客中唯一的活口，却也和死了差不多。

那刺客如断线木偶般瘫坐在尸堆中，口鼻溢血，却仍笑得张狂。

“死到临头了，还嚣张什么？”沉风嘀咕着，走向前道，“喂，你笑什么？是不是还有什么诡计？”

刺客嗬嗬两声，忽地喷出一口鲜血。

有什么画面在宁殷的脑中飞速掠过。

鲛绡榻上，有谁喷出一口黑血，黑血染透了他雪色的衣襟。

岁岁。

心口刺疼时，他茫然地踉跄了一步。

“殿下！”折戟下意识地想搀扶他。

宁殷却是自己稳住了身子，压下涌上喉间的鲜血。

猜到什么，他径直越过侍从，翻身上马时，将手中短刃狠狠地刺入马臀。他就这样带着一身血气朝虞府疾驰而去。

“我曾做了一个梦。”

“我梦见我因此而死，留你一个人孤零零地活在世上。”

那是梦吗？如果只是梦，为何他的心会这么疼？如果不是梦……

马匹吐着白沫嘶鸣，半身立起，宁殷看到了领着一队侍卫准备出门的虞灵犀。

两人隔着几丈远的距离对视，一时悄寂无声。

“宁殷！”看到他安然无恙地出现在自己面前，虞灵犀眼眸一亮，长松了一口气。

但紧接着，她的心又提了起来。因为宁殷的脸色实在太糟糕了，面颊在暗夜中显得苍白，下颌上溅着血珠，眼神深邃，表情是他这辈子从未有过的沉重之色。

他的眼睛那样黑，里头蕴着暗红色，虞灵犀一时看不透他眼底翻涌的情愫是什么。

她很是担忧地小跑过去，仰首道："你没事吧？我方才听说薛家买通刺客……"

她话还未说完，宁殷已翻身下马，用高大的身影将她整个儿罩住。

他垂眸盯着虞灵犀的面容看了许久，而后抬起擦拭干净的手指，如同在确认什么般，轻轻碰了碰她的嘴角。

"宁殷？"虞灵犀疑惑。

宁殷却是低低地笑了起来，笑得疯狂。

"是暖的啊。"他抚着虞灵犀的脸颊，露出满足的神情。

"宁殷。"虞灵犀顺势握住了他的手指，让他更直观地感受自己的体温，轻轻问道，"你怎么了？"

墙下的灯影摇晃，宁殷的眼中泛着光。

"我梦见你躺在黑屋的冰床之上，不会笑，不会说话。我触碰你的脸颊，却只觉得僵硬和冰冷。"宁殷的嗓音一贯低沉好听，带着一种优雅而偏执之感，"我的岁岁，怎么可能变成那副样子？"

虞灵犀心脏一紧，像是被人了猛击一拳，漫出绵密的疼意。

宁殷和虞灵犀不太一样。或许是巧合，又或许是因为薛家故技重施，才促使他梦见了那些零碎的片段。

这实在是匪夷所思。但她历经预知梦里的种种，知道再匪夷所思的事也不过是久别重逢。

虞灵犀有很多话要说。她独自背负着这个秘密走了太远太远，不曾有过尽情倾诉的机会，可话涌到嘴边，却只化成扑哧一声轻笑。

"那只是一个噩梦。"她牵着宁殷微凉的手掌，领着他走到无人的角落，轻轻地道，"只是梦，宁殷。"

夜风中花香沉浮，虞灵犀的眼睫上挂着一点湿痕，她却笑得温暖而明艳。

“梦里的我真是十恶不赦。”

宁殷的视线落在虞灵犀浅红的眼尾，半晌后，他柔声道：“惩罚我吧，让我痛一点。”

仿佛只有她赐予他的疼，才能盖过他梦醒时心尖的痛。

虞灵犀该惩罚他什么呢？她要告诉他，在梦里的自己死在他的榻上，然后看着他发疯自虐吗？

他们好不容易走到这一步，大婚在即，该尝尝甜头了。

于是她踮起脚尖，拉下宁殷的颈项，墙上一高一矮两道影子便重叠在一起，鼻息交缠。

她闭上眼睛，艰难地碰了碰宁殷的唇。

他的唇那样冷，像没有一点活人的热度。虞灵犀贴紧了他，小心地含住他的上唇，传去最柔软的暖意。

宁殷睁开眼睛，几乎是猛然吻回来的。

他的黑眸里噙着缱绻的笑意，可唇舌野蛮得像是要让人窒息。

侍卫还在远处候着，虞灵犀憋红了脸。背脊抵在粗粝的墙上，她难受得下意识要推他。

可他的臂将她箍得那样紧，指节泛白，她的手抬在半空中，最终只得轻轻落下，接着，如同他往常抚猫一般，她改为轻抚他的背脊。

花香飘荡在这个安静的春夜。

不知过了多久，宁殷渐渐变得温和。他垂下眼睑，在她的下唇处轻轻一咬。

虞灵犀紧紧扶着他的手臂，呼吸急促，几乎说不出一句完整的话：“好受些了，小疯子？”

宁殷抚她的脸颊，脸色已恢复如初，只是眼中染着几分欲。

“你看，噩梦总会醒的。”她拥着宁殷的腰，声音比二月的风还要轻柔，“我们还有很多个明天。”

许久后，宁殷慢悠悠地应了声：“嗯……”随后他便在她耳边说出一句让她面红耳赤的话。

虞灵犀只能红着耳根安慰自己：很好，开始有心情耍疯，看来小疯子恢复正常了。

宁殷恢复正常的时候，便是薛家和他幕后之人覆灭之时。

夜深人静，虞府依旧灯火通明，人来人往。

虞灵犀一回到花厅，便见虞夫人和苏莞正在亲自监督仆从准备明日催妆茶的布置，忙得不亦乐乎。

“夜深了，嫂嫂快去歇着吧，肚里还揣着一个呢。”

虞灵犀将苏莞拉到一旁坐下，不许她再跑来跑去，刚转身，便见虞焕臣大步走了过来。

“他那边，都解决好了？”虞焕臣嘴里的“他”，自然是宁殷。

虞灵犀“嗯”了声，笑道：“他早有准备，好在虚惊一场。”

“薛岑呢？”她又问。

“那毒极难验出，我只好连人带证物送去了大理寺。”

虞焕臣微微皱眉，抱臂道：“我已及时给薛岑服药催吐过，太医院正在大理寺会诊。若薛岑所中之毒真是百花杀，具体毒入几分、他能活几日，都未可知。”

苏莞看了沉默的虞灵犀一眼，悄悄拉了拉夫君的袖口。

虞焕臣也反应过来——幺妹马上就要出嫁，他不适合再说这些话题。

虞灵犀尚在思虑，想了想，道：“有位药郎或许有法子，只是他现在不在京中，不知能否来得及。”

“知道了，此事哥哥去处理。”虞焕臣按了按妹妹的鬓发，低头笑道，“现在岁岁要做的，就是好好睡一觉，等候明日的出阁礼。”

仿佛有了宣泄之口，虞灵犀也笑了起来：“兄长，现在真好。”

二月十八，大吉，宜嫁娶。

平旦，天边出现一线鱼肚白，出阁礼如期而至。

天刚蒙蒙亮，虞灵犀便下榻梳洗，沐浴更衣。

静王府派了好些个手巧的梳妆宫女来，从濯发到修甲，从绾髻到上妆，她们皆各司其职，直至临近正午，才将虞灵犀装扮齐整。

虞灵犀看着铜镜中的自己——凤冠璀璨，红裙艳艳，身姿袅娜，腕上的金玉镯子叮当作响，乌黑的鬓发衬着雪肤红唇。这样的她娇艳得让自己觉得陌生。

不管做了多少次心理准备，看见自己穿着嫣红嫁衣等候心上人迎亲时，她仍是心潮澎湃。

这一次，她是真的要嫁人了。

虞灵犀百感交集，眨了眨眼，嘴角却朝上弯起。

黄昏吉时，静王府的迎亲队伍准时赶到。

宁殷没有什么亲友充当傧相，是亲自领人来迎亲的。

按照礼制，原本还有拦门催妆的流程，但因宁殷的身份实在太过威仪显赫，宾客对他的畏惧感几乎刻在了骨子里，一时没人敢拦亲。

虞灵犀手执却扇，搭着虞焕臣的臂膀一步一步地踏过绵延的红毯，梦境与现实的岁月在这一刻交织，变得圆满。

朦胧的视野中夕阳流金，她看到了进门的宁殷。

隔着面前晃荡的凤冠垂珠，她见静王殿下着一身吉服，俊美强悍得宛若高山神祇，贵气天成。

他身后，彩绸飞舞，华盖粲然，跪了一片望不到尽头的迎亲宫人。

可他的眼睛始终望向她，里头透着轻松愉悦的情绪。

“嫁过去后，受了委屈不必忍着。”在将妹妹交给静王前，虞焕臣借着喜乐的遮掩低声道，“记住，虞家永远在你身后。”

眼睛一酸，虞灵犀朝着爹娘所在的方向深深一拜，这才转身，将指尖搭在宁殷伸出的手掌上。男人的指骨修长硬实，给人安定的力量。

迎亲册封礼之后，他们本应乘舆车入宫朝见帝后，但因皇后获罪罢黜，皇帝中风在榻，宁殷便直接将虞灵犀送去了王府。礼部和光禄寺的人皆视而不见，无一人敢置喙。

尽管慑于宁殷的凶狠，许多冗长的流程礼部和光禄寺已进行精简，但两人还是折腾到了晚上。

宁殷没有亲友，故而静王府不似虞府那般嘈杂，有的只是满庭火树银花，这是梦中的摄政王府从未有过的喜庆之景。

“小姐……不，王妃娘娘。”一同跟过来服侍的胡桃拿着两个长条檀木盒，请示道，“这两样东西，给您搁在哪儿？”

盒子里放的，是宁殷赠的剔红毛笔和簪子。虞灵犀本来也想将那只油光水滑的花猫带过来的，无奈实在一碰就起疹子，只好作罢。

虞灵犀偷空喝了两口粥，想了想道：“搁在桌子上吧，回头再收拾。”

胡桃脆生地“唉”了声，又忍不住絮叨：“奴婢听礼部的人说，此次静王迎娶您的规制，比东宫娶太子妃有过之无不及。这当真是京城一桩百年难见的轰轰烈烈的盛事。”

说到这儿，胡桃又有些感慨。谁能想到当初那如野狗般伤痕累累的“乞儿”，竟然会成为权势煊赫的静王殿下呢？

两人正聊着，宁殷踏着一地灯影推门进来了。

胡桃慌忙地将却扇递到虞灵犀手中，随着其他侍从一同敛首跪拜，大气不敢出一声。

宁殷换了身殷红的常服，玉冠玉带，衬得他的面容俊朗无比。虞灵犀从未见有哪个男人如宁殷一般，明明见过他千百次，换个场景再见，仍是会被他惊艳到。

他旁若无人地走到虞灵犀面前，伸手取下她手中的却扇，抬指将她额前的垂珠撩至耳后，端详了她许久。

两人离得这样近，虞灵犀甚至能看到他眼底映着的小小的自己——嫣红嫣红的，像是两团烈焰跳跃在他漆黑的眸中。

“真好看。”他慢慢得出结论。

虞灵犀眼中荡开细碎的光，她小声笑道：“还没到时辰呢，怎么不去晚宴上？”

“一群杂鱼，也配让本王亲自招待？”宁殷索性坐在对面的椅子上，光明正大地欣赏娇艳如花的新妇。

掌事宫女是个人精，见静王等得不耐烦了，立刻捧出用红绳系着的合卺酒，恭敬地道：“请殿下和王妃娘娘饮合卺酒，百年好合。”

那合卺酒用瓠壳装着，好大一碗，虞灵犀抿了一小口便开始发热。

宁殷倒是不上脸，无论饮多少酒面孔也是白的，只是眼尾会有些许绯色，这让他看上去多了几分冷艳的神色。

两人交换瓠壳，饮下对方剩下的半杯酒。

宁殷用乌黑的眼睛看着虞灵犀，带着笑意，刻意对着她留在杯沿的口脂印，压唇将酒饮了下去。

“……”

愣神间，虞灵犀将一口酒水含在嘴中，险些被呛着。

那口酒到底没有全部被她饮下，至少有一半被宁殷卷入了唇舌间。

虞灵犀身上发烫，面颊绯红，也不知是酒意上涌的缘故还是因为方才他们接了个带着酒香的醉吻。

宫女们已经不在了，没人胆大到敢来闹静王的洞房。

偌大的寝殿内，只有两人彼此交缠的呼吸声。

脸上有了些汗，有些不适，虞灵犀便抚了抚散乱地挂在鬓边的凤冠垂珠，小声道：“还未沐浴更衣呢，我先去卸妆。”

说罢她用残存的理智推开宁殷，一溜烟转去了屏风后。

拆下凤冠和发髻，洗去脂粉，虞灵犀披散着长发，抬手拍了拍湿润细腻的脸颊醒神。

想了想，她又将嫁衣脱去，只穿着绯色的中衣中裙晕乎乎地走出了屏风。

宁殷已经解去外袍和腰带，着一袭松散的绯色袍子，正倚在榻上翻阅着什么，姿势优雅。

他眼也未抬地拍了拍身侧的位置，唤道：“过来。”

见他翻阅得这般认真，虞灵犀被勾起好奇心。

她提裙坐在他身侧，撑着榻沿，好奇地探头道：“看什么呢？这么认……”

话还未说完，她便被小册子上的图画惊得一愣。

按照京中传统，女子出嫁时压箱底的陪嫁中会有一份避火图，做晓事之用。

宁殷竟将这物件拿了出来，还看得这么面不改色。

“生米都煮过了，还怕看几张图？”宁殷看着故作镇定的虞灵犀，笑了声，咬了咬她绯红的耳尖。

她才不会乖乖往陷阱里跳，欲别开视线，却被宁殷轻轻捏住下颌。

虞灵犀面红耳赤，册子落在地上，明烛摇曳，照亮温柔的夜。

…………

虞灵犀一直觉得，宁殷的肤色冷得近乎苍白，他是很适合着红色的。

可当视线晃荡，虞灵犀看着他心口的刺青浮现。

原来，这就是宁殷为她刻下的印章，独属于她的印章。

汤池热气氤氲，一池波影被荡碎。

虞灵犀眼睫湿润，她依靠在宁殷的怀中，伸出纤细的手指细细描摹宁殷心口那艳色未褪的“灵犀”二字，哑声问：“何时刺下的？”

“第一次‘煮饭’后，没有假借他人之手。”

对于疯子而言，用死玉刻的印章不如用“活玉”刻的美好，所以宁殷将她的名字刻在了心口的伤痕上。他拉着她的手，引她触碰那印章，低笑道：“喜欢吗？”

虞灵犀能说什么呢？她喜欢他喜欢到心口酸胀，这种感觉久久不息。

“很疼吧？”她将脸颊贴在他湿漉漉的胸口，聆听他有力的心跳。

宁殷揽着她纤细的腰肢，唇线弯了弯。

“下次，你也给我刺一个好了。”虞灵犀哼道。

宁殷眯了眯眼道：“下次在岁岁身上画朵花吧，效果也是一样的。”

他怎么舍得虞灵犀受疼呢？

虞灵犀醒来时，衣裳和小册子凌乱地散落在地，宁殷难得没有早起，侧躺在榻边小睡，松散的衣襟下隐隐露出紧实的胸膛。

虞灵犀垂眼仔细瞧了瞧，那抹刺青瑰丽的颜色已经褪去，重新化作白色。

她没忍住伸出食指，刚碰了碰他的心口处，手就被他抬手攥住，包在掌心。

“想看印章？”他睁开眼睛，黑眸中是一片笑意。

虞灵犀识相地抽回手指道："不了、不了，今日还要去行庙见礼呢。"

宫婢进来收拾时，虞灵犀简直没眼看。好在王府的宫人侍从都训练有素，不该看的绝不多看，不该问的绝不开口。况且她如今是王府正经的女主人，慢慢也就变得坦然了。

辰时，虞灵犀梳妆打扮毕，换了身庄重的襜褕，戴金钗花钿，与宁殷一同乘车前往太庙祭拜。

禁军负责护送开道，而虞辛夷则率着百骑司守护在舆车两侧。见到妹妹被照顾得妥妥帖帖的，脸上的娇艳之色比往昔更甚，这名英姿飒爽的女武将眼中流露出带着赞许意味的笑意。

"阿姐，薛岑如何了？"上车前，虞灵犀借着与姐姐打照面的机会问了句。

"今早吐了一次血，不过没死，虞焕臣和太医正日夜轮值为他诊治呢。"一说到这事，虞辛夷便满肚子气，"那二傻子将所有罪责都揽在了自己身上，咬死下毒之事是他一人所为，一心求死谢罪。手无缚鸡之力的薛二郎杀人，谁信？这种时候还在为真凶开脱，真不知他脑袋里装的是什么。"

虞灵犀抿了抿唇。她知道，从薛岑饮下那杯毒酒开始，他就没打算活下去。

因夺妻之恨而情杀虞家二小姐与行刺皇子是两码事，前者只需一人偿命，后者则会殃及满门。

薛岑是想用自己的死来保全薛家上下。他总天真地以为，世间会有两全其美的法子。

"小眼珠乱转，岁岁又在想什么？"舆车一沉，是身穿檀紫王袍的宁殷坐了上来。

虞灵犀回神，抬眸笑了笑："天有些阴沉，不知会否下雨。"

浮云蔽日，风吹得舆车垂铃叮当作响。

宁殷掀开眼皮，随即弯了弯唇："是吗？本王瞧着，阳光挺耀眼。"

虞灵犀看了一眼宫墙外晦暗的天色，笑道："又哄我了，阳光在哪儿？"

宁殷没说话，看了她许久，而后抬指，隔空点了点她明媚的眼眸。

她眼睫轻抖，眼眸里盛着碎光，恍若有星河流转。

太庙庄穆，排排灵位兀立，明灯如海，映出宁殷波澜不惊的冷淡脸庞。

他对这些东西表现不出丝毫的敬畏之意，睥睨灵牌时，甚至带着些许讥嘲神色。

若不是为了向天下诏告虞灵犀是他的妻，为了让百官于她裙裾下匍匐叩拜，他约莫都懒得赏脸涉足此地。

在太庙走了个过场，虞灵犀便乘舆车进宫。

按照礼制，庙见礼后，王妃还须去长阳宫拜见皇帝。

“老皇帝会享受，御花园和蓬莱池的春景都不错。”宁殷却道，“岁岁若无事，可去那两处转转，长阳宫就不必去了，不干净。”

敢嫌恶皇帝居所不干净的人，宁殷是第一个。

“你不入宫了吗？”虞灵犀忙问。

“这么舍不得为夫？”宁殷似是极慢地笑了声，嗓音低沉，“去抓鱼，只能委屈岁岁自己消遣会儿了。”

那鱼，自然是漏网之鱼。

是薛嵩吗？想了想，虞灵犀挠了挠宁殷的手掌，含笑道：“夫君，我和你说件事，你别生气。”

宁殷乜过眼来，眼神深邃平静。

虞灵犀总觉得宁殷定是知晓她要说什么了。他这双漂亮冷淡的眼睛，总能望穿她的一切心思。

“如果可以，我想让你饶薛岑一命。”眸光明澈，她还是坦然地说出了口。

宁殷挑了挑眉尾，无甚表情地道：“岁岁该知晓，我并非大度之人。”

“正因为知道，所以我才不想与薛岑有任何瓜葛。可薛岑若以死成全一切，此事便将永远留在回忆里，或许多年之后，我仍会记得他饮下的那杯毒酒。”虞灵犀借着袖袍的遮掩，捏着他的手指道，“我不想这样。”

她与宁殷，无须任何人成全；而利用薛岑的真凶，也不该逍遥法外。

宁殷反手扣住她的指尖，不说行，也不说不行。

“这金铃声好听吗？”他问了个毫不相关的问题。

虞灵犀愣了愣，顺着他的视线望去——华盖下两串金铃随着舆车的行动而轻轻晃荡，发出悦耳的声响。

她弯了弯眼睛，柔声道："好听的。"

宁殷露出一副高深莫测的正经模样，缓缓眯起眼眸，不知在盘算什么。

"日暮前，我来接你。"下车前，他道。

宁殷换乘马车，去了一趟大理寺。

用来处理公务的正殿之中，一个满手脏兮兮的男人缩在角落，呆呆地抠着手中的木头人。

安王在皇子中排行第三，是个十足的傻子。

去年太子逼宫，静王以雷霆之势肃清朝堂，皇帝大概觉察出什么，便将这个傻子三皇子一同封王赐爵，让三皇子迁居宫外王府。

三皇子算起来也有二十四五岁了，却还像十七八岁的少年般纤弱，脸颊瘦瘦的，看上去有几分阴柔女气。

突然被"请"来这个陌生的地方，他看起来颇为胆怯茫然，抠得指甲里全是木屑，鲜血淋漓。

宁殷饶有兴味地看着他摆弄木头人，无半点焦躁之气。

"三皇兄送来的新婚贺礼，本王收到了。"宁殷淡淡地道，"现在，该本王还礼了。"

"你是谁？"三皇子好像不明白他的话，略微侧了侧头。

他的眼睛很黑，黑到几乎没有光泽，整个人呈现出木偶泥人般的傻气。

"你手中的木人不好玩。"宁殷叩了叩指节，"本王送你一个会动的，如何？"

他略一抬眼，便有侍从押着一个人上来。那人是薛嵩。他被人绑在木桩上，没有看三皇子，而是愤愤地望着宁殷。

"有本事你杀了我！"薛嵩怒斥道。

"杀？你还不够格。"宁殷理了理袖袍，"本王新婚宴尔，不宜见血。"

"你……"很快，薛嵩一句完整的话也说不出来了，只能发出痛苦的嘶吼声。

"这人偶，喜欢吗？"宁殷丢了鞭子，满意地问。

三皇子看着宛若从水中捞出的薛嵩，呆了半晌，嗫嚅道：“喜……喜欢。”

宁殷点点头：“三皇兄能活到最后，是有原因的。只可惜……”

他笑了声，抬手探向三皇子的脑后穴位：“可惜，若三皇兄一辈子都是傻子，才能活得长久。”

“你干什么？”薛嵩睁大了眼睛，赤目嘶吼起来，“你放开他！”

回忆掠过脑海，薛嵩想起了年少时与主上依偎着走过的那段岁月，想起了所有的忍辱负重和彻夜长谈。他在薛家默默无闻，活在影子中，主上是唯一一个相信他的能力，并将性命相托于他的人。

为了这份信任，他可以牺牲一切。可现在，他只能眼睁睁地看着那道羸弱的身影软软跌倒在地，渐渐与木人一样目光变得空洞茫然。

“啊！啊！”绝望的哀鸣声响彻大殿，又在某刻戛然而止，殿内归于平静。

宁殷接过侍从递来的帕子，顺便去了一趟牢狱。

大概是虞焕臣打过招呼的缘故，薛岑并未受到苛待，单独待在一间房里，里面打扫得很干净整洁，吃食衣物一应俱全。

薛岑见到宁殷从阴暗中走出，满是病气的脸上掠过一丝讶异之色，随即他便释然了。

“不必审了，我都招供了，一切都是我私自为之。”他靠墙闭目而坐，唇色呈现出诡谲的红色，“将我斩首或是等我毒发而亡，悉听尊便。”

宁殷审视了狼狈的薛岑许久，仿佛在观察什么人间奇物，而后得出结论：“你脑子不行，脸皮倒挺厚。”

薛岑气得咳嗽不已，苍白的脸上浮现出被羞辱后的红色。

宁殷赶着去接虞灵犀，没时间废话，便将药郎留下的最后一颗百解丹取出，命人给薛岑强行灌下去。

“你给我吃……嗯……嗯！”薛岑抵抗不能，被噎得双目湿红，捂着喉咙跪在地上呛得满眼是泪。

百花杀目前没有解药，这颗药丸也只能压制毒性，勉强留他一条性命。

宁殷轻嗤了声，缓步走出了牢狱。阴暗的光线从他无瑕的脸上一寸寸褪去，他半眯的眼眸中浮现出浅淡的笑意来。

死亡是弱者的解脱，有些罪活着受才有意思，所以从一开始，他就没打算让薛岑死。

岁岁未免小看他了，竟然还为这种小事开口相求于他。

“殿下，接下来去何处？”大理寺门口，侍从请示道。

宁殷看了一眼天色。

此时还早着，他想了想，方道：“去市集金铺。”

他想给岁岁买铃铛。

刚过酉时，宁殷果然来接虞灵犀了。

逛了半日，虞灵犀一回府便累得倚在榻上。

“娇气。”宁殷嘴上如此说着，可到底撩袍坐在榻边，将她的一条腿搁到自己的膝头，撩开她的裙裾，握住骨肉匀称的细腻小腿，轻轻揉捏起来。

男人的掌心紧贴着她的小腿肉，热度顺着她的皮肤蔓延，她不服气地翘了翘脚尖。他一动，衣袖中便传来细微的丁零声——像是蝉鸣声，又比蝉鸣声清脆。

虞灵犀瞪他，额间花钿在纱灯的暖光照耀下，显得明艳无比。

她想起一事，目光往下，顺着宁殷骨节修长的手落在他一尘不染的袖袍上——她没有看到什么血迹。

“薛家的事处理得还顺利吗？”虞灵犀撑着身子问。

宁殷像是看穿了她的心思，露出淡淡的笑意道：“和岁岁新婚七日内，本王不杀生。”

至于自己寻死的，那他便管不着了。

虞灵犀“哦”了声，若有所思地道：“那薛岑也还活……嗯！”

宁殷不轻不重地捏了捏她的大腿内侧，不悦地道：“这等时候还念叨别的男人，该罚。”

虞灵犀挑了挑眉，并不上当。

小疯子真生气是不会表现出来的，越是看起来不悦，便越是在找借口使坏。

果然，宁殷的手继续往上，虞灵犀立刻放软了目光，并拢膝盖抵住他的手臂。

丁零，他袖中又传来了轻鸣声。

虞灵犀忙不迭地转移话题："你身上有东西在叫。"

宁殷不为所动。

身影被笼罩，虞灵犀身体都绷紧了。她短促地道："真的有声音。"

宁殷将手撤出，从袖中摸出一个四方锦盒，将其打开，里头是用红绳串着的两只金铃。

铃铛约莫桂圆大小，做得十分精致，浮雕花纹极其考究。宁殷晃了晃铃铛，铃铛立刻发出清脆的声音。

"倒忘了这个。"宁殷握住虞灵犀想要缩回的脚掌，将缀着金铃的红绳系在了虞灵犀的脚踝上。

红绳鲜艳，金铃璀璨，衬得她皮肤宛若凝脂，白皙无比。但很快，虞灵犀便发现这对金铃比普通的铃铛声音更低些，她稍稍一动，铃铛就如蝉鸣般嗡嗡作响，这让她的脚踝痒得很。

"岁岁说喜欢铃铛的声音，本王便为岁岁打造了一对铃铛。可惜里头的铜舌还未安装齐整……"宁殷抬指拨了拨铃铛，如愿以偿地看到她的身子颤了颤。他眨眼道："可还喜欢？"

虞灵犀咬着唇说不出话来。

原来小疯子白天问她金铃的声音好不好听，竟是在筹划这事。

第八章 立储

虞灵犀摇了半宿的铃铛，半晌回不过神来。

她纤细白皙的脚踝垂下榻沿，红绳精致，上头的两只金铃仍在微微颤动，于朦胧的烛火中拉出橙金的光泽。

她记得梦里自己被宁殷半逼着跳舞，也戴过一次金铃。只不过那时金铃不是戴在她的脚上……

从梦里到梦外，小疯子的癖好倒是一点也没变。

虞灵犀红着脸颊腹诽，还没来得及合眼休息片刻，又被宁殷捞进怀中禁锢住。

“声音真好听。”宁殷挑眉，抬手拨开虞灵犀的鬓发，不知是在夸铃声，还是在夸她的声音。

两人挨得那样近，虞灵犀可以看见他心口红到刺目的“灵犀”二字，呈现出与他冷俊面色截然不同的艳色。

“说什么不愿听到别的男人的名字，佯装生气，”额间花钿被晕开，虞灵犀有气无力地道，“你就是在找借口欺负人。”

“是。”宁殷承认得干脆，露出一副有恃无恐的模样，“那又怎样？”

“还能怎样？”虞灵犀咬了咬唇，哼道，“我只能陪你一起疯了。”

宁殷愣怔片刻，随即搂紧她闷笑起来，胸腔跟着一颤一颤。

虞灵犀“嗯”了声，险些窒息。她忙扭了扭身子道：“要沐浴。”

宁殷这才大发慈悲地松开她，下榻披衣，用宽大的袍子遮住高大的身躯。而后，他顺手抓起一件大氅罩在虞灵犀身上，将虞灵犀连人带大氅抱去了隔壁净室。

墨色的大氅下摆中只露出一点白中带粉的足尖，金铃随着他的步伐丁零作响，声音酥麻入骨。

…………

虞灵犀竟睡了过去，一觉醒来，不知今夕何夕。

夜里下过雨，天色还阴着，昼夜不熄的花枝落地灯盏旁，宁殷慵懒地坐着，翻开一页名册。他穿着一身正红色的常服，浓烈的颜色冲淡了他身上的阴冷压迫之气，更显得他黑发如墨，面颊白皙俊朗。

虞灵犀瞧着他这身打扮，想起来新婚第三日需回门谒见父母，忙问道："几时了？"

她一开口，声音竟极其绵软。她不由得难为情地清了清嗓子，将手臂缩回被褥中。

宁殷将名册合拢，满眼都是餍足后的慵懒之色："刚过午时。"

"何时？"虞灵犀震惊。

"午时。"宁殷又平静地重复了一遍，起身捏了捏她的脸颊，"午膳吃什么？"

虞灵犀哪还顾得上午膳吃什么？按照约定，她该辰时归宁，没想到竟迟了整整两个时辰！

"慌什么？"宁殷伸手按住虞灵犀匆匆穿衣的手，慢悠悠地道，"我已命人传信给虞府，将归宁宴推迟。"

"真的？"虞灵犀有些狐疑，"你如何说的？"

宁殷回忆了一瞬，古井无波地复述："岁岁酣眠未醒，让他们等着。"

"没了？"

"没了。"

如此强势冷漠，这倒是宁殷的风格。

"归宁无故延期，爹娘等急了又会乱想，咱们还是快些回去吧。"虞灵犀又飞快穿衣起来，转着澄澈的眸子瞥了宁殷一眼，"以后可不许如此了。”

这不过是唬人的话。

“好没道理。”宁殷倚在榻沿看她，神色无辜地道，“明明是岁岁贪玩……”

宫婢捧着衣物陆续进门了，虞灵犀忙不迭地伸手捂住宁殷那张可恶的嘴。

宁殷挺拔的鼻尖抵在她的手指上，黑眸含笑，他张嘴极慢地舐了舐她的掌心。

虞府的归宁宴改为了晚宴。

酉时，暮色四合，虞府上下已等候在阶前。

虞灵犀一下车，便直投虞夫人的怀抱，笑吟吟地唤了声：“阿娘！”

虞夫人见女儿气色红润、矜贵明艳，这才将提了一整日的心放回肚中。

宁殷穿着与她同色的红衣缓步迈上石阶，坦然地接受虞府上下的拜礼。

虞府显然准备了许久，晚宴十分丰盛，上菜的下人鱼贯而入，席上却安静得只有碗筷碰撞的细微声响。

宁殷虽曾寄居虞府大半年，却从未有过与虞家人同席宴饮的机会，再次登门，已是高高在上的静王。难怪爹娘的神情都有些许克制，不太自然。

虞灵犀亲手给爹娘斟了茶，笑着道：“这道芙蓉虾，一看就是阿娘亲手做的。”

她一开口，宴上的气氛便热络起来。

虞夫人温声接上话茬道：“知晓岁岁要回来，特地准备的。”

说罢，她剥出一碟虾仁，准备让侍婢送去给女儿尝尝，可碟子还未被端过去，她便见主位之上的宁殷淡然地剥了一只虾，搁在虞灵犀的碗中。他做得十分自然，仿佛又回到了做卫七的那段时光。

虞灵犀记得宁殷不太爱吃肉，便顺手将自己面前的碧粳粥给他递了过去。

虞夫人与丈夫交换了一个眼神，终究将虾仁收了回来，没去打扰甜蜜的新人。

用过晚膳，新人还须在娘家留宿一晚，翁婿交谈，母女叙话。

虞灵犀随着母亲去花厅小叙，再回来时，便见宁殷与虞将军各坐一边，相对无言。

“聊完了？”虞灵犀笑吟吟地提裙进来，视线在阿爹和脸色淡漠的宁殷身上转了一圈。

宁殷有一下没一下地转动手中的茶盏，而后将茶盏轻轻一扣：“既然将军与小婿话不投机，便不必强行留小婿陪叙了。”说罢他起身，旁若无人地扣住了虞灵犀的手指。

虞灵犀眸中闪过些许讶异之色。她捏了捏宁殷的手指，示意他少安毋躁，这才转身朝虞将军行礼道：“操劳一日，阿爹早些休息。”

虞将军喟叹一声，摆了摆手。

虞灵犀颔首，这才跟着宁殷出门去。

“阿爹和你说什么啦？”两人比肩走在灯火明亮的廊下，虞灵犀看着宁殷喜怒不形的俊美脸颊，轻声问。

宁殷转过眼来，唇角动了动：“令尊问我今后的打算，我的回答不尽如人意。”

今后的打算……是和夺嫡继位有关吗？想了想，虞灵犀张了张唇，忽闻急促的脚步声靠近。

静王府的亲卫快步而来，低声道：“殿下。”

宁殷处理事情并不避讳虞灵犀，亲卫便也没回避，压低嗓音道：“宫里出事了。”

宁殷的神情没有丝毫变化。他含笑望向虞灵犀，揉了揉她的尾指：“自己先睡，乖。”

虞灵犀知道，若不是十分要紧的事，亲卫也不会挑这个时候打扰他。

她点点头，眉眼弯弯地道：“好。”她松开手，朝厢房走了两步，又顿住。

未等宁殷开口，她已迅速转身，扑进宁殷的怀中，动作一气呵成。

“夜行在外，注意安全。”虞灵犀拍了拍宁殷的后背，给了他一个温暖的拥抱。

唇线微弯，宁殷将垂在身侧的手抬起，圈住她的腰肢。

宁殷目送虞灵犀回房，眼底的浅笑淡了下去，眼神逐渐变得凉薄。

马车径直朝着宫门而去，无人敢拦。

长阳宫，殿中那座突兀的佛像呈现出诡谲的悲悯之色，俯瞰龙床上垂死呜咽的老者。

当初叱咤风云的帝王，如今像是被抽去脊骨的败犬一般，流着涎水苟延残喘。

面色青紫，干瘦的手指抽搐扭曲着，他俨然没有几分活气了。

负责服侍他的宫人跪伏在地，听着宁殷靠近的脚步声，生出了极端的恐慌感与战栗感。

烛火铺地，宁殷坐在殿中唯一的交椅上，拿起案几上未完成的衣带诏，嗤笑一声。

那笑声很轻，在沉寂的殿中显得格外突兀。

"都这副模样了，还不肯消停点。"宁殷抬眸，笑得格外温柔，"现在不妨说说，是谁给了你垂死挣扎的勇气。"

宁殷一夜未归。

虞灵犀醒来时，身侧的被褥仍是冰冰凉凉的。

她用过早膳，便有王府亲卫前来接虞灵犀回府，为首的那人正是折戟。

虞灵犀上车前，苏莞挺着五个月的孕肚，特地送了刚做好的糕点过来。

"一盒荷花酥，一盒红豆糕，都是岁岁平日爱吃的东西。"苏莞的脸颊丰润了些许，声音轻轻柔柔的，"比不上王府的手艺，你就将它们当作路上解馋的零嘴吧。"

"多谢嫂嫂。"虞灵犀接了食盒。

视线落在苏莞日渐隆起的肚子上，她好奇地道："昨夜听阿娘说，小家伙会踢肚皮了？"

苏莞捂着肚子颔首："偶尔会闹腾那么一下，看这活泼劲，小家伙倒像个小子。"

"真好。"虞灵犀想象了一番：兄长英武，嫂嫂秀气灵动，两人的孩子必定是个极出色的孩子。

苏莞掩唇一笑："别说我了，岁岁打算何时添喜？"

"我？"虞灵犀被问住了。

她没想过这个问题，从来都不曾想过。

梦中的宁殷很强势，脾气又阴晴不定，他自然不会允许她随意有孕。现在，除了最开始的那一次，宁殷也不曾留下痕迹。

虞灵犀并不在意这些。她总觉得生子是件遥远且模糊的事，她想象不出宁殷的孩子会是什么样的。

回到静王府，她很快将这个问题抛诸脑后。

虞夫人准备了十二件首饰花钗，作为归宁宴的回礼，寓意女儿生活富足、婚姻美满。

胡桃和侍婢在一旁收拾，虞灵犀倚在榻上，瞧见了摆放在案几上两个檀木长盒。

那两个盒子中分别是宁殷在当卫七时送给她的剔红梅纹笔和螺纹瑞云白玉簪。

虞灵犀打开檀木盒摸了摸，目光变得温柔。她打算将这两样东西放在触手可及之处。然妆奁中已经装满了新进的首饰，虞灵犀四下环顾一眼，最终，目光落在了榻边的那个小矮柜上。

矮柜抽屉没有落锁，应该是可以使用的吧？虞灵犀想了想，坐在榻沿轻轻拉开了第一层抽屉。

里面有几瓶颜色各异的药瓶、一把短刃、一本压箱底的册子、一对金铃，以及一罐……

虞灵犀脸颊一热。没人比她更清楚那罐细腻馨香的如白玉般的脂膏是做什么用的。

毛笔和簪子定然不能和这些物件摆在一起。想着，她合上抽屉，又拉开了第二层抽屉。

而后，她一怔。

这一层里没有什么奇怪的物件，只叠放着一条杏白飘带，一块用墨玉雕成的美人印章，一条五色长命缕，两颗油纸都粘连成一团的、融化了的饴糖，一片写了字的枫叶，还有……

还有被平整搁在屉子底部的、被修补完善的青鸾纸鸢。

“传闻，纸鸢可以将坏心情和厄运带到天上去。”

“心情好些了？”

虞灵犀认出来，这只纸鸢是去年她中极乐香第三次毒发后，与宁殷一起放的那只。

那时因为爹娘急着给她议亲，宁殷脾气古怪得很，她便拉着他一同放纸鸢取乐。

结果人她没怎么哄好，风筝线还断了，纸鸢飘飘荡荡地飞去了远方。

没想到，那只纸鸢竟然会再出现在宁殷的抽屉中。

是他偷偷将纸鸢捡回来了吗？他还用糨糊把纸鸢修补得这么漂亮。

虞灵犀望着这半屉子的东西，目光变得柔和。

原来，她送给他的每一样东西，哪怕只是她随手送出、转头就会忘的小物件，他都好好收藏在隐秘的角落。

他明明是那样一个狠心凉薄的人，却有这样的耐性和细心，真是……

真是要命了。

虞灵犀撑着下颔，嘴角泛起浅浅的笑意。

她正看得出神，忽见一片阴影自身后将她笼罩。

“看什么？”宁殷的嗓音响起。

虞灵犀如梦初醒，下意识地去关抽屉。

然而已经晚了，宁殷的手臂自她身后伸来，他以一个半圈住她的姿势按住她关屉子的手，随即淡淡地“哦”了声。

“被发现了啊。”他将下颔搁在她的肩头，拉长语调道。

虞灵犀忙收回手，回首道：“我只是想放个东西，并非刻意要窥探什么。”

因他一夜未眠，脸颊有些苍白。

宁殷笑了声，眼底尽是纵容之色。

“我整个人都是岁岁的，还不至于被看两样东西就生气。”目光落在屉中，他似乎在挑拣什么。

而后，他用修长的手指钩住那条杏白飘带，温柔地道：“我们的亲密关系是从这条飘带开始的，不如，就用它来重温当初。”

重温……当初什么？虞灵犀还来不及质问，那条飘带便轻飘飘地落在了她的眼上，她眼前一片朦胧。

她被飘带遮目，眼前一片白色，所有的感官都被无限放大。

“怎么啦？”红唇微微翕合，她摸索着触碰宁殷的脸颊。

他的脸还有些冷，唇倒是染了热度——他隔着飘带浅啄她湿润的眼睫。

“够……够了，哪来这么多精力？”虞灵犀按住他往下的手，轻声道。

虞灵犀好说歹说，总算把宁殷按回了榻上。她还没来得及喘口气，腰上便一紧——她被揽进了他硬实的臂弯中。

继而，眼前的飘带一松，光线倾泻而入，虞灵犀略微不适地睁开眼，视线聚焦，宁殷近在咫尺的眸中有着令人心动的情意。

虞灵犀有些恍惚，忍不住想，去年在金云寺下的密室中时，她将飘带解开后，宁殷睁眼所见之景，也同她此刻所见的一样耀眼吗？

“有这么好看？”宁殷露出一抹极淡的笑，伸指按了按她的眼尾。

宁殷折腾了一番后，浑身的寒气倒是消散了不少。

“好看。”虞灵犀诚实地点点头，眼尾染着笑意，“看两辈子都不够。”

“一辈子尚长着，就开始惦记下辈子。”宁殷是一副轻描淡写的模样，可胸口的浅淡红痕俨然出卖了他——他此刻很兴奋。

“忙了整夜，睡会儿吧。”虞灵犀以指尖碰了碰他眼睑下的暗色，而后将枕边的杏白飘带捞起，轻轻覆在宁殷眼前，“我陪着你。”

飘带下，他的眼睫动了动，最后，他还是妥协，极慢地合上了眼睛。

待他的呼吸声变得绵长起来，虞灵犀小心翼翼地调整姿势，抬眸看着他安静的睡颜。

温柔的飘带遮住了他压迫感极强的淡漠眼睛，他鼻挺唇薄，整个人呈现出一种安静无害的乖巧之感。

虞灵犀弯了弯嘴角。

“安歇。”

她在心里补充道：小疯子。

…………

宁殷并未睡多久。

虞灵犀小睡醒来时，他已能精神奕奕地对着身边之人发号施令了。此时的他目空一切，十分强大，不见半分疲色。

监察信使来来往往，虞灵犀估算了一番时日，大概猜出宫里出了什么事。

果然，夜间刚用过晚膳，她便听宫中丧钟长鸣，哀鸣声响彻皇城。

老皇帝驾崩了——以一种不可言说的难堪方式，死在了长阳宫的龙床上。

这是一个不平静的夜。

皇帝猝死，并未立储，朝中乱成一片。

宫里的人陆陆续续地前来向宁殷禀告国丧事宜时，宁殷那张完美凉薄的脸上没有丝毫触动之色。

“死也不会挑日子。”宁殷大概是对皇帝提前死了一事不满，轻淡的声音中带着些许嫌意，“平白毁了本王的新婚喜气。”

跪在阶前的宫人将身子伏得低了些，没人敢质疑他这番大逆不道的话。

宁殷回到王府，见虞灵犀已褪下新婚后穿的绯衣，换上了一身素白的裙裾。她用他送的那支夹血丝的白玉簪绾着松松的发髻，素面朝天，却别有一番娇美之态。

宁殷坐在妆台后看她，没忍住伸指，轻钩住她束腰的素绢。

“白色太刺目，岁岁适合鲜妍的装扮。”宁殷手上稍稍用力，虞灵犀便跌进他的怀中。

她知道宁殷对老皇帝有多恨——老皇帝是他即便背负杀父弑君的恶名也要报复的仇人。

丽妃待宁殷不好，可虞灵犀从未听宁殷流露过半点对生母的恨意，有的只是冷淡和漠然之意。

因为他知道，龙椅上那个男人才是一切罪恶的根源。

但皇帝新丧，虞灵犀总要穿一身白衣做做样子。

她这不是愚忠，而是怕自己如果行为乖张，会给宁殷添麻烦。毕竟帝崩而无太子，朝中正是动乱之时。

“何时进宫？”虞灵犀将额头抵在宁殷肩头，柔声问道。

“长阳宫太脏，等他进棺材了再说。”宁殷捋了捋她冰凉的发丝，冷笑一声道，“昨夜老皇帝想立衣带诏，可惜衣带诏被我毁了……你真应该看看他当时的表情。”

梦里的宁殷比现在的宁殷做得更疯更绝，虞灵犀并不觉得多意外。皇帝借着英主的名号做了很多混账事，如此也算是罪有应得。

她轻轻“嗯”了声，问道：“没有遗诏，夫君打算下一步如何呢？”

她很少主动唤他“夫君”，偶尔叫一声，尾音像带着钩子似的撩人。

宁殷抚着她头发的手慢了下来。半晌后，他捏了捏她娇嫩的后颈，示意她转过脸来。

“让岁岁做皇帝，好不好？”他笑吟吟的，眼神疯狂又温柔，“只要岁岁想，我便可以做到。”

语不惊人死不休，虞灵犀被吓到了。她这样胸无大志之人，竟被小疯子寄予如此厚望。

她甚至怀疑宁殷是不是说错了名字，抑或是在开玩笑。但很快，她看出来宁殷并非在说笑。

记得婚前在虞府，宁殷丁她腰窝处写下情诗后，曾面不改色地反问她：“想做皇帝？”

虞灵犀当时便觉得这句话有哪里不对，还以为他问的是“想让我做皇帝？”。

现在看来，宁殷压根没有问错！

这简直荒唐、匪夷所思。但冒天下之大不韪，的确是小疯子敢做的事。

“怎么傻了？”宁殷捏着虞灵犀的下颔晃了晃，笑道，“呆呆的模样，看得本王想咬上一口。”

事实上，他也的确如此做了。

她的腮肉被他的牙齿轻轻叼住，那带着笑意的鼻息拂过她的耳郭，她总算回过神来。

“你真是要吓死我。”虞灵犀白皙的脸颊上很快浮现出极浅的咬痕，像是一朵淡淡的桃花绽放在她的冰肌之上。她连愠恼起来的样子也是美丽至极的。

宁殷的眼神中满是疯意，她捧住他的脸颊，凝望着他的眸子，认真地道：“我没想过做皇帝，也不适合做皇帝。这种话不可以乱说。”

虞灵犀生来就不是操控权势、享受生杀的人，所求之事不过为与爱人白首偕老、与亲友俱欢。

何况让一个毫无皇室血脉的女子登上帝位无异于倒行逆施，遍地尸骸血海不是会埋葬天下，便是会反噬她与宁殷。

宁殷看了她片刻，颔首道：“换虞焕臣或虞将军也可。”

“阿爹和兄长也不想！”虞灵犀没忍住，揉了揉宁殷的脸颊。她真不知他这颗脑袋里都装着些什么惊世骇俗的东西。

宁殷的皮肤紧致且脸颊略瘦，虞灵犀揉着不尽兴，便悻悻地道：“我的家人没有谋权篡位的心思，夫君还是认真考虑一番，大丧之后该拎谁上位吧。”

话虽如此说，但虞灵犀心中基本有了底：若宁殷要走预知梦中的路，那必定是拎小皇子上位。

稚子还不会说话，连龙椅都坐不稳，最适合掌控。只是如此一来，梦中那些明枪暗箭终究难以消弭，摄政王的位置他也并不会坐得很轻松。

随着小皇子年岁渐长，朝中臣子更迭，谁也无法预知十年之后是什么境况。

除非他另从宗室中择选成年的贤良郡王，待做完自己想做的事，便可与她安安稳稳地度过往后余生。

抑或是……虞灵犀抬眸，仔细端详着宁殷的脸。

宁殷大大方方地任她看，侧首咬了咬她的指尖：“想说什么？”

虞灵犀咽了咽口水，试探般地问出了心中长久的疑惑：“宁殷，你就不曾想过自己做皇帝吗？”她的声音很轻，眼眸干净柔软，里头不见半点阴霾。

问这个问题的她和他手下的那些幕僚侍从不同，甚至和同样问过他这个问题的虞渊不同。

宁殷知道，越来越多的人死心塌地跟着他，不是因为对他忠诚，而是因为敬畏他，且觉得有利可图。

有很多人希望他即位，以便获得权势，可他偏不如人意。

“岁岁，我和你们不一样。”宁殷很平静地回望着她，淡淡地笑着道，“我并非情感泛滥之人，今日这里灾荒，明日那里死人，不能激起我半点怜悯之心。你确定要让我这样的……”他顿了顿，懒洋洋地说出一个合适的词，“怪物去做皇帝？”

“你是我夫君，不是怪物。”虞灵犀神情变得凝重，可声音还是一如既往地轻柔，“你只是不能像爱我一样，去爱天下苍生。”

宁殷眸色微动。

奇怪，明明他的心肠甚是冷硬，但他在面对她的宽慰时，心肠总会不经意间变得柔软起来。

“是啊，指甲盖那么一点干净的良心，都捧给岁岁了。”

他黑眸中泛起些许笑意：“我这般唯恐天下不乱，还是做坏人来得舒坦，实在没耐心守护什么江山社稷。”

他想守护的，自始至终只有一人。

岁岁瞧不起那皇位，那便虞焕臣也好，小皇子也罢……谁做傀儡皇帝都可以。

只要他们不挡他的道。

“殿下。”门扇上出现亲卫的影子，亲卫禀告道，“您吩咐的事，皆已准备妥当。”

宁殷这才松开虞灵犀，幽幽地道：“今晚不能陪岁岁睡了，可惜。”

宁殷忽地低笑起来，满眼的坏性。

“乖。”他屈指刮了刮她漂亮的眼睫，低声道，“睡不着，就自己摇会儿铃铛。”

那金铃的铜舌已经装好了，在三十丈范围内，只要其中一只金铃摇动，另一只也会跟着嗡嗡振动。

道别的话瞬间被堵在嘴边，虞灵犀无奈地瞪了他一眼，在他愉悦低沉的笑声中跑开了。

待虞灵犀沐浴归来，宁殷果真走了。

偌大的寝殿仿佛一下变得空荡起来。

虞灵犀坐在镜台前，仔细地回忆了一番预知梦中皇帝殂谢时有无发生什么大事件。然而那时她困居赵府后院，消息闭塞，即便有什么立储之争的消息，也传不到她的耳中来。

宁殷成为摄政王后，除了“杀兄弑父”的骂名一直存在，其他的细节都湮没在岁月中，众人对此讳莫如深。不过新帝登基之事，也得等到先帝出殡之后了，尚早着。

如此想着，虞灵犀轻松了些许。

思绪飘飞了片刻，她的视线鬼使神差地落在了榻边的矮柜上。

迟疑了一会儿，她终是没挡住好奇心，走过去悄悄拉开了上层的抽屉。

红绳已经散开，一只金铃孤零零地躺在锦盒中，另一只已然不见了踪迹。

谁带走了呢？

“小疯子。”虞灵犀托腮拿起那只铃铛，摇了摇。

轻微的振动声传来，她眼中弯出一抹笑意。将红绳松了松，而后，她将铃铛挂在脖子上，藏进了衣襟里。

这东西可不能让人瞧见。

第二日，虞灵犀要进宫守灵。

天蒙蒙亮，便有宫婢陆续进门，伺候虞灵犀梳洗宽衣。

大丧期间，虞灵犀倒省去了描眉敷粉的烦琐步骤，素净的发髻上只斜斜插了支宁殷所赠的白玉簪，不到两刻钟，她便准备妥当。

坐上去宫里的软轿，虞灵犀摸了摸素白衣襟中藏着的金铃。

按照礼制，皇子王孙与郡王等人在奉先殿内守灵，而王妃则与妃嫔一同在奉先门前跪候。

虞灵犀算了算，从奉先门至宁殷所在的地方，相距约莫十丈远。只要宁殷一动，她必定会察觉得到。

轿子到了宫门前，便不能再继续前行，所有的王府侍从和宫婢都将守在宫门外。

前来迎接虞灵犀的是一个陌生的小太监，还有一名她有些眼熟的宫女。

虞灵犀记得，这名脸圆圆的小宫女先前是在静王府当差的，之前为她收拾衣物的人中就有她。

“王妃娘娘，小奴引您去奉先门。”小太监恭敬地道。

虞灵犀颔首：“有劳。”

她跟在两人身后，走了约莫一盏茶的时间，渐渐察觉有些不太对。

她记忆出色，前几日才逛了皇宫，宫殿的方位她大致清楚。

见虞灵犀停下脚步，小宫女有些紧张，细声问：“娘娘，怎么了？”

虞灵犀不动声色地看了一眼宫道尽头。

这不是去奉先门的方向。

虞灵犀是被冷醒的。

入宫后发现小太监领她走的方向不对，她便起了疑心，强装镇定地道：“王爷交代要带的玉佩落在马车中了，我去取来。”她转身，还未走出两步，便闻见一股异香。

最后映入她眼帘的，是那个小太监阴暗的脸。

她睁开眼，入目的先是一间不大的斗室，壁上油灯昏暗。她躺在角落里，靠着一堵石墙，丝丝冷气从墙下的缝隙中渗出，室内凉意入骨。

虞灵犀的手脚被粗绳缚住，她挪动身子，费力蹬开堆积在角落里的稻草和毛毡，许多四四方方的冰块便露了出来。

若没猜错，她是被关在了某间冰窖里。

皇城的冰窖。

是那太监和圆脸宫女将她绑来的？他们是谁的人？宁殷知道静王府的宫婢中混入了一个细作吗？

思绪飘散，趁着密窖中无人看管，虞灵犀侧首，抬起被缚住的双手在髻上摸了摸，却只摸到了那支冰冷的白玉簪。

因入宫守灵，她未带多余的首饰，身上连割破绳索的利器都没有。

思索间，她的头顶上方传来一阵沉闷的声响。

虞灵犀警惕，忙将手中的玉簪藏在角落的冰块间。

与此同时，笨重的青石板被人挪开，冷光倾泻，一名身披斗篷、看不见脸的男子在内侍的搀扶下，缓慢地迈下石阶。

男子有些孱弱，身量纤细，若不是偶尔听到嘶哑的咳嗽声，虞灵犀几乎以为斗篷下罩着的是个女人。他站在虞灵犀面前，只露出些许尖尖的下颌，手指习惯性地抠着一块木头。

片刻后，低哑的声音传来："无奈之举，冒犯静王妃了。"

男子的语气有些虚弱。他明明有着成年人的嗓音，却学着孩童的说话方式，一板一眼地说话。

"阁下何人？想要做什么？"虞灵犀的记忆里并无这号人物。

隐在斗篷中的男人道："宁殷只手遮天，想请他入瓮并非易事。所以，在下只能出此下策，借静王妃一件信物使使。"

说着，男人瞥见虞灵犀藏在冰块上的玉簪。簪身被冻得凝了一层冰霜，衬得那红晕格外冷艳。

心思飞速转动，虞灵犀故作怯弱地道："这簪子是王爷亲手为我做的，不知可否用来赎我一命？"

男人似是在考量她这番话的真实性。

身后那名圆脸宫婢小心翼翼地上前说了句什么，男人这才略一侧首，示意内侍将簪子拾起。

"拿去给宁殷，告诉他，他的王妃在我手里。"他从袖中摸出一纸密笺，压低声音吩咐，"若不想新婚变新丧，你便让他按照我说的做，一人前来。"

内侍下去安排了，男人却没有走。他在小窖中唯一的一张案几后坐下，拿出一把小锉刀，专心致志地削起木头来。

尖锐的木屑扎破了他的手指，指尖血肉模糊，他却恍若不察。

冰窖里很冷，背后的石墙像是冰冷的刀刃，刺入了虞灵犀单薄的脊背。

她蜷了蜷身子，在一片静寂中观摩着削木头的男人，半晌后，试探着唤了声："三皇子殿下。"

男人削木头的动作明显一顿。紧绷的瘦弱身子渐渐松懈下来，他长舒一口浊气，抬手摘下了宽大的风帽。

他转过一张阴柔的脸来，用漆黑的、没有光彩的眼睛看了虞灵犀许久，方问：“王妃是如何认出我来的？”

“如今，天下敢直呼宁殷名号的人并不多。”虞灵犀视线下移，目光在男人腰间悬挂着的玉佩上停留了片刻。

她竟然从来不知三皇子并非真傻。

也对，生在吃人不吐骨头的帝王家，不学会藏拙、遮掩锋芒，他恐怕早和其他几位皇子那般早夭了。

眼睫挂霜，虞灵犀呼出一团白气道：“我们可以谈谈。”

“王妃想谈什么？谈本王为何装傻，还是谈本王何时在宁殷身边安插了人手？”手下动作不停，他将木头细细削出人形来，“那名宫婢，不是本王的人。”

“什么？”虞灵犀颇为怀疑。

那名圆脸宫女如果不是在为三皇子做事，那为何要背叛宁殷，助纣为虐？

“要怪就怪宁殷太狂妄。”似是看穿了虞灵犀的疑虑，三皇子道，“他把控朝野，却迟迟没有登基的打算，手下之人难免会有几个动摇的。对于某些人而言，摄政王权势再大也只是臣，与其做臣子的臣，不如做帝王的臣，你说是不是这个理？”

虞灵犀最担心的事还是发生了。

“所以三皇子殿下便挟持我，让宁殷利用手中的权势推举你登基？”虞灵犀微微一笑，镇定地道，“用一个女人换江山，傻子都知道是亏本的买卖，他不会来的。”

“但王妃别忘了，疯子和傻子做事，是不讲究对等的。”三皇子锉了一会儿木头人，方慢慢迟钝地道，“拿不到皇位也没什么，反正我也活不长久了。”

虞灵犀哆嗦着打量着那张阴柔的脸，试图从他脸上看出此言的虚实。

三皇子转过头，视线和她的对上。

那空洞的眼神让虞灵犀看得背脊一麻。

好在他很快掉过头去，背对着虞灵犀，反手拨开了披散在后脑的头发。晦暗的油灯照亮了他发丝间隐约可现的一点冰冷银光。

光线实在太暗了，虞灵犀看了许久，才发现他后脑上的那点银光是一根针——一根几乎齐根没入穴位中的银针。

“这是……”她看得浑身发麻，猜测是谁将这根针凶狠地插入了他的脑袋中。

“这针，是我让人插的。”三皇子平静地垂下手，发丝合拢，遮住了那点森森的银光。

“三殿下为何要如此？”虞灵犀咬着冻得哆嗦的唇，竭力通过说话来保持清醒。

三皇子的嘴角动了动。

虞灵犀猜想他想笑，但不知是因为装傻多年有了潜移默化的症状，还是那根银针的缘故，他连这么细微的表情也做得十分奇怪。

“前几日宁殷说，我若一辈子都是傻子，才能活得长久。”他的声音慢慢的，“可装傻是件很痛苦的事，我宁愿作为一个皇子清醒地死，也不想作为一个傻子混沌地活。”

所以他不惜以银针入脑，也要抵抗宁殷施加在他穴位上的禁锢，换取短暂的清明。

“我有必须要完成的事。”三皇子说到这儿，声音变得轻柔了几分，“王妃不必害怕，我只要宁殷一人的性命。”

“为何？”虞灵犀绞紧了手指，“就因为皇位唾手可及，而宁殷挡了你的路吗？”

三皇子沉默了很久，方很轻地说：“因为少巍死在了他的手下，那是我唯一的至交好友。”

少巍，是薛嵩的字。所以梦里薛嵩费尽周折给她下毒来暗杀宁殷，其实是为了三皇子。

所有的事件串联起来，虞灵犀恍惚间有些明白，薛嵩为何会对三皇子死心塌地了——三皇子是所有蛰伏夺权的人中，唯一愿意与下属交心的人。

梦境与现实接轨，兜兜转转，竟然还是这两人撑到了最后。

“刻好了。”三皇子脸上显出几分孩童长有的腼腆之色，他将木头人搁在虞灵犀脚边，道，“送给你。”

那木头人云鬓花颜，竟与虞灵犀的模样一般无二。

奉先殿，棺椁孤零零地躺着。

宁殷着一袭雪色袍子，乌黑的眸子瞥向阶前跪候的沉风：“本王问你，人呢？”

二月下旬的天有些阴凉，沉风的鼻尖上却滴落了老大一滴汗，连一贯的笑意也没了，他垂首道：“听护送的侍卫说，是一名小黄门和小满主动向前引路，将王妃娘娘带走的。”

“小满？”

“她是咱们府上负责浣衣梳洗的宫婢。若非有熟人，王妃也不会轻信……”

杀意压迫而来，沉风咽了咽口水，声音低了下去。

四周一片寂静，忽然，一名小太监躬身而来，颤巍巍地将手中的密笺和玉簪奉上。

“殿……殿下……”小太监颤声道，“有人要……要小奴将此物给……给您……”

宁殷见到那枚熟悉的螺纹瑞云白玉簪，眸色蓦地一沉。

他伸手拿起玉簪，簪身冰冷，上面还凝着细碎的水珠，被鲜血染就的一缕红如云霞的血玉就在簪身上。

宁殷轻轻拭去粘在簪身上的一点稻秸碎，展开密笺一看，笑出声来。

国丧期间，殿中气氛沉重无比，这声笑便显得格外不合时宜。

“辛苦你了。”宁殷将密笺丢在烧纸钱的铜盆中，起身朝太监走去，笑得平静无害。

冒险前来送信的小太监松了一口气。

两军交战尚不斩来使呢，看来，静王殿下再暴戾无情，也是个讲道理的人。

小太监刚要起身，却见自己被一片阴影笼罩。继而，他整个人飞了出去，撞在了殿内的棺材上。

殿外跪了一片人，谁也不知道里面发生了什么，但谁也不敢问。

披麻戴孝的朝臣和妃嫔俱是膝行挪动，自动让开一条道来，让那双染着红色液体的鹿皮靴从他们眼前踏过。

宁殷抽了沉风的佩剑，朝北宫行去。

他本给自己定了规矩，新婚七日内不沾血，要干干净净地陪着岁岁。

但现在什么规矩、什么干不干净，他全顾不上了，脑袋里只剩下最原始的杀、杀、杀。

丁零，金铃随着鲜血的泼洒而颤动。

敌人一具具倒下，他生平第一次后悔，后悔为了这个狗屁规矩，那天在大理寺没有杀了宁玄。

宁玄安排下来的那点杂鱼根本难以抵挡住宁殷，宁殷杀到落云宫时，袖袍已全被鲜血染红。

宁殷推开殿门，血衣飞舞，他用剑尖抵着地面，剑身已然有了豁口。

三皇子正将酒坛里的酒水泼在殿中的帷幔上，见到宁殷带着满身血气杀进来，有些诧异。

“你来得这样快。”他取下案几上的火烛。

跳跃着的烛火在他空洞的眼中映不出半点光泽。

“她在哪里？”宁殷拖着长剑向前，顺手掐灭了案几上的毒香。

“她在一个你永远找不到的地方……嗯！”

烛火坠地的一瞬，火舌迅速沿着帷幔蹿起，烧上房梁。

宁殷恍若不察，衣袍在热浪中鼓动飞舞，整个人宛若堕神。

“她，在哪里？”他收拢手指，一字一句地轻声问。

滔天焰火将人的面孔扭曲，口鼻溢血的三皇子断断续续地道：“你不妨……看看……是你先被烧死，还是她先……”

他颤抖着抬手，摸到后脑的那根银针，而后猛地一拔，朝宁殷刺去。

银针穿透宁殷的手掌，三皇子的眼神也在他自己取出银针的那一瞬重新变得呆滞。

嘴角动了动，他如断线木偶般跌倒在地。

有细微的轻烟从虞灵犀头顶上方的青石板中渗进来，方才还寒冷刺骨的狭小空间，渐渐变得潮热起来。

外面的声音传不到冰窖里来，虞灵犀不知道外面发生了什么事。

她努力站起身，艰难地蹦跶着去取壁上的油灯。

灯盏为黄铜所制，被烧得滚烫，虞灵犀顾不得烫伤的手指，将油灯取下后便以微弱的火苗烧着腕上的粗绳。

“快些，再快些……”

她不住地祈祷，终于，被灼伤后，粗绳应声而断。

她飞快解开脚上的绳索，提裙跑上石阶，试图打开压在冰窖入口处的青石板。

但那青石板实在太重太重，仅凭她一人之力，她根本无法从内打开。

而且青石板很烫。

虞灵犀嗅了嗅缝隙中飘进来的浅淡烟味，便知外头定然着火了。

“宁殷……”她心脏一紧。她不知宁殷此时有无牵涉其中，眼下最紧迫的事，就是赶紧逃出去向他报平安。

可是石板这般重，外头又着火了，她该如何逃出去?

想到什么，虞灵犀一咬红唇，飞快跑回冰窖中，将手放在石墙的底部。

果然，丝丝冷气从石缝中渗出。如果她没猜错，石墙后还有一间冰室。

皇家冰窖储冰量极大，一般都有暗道与护城河和皇城池沼相连，以便冬季运冰方便。若是运气好，她找到暗道后便能逃出。

虞灵犀起身，飞速在墙上摸索机关。摸到一块略微凸起的青砖，她用力一按，石墙果然轰隆打开，露出一间极大的藏冰室。

虞灵犀眼睛一亮。她下意识地迈进那片望不到尽头的冰中，刚走两步，颈上便一阵酥麻。

她停下脚步，捂着胸口仔细听了听。

没错，是金铃在振动！宁殷在附近！他在火海中！

心像被一双无形的手绞住，虞灵犀摇了摇自己的铃铛，又摇了摇。

听到回应后，她掉头往回跑去，三两步上了石阶，用尽吃奶的力气拼命去顶那块青石板。

“宁殷！”虞灵犀拍了拍石板，“我没事，你听见没？”

然而这只是徒劳。

金铃振得越发急促，宁殷似乎在回应她。

小疯子没有走，他还在找她，在火海里找她。

“给我……起开……”石板烤得越发滚烫，她指甲缝里渗出鲜血，整个人朝上顶着。

她带着哭腔道：“卫七……”

轰隆，青石板砖忽地被人大力拎起。

下一刻，滚烫的热浪扑面而来。

宁殷臂上青筋凸起，他逆着燃烧的烈焰，与满身是汗的虞灵犀四目相对。

刺目的火光裹挟着热浪迎面“砸”来，将虞灵犀汗津津的脸映得瑰丽。

宁殷如同身处炼狱，满身鲜血。

来不及寒暄，屋顶火舌肆虐，虞灵犀眼睁睁地看着房梁下压，发出不堪重负的咔嚓声。

“小心！”虞灵犀下意识地抓住宁殷的手腕一拽，几乎同时，厚重的青石板合拢，烧塌的房梁带着火星砸下，两人滚落石阶。

落地时并没有想象中那般疼痛，虞灵犀被宁殷紧紧地护在了怀中。

虞灵犀忙撑起身子，颤声道：“你没事吧，宁殷？”

宁殷将她抱得那样紧，几乎要将她整个人嵌入身躯中，用骨血为她筑起一道屏障。

他笑了起来，两人的铃铛也随之颤动，如同那两颗紧紧相贴的、颤动的心脏。

“你的玉簪上有冰气，我便知道你在这儿……”嗓子被烟熏后，宁殷的嗓音有些喑哑，低低地响在她耳畔，“还好，我找到你了。”

“是，你找到我了。”虞灵犀摸到他的脸颊，轻声回应，“一切都结束了，宁殷。”

他的脸很烫。这间冰窖离火场太近了，又热又闷，角落里的冰都化成了水滩。

“这里太危险，我带你去里面的藏冰室。”说着虞灵犀起身，拉着宁殷朝里间的冰库走去，寻了个干净的地方让他坐下。

寒冷彻骨的冰雪之室很好地抵挡住了大火焚烧给他们带来的燥意和刺痛感。

宁殷眸色很黑，脸颊苍白得几乎快和冰块融为一体。满室淡蓝的冷光包裹着虞灵犀窈窕纤细的身躯，这让他想起了那个可怕的噩梦，他胸口一疼。

虞灵犀劫后余生，并未发现他此刻的异样。

她将手搁在堆积成山的冰块上贴了贴，再将冰凉的手掌贴在宁殷滚烫的脸颊上，给他降温。

“吓死我了。”她心有余悸地道，“知道吗？我听到铃声响的时候，第一反应并非开心，而是害怕。”

火势那么大，她无法想象两人间的默契若是出现得再晚一步，会有什么后果。

宁殷抬手，似乎想摸摸她的鬓角，然而看到满手满袖的鲜血，又若无其事地垂下手去，低哑一笑：“抱歉啊，岁岁。”

虞灵犀呼吸一窒。无论是在那场梦里还是今生，她第一次听宁殷说“抱歉”。即便当初误会她送香囊的用意后，宁殷也只会沉默地拥紧她。

“大婚初始，本不该见血。”宁殷抬手在旁边的冰块上拭了拭，直至剔透的冰被染成玛瑙般的红色，他方问，“恨我吗？”

虞灵犀讶异地睁大眼，退开些许看他。

“宁殷，你在胡说什么？”她蹙着眉头，用微凉的指尖抚着他赤红的眼尾。

“岁岁应该恨我。”宁殷挂着浅笑，将那支玉簪插回虞灵犀的髻上，“我生而不祥，屡次去见你，总带着满身脏臭的鲜血。”

是他连累了她，毁了他们一生一次的甜蜜新婚。

喉间发涩，虞灵犀半晌说不出话来。那个见血就异常兴奋的小疯子，竟开始嫌弃死亡所带来的脏臭鲜血了。

“你屡次来见我，都披荆斩棘，对我舍命相护。”虞灵犀纠正他，“你用尽力气才走到我身边，我爱你尚且不够，何来怨恨？”

他本可以离开火场，就像她本可以从冰窖逃离。

爱如同悬崖上的横木，一端的分量轻了，另一端就会坠入深渊。虞灵犀觉得无比幸运，因为听到铃声的一瞬，他们都不约而同地选择了奔赴彼此。

她呼出一口白气，索性将额头也抵了过去，与他鼻尖对着鼻尖。

宁殷在大火中搜寻那么久，袖袍黑了不少，嘴唇也被烘烤得干燥开裂，渗出丝丝血痕。虞灵犀便凑过去，在这冰室之中小心地、温柔地含住了他的唇。

冰室淡蓝的冷光落在他们相抵的侧颜上，让他们的侧颜显得柔和。

虞灵犀的唇舌是热的、软的，不似噩梦中那般冰冷。

宁殷张开了嘴，开始回吻她。

虞灵犀咳了声，刚升腾起的热意迅速褪去。

冰室里到底太冷了，宁殷的唇舌撤离时，他宽大的袍子已罩在了她身上。

“有些脏，岁岁将就着用。”他道。

虞灵犀恍惚记得，去年春末她被赵须关在仓房中，宁殷也是这般解下袍子裹住她，神色如常地道：“小姐将就着用。”

“这里或许有通往采冰场的密道。”虞灵犀收拢思绪，提醒道。

宁殷点点头，弯腰单膝而跪，试图抱她。

“不必。”视线从他带伤的掌心收回，虞灵犀轻而坚决地摇摇头，“我能自己走。”

他们越往里走，冰块就越多，也越冷，冻得人脑仁疼。

她牵住了宁殷的手，不管他如何顾虑他指间有肮脏腥臭的血，仍紧紧地握着他。

两个铃铛振荡呼应，他们一起走过长而曲折的密道，不管道路有多崎岖坎坷、有多黑暗泥泞，都不曾松手。

虞焕臣和沉风他们都快急疯了。

火势那般大，里头的人根本没有生还的可能，但虞焕臣依旧领着禁军一桶水一桶水地朝着火的宫殿泼着。

直到血染白衣的宁殷揽着虞灵犀从北苑而来，虞焕臣赤红的眼中才有了希冀。虞焕臣丢了桶子便冲上去道："岁岁！你没事吧，伤着没有？"

"我没事，兄长。"虞灵犀扣紧了宁殷的手，睫毛上还有未化的寒霜。她虽然狼狈，却没有一丝怯意。

虞焕臣看了宁殷一眼，压下迁怒之色，沉声道："哥哥送你回府。"

虞灵犀病了一场，回静王府便起了高烧。这不能怪她，火烧大殿时密窖那么热，冰库中又那般冷，如此极端的温度交替，便是铁打的身子也难以扛住。

意识模糊间，有谁温柔地搂着她，将苦涩的汤药一点一点地喂进她的唇间。

"岁岁，"低沉的声音穿过黑暗，他低哑轻唤，"快好起来。"

被藏匿在衣襟中的金铃不停地振动，他呼吸急促。

黑暗如潮水般褪去，虞灵犀睁开了眼。

夜已经极深了，宁殷近在咫尺的面容在晦暗的光线下呈现出一种苍白之色，他合拢的眼睑下也是一片青色。

虞灵犀眨了眨眼，这才确认她面前的这个男人，是那个无坚不摧、高高在上的小疯子。她刚刚抬了抬手指，宁殷便倏地睁开了眼睛。

四目相对，虞灵犀还未来得及说句什么，就被宁殷按进了怀中。

"岁岁的眼睛很漂亮。"他揉着她单薄的肩颈，很久后才继续说，"如此漂亮的眼睛，却过了这么久才睁开。"

他没了往日一贯的逗趣坏性，声音低沉到近乎嘶哑。

"让你担心了。"虞灵犀抬起久病后绵软的手臂，环住宁殷的腰肢，"我睡了多久？"

"一整日。"宁殷开始吻她，从她的额头、眼睫再到嘴唇，呼吸滚烫。他像是在迫不及待地确认什么，这个吻不带丝毫欲念。

"没梳洗，"虞灵犀抿了抿唇，阻止他继续往下的动作，"嘴里都是药味。”

宁殷什么也没说，披衣下榻，抱着她往隔壁净室行去。

净室的汤池四时常热，水雾氤氲。

她的亵服被褪去，堆叠在软榻上。她刚入水时，被青石板磕破的指尖传来细微的刺痛。

宁殷也没好到哪儿去，右手掌还缠着纱布。他屈腿坐在池边，端起一旁温好的粥水慢慢喂着坐浴水雾中的娇娇美人。

借着微亮的灯火，虞灵犀看见宁殷赤着的胸口上浮现的殷红刺青，不由得一愣。

奇怪，宁殷还未下汤池泡澡，也不曾和她……刺青为何会突然浮现?

虞灵犀下意识地摸了摸他的胸口，问道：“你这个怎么……”而后她指尖一顿——这温度不太对。

哗啦，她从水池中站起，用双手捧住宁殷的脸颊，十分凝重地将脸凑了过去。

宁殷愣了愣，而后搁下手中的粥碗，抬手扣住她的后脑勺。

“你在发热。”虞灵犀将额头抵在他的额头上，皱紧眉头道，“你发烧了，宁殷。”

“是吗？”他露出一副无所谓的样子，因为发热，苍白的脸颊上浮现几分艳色。他微眯眼眸道，“听闻发热之时，能……”

“……”很好，看来他又恢复了常态。

虞灵犀满腔的心疼之意变成了恼意，她从汤池中出来，抖着手裹上衣裳，吩咐外头候着的宫婢去叫太医来。

太医很快来了，熟稔地为宁殷把了脉，捋须道：“殿下正在排毒，有些高热症状也正常，王妃不必过于惊虑。”

“毒？”虞灵犀下意识地看向宁殷。

宁殷披衣而坐，见虞灵犀的眼眶都泛红了，才勉强解释一句：“宁玄准备的毒香，我吸了一点。”

他捏了捏虞灵犀的尾指：“下三烂的东西，不至于要我的命。”

一旁的太医尽职尽责地道：“虽处理及时，但长此以往，毒素堆积，绝非好事……”

宁殷凉凉一瞥，太医立刻识相地闭紧了嘴巴。

想起什么，虞灵犀倏地起身，往里间的屉中翻找了一遍，着急地道：“药郎留下的百解丹呢？”

“没了。”宁殷起身，将她拉了回来。

“没了？”虞灵犀张了张嘴，继而想起薛岑曾中百花杀，却至今没有毒发身亡一事。她只需稍加揣测，便能猜出最后一颗百解丹去了哪里。

鼻根一酸，她呆呆地坐了一会儿，而后抬眸道：“拿纸笔来。”

侍从奉上纸笔，虞灵犀闭目回忆了一番，落笔默出一份药方。

预知梦里，宁殷的身子几乎可以用来养蛊了，并不比现在宁殷的身子好。他研究药方时，从来不避讳虞灵犀。所以常年磨墨陪侍他左右的虞灵犀，知道不少和百解丹有同等效用的药。

将药方交给太医核验过，她便命人赶紧去抓药煎汤。

她回到寝殿，宁殷正笑吟吟地倚在榻上看她。

“你少折腾些吧。自己的身体，自己爱惜些。”

他不心疼自己，有的是人替他疼。

宁殷笑着将虞灵犀拉入怀中。他喜欢她灵动鲜活的样子，哪怕她是对着他生气，骂他、打他，也比躺在榻上一动不动要强。

“你给我躺下休息，安分点。”虞灵犀轻轻挣了挣，忽觉一阵炽热的呼吸喷洒在她的耳畔。

他挂着笑，漫不经心地道：“我的身体，只有在你好好活着的时候才有价值。”

第九章 并肩

以前欲界仙都尚在时，就常有癖好特殊的恩客刻意给花娘喂食五石散，使其浑身高热，享用起来欲罢不能。

宁殷的想法很简单，旁人觉得好的东西他都想给虞灵犀。

“夫妻相爱，休戚与共。”虞灵犀叹了声，扭头看着宁殷烧得绯红的眼尾，“你生病受伤了，我也会跟着难受许久，一点享乐的兴致都没有。”

去年赈灾粮之事后，在虞府中，她曾告诉宁殷，那些重要之人就活在她心里，他每杀一个，就如同在她心间捅上一刀。

“你是我心里最重要的人，宁殷。”她贴了贴宁殷的额头，“所以，你要快些好起来。”

宁殷好像花了很久才明白这个道理，一向落拓不羁的小疯子，忽然就安静了下来。他什么也没说，只是将下颌抵在她的肩窝处，极慢极慢地收拢手臂，揽住她纤细柔软的腰肢。

殿内静谧，两道影子静静依偎。

熬好的汤药被送过来时，还冒着滚烫的热气。虞灵犀让侍从先退下，自己捧着药碗搅了搅：“这药也是祛毒固本的，想来应该有些用。”

“无妨。”宁殷毫不迟疑地伸手接过她的药碗。

约莫是他生了病的缘故，嗓音有些缓慢低沉：“岁岁开的就算是毒药，我也高高兴兴地喝。”

宁殷表达情绪的方式总是有些偏激疯狂，但虞灵犀能明白他的心意。

“好好的情话，非要说得这般可怕。”她嘀咕了一声，安静地注视着宁殷，猜想他又要提出一些奇怪的喂药方式——譬如用嘴。但出乎意料地，宁殷这回安分得不像话，自个儿仰首将苦药一饮而尽。

直到他将空碗搁在案几上，虞灵犀才回过神来，伸手擦了擦沾在他薄唇上的淡褐色药汁。

“苦吗？我给你夹块蜜饯。”她弯了弯眼睛，知道他这会儿定然舍不得折腾自己。

宁殷按住她的手，凑近她些许，顿了一顿，方将滚烫的唇轻轻印在她的眉心，低声道：“够甜了。”

天都快亮了，高热过后，疲乏感涌上心头，虞灵犀缩入被褥中，嘴角仍是弯着的。她回拥住宁殷道：“安歇吧，明日就会好的。”

宁殷侧身，散毒发热时身躯并不好受，呼吸带火。

不过他早已习惯了。盯着她纤长的眼睫看了许久，他才依依不舍地闭上眼，不顾满身的热与痛，与她相拥得紧些、更紧些。

宁殷身强体壮，休息两三日便不再发热。

倒是虞灵犀退了高烧，又开始咳喘，反反复复折腾了十来日，身体才渐渐好转。

虞灵犀卧榻病了这十日，宁殷便守了十日，一干要务皆是由亲信侍从捧到他眼前来处理的。

三月初的时节，殿试放榜，礼部主持琼林御宴宴请中榜之人。

几经动乱的朝堂空缺无数，而此番大量新贵涌入朝堂，是个极佳的培养己方羽翼的时机，故而这样的宴会，宁殷必须亲自入朝甄选把关。

虞灵犀本也想去宴上赏花散心，无奈大病初愈，宁殷说什么也不愿她出门劳累。

虞灵犀知道，之前三皇子从他眼皮子底下绑人，他嘴上不说，心里终究是在意的。

宁殷不在，她便去书房阅书消遣了。

书案上放了一份名册，那是今年殿试及第的士子名录，看来宁殷还在斟酌该扶植哪些人。

虞灵犀坐在案几后，拿起一旁的朱砂笔，凭记忆勾选了七八个名字，其中就包含探花郎周蕴卿。若无意外，以周蕴卿为首的这批人，在不久的将来会成为宁殷忠实的肱骨拥趸。

她刚放下笔，便听侍从来报："娘娘，虞夫人与虞大小姐赴约前来。"

见到母亲和阿姐，虞灵犀很是开心。

侍从说她们是"赴约"前来，那必定是宁殷出门前交代过，怕她独自在府中无聊，特意将亲人请来陪伴她的。她不由得心中一暖，走路都带着轻快的风。

"岁岁，身子可大好了？"一见面，虞夫人便顾不得落座，只看着女儿，担忧道，"听闻你生病了，阿娘心里真是难受。"

"只是得了小小风寒，已经好啦。"虞灵犀扶着虞夫人坐下，又问一旁飒爽的戎服女将道："阿姐，阿爹和兄长怎么没来？"

虞辛夷道："近来军务繁忙，阿爹和虞焕臣军营朝堂两边跑，忙得脚不沾地。"

往年春夏军务并不多，虞灵犀敏感地道："是发生什么事了吗？"

"北境燕人崛起，正是需要扩充粮草的时候，趁着大卫新丧无主，屡次南犯。朝中主战和主和两派已是吵翻了天，就看静王如何发令，虞家军自然要做好上前线应战的准备。"

说到此，虞辛夷觉得有些奇怪："岁岁在静王府，竟不知道这事？"随即她点点头，自顾自地道，"也对，你这些时日都在病中。"

虞灵犀知道这场战役。梦里宁殷成为摄政王，扶植周岁的小皇子登基。燕人欺负卫朝大权旁落，国主又是个才断奶的稚童，故而屡次进犯，宁殷不顾主和派的反对极力应战。

那时虞家军已不复存在，朝中武将匮乏，此战打了整整两年，几乎耗空了卫朝的财力人力。

战役虽胜，宁殷却也添上了新的骂名：好战喜杀，残暴不仁。

天子年幼，背锅之人自然成了宁殷，虞灵犀不愿他重蹈覆辙……

她得想个法子。

见女儿心思深沉，虞夫人笑了笑，岔开话题道："你嫂嫂给你做了金蕊酥，快尝尝。"

虞灵犀这才重新笑了起来，拈起一块奶香金黄的糕点，放入嘴中。

虞夫人和虞辛夷用过午膳，便要归府了。

临出门前，虞辛夷想起什么似的，回头揉揉鼻尖道："对了，岁岁，你若不为难，便替阿姐向静王求个情，让他别折腾宁子濯了，成吗？"

这又扯上了南阳小郡王什么事？虞灵犀独自在书房的小榻上靠了会儿，没想明白阿姐那番话从何而来。

昏昏沉沉地睡去，睡梦中，她只觉得胸口冰凉微痒。她下意识地伸手去抓，却被一只大手握住。她迷迷糊糊地睁眼，便见一张俊美放大的脸庞近在咫尺。

虞灵犀吓了一跳，抖了抖眼睫，茫然地道："你何时回来的，怎么都没声儿？"

她这副春睡慵懒的模样格外妩媚。她倚靠在榻上，玲珑的身形妙曼无比，一张脸也如桃花般灵动娇艳。

"刚回来一刻钟。"宁殷拿着一支紫玉羊毫笔，蘸了蘸案几上的红色染料道，"琼林宴上见桃花甚美，便折了一枝归来，画给岁岁看。"

他这么一说，虞灵犀才发现榻边生了炭火，案几上的瓷瓶中插了一枝艳丽的桃花，而她的衣襟被褪下些许，半边薄肩都露在外面。

她眨了眨眼，忙要起身："你做什么……"

"别动。就剩这么点赤血了，蹭花了可就没有了。"

宁殷按住她的身子，笔锋稳而不乱，游走在她大片白嫩的肌肤上。

"赤血？"这个名字她有些耳熟。

宁殷画得入神，淡淡地"嗯"了声。

"我心口刺青的染料。"他垂眸，眼底泛起浅浅的笑意，"本王说了，舍不得岁岁挨针刺之痛，画个花也是一样。"

所以他将春日宴会上最美的一枝花带回来，想画在她的肩头。

他用自己独特的方式纵容虞灵犀，虞灵犀又何尝不是在纵容他？

譬如她此时嘴上骂着"小疯子"，却乖乖地放软了身体，打着哈欠看他胡作非为。

宁殷的手极巧，大片的桃花沿着她的肩头斜生往下，灼灼绽放。

虞灵犀让宁殷拿来镜子，左右照了照，赞许道："还挺好看。只是夜间沐浴就要洗掉，可惜。"

"无碍。"宁殷拿起绸帕拭了拭手，缓声道，"能在岁岁身上开上两次，已是它莫大的造化了。"

"两次？"虞灵犀没多想，往毯子里缩了缩道，"对了，南阳小郡王是怎么回事？他惹着你了？"

宁殷都不用问，知道定是虞辛夷来向她求了情。

他没直接回答，反问道："岁岁想不想远离朝局，与我去过寻常夫妻的闲散日子？"

他突然提及此事，反倒把虞灵犀问住了。

梦里不可一世的摄政王，今生不疯魔不成活的小疯子，竟然萌生了退隐的心思？

"若能与你逍遥度日、白首到老，自然是好的……"

"所以，本王没耐心等那个吃奶的娃娃长大。"宁殷轻声打断她的话，"而宁家的宗室子里，只有宁子濯勉强有几分人样。"

"什么？"虞灵犀猜不透了，"你想放弃小皇子，扶植南阳小郡王？"

"原是做两手准备，可宁子濯竟敢当朝顶撞本王，说自己无意于皇位。"宁殷大言不惭地道，"本王向来睚眦必报，容不得旁人跳脚说'不'，想让他吃点小苦头。"

"小郡王竟是这样视权势如粪土的人吗？"虞灵犀想起初次见面时那个幼稚高调的少年纨绔，再想想他敢与宁殷对峙的勇气，立刻对他肃然起敬起来。

"他哪有你想的那般伟大？不过为了一个女人罢了。"看出虞灵犀的心思，宁殷嗤了声，"他想娶虞辛夷为妻。"

"啊？"虞灵犀睁大眼，而后仔细想想：阿姐几次受难，宁子濯都慷慨相救，这一切似乎也合情合理。

"若他当了皇帝，娶阿姐为后，阿姐就不能再驰骋沙场了。"虞灵犀喃喃道，“他是为了这个理由，才鼓起勇气反驳你的吗？若是如此，我倒有些钦佩他。”

他那放弃万里河山与无边权势，只为成全一人的勇气，不是人人都有的。

宁殷见她为别的男人感慨，眸子暗了下来。

他轻轻扳过虞灵犀的脸，往下看了一圈，忽而道：“淡了。”

“什么？”虞灵犀顺着他的视线往下，目光一顿。

那片嫣红灼灼的桃花随着温度的下降，已然消失了踪迹。

她嗅到了危险的气息，忙拢紧衣裳往后缩了缩。

“等等，我还有话与你说。北境燕人之事，你……”

然而已经晚了，她道：“你做什么？”

“开花。”他含着笑道。

春日旖旎，桃花嫣然地盛开。

枝条的影子被阳光投射在窗纸上，逐渐西斜。

瓷瓶中那枝桃花凋落了几片花瓣，而虞灵犀锁骨下用赤血绘就的桃花却在寸寸绽放，灼灼其华。虞灵犀的面颊也如同身上的桃花一般。

呼吸得太急促，她扭头咳了两声，宁殷立刻抬眸看她，他薄唇浅绯，眼里染着缱绻的幽暗之色。

四目相对，虞灵犀眼波潋滟，她故意道：“头晕，没力气了。”

倚躺在锦绣堆里的美人大病初愈，眼尾红红。这一副弱不胜衣之态，让她看上去颇为可怜。

若是以往，宁殷必将懒洋洋地调笑一句：“好没道理，花开了，岁岁就不管夫君的死活。”

但今日的他竟然没去分辨此言的真假，看了她片刻便缓缓起身，将吻落在她湿润的眼睫上，扯来毯子裹住她薄肩上的彩绘。他垂着眼，用修长的手指慢条斯理地抚着，将她裙裾上的褶皱一寸寸抹平。

宁殷衣物齐整，依旧优雅至极，质感上佳的深紫王袍垂下榻沿，白玉腰带下……看来也没有那么优雅。

虞灵犀有些不好意思，半晌后又看了一眼，小声道：“你……没事吧？”

“没事。”宁殷面无表情地捏了捏虞灵犀的后颈，待揉得她缩起了脖子，方轻笑。

虞灵犀想堵他的嘴。

炭火渐渐熄灭，窗外的斜阳变得秾丽厚重。

宁殷下榻濯手，以帕子将手擦拭干净，坐下时瞥见书案一旁半摊开的进士名册，便顺手拿起来翻了翻。上面用圈画了不少人名，有些人名旁边，还被人贴心地用朱批写上了此人适合的职位及此人能力如何。

宁殷看了许久，饶有兴味地道：“岁岁识人的眼光，倒与我的一致。”

虞灵犀有些心虚：在预知梦里，这些人都是宁殷的左臂右膀，能不合他的心意吗？

“这个周蕴卿的文章我见过，针砭时弊，大开大合。”宁殷点了点那个被加重圈画的名字，“当初受惠于唐公府的穷酸秀才能有这般见解，有些意思。”

“他沉默少言，却秉公清正，可去大理寺任职。”花痕淡去，虞灵犀的思绪清醒了些，她没骨头似的倚在榻上笑道，“这几个人都是知根知底的，兴许能帮到你。具体怎么用，还须夫君自个儿排查挑选……”

随即她想到什么，声音微不可察地变得轻缓下来。

若宁殷真打算与她避世退隐，远离庙堂，这些人才自然也不可能再属于他。

宁殷那段众臣朝他俯首、睥睨天下的岁月，终将留在那个梦里。

不知为何，她心中竟隐隐生出一丝惋惜之情。

宁殷决策下得精准且快，虞灵犀走神的这一瞬，他已起身唤来侍从。

“周探花与状元、榜眼一同打马游街后，便不知踪迹。”亲卫道，“属下打听过了，他并未回客舍……”

宁殷合拢名册，乜眼。

亲卫反应过来，绷紧身子，立刻改口道：“属下这就命人去请！”

虞灵犀从榻上起身，想了想，浅笑道：“或许，我知道周探花在哪儿。”

唐不离最近甚是烦闷。

祖母去世才两个月，她孝期未过，就陆陆续续有媒人上门为她说亲，明显欺她是一介孤女，无人做主，眼馋唐公府殷实的家底。若是媒人为她议亲的对象是高门大户的庶子也就罢了，他们出身名门，多少有几分教养。但最近托媒人来给她议亲的这些人，越发上不得台面。

“虽是娶乡君做续弦，但俗话说得好，死过老婆的男人是个宝，会疼人。何况李郎君今春刚中了进士，第十一名呢！将来任了官职，必飞黄腾达。”媒人捏着帕子，昧着良心将对方吹得天花乱坠，“他真正是才貌双全的人物，乡君嫁过去能住宫殿般的大宅子，吃饭有人用金勺子喂，出门有人用琉璃轿子抬，有一辈子享不尽的荣华富贵，还有个知冷知热的人陪着，岂不比一个人苦苦支撑家业强？咱们女儿家，生得好不如嫁得好，自古如此。”

唐不离听得窝火不已。这姓李的都能做她爹了，她如花似玉十八岁，为何要嫁给一个中年人做续弦？

她素来不是软弱之人，随即解下腰间的长鞭一甩，将媒人手中的杯盏吧嗒击碎，凛然地道：“唐叔，送客！”

媒人吓得呆若木鸡，随即面色变得僵硬起来。她尴尬地站起身。

“乡君眼界高，可惜朝中王爷就那么一个，您即便有个王妃做手帕交，也没有做王妃的命了。”媒人赔着笑，可说出来的话句句往唐不离的肺管子上戳，“新科进士都入不了您的眼，以后京中谁还敢给您说亲哪？”

唐不离冷笑一声，拽拽鞭子道：“说什么呢？再如此阴阳怪气，本乡君把你的舌头拔了！”

媒人对她的鞭子心有余悸，撇撇嘴，转身往外走。

直到出了唐公府的门，媒人才悄悄“呸”了声，嘀咕道：“没爹没娘的破落户，还想嫁三鼎甲的新贵不成？”

她正嘀嘀咕咕着，便听一旁的轿中传来清越的声音：“按本朝律令，诽谤他人者，轻则掌嘴二十，重则连坐满门。”

媒人惊异地转过头，打量着这顶簇新的小轿，不知里头是哪位贵人。

轿子落了地，随即，两根温润的手指挑开布帘，一位朱袍墨带的年轻郎君躬身迈下轿来。

这年轻人算不上十分俊美，但胜在白净挺拔，气质清冷干净，一看就知是饱读诗书的清正之人。

媒人阅人无数，一眼就认出了他簪着银叶绒花的乌纱帽和那一身只有进士前三才有资格穿的红袍……而进士前三名中，只有探花郎是这般年纪。

知道自己方才得罪了这名新贵，媒人彻底变了脸色，匆匆一福礼赔罪，逃似的离去。

唐叔出门倒茶渣，瞧见门口的这一幕，骇得立刻回府禀告。

"小姐，他……他来了！"唐叔腆着发福的肚子，跑得上气不接下气。

"谁来了？"唐不离一脸奇怪，"那乱嚼舌头的媒人又回来了？"

"不……不是！"唐叔撑着膝盖，深吸一口气道，"探花郎周蕴卿，周公子来了！"

唐不离一口茶水喷出。她愣了愣，才反应过来这个名字属于谁。

"什么？"唐不离倏地起身，有些难堪地道，"我如今是这般境地了，他还来做什么？"

想起当初自己赶走他时的那般决然模样，她又有些心虚。

那是七夕第二日。

她让他赶紧收拾东西走时，他什么也没说，只是埋头疯狂地誊写策论，一张又一张的白纸飘满了整间陋室，他的眼神显得很孤寂。

"莫不是记恨当初我将他扫地出门，所以来奚落我了？"唐不离不可抑制地想。

"我也担心如此。"唐叔叹了声，好脾气地劝道，"当初小姐做事，应该留几分情面。"

"现在说这些有何用？"天不怕地不怕的清平乡君这才慌了起来，忙吩咐道，"唐叔，去把门关上！不许他进来！"

唐叔领命退下，不过片刻又满头大汗地跑了回来，皱着八字眉道："来不及了，周探花立在正门口，看样子非要见小姐一面。"

唐不离瘫坐在椅子上。

她能忍受亲人的算计、旁人的嘲讽，能挥舞着鞭子将他们统统赶出府，但唯独对周蕴卿……

像中了邪似的，她唯独对他露了怯。

当初祖母病重，她心情不太好，的确将事做得不太厚道。

犹豫许久后，唐不离握紧了腰间的鞭子。

罢了，伸头一刀缩头一刀，探花郎再威风不也就是个书生吗？她骂不过他，还打不过？

下定决心，唐不离咬了咬牙，大步朝门外走去。

周蕴卿果然站在府门前，站得笔直，没有丝毫不耐之色。

那一身探花红袍扫去了他曾经的穷酸气，这样的他显得面如冠玉。

唐不离顿了顿脚步，才继续向前，戒备道：“你想干什么？”

见她语气不善，周蕴卿有些诧异，但很快垂下眼睛，恢复了曾经那副低眉顺眼的模样。

他不善言辞，一句话要老半天才说出口，然一旦将话说出口，必一针见血。

周蕴卿张开了唇，唐不离立刻绷紧了身子。

她气呼呼地揣测：周蕴卿是会先炫耀他如今的功绩，还是先嘲讽眼下落魄的我？

“乡君资助深恩，周某没齿难忘，今特来拜谢。”说罢，周探花郑重地拢袖，行大礼一揖到底。

风过无声，四周悄寂。

唐不离：“唵？”

虞灵犀今日停了药，太医说趁着春日晴好，让她多出去走走，宁殷便安排了车马，亲自带她入宫赏花。

去宫中的路并不远，却十分拥挤。各大米行店前挤满了人，他们皆是在争抢米面。

虞灵犀知道，朝中新丧无主，人心惶惶，大卫与燕族的交战一旦开始，粮价必然飞涨，故而京城的百姓家家户户都在屯粮。似乎谁也对如今的卫朝没有信心，毕竟这个朝廷，连国主都不曾定下。

她正看得心惊，视线忽地被遮挡，车帘被身后之人放下。

宁殷伸手，将虞灵犀的脑袋轻轻转过来。满街吵乱，他那双漆黑的眸子却依旧平静，里头不见半点波澜。

虞灵犀疑惑，轻轻眨眼道：“怎么了？”

宁殷半眯着眼，看了她半晌，才慢慢地道：“嘴花了。”

虞灵犀下意识地抬手摸了摸嘴角，指尖果然染了一抹淡红，这正是方才宁殷不管不顾地吻她后留下的杰作。她忙拿起帕子用力擦着唇角，轻声恼道：“都怪你。”

她竟然都没发现口脂花了。方才她撩开车帘朝外看了那么久，这模样若被人看见，她未免太丢人了。

宁殷笑了声，一点歉意也无，反而侧首靠近她，用唇将她唇上剩下的那点口脂印也清理干净。

皇宫北苑有一座观景极佳的楼阁，登上七楼，可见蓬莱池碧波万顷，繁花如簇，万千梨雪压得枝头沉甸甸地下垂，随风飘落厚厚一层白色花瓣。

楼阁中备了美酒佳肴、兽炉香熏。

虞灵犀凭栏远眺，只觉心胸开阔，思潮翻涌。

宁殷没有种花的喜好，连带着静王府里也没有一点春色。虞灵犀正寻思着要不要移栽几株梨花、桃花入府，便觉腰上一紧，宁殷从她背后贴了上来。

虞灵犀放软了身子，摇扇无奈地道：“不热吗？”

宁殷反而将她揽得紧了些，好像两人热得越难受，他就越开心。

“喜欢梨花？”他低沉的嗓音飘在她耳畔，“可惜，世上没有白色的赤血。”

原来静王殿下也在想着如何“栽花”。

“喜欢。”虞灵犀深吸一口带着花香的空气，想了想，道，“等我们头发都和梨花一样白了，还要搀扶着一起来此观花。”

宁殷很少想“以后”，因为他曾是一个没有未来的人。但此刻听虞灵犀说起以后的设想，他却觉得，那定是一幅极美的画面——老太太岁岁挽着老头宁殷，一步一步地慢慢走，夕阳在他们身后拉出长长的影子。

宁殷笑出声来。

虞灵犀不知他在笑些什么，凝神间，远远看见一名英姿飒爽的女武将背负弓矢，领着下属巡逻而过。

阳光下的女武将走路带风，让人挪不开眼睛。

虞灵犀眼睛一亮："阿姐！"

春末的阳光已有些晒人，虞灵犀猜想阿姐要在这艳阳下跑上大半日，定然十分辛苦。伸指挠了挠宁殷的掌心，她正要命人给阿姐送些凉汤过去，便见宫门外有位锦袍少年快步而来。

宁子濯唤了声什么，阿姐转过身。

风一吹，梨花如雨，宁子濯手忙脚乱地举起衣袖，替阿姐遮挡住纷纷扬扬的落花。

明明是性格不着调的两个人，站在一起却有种如画般的和谐之美。

嘴角弯了弯，虞灵犀打消了前去送凉汤的想法。

宁殷伸指按了按她上弯的嘴角，问："在想什么？"

虞灵犀深吸一口清新的空气，轻轻转过头来，认真地看着宁殷。

她想起了梦中嚣张的燕族带来的骚乱，想起了混乱的京城，还有方才梨花下笨拙守护阿姐的少年。

她的思绪在那一刻归拢，逐渐清晰起来。

她的眼中映着万顷湖波，如画流云，也映着宁殷俊美的容颜。

风停，满树摇曳的梨花平静下来，而虞灵犀眼中的光并未消失。

她轻声道："宁殷，你称帝吧。"

宁殷指尖微顿，眸色深暗。他没有说话。

虞灵犀提出此议，并非一时兴起。

梦里的宁殷有腿疾，那腿疾乃不治之症，他自然就失去了登基为君的资格，但现在不同。

兄长也说过，宁殷走到今天这个位置，离皇位只有一步之遥，即便他自己没心思做皇帝，但他的拥趸也会为了前途利益而推举他即位。

天下熙熙，皆为利往，与其做臣子的臣，不若做帝王的臣。

三皇子宁玄死前能将手伸到静王府来，已然证明了兄长说那番话，并非是为了恫吓她。

虞灵犀深思熟虑了很久，才将这话说出口。

宁殷看着她的眼睛，像是在回味她那短短六个字的分量。

“喝醉了？”他嗅了嗅，只闻到了浅淡的女儿香。

让一个疯子称帝，还有比这更疯狂的事吗？

“没有，我很清醒。”楼阁雕栏旁，虞灵犀面容沉静。

宁殷总说他没有怜悯之心，天生凉薄。

一开始，虞灵犀并没在意，但他提的次数多了，她才反应过来，他或许是有些自厌。

何况最近经历了许多，她渐渐发现，其实百姓不在乎皇位上坐着的是谁。只要那人能让他们填饱肚子，能解决战乱冻馁之患，那么，一个凉薄却有手段的帝王，远比一个伪善却无能的君主要强得多。

浮云掠过，虞灵犀仰首望着天边的暖阳：“宁殷，你看这轮太阳。”

宁殷掀起眼皮，没有看太阳，而是扭头欣赏阳光下虞灵犀明艳的笑颜。

她俯身撑着雕栏，轻声道：“大家敬畏金乌，并非因为它多美、多耀眼，而是因为它足够强大，强大到能驱散凛冬黑夜。”

宁殷始终侧首，眸中泛起些许光亮。

“岁岁变着法夸我，良心不痛？”他轻啧了声，“可惜本王是炼狱的修罗，做不了受众人瞩目的太阳。”

“修罗也挺好啊。”虞灵犀自然地接过话茬，“不惧宵小，斩尽恶徒。就连大慈大悲的佛殿里，都会摆着几尊凶神恶煞的怒目金刚呢。”

宁殷怔了怔，随即低低地笑出声来。

她想要夸人的时候，就连石头也能被她夸出花。

“笑甚？”虞灵犀微微侧头，“觉得我太聒噪了？”

“恰恰相反。”宁殷眯着眼惬意地道，“本王只是觉得岁岁说甜言蜜语的声音，比那次戴铃铛时的哼唧声还好听。”

虞灵犀无言。明明他们在一起这么久了，她仍是会被口无遮拦的宁殷弄得面红心跳。

“少转移话题。”她哼了声，认真地道，“你说要与我退隐，一生一世一双人，可是宁殷，那真的是你想要的生活吗？”

虞灵犀清楚地记得，梦里的宁殷如何将权力玩转得炉火纯青，将敬畏和惧怕他的人踩在脚底下的。但他只是站错了位置。

大概看出虞灵犀没有在开玩笑，宁殷收起了面上的悠闲神色。

他薄唇微张，可虞灵犀轻轻捧住他的脸颊，显然知道了他即将说出口的话语。

“摄政王身处朝堂旋涡中，要苦心经营政务、平衡朝堂，可到头来是为人作嫁，功绩被算在小皇帝头上不说，还要时刻被人提防功高震主。”想起梦里的宁殷，虞灵犀蹙了蹙眉，“等小皇帝长大了，你交权还是不交权呢？你不交权，必然有人反、有人骂，换个傀儡皇帝也不过是换批对手，于是世上还会有第二个宁玄、第一百个薛嵩。他们师出有名，标榜正义，用毒、行刺，乃至口诛笔伐，对你群起而攻之，你将日日夜夜永不安宁；而我……”

她沉默了片刻，轻叹道：“而我除了在王府里心疼不甘，什么也帮不上你。”

就像那场梦里发生的悲剧一样。

虞灵犀道：“我可以站在你身边，而非你身后。”

如同当初她想要护住将军府那般，她想与此生最爱之人并肩而行。

虞灵犀说了这么多，宁殷只是静静地听着，侧颜映在湖光中，宛若无瑕的冷玉。

“你将为夫想得太好了，岁岁。”他微眯着眸，伸手抚了抚虞灵犀的眼尾，仿佛要碰一碰她杏眼中璀璨的光，“这江山入不了我的眼。”

“如果，这江山里有我呢？”

虞灵犀将他微动的神色尽收眼底，迟疑了片刻，终是轻而温柔地道：“宁殷，你是否并非不想君临天下，而是……怕我失望？”

宁殷的指腹微不可察地一顿。

“可笑。”他温柔地道。

但他笑不出来。

虞灵犀倒是弯了弯眼睛，将目光重新投向岸边的梨花林。

美景依旧，穿红色戎服的女武将与着金白锦袍的小郡王已行至远方。

因虞辛夷要巡逻，宁子濯没敢跟她跟得太近，只隔着一丈远的距离慢悠悠地陪着她，与她将北苑巡查一遍，间或与她聊上两句。

不知两人聊到了什么有趣的话题，虞辛夷一掌拍过去，将宁子濯拍得趔趄了一下。接着，虞辛夷拉了宁子濯一把，谁知反被对方逮着机会——宁子濯将早就藏好的梨花往虞辛夷的官帽上一别，嘻嘻地笑着跑远了。

虞辛夷喝令下属不许笑，抬手颇为嫌弃地扯下帽上的梨花，然而转身犹豫了很久，也没舍得将那枝梨花丢弃。

皇城之外，万里江山如画。

“宁殷。”虞灵犀唤他，“卫七。”

宁殷拈了枚酸梅，与她相视。

“小疯子。”她笑了起来，“夫君……唔！”

虞灵犀尾音一转，她的话被尽数堵回腹中。

虞灵犀尝到了梅子的酸味，也尝到了宁殷无声地对她纵容的甜味。

“宁殷，与其一辈子防着那些人，你不如名正言顺地登上皇位，让他们统统都闭嘴。”虞灵犀靠着宁殷喘息，闭目轻而坚定地道，“我想陪着你站得更高。若朝堂秩序容不下你我的桀骜，便创造一个属于我们的秩序。”

她说话嗓音轻柔，却掷地有声，沸腾的血液如澎湃的汪洋。

她看出他的自我厌弃，接纳他的凉薄与疯性，欣赏他的强悍手段，却从不要求他舍弃自我，成为老皇帝那样伪善的“英主”。

她说她想站在他的身旁，而非他的身后。

她说要让所有人都闭嘴，以能力创造一个属于他们的秩序。

宁殷轻啄她的眼睫。

若虞灵犀此刻睁开眼，便能看到他眼眸中的兴奋与疯狂之色。

他心甘情愿溺在她的温柔中。

风鼓动楼阁中的轻纱，梨花雨随风而落，逐流而去。

天高云淡，金红的斜阳将上等的白玉染得秾丽无双。

宁殷玩着虞灵犀散落的长发，深深地看了她半晌，声音低哑地道："记得岁岁曾夸我生得好看。"

虞灵犀抬起眼，不明白他突然提及此事是为何意。

"岁岁最喜欢我身上哪个地方？"宁殷轻弯唇线，温柔地道，"我把它送给岁岁可好？"

"……"小疯子宣泄爱意的方式总是这般与众不同——他乐于将身体乃至灵魂当作示爱的筹码。

她习以为常，故意将目光往下，停在他紧实的腰线下。

宁殷愣了愣，随即搂着她大笑起来，笑得双肩颤动不已。

他的心情真的很好，虞灵犀也很少见他笑得这般肆无忌惮，于是不再计较他的胡言乱语，往他怀中拱了拱。

过了很久，久到她眼皮沉重，她以为宁殷已经睡着时，他低低的嗓音却传来，里头还带着强势意味。

"陪着我。"他道。

"好。"

虞灵犀听懂了他的意思："我会努力，追上你的脚步。"

宁殷捏了捏她的后颈，道："说错了，该罚。"

是影子追着光，他追着岁岁。

今日新科进士领职入朝，填补了空缺，朝中甚是热闹。

"今贤才入殿，大卫不可无明主，臣等叩请静王殿下登基，绵延国运！"

几个眼观六路的文官联名，再三拜请宁殷登基为帝，其大多为附和客气之词，毕竟宁殷往日对他们说的话都是置若罔闻的。但今日宁殷坐在金銮殿中唯一的一把血檀交椅上，漫不经心地扫视一番跪拜于他的新旧朝臣，竟是破天荒地开了金口。

这回他开口，既不是要抄谁的家，也不是要革谁的职，而是冷冷地道："那还跪着做什么？登基封后大典，要本王亲自操办不成？"

殿中顿时安静了下来。

谁都未料宁殷这次竟答应得这般爽快，明亮的地砖上，映出各位文武重臣各异的神情。

尤其是暗中想站小皇子，好借机操控朝局的那几位，面色颇为惊慌复杂。

“殿下临危受命，乃我朝之福！”几位御史台的言官最先站出，控制朝中风向。

礼部尚书也接上话茬：“臣即刻安排祭天登基大典！”

大将军虞渊和儿子虞焕臣交换了一个眼神，短短一瞬，思绪叠起，又归于平静。

仿佛做出了重大的决定，父子二人出列再跪，朗声道：“臣等愿追随殿下，匡扶社稷！”

众臣如梦初醒，纷纷附和：“臣等愿追随殿下，匡扶社稷！”

一桩大事，就这样在朝臣的揣测中落下帷幕，无人敢置喙。

虞灵犀抽空去了一趟大理寺。

前来迎接她的年轻官吏穿着一身松绿官袍，面白目朗，自带一身清正之气。他朝虞灵犀拱手道：“文书核对无误，娘娘稍候。”

他惜字如金，表情肃穆。

虞灵犀认出了这张古板清秀的脸，不由得微微一笑：“是你，周蕴卿。”

周蕴卿面上闪过些许讶异之色，他颔首道：“娘娘还认得臣？”

“自然认得。”虞灵犀的记忆力向来不错，去年七夕时，她就对他的相貌留有印象，“周大人以后会成为大理寺中最出色的少卿。”

周蕴卿年轻，即便得静王赏识，初入朝堂也不过领了从六品的大理寺丞一职，距离大理寺少卿的职位还远着……

然而虞灵犀是谁？那是静王藏在心尖上的人，当初挟持她的三皇子残党余孽，至今还在大理寺牢狱的底层受着酷刑，生不如死。

她的一句夸赞，自是比圣旨还有分量。

得了赞赏，周蕴卿无半分沾沾自喜之色，不卑不亢地道：“娘娘谬赞。”

“对了，清平乡君虽然不拘小节，行事大大咧咧了些，但极为重情重义，是个不可多得的好姑娘。”虞灵犀点到为止，“周寺丞若不嫌她处境窘迫，还请念及她当初对你的资助之恩，待她宽厚些。”

周蕴卿听虞灵犀提及唐不离，平淡的面容上才多了几分恭敬之色：“臣明白。”

他话刚落音，两名吏员就领着一道素白的身影入了殿。

虞灵犀从座上抬首，看见了站在两名吏员后的薛岑。

在大理寺中关了近一个月，薛岑看上去瘦了一些，不复以往风华绝代的温润气质，脸色褪成忧郁的苍白色。他如同蒙尘的明珠，但眼睛依旧明澈干净。他看着明艳无双的云鬓美人半晌，几番翕张干燥的唇，方撩袍行礼道：“罪民见过二……王妃娘娘。”

“薛二公子请起。”虞灵犀抬臂，虚扶起他。

薛岑转过头轻咳一声，两颊上浮现些许浅红色，那是百花杀的残毒在他体内作祟。

虞灵犀转头，命侍从将她早就准备好的包裹奉上。

见到那满包裹的珍贵物件，薛岑一愣，随即摇首道：“将死之人，不敢承娘娘恩惠。”

他没敢再次望向虞灵犀。她那么温柔耀眼，耀眼到他只需远远瞥上一眼，泪光就能被逼出来。

“我也承过你的恩惠。”虞灵犀起身，将包裹中的物件一样一样地展示给他看，“这是我让人炼制出来的解毒丸，有足足一年的量，可暂时压制你体内的毒性。这是通关路引，还有我亲笔所写的引荐信。你从京城往北一路去雁城，按照信上的地址找到药郎，他会帮你……”

听到这儿，薛岑才明白虞灵犀的意思。

“娘娘这是要放我走？”胸膛起伏，薛岑艰难地道，“我罪孽深重，唯有以死谢罪，娘娘怎可……”

“是夫君的意思。”虞灵犀刻意搬出宁殷。

薛岑一愣，心中苦味悠长。

“何况罪孽深重之人，已受到应有的惩罚。薛二公子若消极寻死，死如鸿毛般轻，那才真正叫人瞧不起。”虞灵犀浅浅一笑，温声道，“就当是登基大典前的大赦天下，去吧。人总要为自己活一次，愿山高海阔，任君遨游。”

人总要为自己活一次。

这轻柔的话语，却有着振聋发聩的力量。

薛岑回想起自己短短二十一年的人生：他活于父辈的庇护之下，永远都是被家族裹挟着前行。当家族露出华丽外表下的肮脏一面，他的信仰崩塌，他好像一下就失去了活下去的意义。

他饮下毒药，既是为了向虞家赎罪，也是为了挽救岌岌可危的薛家。

他从未想过活着解决问题，只想着以大义凛然的行径，以死逃避，来掩饰内心的懦弱，何其可笑！

心中的迷障散去，薛岑红了眼眶。

他还未来得及收拢薛嵩的骸骨，还未来得及看一眼卸职出京的病危祖父。他还有许多许多的事可以做……

薛岑抬起头来，像年少时那般温和地望向她，缓缓拢袖躬身道：“薛岑，多谢娘娘！”

“那么，再见。”虞灵犀点点头，与他错身，出了大殿，走入万丈斜阳之中。

出了大理寺，她便见一辆马车停在阶前。

车帘半开，里头着深紫王袍的俊美青年慵懒地斜倚着，正撑着脑袋看她。

虞灵犀眼睛一亮。她放下搭着胡桃的手，笑吟吟地提裙上了马车：“你怎么来了？”

“接人。”宁殷挪动手指，点了点身侧的位置。

于是虞灵犀挨着他坐下，膝盖有意无意地轻蹭他的腿弯，笑得无瑕：“夫君朝中事务繁忙，还要抽空来接妾身，真是体贴。”

她话未落音，人已到了宁殷的怀中。

“岁岁去见了本王讨厌的人。”他俯身啄了啄她的眼睫。

“身上有本王讨厌之人的味道。”他往下，咬了咬她凹陷下去的锁骨。

虞灵犀觉得宁殷特别有意思。他要疯时对他自己极狠，然而他吃味时，把话说得再狠，也不会真正地惩罚她。

因为知道他异于常人的珍爱方式，所以虞灵犀才格外心疼他。

“有些事因我而起，自然也要由我结束。”虞灵犀痒得哆嗦了一下，止住宁殷继续往下的嘴，“何况释放薛岑之事，不是你昨晚亲口答应的吗？”

宁殷眉尾一挑：“我昨晚何时说过？”

“……”虞灵犀软软地瞪了他一眼。

宁殷笑得愉悦，让她看着他，就像昨晚一样。

“不如，岁岁帮本王回忆一番？”马车摇晃，他的嗓音低沉好听。

虞灵犀不想理他。

…………

入夜，寝殿灯影摇晃，榻上美人乌发及腰，斜倚而坐。

是和美人玺上一样的装扮姿势，只是温香软玉，白得耀眼。

“墨玉印章哪有真人有意思？”虞灵犀打了个哈欠，忍着春末的凉意，望着身披一身清冷水汽而来的宁殷，“像吗？”

宁殷在榻前顿了顿。因他习惯掌控一切，习惯虞灵犀对他的纵容，倒忘了当初她才是那个最擅撩拨的人。

宁殷嘴角弯了弯，倾身欣赏。

虞灵犀却是按住他：“这章，自然是由我盖在你身上。”

她刻意加重“上”字，大有驭龙的野心。

宁殷眯起了眼眸，压迫感渐渐侵袭。虞灵犀却是一咬唇，大着胆子“盖章”，然而毕竟没有以下犯上的经验，盖得磕磕碰碰。

许久，宁殷发出一声低哑的闷笑，慢条斯理地道：“不如我跪你？”

四月初，登基大典如期举行。

天高云淡，皇旗猎猎，百官宫人肃穆而立，恭迎登坛祭天地社稷。

虞灵犀乌发高绾，头戴凤冠花钗，妆容精致大气，一身织金凤袍拖地。而她前方，着一袭玄黑冕服的宁殷挺拔俊美，透着睥睨天下的威严。

按照礼制，皇后应落后于天子一步。然而在登上长长的白玉阶前，宁殷却是停住了脚步，当着百官禁卫的面牵起虞灵犀的手，与她并肩踏上石阶。

虞灵犀心一紧，随即，她明艳一笑，扣紧了他修长的手指。

迈上最后一级石阶，两人转身而望，天地浩瀚，江山殿宇尽收眼底。

雄浑的号角吹响，众臣叩首，山呼陛下万岁，皇后千岁。

呼声回荡在宫中，震耳欲聋，虞灵犀以余光看着身侧的宁殷，眸色明亮。

梦里那个阴鸷的疯子，现今终于站在了阳光下，站在顶峰，堂堂正正地接受众臣的叩拜。

冗长的祭祀大典过后，他们便要入金銮殿接受百官的朝拜。

巍峨的大殿漆柱殷红，金龙盘旋而上。

因为宁殷嫌脏，最前方的龙椅已经置换了新的。

老皇帝用过的臣、使过的物件，他都嫌脏。

虞灵犀坐在了龙椅旁边的位子上，百官井然入殿，再拜叩首。虞灵犀看到了最前排的阿爹，他望向自己的目光是那样慈爱、有力。

新帝登基当日，通常都会颁布一道圣旨笼络民心，譬如大赦天下，抑或是减免三年赋税。

连户部尚书也建议道："如今燕人屡犯我朝边境，引起百姓恐慌而至粮价飞涨，若陛下能减免赋税，泽被众生，乃天下福祉！"

一些人点头附议，俱是等待座上看似慵懒实则极具威严的年轻新帝开口定音。

"燕人南下杀人劫掠，你们不想着怎么把东西抢回来，却让朕减免赋税。"宁殷冷笑一声，"扬汤止沸、粉饰太平这一套，倒让诸位玩得挺明白。"

此言一出，户部尚书惶惶下跪："老臣愚钝，求陛下指点！"

宁殷叩了叩龙椅扶手，抬眸道："杀回去。"

此言一出，满堂皆惊。

新帝登基要做的第一件事便是驱逐外患，这可是建朝以来头一遭！稍有不慎，他则会被扣上"穷兵黩武、好战喜杀"的帽子。

这实在是一个剑走偏锋的决定。

只有虞灵犀知道，宁殷是要用燕人的血来立威。

减免赋税只能让百姓稍稍好过三年，而三年避战，足够将刚刚崛起的燕人养得膘肥体壮，使其更加难以对付。而此战若胜，大卫便足以震慑天下，这才是激起士气、一劳永逸的法子。

此仗要打，但不是梦中那般打法。

“燕人今日劫我粮草，明日便是攻我城池、杀我子民，步步蚕食，永不餍足。”虞灵犀端坐于凤位之上，一字一句清越地道，“他要战，我便战。我卫朝没有懦夫！”

宁殷转过头望着她，见她眸中蕴着明艳的笑意。

她说她要站在他身边，而非他身后。

原来，她不只是说说而已。

殿中，大将军虞渊主动出列，声音浑厚地道：“臣愿请缨，为苍生一战！”

紧接着，虞焕臣出列：“臣请随父亲出征，驱逐燕人！”

两人的声音回荡在殿中，振聋发聩。

宁殷慢条斯理地道：“难得有虞将军这样的聪明人。”

一锤定音，朝中不少观望之人纷纷跪拜，齐声道：“陛下圣明！皇后英明！”

接下来的日子虞灵犀过得忙碌而充实。

她做静王妃时，整日除了散步看书，便是休憩烹茶，日子过得清闲得近乎无聊。此番她刚做皇后，许多东西都要慢慢学，忙得脚不沾地，别说烹茶，便是坐下来好好喝口茶都是奢侈的。

可虞灵犀并不后悔，因为她说的每一句话、做的每一个决策，都有着莫大的意义。

因大卫要出兵迎战，军费开支极大，虞灵犀便着手裁减了一半的宫人，遣散了未生育的先帝妃嫔，开源节流，为宁殷分担压力。

正吩咐女官去办此事，她便见殿中走进一人。

不上朝时，宁殷不常穿龙袍。此时，他穿着一身殷红的常服负手踱来，红衣衬得他面容深邃俊美。

“你来啦，奏折都批阅完了？”

虞灵犀亲手给他斟茶，绽开明媚的笑来。

宁殷啧了声，撩袍坐下："岁岁不关心我，倒关心奏折？"

虞灵犀以名册遮面，只露出一双杏眼："哪有？"

宁殷疯是真的，聪慧也是真的，堆积如山的奏折，他批阅得就像捏泥一般轻松，再难的问题，他熬上半宿也能解决。虽然他时常批阅到一半就摔了奏折，盘算去找不听话的大臣麻烦，抑或是将"拖下去砍了"挂在嘴边，将身边人吓得够呛。但不可否认的是，虞灵犀对他的手段钦佩到近乎嫉妒的地步。她自恃不笨，但在宁殷面前终究差了些火候。她若有他一半的雷厉风行，也不至于光是裁减宫人便忙了近十日。

见宁殷看着自己，虞灵犀忙道："出征北燕之事，有阿爹和兄长在，你不必担心。"

那场梦里，宁殷手下并没有能行军打仗的出色武将，所以一场战争才拖了两年，使得他耗尽人力财力，引来骂声无数。现在，有她的父兄在，且朝中奸佞已被拔除，他必定不会再像梦中那样。

宁殷似乎对此事并不关心，依旧看着她。

虞灵犀将手头的事情汇报于他："我将宫人裁减了一半，每年可省下至少七万两开销。有几位没生育过的老太妃不愿出宫，小闹了一阵，不过我已经摆平了。"

见宁殷还望着自己，虞灵犀有些心虚了，反省了一番，方拉了拉他的衣袖："怎么了，宁殷？"

莫非是哪位大臣做事说话出了错，惹着他了？她正想着，忽见眼前一片阴影落下。

宁殷伸指碰了碰她有些疲色的脸，而后将她手中的名册抽出来一扔。

吧嗒一声轻响，于殿中立侍的宫女骇得一颤。

虞灵犀眨眨眼："怎么……"她话未说完，宁殷已攥住她的手腕，拉着她出了大殿。

外面阳光正好，云淡风轻。

空气中有暮春时节的花香，没了料峭的寒意，却也不显得燥热。虞灵犀被宁殷拉着走过长长的宫道，淡金的裙裾飞扬。直到御花园的海棠霞蔚铺展在她眼前，她才明白宁殷是特意带她出来散心的。

虞灵犀本不喜欢海棠，因为梦里的赵府中就种着大片海棠。

“不喜欢？”

宁殷看出了她那一瞬的迟疑之色，随即露出了然的样子：“砍了。”

侍从竟真的打算伐树掘花。眼看海棠花要惨遭毒手，虞灵犀哭笑不得地道：“别！砍了重新栽种，又得花上千两银子。”

怕宁殷真的将海棠苑夷为平地，虞灵犀只好拉着他继续往前。

前面是一片山茶，山茶大朵大朵的，层层叠叠，开得极美。

两人沿着花苑走了两刻钟，一座凋敝阴冷的宫殿隐隐露了出来，宫殿被高墙围拢，密不透风。

宁殷目光一顿，步伐变缓。

虞灵犀并未察觉，抬手遮在眉前道：“前面是什么宫殿？怎么如此荒芜？”

“朝露宫。”宁殷道。

“什么？”虞灵犀觉得这个名字有些耳熟。

“朝露宫。”宁殷淡淡地重复了一遍，“它还有个名字，叫冷宫。”

虞灵犀想起来了——这里是先帝关押宁殷母亲的地方。

宁殷在此处过了十二年的生活，然而逃离了这个人间炼狱，又坠入了另一个人间炼狱。

虞灵犀一时看不懂宁殷眼底的情绪是什么，她只感到了绵密的痛意。

“我们换条路走吧。”她体贴地握着宁殷的手指，朝他浅浅一笑。

宁殷眼底重新浮现出光来，他笑道：“想不想进去瞧瞧？”

虞灵犀摇摇头：“不想。”

“撒谎。”宁殷捏了捏她的尾指。

虞灵犀的确想，有关宁殷的一切，她都想了解。但她知道这是宁殷不堪回首的往事，她不想他受伤。她可以往后偷偷前来看看，独自心疼一会儿，再回去用力地抱抱他。

但，虞灵犀低估了宁殷对他自己的狠心程度。

当他下定决心放下心防时，他是愿意将心底的伤口撕开，然后捧到她眼前展示的。

“这是那个女人关押我的小屋。”宁殷指了指侧殿耳房，“每次我不听话，便会被锁在这里头关上一夜。”

当然，如果老畜生来找那个女人过夜，他也会被关进这里面，听着外头断断续续传来的哭喊声，绝望地捂住耳朵。

“有一次那个女人被折腾得发病了，忘了我还在黑屋里，我在里头待了两天一夜才被人发现。”

宁殷用平淡的嗓音说着令人毛骨悚然的话语。他伸手推了推，腐朽的门板便应声而倒，扬起一地尘灰。

他抬袖遮住虞灵犀的口鼻，将她揽入怀中，朝逼仄的黑屋里望了一眼，意外地道：“竟然这么小？儿时待在里面，我总觉得这里又黑又空荡。”

“小孩儿的身形小，所以你才会觉得屋子空荡。”

虞灵犀说着，已经能想象年幼的宁殷蜷缩在黑暗的角落里，缩成小小一团颤抖的模样了。

呼吸一窒，她拉着宁殷往外走。

可院子里的记忆对他而言也并不美好。

“我七岁时从此树上摔下来过——为了捡别人不要的纸鸢。”他望着院中那株枯死的歪脖子槐树，眯着眼道，“真蠢。”

再往前走，他们便走到了落满尘土枯叶的石阶前。

“这里，是那个女人罚我下跪的地方。”宁殷指着阶前一块嵌满锋利碎石的地砖，笑着给她介绍，“卷起裤管，跪上半个小时，膝盖就会红肿；跪上一个时辰，皮开肉绽；跪上一日，人事不省。”

“别说了，宁殷。”虞灵犀再也听不下去了。

而丽妃施加在宁殷身上的痛苦只会比她现在所受的痛苦更甚。

宁殷抚去她眼角的湿痕，过了许久，才凑过来低声道：“那个女人一定羡慕我。”

他的声音里头带着些许得意意味。

“是的，她羡慕你。”虞灵犀抱住了宁殷，将脸埋入他的胸膛，“因为你比她幸福，因为……我爱你。”

她咬字很轻，但宁殷听见了。他眯着亮晶晶的眸，像是赢了一个看不见的敌人，像是赢了小黑屋中那个狼狈又无助的自己。

墙边有一抹红色，那是一株羸弱的凤仙花。

凤仙花茎瘦叶蔫，仿佛风一吹就会倒，但它依旧在石缝中活了下来，还开出了一朵火红的花。

“有花。”虞灵犀笑道。

这座令人觉得压抑的囚笼里，有生命在热烈地绽放。

“你知道吗？凤仙花是有蜜汁的。”她小心地摘下了那朵花，递到宁殷面前，“不信你尝尝。”

宁殷垂眸看着那朵着实算不上美丽的花朵，过了片刻，倾身俯首，叼住了那朵花。

花朵绽放在他的薄唇间，凉凉的，有些苦涩。

虞灵犀轻轻一笑，拉着他的衣襟踮起脚尖，仰首吻住了他唇间的花。

风起，树影婆娑，淡红的花汁顺着她的唇瓣淌下，又很快被舐净。

风停，阳光越过高墙洒进宁殷的眼底。

宁殷笑得很是愉悦。

闹了这么一通，虞灵犀累了，便拉着宁殷寻了块干净的石阶坐下，将头靠在他的肩头。

片刻后，凉风拂动积叶，发出窸窣的声响。

宁殷垂眸，发现靠在他肩头的美丽皇后已然浅浅睡去。阳光越过高高的墙头，落在她的上半张脸上，她的眼睫和发丝都在发光。

宁殷记忆中的冷宫，里头只有无尽的黑暗，但现在的冷宫中，有光。

在这里睡觉会着凉，宁殷索性抬起她的膝弯，将她整个儿抱起，往坤宁宫的方向行去。

红墙金瓦之下，宫人纷纷避让叩拜，着一袭朱袍的年轻帝王抱着他的皇后从伏地的宫人身边而过，旁若无人、一步一步、稳稳地走过漫长的宫道。

微风拂面，金色的披帛垂下，如同金雾飘散，虞灵犀腰间的龙纹玉佩与宁殷腰带上垂挂着的瑞兔香囊相碰，辗转厮磨。

在轻微的颠簸中，虞灵犀迷迷糊糊地哼了声。

“宁殷。”

“嗯。”

“别怕。”

“嗯。”

斜阳照在他们身上，长长的影子合二为一，俊美如画。

事事皆如意，岁岁常安宁。

日日复年年，直至永恒。

（正文完）

番外一 岁安纪

新帝登基后做的第一件大事，便是迎战北境燕国，驱外敌平边境。

四月中旬，虞家父子奉旨领兵出征。

长龙蜿蜒，队伍前面的虞焕臣着一身白袍银铠，胸口上贴着妻子所赠的护心镜，手中握着的战旗在风中猎猎作响。

这面战旗，是他临行前岁岁亲手递给他的。

十七岁的妹妹身穿一袭织金凤袍立于宫门下，眉目明艳。她噙着笑对他说："斩敌祭旗，静候父兄凯旋。"

虞焕臣知晓，妹妹想要让敌人的血染透战旗，让疲敝已久的王朝震慑四方。

她要让虞家借此机会立功扬名，永远屹立于朝堂之上。

这是多么宏伟的愿望！

当初妹妹与天下最危险的男人互通心意时，虞焕臣曾心怀忧虑。

他告诉妹妹，希望她永远不要卷入权利的旋涡。

而今他方知，自己竟是错了。

岁岁有凌驾于权力之上的勇气与眼界，不知不觉中，那懵懂少女已变得璀璨耀眼、光芒万丈。既如此，虞家愿做星辰拱卫明月，永远守护在她身后。

永远。

初夏伴随着雨水悄然来临，虞灵犀迁了宫殿。

坤宁宫毕竟是冯皇后住过的地方，宁殷每次来都颇为嫌弃，正好昭月宫被收拾好了，她索性搬了过去，那里更宽敞，也更安静。

雨下得这样大，她不知父兄出征的队伍到了哪里。

打仗从来不是一件简单的事，可大卫若不立威，往后数年乃至于十数年，边境定会骚乱不断，不得安宁。

仗要打，民心也要收拢，虞灵犀花了一晚上与宁殷“彻夜交流”，总算减了百姓三年的赋税——恩威并施才是长久之道。

只是如此一来，国库便略微紧张，裁减宫人节省下来的银两并不够支撑庞大的军费开支。

瑞兽炉中一线白烟升起，宫婢轻轻摇扇。

虞灵犀正倚在美人榻上思索法子，便听殿外传来些许喧闹声。

“何人在说话？”虞灵犀问。

胡桃出去瞧了一眼，不过片刻就回来禀告道：“娘娘，是翠微殿的乳娘在外头跪着，好像是小皇子生病了。”

虞灵犀忙了这些时日，倒忘了宫里还有个刚满周岁的稚童。

她起身出门，便见乳娘远远地跪在雨幕之中，衣裙尽湿。她佝偻着背，努力用纸伞护住怀中高热不醒的小皇子。

见到着一袭织金宫裳的美丽皇后，乳娘立刻膝行向前，小心翼翼地道：“求娘娘开恩，救救小皇子吧！”

众人皆知新帝并非纯良之人，没有处死小皇子已是莫大的恩惠，哪还有人敢带着小皇子去他面前晃悠？

故稚子烧了一天一夜，乳娘焦急之下，只能铤而走险来求皇后。

虞灵犀将乳娘和小皇子带去了偏殿，又命人去请太医。

小皇子被灌了汤药过后，呼吸总算不那么急促了，脸上的潮红之色也渐渐褪了下来。

“你去将湿衣换了，让小皇子在本宫这儿睡会儿。”虞灵犀对乳娘道，“等雨停了，你再带他回去也不迟。”

难得皇后人美心善，乳娘千恩万谢地退下。

虞灵犀端详着榻上安睡的小皇子。刚满周岁的孩子什么都不懂，脆弱得像是一折便会断的芦苇。她顺手给小皇子掖了掖被角，起身绕过屏风，便见一道高大的身影负手跨入殿中。

宁殷今日穿了一件玄色的常服，整个人显得极其俊美。他闲庭信步地拉着虞灵犀坐下，开始慢慢捏她的腰窝。

宁殷的下裳有些湿了，洇开些许暗色，靴子上也染着几点不太明显的泥渍，不知他是从哪里回来的。

虞灵犀坐在他的腿上，按住他青筋分明的手，用气音质问："你去哪儿了？一身水汽。"

"挖坟。"宁殷的声音伴随着突然炸响的雷电落在她的耳中，这让他颇有几分阴森恶人之态。

虞灵犀怀疑自己的耳朵被雷声震坏了，抬手碰了碰他潮湿的眉眼："挖什么？"

"坟。"宁殷顺手拿了个核桃，五指一并拢，核桃壳便嘎嘎碎裂。他慢悠悠地道："老畜生下葬，陪葬品埋在地下也是可惜，不如挖出来充作军费。"

"……"虞灵犀总算明白宁殷为何一登基就敢迎战了，原来他早有打算。

"值多少钱？"虞灵犀最关心此事。

"维持军队一年的开支绰绰有余。"宁殷挑了两片完整的核桃肉塞入虞灵犀的嘴里，笑得特别纯良，"我顺便把几个绝户的宗亲墓室一并挖了。"

譬如西川郡王宁长瑞的。他生前就好色敛财，陪葬品可丰厚得很！

见宁殷这一副暴君姿态，虞灵犀既觉得好笑又觉得解气。

令户部头疼不已的军费问题，就在伴随着雷电的挖坟行动中悄然解决。

又一声惊雷炸响，天边宛若有战车滚过。

屏风后头的小皇子惊醒，说着带着哭腔的呓语。

虞灵犀立刻从宁殷的膝上起来，快步走到榻边坐下，轻轻拍了拍小皇子的胸口安抚他。

宁殷起身跟了过来，一脸嫌弃地道："什么东西？"

“小皇子生病了，刚喝了药。”虞灵犀放轻声音，“外头雨太大，我留他在此休息片刻。”

宁殷戳在那儿看了半晌，道：“掐死得了。”

乳娘换了衣裳进门，猝不及防地听到新帝这句话，顿时吓得腿一软，扑倒在地。

“陛……陛下恕罪！”乳娘的整个身子几乎贴在地上，她抖得如风中枯叶。

“嘘。”虞灵犀抬指压在唇间，示意她不要出声。

待小皇子重新睡去，虞灵犀方起身，拉着宁殷的手迈出偏殿。

两人身后，乳娘如蒙大赦，连滚带爬地跑去里间，抱住榻上那团脆弱的生命。

回到正殿，虞灵犀屏退宫人，然后回首看着宁殷道：“好啦，他才过周岁，连话都不会说呢！夫君若是不喜他，我倒有个法子。”

一个月后。

虞府多了位小孙儿。据说这是虞家某位亲信的遗孤，故而被收养在虞焕臣膝下。虞家将他改名为虞瑾，希望他心性纯洁，品性高尚。

离宫那日，乳娘对着皇后所在的方向重重地磕了三个响头。

她知道，这个原是牺牲品的孩子能改名换姓活下来，已是天子莫大的恩惠。

她会将孩子的身世烂在肚子里，带进棺椁中。她愿一生一世燃着青灯祈福，乞求皇后娘娘长命百岁、无病无灾。

从此世间再无小皇子，只有将军府养孙虞瑾。

六月底，虞家军首战大捷。

捷报传来的当日，苏莞分娩，顺利地诞下女儿虞瑜。

双喜临门，虞灵犀高兴极了，亲自挑选了长命锁、老虎鞋等小礼物，去虞府探望嫂嫂和刚出生的小侄女。

乳娘小心翼翼抱着虞瑾前来请安，告诉他：“瑾儿，这是妹妹。以后待你长大，你要一辈子保护她，可知？”

虞瑾伸出短胖的小手，朝着摇篮里的婴儿指了指，咿咿呀呀地道：“呜……妹……妹！”

这孩子学会的第一个词既不是“阿爹”，也不是“阿娘”，而是“妹妹”，一时间，屋内的人都扑哧笑了起来。

“这俩孩子投缘，将来感情定然极好。”虞灵犀浅笑着看向乳娘道，“好好照顾本宫的侄儿。”

这一句亲切的“侄儿”，乳娘听得眼眶泛红。她不由得跪拜，连连称“是”。

苏莞躺在榻上，面颊丰润了不少。她悄悄拉了拉虞灵犀的手指，问道：“岁岁也成亲了小半年，打算何时添喜呀？”

虞灵犀一怔，随即弯眸道：“我与他尚且年轻，不急。”

苏莞表示理解：“也对，皇上刚登基，定是日理万机。”

何止日理万机？他晚上也没闲着。

两人亲密的频率不算低，可宁殷从未提过想要孩子，似乎除了虞灵犀本人以外，世间再无值得他去关心留意的东西。

所以孩子的事，她随缘便可。

八月初八，灼人的暑热渐渐褪去，夜风中已带了秋风的微凉之感。

一辆低调宽敞的马车自宫门驶出，停在原先的静王府阶前。

继而车帘被撩起，着一袭绯红裙裾的红装美人踏着夜色从车上下来，展目望着静王府威严稳重的牌匾。

着一身深紫锦袍的男人紧跟其下，玉带勾勒出他矫健的腰肢。

宁殷慵懒地道：“岁岁今夜这般有雅兴，想要与我故地重游？”

还打扮得……这般娇艳夺目。他在心中补充道。

宁殷以折扇敲了敲掌心，不由得思索着这袭红裙若被撕碎，散在凝脂之上的盛况。

虞灵犀的思绪飘散至遥远的过去，半晌后，她敛了敛神，侧首笑道：“今天，是你我初见的日子。”

宁殷明显怔了怔，而后以折扇碰了碰虞灵犀额头。

“记错了。”他慢悠悠地纠正，“我与岁岁初见的日子，是在两个月后。”

天昭十三年十月，他们于欲界仙都初见，他与她处在黑暗与光明的两个对立面。

“没有错，是今日。”虞灵犀轻声道。

在那场预知梦里，她就是在今日被迫描眉装扮，被人按进轿中抬入摄政王府，见到那个拄着拐杖、不可一世的男人的。

宁殷一顿，随即慵懒一笑：“岁岁说哪日便是哪日。只要你开心，天天是你我的初见日也未尝不可。”

虞灵犀满足地弯眸，没有过多辩解。

她提裙踏上石阶。早有侍卫将门推开，灯火铺地，将她纤细的身影照得明艳万分。

虞灵犀回首，绯红的裙裾随着夜风荡开，她朝宁殷嫣然一笑：“我命人备了酒水吃食，快过来。”

宁殷站在阶下，一阵熟悉之感涌上他的心头。

仿佛许久许久之前，他就曾拥有过这抹温柔的亮色。

苍穹如墨，万点银星撒落。

即便宁殷不住在静王府了，这座宅邸依旧日夜有人洒扫，层台累榭，幽静巍峨，和他们离去时并无太大的区别。

岫云阁纱帘轻荡，案几上美酒陈列，瓜果飘香。

八角宫灯下，虞灵犀跪坐在一旁温酒，一举一动娴熟优雅。

宁殷静静地看着，有什么朦胧的画面闪过，与眼前之景重叠——似乎也有个人在泛黄的烛影下这样为他温酒烹茶过。

只是那个纤弱之人跪得极低，下伏的上身显出诱人的腰线。她双手将茶盏呈上，低眉敛首，纤长的眼睫不停地颤动着，让人忍不出想要触碰她那柔软的眼尾。

宁殷的确这样做了。

眼尾被温凉的指节触碰到时，虞灵犀下意识地眨了下眼睛，好奇地道：

“怎么了？”

一语惊起涟漪，斑驳泛黄的画面褪去，他的视野重新变得清晰，面前的红装美人艳丽嫣然，并无半点谨小慎微之态。

宁殷顺手接过她温好的梅子酒置于鼻端轻嗅，半垂的黑眸内呈现出悠闲之色。

“岁岁很了解我，知晓我许多秘密。”他缓声道，“仿佛多年前，你我便认识。”

虞灵犀闻言，斟酒的动作迟钝了须臾。

她也是几个月前才知晓，那味九幽香是宁殷的母妃喂他喝过的，除他们两人之外，再无旁人知晓此药。可笑的是，她从预知梦中醒来后，于欲界仙都撞见宁殷，手里就拿着那份她刚买的九幽香……

无论如何，这一点她无法给出合理的解释。

然而四周安静了许久，宁殷专注地浅酌梅子酒，并未追问。

反倒是虞灵犀按捺不住了。她捧着温热的酒杯问道：“既然我知晓你许多秘密，那你可曾怀疑过我？”

自然是怀疑过的，他本就不是什么毫不设防的傻子，最初与她相遇之时，每时每刻都活在怀疑之中。

现在看来，他的那些疑虑是如何一步步被瓦解的，他却是想不起来了。

“我浑身上下还有哪处是岁岁不知晓的？”宁殷乜了虞灵犀一眼，如愿以偿看到她的面颊上浮现出羞愤之色，“别说是知道我几个秘密，岁岁便是要我去死，我也听话。”

“又说这种话，怪吓人的。”虞灵犀抿了口酒水，笑着看他，“都说祸害遗千年，你可要长长久久地活着。”

“活那么久做什么？”宁殷嗤之以鼻，“只要比岁岁多活一日，便足矣。”

虞灵犀一开始以为他是在和她较劲，静了片刻才反应过来，他是打算用一日安排好后事，便下去陪她。

以死亡为诺，满口疯言疯语，但这就是宁殷独有的剖白方式。

杯盏中的梅子酒折射出浅金色的光，那光投射在虞灵犀澄澈的秋水美目中。

她放下杯盏，像是下定决心般，浅笑着问道：“宁殷，或许我们上辈子真的见过呢？”

话一出口，她连自己都觉得荒谬。

宁殷单手撑着脑袋，看着她沉默了片刻。

虞灵犀被那双漆黑的眼睛看得心虚，忙道：“我开玩笑的，你……”

“上辈子，我们相伴终老了吗？”宁殷弯着眼睛，转动杯盏中的酒水问。

未料他竟然将这荒诞的话题接了下去，虞灵犀有些意外地“啊”了声。

“或许没有。”她从回忆中抽神，轻声喟叹道，“或许因为上辈子有缺憾，所以此生我们才有弥补的机会。”

宁殷不知想到了什么，愉悦一笑：“那上辈子的宁殷一定很想杀了现在的我吧？”

这轻飘飘的一句戏谑话，却让虞灵犀心中生出无限的怅惘之感来。

她想了想，若是梦里的宁殷知晓现在的宁殷如此圆满幸福，大概真的会嫉妒到杀人。

不过这是不可能发生的，梦里的那个世界已然不复存在。

好好的初见日，虞灵犀并不想弄得如此伤感。

“今日的星辰很亮。”她将视线投向高阁之外的天幕，伸出纤细白嫩的手指，“你瞧，天空好像触手可及。”

宁殷喜欢看她笑。不知为何，他就是想让她多笑笑。

他将酒水饮尽，挑着眉尾笑道：“岁岁若是喜欢，来日我命人在宫中建座摘星楼，岁岁可夜夜观赏。”

虞灵犀觉得，宁殷此时颇有暴君风范。

她被逗笑了，眨了眨眼道：“我才不要。楼阁太高，爬上去得累断腰。”

宁殷这样的人，若旁人说花费人力财力去造高楼，乃昏君行径，反对他造楼，他定然不屑一顾，但虞灵犀说爬楼太累，他便打消了这个念头。

“宁殷。”虞灵犀眼底有雀跃之色，她小声唤他，“你坐过来。”

宁殷放下杯盏，挪过去，顺手揽住虞灵犀的腰肢揉了揉。

若是文武百官瞧见杀伐果决的新帝如此乖巧听话，约莫会惊掉下巴。

两人面对着阁楼雕栏，眺望着无边月色。

“因为有心爱之人在侧，所以我才会觉得星辰美。”虞灵犀侧首，以指描绘着宁殷的眉眼，笑着告诉他，“有你在身边，没有摘星楼我也是快乐的。因为卫七的眼睛，比星星漂亮。”

宁殷喜欢她轻启红唇，轻柔地咬字唤他“卫七”，因为卫七是全心全意独属于“小姐”的少年。

疾风荡过，岫云阁的纱帘纷纷垂下，遮挡了四面的月光。

一阵清脆的帛裂之声后，灯影摇晃，四周很快恢复平静。

宁殷眸中蕴着缱绻痴狂之色。杯盏倾倒，他将温热的一点酒水倒在那凹陷下去的锁骨中，然而倾身俯首，认真地将那小潭积酒轻舐干净。

中秋之后，再传捷报。

虞家父子所领的二十万大军以破竹之势，将燕人赶回乌兰山以北，逼得其新王不得不递降书，许以三千牛羊议和。这些年来大卫大大小小被燕人劫掠走的粮草，虞家军都以让燕人献上牲畜的方式讨回。

捷报传回朝廷之后，百官俱是额手称庆。

二十年了，自漠北一战后，卫朝总算又在虞渊的带领下再获全胜。

虞家军班师回朝之时，正是天高云淡的初冬时节。

虞家军威风赫赫，阳光打在他们的铠甲上，折射出金鳞般的光泽。京中百姓几乎倾城而出，夹道欢呼。

接风宴上，虞灵犀着一袭织金裙裳高坐在凤位之上，看着父亲和兄长将那面染血的战旗归还，眼里蕴着骄傲的笑意。

这场战争比她预计的还要提早半年结束。如今朝中士气大涨，边境骚乱平定，待商贸通行，万邦来贺的太平盛世或许真能实现。

虞家父子平疆有功，宁殷当即宣布加封虞渊为一等定国公，位列公卿之首，荫及后人。

为此，朝中几位老臣颇有微词。

虞家虽然立下战功赫赫，可毕竟是皇后娘家人，易有功高震主之嫌。

虞灵犀早料到会有几个人不满，只是碍于宁殷的脾气不敢说，与其藏着掖着，她不如直接捅破。

“愿父兄匡扶社稷，勿忘君恩。”虞灵犀含笑望向虞家老少两个男人，一字一句地道，“如有背弃之行，必褫爵夺职，本宫亦与之同罪，甘愿领罚。”

她表明态度，清越的声音回荡在大殿，满朝文武再无二言。

虞焕臣向前一步，朗声道：“臣，谨遵娘娘懿旨！”

宁殷靠着龙椅椅背，望着身侧的虞灵犀，只觉得她真是耀眼极了。

宴席进行到一半，虞焕臣便匆匆赶回府邸去见妻女了。

阔别半年多，他甫一进门，便抱起闻声出来的妻子，揽着她的腰旋了一圈才放下。

“辛苦了，阿莞。”他弯眉笑着，亲了亲苏莞的额头。

虞焕臣从不在外人面前与妻子做亲昵之举，因此这情不自禁的一亲，弄得苏莞红了脸颊。

“我挺好，你行军在外，才是真正地辛苦。”苏莞的嗓音轻轻柔柔的，一双大眼睛里泛起了湿意。

半晌后，她想起什么似的，匆匆擦了擦眼睛道：“对了，快来看看你的女儿。”

苏莞牵着虞焕臣的手来到内间，摇篮里，粉雕玉琢的小婴儿正睁着大眼睛，咿咿呀呀地蹬着小腿。

“眼睛真大。像你。”身高腿长的虞焕臣蹲在摇篮边，小心翼翼地朝女儿伸出一根手指，小婴儿立刻握住了他略显粗粝的指节。

虞焕臣笑了起来，满心都是怜爱之意。

夫妻俩正挨在一起陪伴女儿，忽见门外出现了一抹踉踉跄跄的小身影。

虞瑾已经一岁五个月了，正是练习独立走路的年纪，乳娘偶尔会放他自己在廊下走走。

见到这个清秀安静的孩子，虞焕臣很快转过弯来，问道：“这是那个孩子？”

“是。”苏莞对这个孩子颇为垂怜，解释道，“他很听话，就是身子弱了些，想来是从小没了娘的缘故。”

说到这儿，她掩唇懊恼道：“失言了，如今我就是他的母亲呢。”

虞焕臣“嗯”了声，放缓面色，朝门口有些胆怯的孩子招招手道：“虞瑾，过来。”

虞瑾不认得他，缩在门板后没有动。

虞焕臣便起身大步走过去，蹲在他面前与之平视：“虞瑾，认得我吗？”

虞瑾噔噔地往后退了两步。

“这小孩儿，莫不是有哑疾？”虞焕臣颇为受伤，问妻子。

“别胡说，他现在能说好多话呢。”苏莞道，“定是你太恐怖，将他吓着了。”

虞焕臣摸了摸自己这张脸。他年轻英俊，不吓人啊。

不过小孩儿本就敏感，何况这孩子从出生那一刻开始就卷入旋涡中，不得一刻安宁，怕人倒也正常。

又或许，是虞焕臣刚从战场回来，身上的煞气冲着虞瑾了。

虞焕臣点点头，起身准备退开些，打算与他慢慢培养感情。

他刚起点身，便觉袖子上传来微不可察的一点阻力，顺着袖子往下看，是虞瑾鼓足勇气拉住了他。

小孩儿的手那样小、那样柔软，他仰着头，眼巴巴看着虞焕臣。

虞焕臣的心忽然变得柔软起来，他抬手摸了摸虞瑾的脑袋，低声道：“别怕，以后我就是你爹了。”

转眼到了年底，虞灵犀端着小手炉，去浮光殿找宁殷。

刚到殿门口，她就见内侍一脸苦楚地迎上来道：“娘娘，您总算来了！”

“怎么了？”虞灵犀朝内望了一眼，见里面跪了三四名文臣，气氛安静得出奇。

为首的那人须发皆白，片刻后，他颤巍巍地伏地道：“先帝驾鹤已近一年，臣斗胆以死相谏……”

宁殷从奏折后抬眼，慵懒地道：“好啊，那就请孙卿去死一死吧。”

孙大人：“……”

虞灵犀：“……”

“怎么，光说不动？”宁殷轻嗤道。

这语气……虞灵犀都不用问，知晓定是这群言官闲着没事做，惹着宁殷了。

隆冬天，孙大人已经是汗流浃背，惴栗而不敢言语。

虞灵犀适时迈了进去，先是朝宁殷微微一笑，而后回首道："孙大人，陛下在和你开玩笑呢，还不快退下。"

孙大人等人这才如蒙大赦，忙不迭地叩首告退。

殿门在几名文臣身后关紧，隔绝了皇后压低的告饶声。

腿一软，孙御史险些跌倒在地。

旁边的两名下级忙搀扶住他，心有余悸地道："孙大人进谏便进谏，万不该以死相挟，陛下那性子……唉，还好皇后娘娘来了。"

"是啊，陛下虽有枭雄手段，但性子实在偏执恣睢。"

另一个人左右四顾一番，压低声音叹道："陛下亦正亦邪，也只有娘娘能压制得住他。"

几人面面相觑，终是长叹一声："女菩萨啊。"

虞灵犀坐在宁殷身边，瞥了一眼被丢在炭盆中烧掉的奏折，笑问道："孙御史如何惹你了？"

御史台里都是宁殷的人，只要宁殷没做太出格的事，他们一向唯宁殷马首是瞻。

宁殷张开一臂，将她揽入怀中轻轻揉着，冷冷地道："一把老骨头，不撞个南墙，便不知斤两。"

宁殷不细说，虞灵犀也猜得到。方才她隐约听孙御史提到一句"先帝驾鹤已近一年"，和丧期有关，又涉及宁殷自身的，无非是皇家开枝散叶的事。

宁殷喜怒无常且"不近女色"，众臣定然不会蠢到让他扩充后宫。何况选妃之事须得皇后同意，虞灵犀没听到消息，他们说的事自然和选妃无关。

那他们所说的便只可能是催皇帝陛下生个孩子的事了。

她这边分析得头头是道，宁殷的眸色却是越发深暗。

他单臂箍住虞灵犀的腰，手一压，她纤细的身躯便仰面躺下，杏眼中满是震惊之色。

朱笔和奏章掉了一地，她的后腰被龙案硌得有点疼。

虞灵犀反应过来，忙不迭地低声告饶：“我错了、我错了！宁殷……”

不久后，她的声音渐渐变得细碎，模糊难辨。

屋内时不时传来东西摔落的吧嗒声，外头候着的宫人缩了缩脖子。

天气越发寒冷，过了近一个时辰，殿门才再次打开。

皇后娘娘慢吞吞地走了出来，约莫是跪久了，走路的姿势有些许不自然，眼尾也残留着浅淡的红色，我见犹怜。

宫人忙向前搭了把手。

娘娘为言官求情触怒龙颜，定是被陛下苛责迁怒了……唉，真可怜。

除夕前下雪了。

雪飘了一夜，宫道飞檐俱是白茫茫的一片，极目望去，宫中如琼瑶仙境，壮阔无比。

每年冬季多有雪灾，奏折一封接着一封地被送入浮光殿。

赈灾说起来简单，真要做好难于登天。因受灾之地山高皇帝远，瞒报、错报者无数，地方官商沆瀣一气，私吞灾粮换钱的情况更是屡禁不止。

宁殷着一袭玄衣坐在龙椅之上，等文武百官都吵够了，方一掀眼皮道：“将义仓中的陈年米谷都搬出来，由虞焕臣负责押送至灾区，户部派人跟着，按人丁发放。”

他一个字也懒得多说，声音和外头的雪天一样冷：“如有差池，诸位除夕夜就不必挂灯笼了，把人头挂上吧。”说罢，他掐着时辰退朝离去，留下朝臣面面相觑，继而，殿内炸开锅来。

“灾区饿殍遍地，陛下竟然拿没人要的陈米烂谷去赈灾，未免有失仁德，会让天下人寒心哪。”

“咱们陛下，杀伐用兵乃是头等地好，唯独这怀柔之策……唉！”

在这片喧闹之中，唯有领命押送赈灾粮的虞焕臣面色如常。

因为押送过赈灾粮，所以他才明白皇帝为何选择用陈米赈灾。虽说这个年轻的帝王阴晴不定、暴戾恣肆，但他不得不承认，帝王的目光永远凌驾于庸人之上。

皇上颁布赈灾之事的消息，很快传到了昭云宫。

一开始听到宁殷竟用口感极差的陈米赈灾，虞灵犀的确小小地惊讶了一番。但很快，她想明白了其中缘由，嘴角不由得弯了起来。

“娘娘，您怎么还笑呀？”仗着殿中无人，胡桃心疼起自家主子来，“自灾情传来，您担心得好几夜没睡好，生怕皇上失了民心。现在皇上用陈米赈灾，这不是失民心的行径吗？您做的那些努力，也都白费了。”

闻言，虞灵犀眼含笑意地解释道：“你不懂。对于灾区的百姓来说，能填饱肚子已是万幸，根本没力气去在乎自己吃进去的是陈米还是新米。”

“难道因为灾区百姓不在乎，所以就这般糊弄吗？”胡桃不理解。

娘娘素来纯良，这可不像是她的性子呀！

“不是的。皇上用陈米赈灾，对付的不是灾民，而是那些想发国难财的地方官吏。”虞灵犀坐在榻上抄经，金裙垂地，她柔声道，“因为陈米口感差，根本不值几个钱，所以才不会被居心叵测的贪官倒卖牟利。而一份新米的价钱可换五份陈米，用陈米赈灾，可多救许多许多人。”

这是个一举两得的法子，宁殷看似不近人情，实则将人心拿捏得极准。不过，她回头得让百姓编几首童谣传颂，可不能让宁殷白白被人误解。

胡桃恍然大悟，咋舌道：“不愧是皇上……不对，不愧是娘娘看中的人！”

虞灵犀听胡桃将她也夸进去了，不由得轻笑：“你自入宫以来，这嘴倒是越发能说会道了。”

明明从前在摄政王府里，胡桃还老实得跟只鹌鹑似的。

“都是娘娘教得好。”胡桃搁下茶盏，抱着托盘嘿嘿地笑道。

傍晚乌云沉沉，宫中内侍和宫女忙着洒扫积雪。

因老皇帝死了还不到一年，宁殷也懒得与朝臣虚与委蛇，今年并未设宫宴，只挂上几盏新灯便算过年。他披着玄黑的大氅，朝皇后所在的昭云宫行去，像是长长宫道上浓墨重彩的一笔。

他今日特地穿了那双鹿皮靴，靴子踩在积雪上，发出像碾碎骨头般的嘎吱声，内侍们听得毛骨悚然，大气不敢出一声，他本人倒是享受得紧。

刚路过花苑的月门，他便闻一声惊呼。

一名小宫女从门后绊出，手中的提灯咕噜咕噜地滚落至宁殷脚下，熄了。小宫女立刻敛首跪拜，慌张地道："奴婢云香，无意冲撞陛下，请陛下恕罪！"

这宫里，敢对新帝自报家门的人可不多。

宁殷面上不露喜怒，他敛目睥睨，颇有仙人之姿。视线落在靴尖上，他见上头溅了一点不甚明显的灯油。他又瞥了一眼墙角的梅树，梅树上头有喜庆的吉祥结，挂了几盏漂亮的小灯，颇为新颖。

"你做的？"轻缓的声音自云香的头顶上方传来，带着霜雪的寒意。

"是。"说罢，云香咬着唇，颤巍巍地抬眼，露出一张被精心打扮过的姣好脸庞。

她是家中庶女，奉父亲之命进宫的。

如今帝后恩爱无比，虚设后宫，断了所有重臣送女儿、妹妹入宫为妃的念头。父亲便曲线救国，想尽法子将她变作宫女，只盼她能近身伺候帝后，为家族传递消息。

"手挺巧。"云香还未来得及欣喜，便听那道冷冷的声音再次传来，"掰折吧。"

云香身子一僵，脸色瞬间变得煞白。

…………

宁殷站在阶前，忽而停下脚步，在内侍惊悚的目光中弯腰，伸指将靴尖上的那点油印仔细擦了又擦，眉间有阴郁之色。

昭云宫，虞灵犀还有最后一页经文没有抄完。见到熟悉的身影出现在殿内，她抬眼笑道："坐吧，桌上给你暖着茶水呢。"

宁殷刚挨过来，虞灵犀便察觉到了他身上的彻骨寒意。她迟疑了片刻，停下笔道："赈灾之事我已听说啦，你处理得极好。本朝皇帝那么多，不乏所谓的英主明君，可他们谁赈灾用的方法也不及你的方法实在。"

宁殷曾说，他是个凉薄之人，缺乏共情的能力，即便眼前有尸山血海，他也生不出半点怜悯之心。但虞灵犀知道，他那另辟蹊径的手段，远比徒劳无功的“共情”更有用。

闻言，宁殷笑了声：“岁岁每日换着法子夸人，不累？”

他话虽如此说，眼底的郁色到底消散了不少。

虞灵犀也笑了：“说几句实话而已，有何好累的？”

宁殷将她手中的毛笔抽出，捏了捏她的腰肢：“那做点累的事？”

最近虞灵犀葵水刚过，又因赈灾之事未能睡好，两人已有半月不曾同房了。

腰肢被按住，身躯一软，虞灵犀忙按住他的手岔开话题道：“别闹，还要回府跨年呢。”

她早计划好的，今年要与宁殷在静王府过年。或许是那场梦的缘故，她对那处颇有几分留恋。反正今年宫中不能设宴，她便索性与宁殷回府，图个清静。

何况，这是她自梦中苏醒以来与宁殷一起过的第一个新年。

静王府总算换上了簇新的花灯，暖光照在白雪上，光河流转，这里总算有了几分家的温馨感。

净室外间地热暖和，馨香四溢。

虞灵犀与宁殷比肩坐在雕花月门下，赏雪守岁。

旁边的小炉上温着辛香的屠苏酒，案几上摆着茶点吃食，灯下美人裹着严实的兔绒斗篷，正伸手去接天上的飞雪。

“以前听阿娘说，只要于除夕夜接住一片完美的雪花，在它未化之前许愿，来年愿望便能实现。”话音未落，她接到一片极美的八角雪花，立即高兴地拿给宁殷看，“快许愿！”

可是已经来不及了，雪花已经在她的指尖上融化。

虞灵犀正有些失落，忽见宁殷倾身过来，张唇含住了她指尖上的水珠。

他墨眸上弯，里头映着虞灵犀的讶然之色和浅笑。

他不信鬼神，他的愿望就在眼前。

子时一到，烟火自府门外蹿天而去，似荼蘼般在夜空中绽开一片。

烟火的光点与碎雪齐落，让人一时分不清哪个更为绚烂。

“子时了。”虞灵犀微微一笑，“新春吉乐，宁殷。”

恰逢烟火炸开，半边天空被映得瑰丽无比，那光落在宁殷的眸中，明灭不定。

“子时已过，”模样一本正经，他却欺身说着不正经的话，“该‘压岁’了。”

烟火熄灭，下一刻再亮起，碎雪如絮，两人的唇紧紧贴在一起，合成相贴的两道剪影。

净室中暖雾氤氲，一池涟漪被荡碎。

大雪不知不觉间停了，外间的酒水已然凉透，而室内落地花灯的暖光，却一直亮到了寅时。

上元节休朝一日，恰逢宁子濯与虞辛夷定亲之喜。

虞灵犀换了寻常的打扮出宫，刚进虞府大门，就见宁子濯手拎着两只嘎嘎扑腾的大雁，在羽毛飘飞中迈着轻快的步子，乐呵呵地前来下聘请期。

小郡王比虞辛夷小两三岁，整日无忧无虑，故到及冠之龄了，身上还保留着当初春狩时那股干净灿烂的少年气。

虞辛夷着一袭如火戎服，在鸡飞雁叫中大步而来，忍无可忍地道：“宁子濯，你又搞什么？”

“定亲啊。”小郡王颇为骄傲地将绑了红绸花的大雁奉上，“我亲手打的大雁。养了一个冬天，就为了今日呢，送你！”

寻常人家定亲，有送大雁为聘的旧俗，寓意此生忠贞不渝，不离不弃。但一般门第高的人家，会用金银打造一对大雁纹器具，再不济也会花几钱银子在集市上买一对。像小郡王这般亲自去捉雁下聘的，倒是稀罕。

“难为小郡王有心，郡王妃还不快收下？”虞灵犀在一旁笑吟吟地打趣。

虞辛夷只好接过大雁，将它们丢进笼子里关起来，世界顿时安静下来。她嫌弃归嫌弃，可眼底的笑意怎么也收不住。

一顿午膳的工夫，两家其乐融融地商议妥当，将婚期定在四月初十。

黄昏时，低调宽敞的马车停在了虞府阶前。

虞灵犀听到动静出来，果见半撩开的帘子后有宁殷那张俊美的脸。

“事情都处理完了？”虞灵犀将手撑在车舆上，探进头看他，“还未用晚膳吧，进来一起吃点？”

宁殷倾身凑了过来，随意地道：“上元佳节，你就不怕令尊令兄扫兴？”

“怎么会？你不仅是一国之君，更是我的夫君。”虞灵犀道。

她知晓宁殷对“家人”并无多少情感，参与家宴这等事，于他看来无非是在浪费与她独处的时间。

迟疑片刻，虞灵犀笑道：“你稍等我片刻。”

她回了虞府，片刻后提了个食盒出来，弯腰钻进马车。

马车缓缓朝市集行去。

马车微微摇晃，虞灵犀将食盒搁在案几上，打开最上面一层：“这是阿娘亲手做的奶黄糕。”

她再打开一层，里头有用黑瓷碟盛放着的六色精致茶点。

“这是宁子濯和阿姐定亲时给的团喜果。”虞灵犀如数家珍。

她将最后一层打开，里头有两碗冒着热气的元宵。

“上元节要吃元宵，团团圆圆。”虞灵犀眼含笑意地给了宁殷一碗元宵。

即便他不能理解合家之欢，她也会将自己的快乐分他一份。

宁殷不太爱吃甜糯的东西，但这一碗撒着桂花的元宵，他却慢条斯理地吃得干干净净。

马车驶了两刻钟，打在车帘上的灯火越发耀目明朗。

虞灵犀撩开一看——火光扑面而来，他们已到了灯市的坊墙之下。极目望去，十里光河流转，照耀着百年繁华不变的京城。

在梦与现实中，虞灵犀与宁殷几次约定上元节赏灯夜游，历经波折，今日终于得以实现这个约定。

“等等，灯市人多眼杂，先戴上这个。”虞灵犀拿出早准备好的半截傩戏面具，直起身往宁殷脸上比了比。当黑色的半截面具覆住那双漂亮的眼时，她眼前之人仿佛和当初那个被逼做人凳的打奴少年重合，他在欲界仙都时的狼狈模样犹在她眼前。

那应该是宁殷不愿触及的回忆，虞灵犀忽然有了一瞬的迟疑。她不着痕迹地道：“我让人重新换一个……”

话未落音，宁殷就握住她的手道：“怕什么？”

虞灵犀坦然地道：“怕你不喜欢。”

宁殷笑了声，伸手捏了捏她颈侧的肉。他这人素来狼心狗肺，还不至于这般脆弱。

何况只要是岁岁给他的东西，即便是烧红的烙铁他也得戴上。

见宁殷真的不介意，虞灵犀方直起身，替他将面具罩好。系绳时为了方便操作，她稍稍挺身贴近了些，胸口就抵在宁殷的鼻尖。唇角动了动，他用英挺的鼻尖蹭了蹭她的锁骨处。

他温热的呼吸和微凉的鼻尖对比鲜明，虞灵犀痒得很，手一抖，险些给绳子打了个死结。忙胡乱系了两下，她退开些许瞪他。

宁殷若无其事地伸出修长有力的手，将半歪的面具扶稳。

街市上鳞次栉比，各色花灯成串挂着，从花果到动物图案的，应有尽有。更有灯船荡破水面，穿梭在京城河渠之间，瑰丽非常。

虞灵犀一手提着橘子灯，一手拿着新买的糖葫芦咬了一口，酸得直皱眉。

夜市混杂，这些零嘴果然都是骗人的。心生捉弄人的心思，她瞥了一眼身侧负手而行的男人，笑着将糖葫芦递过去：“你吃吗？可甜了。”

宁殷的视线落在那串嫣红的山楂上，而后，他侧首俯身，就着她的手咬了一颗，细细嚼碎。

面具孔洞下的眼眸半眯着，他露出颇为享受的样子。

奇怪，莫非他吃的那颗不酸？虞灵犀想着，不死心，也跟着咬了一口，随即酸得打了个战。

她立刻反应过来：宁殷吃不了辣，对酸的忍耐力却尤为强。

宁殷还欲俯身再咬，虞灵犀却将糖葫芦举开了些：“别吃了，我骗你的，这东西酸得人牙疼。”

宁殷表现出颇不在意的模样：“尚可，比那些带毒的东西滋味好多了。”

她记得宁殷说过，他小时候被关在冷宫之中，曾被人以肉食引诱，恶意喂毒。

“或许岁岁用嘴喂，山楂会更甜些。”宁殷点了点自己的唇，暗示得很明显。他喜欢将樱桃酱、山楂酱等物抹在虞灵犀的唇上，再慢慢地一点点品尝干净。

虞灵犀还惦记着他幼年被喂毒的事，左右四顾一番，钩着他的手指放低声音："回去给你喂。"

于是宁殷满意地笑了起来，接过她手里的糖葫芦，嘎巴嘎巴地咬着吃。

他不是一个喜欢回忆过往的人，装乖卖惨，不过是因为喜欢她不经意间流露心软和心疼感情罢了。

虞灵犀何尝不知晓他的小心思呢？

她暗中瞥了一眼宁殷弯起的唇角，眼里荡开细碎的笑意。

两人比肩徐徐走着，直至走到长街尽头。

他们回宫后已是子夜，那盏橙黄的橘子灯被摆在榻头的矮柜上，映出罗帐中的两道身影。

哐当一声，碧瓷碟被打翻，山楂果酱染红了榻边的衣物。

自上元节后不久，虞灵犀的身子便有些不太对劲。

她倒也没什么大症状，只是畏寒嗜睡，做什么都提不起劲。

这日太医照常来请脉，隔着纱帘小小地"咦"了声，随后问："恕老臣冒犯，娘娘小日子可准？"

经太医这么一提醒，虞灵犀才想起来自己这个月癸水似乎还没来，推迟了好几日。

"娘娘脉象如盘走珠，的确是喜脉无疑！"老太医再三确认了番，方撩袍下跪道，"恭贺娘娘大喜！"

这真乃天大的喜事！

胡桃的眉毛都快飞上天了。她忙不迭地和宫婢一同下跪，齐声道："恭贺娘娘大喜！"

虞灵犀下意识地将手掌覆在肚子上，茫然地想：我要做母亲了？

宁殷每次都会清理得很干净，她便心安理得地睡去，也不知哪次出了纰漏，让这个小生命钻了空子。

她有些意外，但更多的是开心。这是她与宁殷的孩子，是他们血脉的延续。

“本宫刚怀上，待胎象稳定，再昭告天下。”虞灵犀含着笑吩咐胡桃，“去支些碎钱、点心，都有赏。”

宁殷从浮光殿赶回来时，虞灵犀正倚在美人榻上，吩咐内侍去虞府报喜。

见到宁殷进门，她立刻坐起身来，期待道：“你都知道了？”

宁殷大氅上沾着细碎的霜雪，他看了她的腹部许久，方沉沉地“嗯”了声。

虞灵犀终于看出了他的不对劲——那双黑沉沉的眼睛里，没有丝毫类似于欣喜惊讶的情绪。

宁殷虽一向如此，叫人猜不透内心，但这种时候还这般喜怒不形于色，未免就让人担心了。

“怎么了，宁殷？”虞灵犀拉住宁殷的手，仰首道，“你我要做爹娘了，这是件大喜事，你该笑笑。”

他的指节硬朗而微凉，手背上好看的青筋微微凸起，彰显着他生杀予夺的力量。

宁殷解了大氅丢在一旁，坐在虞灵犀的身边，而后极慢、极慢地将她拥入怀中。他拥她拥得那样紧，像是在害怕失去什么。

虞灵犀感受着他无声汹涌的情绪，半晌后，轻盈而坚定地转过身，直视宁殷漆黑的眸道：“你在担心什么，宁殷？”

薄唇轻启，宁殷慢悠悠地道：“他身上流着我的血。”

“是。”虞灵犀颔首，“他是我们的结晶，自然流着我们的血液。”

“他会折磨你。”出生前，他会吸食她的血气；出生后，他会索取她的乳水。若是和宁家人一样流着“野兽”的脏血，那他长大了，亦会继续折磨她。

虞灵犀有些愕怔，随即明白过来：宁殷是担心这孩子继承了他的疯性，忌惮这孩子和他一样，对生母产生不了丝毫感恩和敬畏之心。

在宁殷心里，父子、母子从来都不是什么光明伟大的象征。他没有感受过温暖，也无法产生舐犊之情，没人教过他这些。

从某种程度上而言，他厌恶自己的血脉胜过厌恶一切。更何况，这条血脉是要以吸食他心爱之人的养分作为代价……

虞灵犀不知道宁殷心底竟埋了这样重的心思。

“不是这样的，宁殷。孩子是希望的延续。”虞灵犀抬手贴上宁殷的脸颊，一字一句、认真地道，“你要往好处想，他或许会有我的温良沉静、你的聪慧强大，我们的长处会在这个孩子身上得到延续。他或许会有些小缺点，会调皮，不过无碍，我们会教他为人处世。我不是丽妃，你也不是先帝，他会有截然不同的性情和人生，不是吗？”

她一口气说了许多，而后微微一笑：“我喜欢这个孩子，因为，他是我与宁殷的孩子。”

宁殷看着她眼里的光，那光里头带着希冀。

他尝试去理解她的话。

“你会难受。”宁殷给她递了杯水。

虞灵犀没有接过杯盏，就这样将水抿尽，满足地道：“有你陪着我就不难受。”

宁殷这才扣了杯盏，将她揽入怀中。

宁殷本就是个心眼多过蜂窝眼的聪明人，只花了须臾，便明白了虞灵犀的意思，但心中依旧有些不快——岁岁对他全心全意的爱，竟要被这个小东西分走一半。

或许，这还是个和他长得十分相似的玩意儿。

所以当虞灵犀问他，是希望她生个小公主还是小皇子时，他毫不迟疑地回答：“女儿，生个小岁岁。”

这强势的话语听得虞灵犀扑哧一笑。她若是生个小卫七，难道还能将他塞回去回炉重造不成？

虞灵犀开始害喜，吃不下东西。旁人怀孕都会丰腴一些，唯有她反倒瘦了，下颌都尖了不少。

“那种黑黑的药，我今日可以不喝吗？”虞灵犀坐在榻沿，看着蹲身给她穿鞋的年轻帝王。

“不可。”他拒绝得干脆。

闻到熟悉的苦药味，虞灵犀垮下双肩，下意识地有些抵触。

宁殷擦净手指，从宫婢手中接过汤药吹了吹，淡淡地道：“但今日的药不苦。”

“真的？”虞灵犀抿了一勺药——果然回甘，味道好了许多。

她是很久以后才知晓，这安胎的药方是宁殷与太医院上下熬夜改良出来的，他就是为了让她好受些。

虞灵犀怀孕七个月时，正是暑热刚退的初秋之时，她胎动已是十分频繁。

她因被照顾得极好，身材并未走样，面色健康白皙，手脚匀称，唯有腹部高高隆起。暖黄的灯火下，她披散着乌发的模样十分圣洁美丽。

夜间就寝前，宁殷会取芙蓉玉露膏耐心地给她涂抹肚皮，故而她的肚皮也是白净光滑的，上面并无可怕的斑纹。他现在做这些事已十分顺手了，这样的他一点也没有在朝堂之上的恣睢之气。

此番他擦拭膏脂，忽然，一小团东西自虞灵犀的肚皮之下隆起，凸出拳头大小的一块，虞灵犀肚皮一紧。

她忙不迭地屏息笑道：“你瞧，它又动了。”

感受到她喜悦的情绪，宁殷垂眸，好奇地将修长宽大的手掌罩在那胎动之处。

隔着薄薄的肚皮，那团东西滑过他的掌心，给他带来一阵奇妙的感觉——像是有什么东西在那一瞬通过他的掌心，连接到了他的心脏。

“他在和他父皇打招呼呢。”虞灵犀弯着眼眸，轻声道，“可有意思了，是吗？”

宁殷撑在榻沿，凑近了些，鼻尖几乎挨着她的肚皮。盯了半晌，他方问道：“疼吗？”

他这样冷漠的人，连自己的身体都可漠视，却唯独舍不得她受一点痛苦。

“不疼，”虞灵犀笑道，“就是有点怪。”

说话间，那团小东西又踢了踢。

“小怪物。”宁殷略微嫌弃地嗤了声，等那团东西消停了，这才垂眸俯身，亲了亲虞灵犀光洁的肚皮。

肚子一天天变大，她夜间睡觉便成了个问题。

虞灵犀睡得不甚安稳，有好几次半夜醒来，都发现宁殷在悄悄替她揉捏后腰。

十月中旬，她腹中的小生命终于到了瓜熟蒂落的时候。

生产前，虞灵犀只提了一个要求：不许天子陪产，一步也不许他靠近。

如果陪产，他会疯的。

皇后顺遂地诞下一子，举朝大喜。

昭云宫，宁殷唇色苍白。他如同完成一项任务般瞥了一眼襁褓中皱巴巴的小生命，接着就将孩子交给了乳娘和嬷嬷。

视线重新落回虞灵犀的脸上，他接过宫婢端来的一盅鸡茸粥搅了搅，哑声道：“好了，我看过他了。”

虞灵犀知晓宁殷想要个女儿，可这次，她偏偏生了个儿子。

“长得像谁？”她抿了一口粥，侧身看着乳娘怀中红彤彤的小婴儿，“他的眉眼轮廓像你，嘴唇倒是和我的极像。”

宁殷的嘴唇偏薄，他不笑的时候，显得有些不近人情。

听虞灵犀这么一说，宁殷这才多看了几眼儿子。

小婴儿的上唇有小小的唇珠，他的唇的确与她的很像。其实刚出生的婴儿五官还未长开，也说不准将来到底像谁，虞灵犀刻意这般说，只是想让宁殷多看看自己的儿子。

生儿子也挺好的，她不曾有机会陪伴宁殷黑暗的稚童时期，若能有个和宁殷生得相似的孩子弥补这缺憾，她能与宁殷一起陪着他一点点平安健康地长大，也不失为一桩幸事。

“给他取个名字，可好？”虞灵犀耗尽体力，声音也渐渐低了下去，眼皮一开一合，“我先睡会儿。”

宁殷搁下粥碗，一手托着她的肩，一手将她腰后的枕头轻轻抽走，为她掖好被褥。

小婴儿在一旁哼唧，宁殷从一旁的金盆中拧了拧温热的棉帕，低声道：“抱出去。”

乳娘和嬷嬷不敢违逆，将小婴儿抱去已提前收拾好的侧殿喂奶。

宁殷垂眸，慢条斯理地给虞灵犀拭去身上黏糊的汗水，这才丢了棉帕，倾身提笔。

虞灵犀醒来的时候，宁殷已去上朝了。

案几上压了一份洒金红纸，上头写了十来个字，笔触遒劲，这字显然是出自宁殷之手。

“这些名儿，都是昨夜娘娘睡着后，皇上独自想出来的。”胡桃扶着虞灵犀坐起，取了衣裳给她裹上，悄悄地道，“娘娘说的话，皇上都记在心里呢。”

虞灵犀也是从胡桃嘴里才得知，自己生产了一整夜，宁殷便在殿外站了一整夜。

虞灵犀不许他靠近陪产，他便真的忍着不靠近。

“他没伤着自己吧？”虞灵犀问。

她产子艰难，唯恐宁殷那疯子在自己身上划上一刀，好与她“感同身受”。她知道，宁殷绝对做得出来。

“没呢，皇上只是站着。”

胡桃说，她每次打开殿门招呼嬷嬷端水倒水，都会看见皇上黑沉的眼睛随之一亮，接着他就会直直地望向垂纱飘动的殿内。

他披着一身寒霜，脚步钉在原地，可身体微微前倾，他像是要挣脱什么束缚去陪在妻子身边。

胡桃一向怕宁殷，因为他的心太硬太冷了，好像世间没有什么东西能够击溃他。但娘娘生产这晚，她却蓦然发现，不可一世的暴戾帝王原来也有软肋。

听胡桃絮絮叨叨地说着这些，虞灵犀含笑，目光变得柔软，所有的艰辛疲惫感，都在此刻被抚平。

她执笔润墨，在那十几个字中圈出一个“容”字。

“咦，娘娘为何选这个字？”胡桃问。

“海纳百川，有容乃大。希望我儿将来，是个心怀宽阔之人。”

虞灵犀想了想，又在“容”字旁边添了一字：“这个，是他的小名。”

朝堂上，百官比自个儿生了独子还高兴，又是计划祭天祭祖，又是建议大赦天下。

宁殷嫌他们吵得紧，直接下朝回了昭云宫。

虞灵犀正抱着小婴儿在榻上休息，半披散着的头发柔柔地垂至腰间，这样的她显得温柔又美丽。

见到宁殷进门，她抬眸一笑：“回来了。小安刚睡着。”

“小安？”眉尾一挑，宁殷看着眼睛眯成两条缝的小怪物。

“这是我给他取的小名。平安的安，亦是‘岁岁常安宁’的安。”

虞灵犀说这话的时候，嘴角有浅浅的笑意。

宁殷垂下眼眸。刚开始看到这团降生于人世的小东西时，他并无太大波澜。

孩子出生后，他还是无法爱这个孩子。他本就是个冷血凉薄之人，容不下第三条生命横亘在他与岁岁之间。但小怪物是岁岁十月怀胎生下的，所以他会试着理解，然后接受。

但现在岁岁将他们最甜蜜的记忆与小怪物的乳名联系在一起，在他心中，亲情便有了些许模糊的轮廓。

“还是叫小怪物较为妥当。”他轻嗤了声，面无表情地戳了戳婴儿柔软的脸颊，“长得这般丑。”

虞灵犀笑了起来：“他刚出生呢！再过些时日便好看了。”

这点虞灵犀倒是十分有自信。她与宁殷的孩子，相貌无论如何都不可能太差。

虞灵犀开始涨奶，疼得睡不着。

宁殷本就睡得浅，虞灵犀一翻身，他便醒了。

对上宁殷乌黑的眼眸，虞灵犀有些抱歉。她轻轻地道：“你睡吧，我去让嬷嬷过来替我推拿。”

宁殷按住了她的腰，没有让她离开。

“告诉我，如何做。”他道。

明白他的意思后，虞灵犀愣了好一会儿，才低声道：“这如何行？一个时辰后你还要早朝……”

然而宁殷根本不听她说话，从帐帘中伸出一条修长结实的手臂，抓起榻边的外衣，裹在了虞灵犀的肩头。

虞灵犀拗不过他，只好作罢。

宁殷推拿得很小心，半垂的眼睫在眼底落下一层阴影，让人看不出情绪。尽管如此，虞灵犀还是渗出了细微的汗。她攥紧了身下的褥子。

半晌后，宁殷将白玉碗搁在一旁，取来湿帕子替她冷敷，随即垂首，轻而认真地舐着她疼痛的地方。

烛火昏黄，映出两道朦胧的剪影。

宁容一岁时，已经会叫爹娘了，虞灵犀每天的乐趣，便是逗鹦哥似的逗着儿子说话。

宁殷偶尔处理完政务过来看她，总是不到两刻钟，便不耐烦地将儿子提溜出去，顺便反手关上殿门，将她揽入怀中。

虞灵犀被他的鼻息弄得发痒，笑道：“你若得空，便帮我照看一下小安可好？”

虞灵犀知道，宁殷还是无法接受宁容占据她太多时间，哪怕那是他的儿子。

她想趁这个机会，让他们父子好好培养感情。

第二日下朝，宁殷果然将宁容带去了浮光殿。

虞灵犀惬意地松了口气，目送宁殷抱着儿子出了昭云门后，这才吩咐嬷嬷道：“跟上，看着些。”

浮光殿中，奏折堆积如山。

宁殷单臂抱着宁容进门，将儿子搁在了龙案上。

两人大眼瞪小眼，简直像是从一个模子里刻出来的。宁殷皱皱眉，四处观望一番，视线落在一旁的圆肚瓷缸上。瓷缸约莫有膝盖高，缸口很宽，刚好装得下一个小孩儿。

他一把将瓷缸里头的卷轴书画拿出来，再把儿子放进去，罩上外袍给儿子保暖，之后便坐下看起奏章来。

宁容自己待了会儿，见阿爹不与他说话，于是颤巍巍地扶着缸沿站起，伸出短胖的小手去够案几上的奏折。

他扑腾得太用力，瓷缸摇摇晃晃了一番，终是哐当一声倒下。

殿中的内侍看得心惊胆战，想去搀扶宁容，又不敢自作主张，悄悄在心里捏了把汗。

宁殷撑着太阳穴，眼也未抬，任由装在瓷缸中的儿子骨碌滚了一圈。

户部尚书进来面圣述职，一进门便见被装在一口瓷缸中的皇子殿下在殿中惬意地来回滚动着。

尚书大人于心不忍，趁着跪拜时伸手，将瓷缸扶正。

瓷缸总算被扶正了，众人的心也随之落到实处。

小孩儿闲不住，又攥住户部尚书的官袍袖子，好奇地玩了起来。

户部尚书禀告完要事，小祖宗也没有松手的意思，于是，尚书只好求救般望向年轻的帝王："陛下，这……"

宁殷这才抬眼，拿起案几上的裁纸刀一划。

一阵帛裂之声后，断袖的户部尚书如释重负地走出了大殿。

昭云宫，虞灵犀睡了个安安稳稳的午觉。

她慢悠悠地梳完妆，正准备出门去接儿子，便见被她派去钉着孩子的嬷嬷哭丧着脸回来，道："娘娘，您快去看看小殿下吧！"

"怎么了？"虞灵犀起身道，"皇上有分寸，不会做出什么出格之……"

话未落音，她就见穿着一身殷红帝王常服的宁殷单手拎着一个东西踏斜阳归来。

等他进了庭院，虞灵犀才发现他手里提溜着的，是他们的儿子。

"事。"虞灵犀哭笑不得地将最后一个字补全。

三年之后，宁容四岁了。

这孩子极为聪慧，虞家兄妹还在玩泥巴的年纪，他已将启蒙的书籍背得滚瓜烂熟，学什么都极快，聪明乖巧得不像个稚童。

唯有一点，他不太亲近宁殷。

有一天，虞灵犀发现宁容捉了一只蚂蚱拿在手里，将它的翅膀和足一根根拔掉，再欣赏它在地上徒劳挣扎的模样。直到这时，她终于发觉了不对劲。

“它没了手足，就不能拥抱它的孩子了，甚是可怜。”虞灵犀没有喝止责备儿子，而是蹲下来与儿子一同看着地上那只断翅断足的蚂蚱，“若是阿娘的手也被人拔去，小安会如何？”

“那就重新粘上。”宁容抿唇捡起被他撕裂的足，试图将它们粘回去——自然无果。他开始慌了。

虞灵犀摸了摸儿子的小脑袋，告诉他：“生灵并非衣物，破了就不可以缝补。有些伤害一旦造成，便会永远存在。”

宁容垂着头，小声道：“孩儿明白了。”

“洗洗手吧。”虞灵犀浅浅一笑，“我们去找父皇玩。”

宁容挖了个坑，将蚂蚱埋了起来，闷声道：“孩儿不去。”

“为何？”虞灵犀有些讶异。

“父皇不喜欢我。”这充满稚气的童言在虞灵犀的心中落下沉重的回音。

晚上就寝时，虞灵犀同宁殷说了白天发生的这件事。

她想了想，靠着宁殷的肩问他：“宁殷，若你有机会回到过往，你会对儿时的你说什么？”

宁殷何其聪明？他当然明白岁岁此言何意。他无法再改变过去什么，但他可以改变宁容。

宁殷不知该如何表达。他将自己这一辈子所有的善念都给了岁岁，不知该对小安如何。

“睡吧。”他若无其事地捏了捏虞灵犀的后颈。

第二日，虞灵犀自晨曦中醒来，听到庭院中传来了窸窣的声响。

她好奇地披衣下榻，出门一看，只见昭云宫前的红叶下，宁殷与宁容相对而坐，各拿了一把匕首在削竹篾。一旁的石桌上，还摆放了糨糊、鱼线等物。

一大一小两道身影，像是照镜子般动作划一，这画面让人看着赏心悦目。

宁容见到她出门，眼中总算有了孩子气的笑来："阿娘！快看！"

他举起了手中被扎得歪歪扭扭的竹片。

虞灵犀抿着笑走了过去，织金裙裳在阳光下射出耀眼的光泽。她温声提醒道："别伤到自己……"

"割疼了手指，他自己会记住教训。"

宁殷放缓语气，屈指点了点身旁的位子："坐。"

于是虞灵犀坐下来，撑着下颌，看着父子俩忙活。

宁殷教小安做了青鸾纸鸢。宁殷儿时做好的纸鸢被丽妃狠狠拽下来踏碎，当年虞灵犀却与他一起放飞了纸鸢，纸鸢承载着他从黑暗到光明的两段记忆。

现在，他把做纸鸢的方法教给了小安。

纸鸢摇摇晃晃地飞上天，一大一小，一只精巧漂亮，一只粗糙简陋。

"父皇，我的纸鸢比你的飞得高！"小孩儿得意扬扬，漂亮的黑眼睛里满是阳光，他早忘了昨日低落时的自己。

宁殷漫不经心地拉了拉鱼线，毫不留情地讥嘲他："你那只做得太破，迟早会坠下。"

宁容不服气，迈着小短腿满宫跑了起来，宫人一窝蜂地追着他，小心地护着他。他跑得那样快，前面没有黑暗、没有不透风的高墙，没有任何东西可以束缚、阻止他的步伐。

虞灵犀笑着笑着，将脑袋埋入了宁殷的怀中，拥紧了他的腰肢。

宁容拥有许多，但宁殷只有岁岁。

宁殷似乎察觉了虞灵犀情绪的波动，一手拉着鱼线，一手张开，顺势将她揽入怀中。

"我待他好，是有目的的——把小怪物打发走，岁岁便是我的了。"说罢，他放开了鱼线，轴轮飞速转动，纸鸢越飞越高。

身子骤然腾空而起，虞灵犀不由得环住宁殷的颈项保持平衡，问道："你做什么？"

"通乳。"

虞灵犀瞪他："小安都四岁了，断奶三年了！"

见虞灵犀气得翘脚尖，宁殷便闷笑起来。

殿门被关上，震落几片枫叶，青鸾纸鸢越飞越高，成了湛蓝天空中一抹绚丽的小点。

岁安九年，七岁的宁容被册立为太子。

皇帝在风华正茂之年册立太子，这是前所未有的。有几个爱操心的文臣长吁短叹，说什么"先帝就是子嗣单薄，才会引发诸多动乱"……

他们话里话外，自是希望皇上多生两个孩子，将来立储也能有更多选择。

但随着宁容的长大，朝中的担忧声渐渐消弭——无他，只因太子殿下太过优秀！

他继承了他父皇的聪明与果决，却又不似他父皇那般暴戾凉薄，小小年纪已能将朝中局势摸得一清二楚，行事张弛有度，实有明君之范。

岁安十七年，十五岁的太子开始亲政，深得拥戴。

岁安十九年，皇帝禅位于太子，携皇后迁居行宫。

两人离宫那日，正是春和景明的三月天。

宫墙之上，六位朝气蓬勃的少年比肩而立。

虞瑜眨着琉璃色的明眸，问道："小姑母还会回来吗？"

"会的。"虞瑾微微一笑，回答道。

宁玠颇为豪爽地拍了拍宁容的肩，笑出一颗小虎牙："怕什么，有我们陪着陛下。"

周澌与虞璃才十二三岁，年纪尚小，只是似懂非懂地看着兄姊们。

晴空万里，宫墙之上的六位少年击掌为盟。

文臣武将，气吞山河。自此，他们欲抟弄江山，捏一个属于他们的太平盛世。

行宫，闲云野鹤掠过池面。

亭台旁梨花正盛，堆雪如云。

“卫七，我们换个地方可好？”虞灵犀凑近吹了吹宁殷满身的落花，笑道，“这花虽美，落在身上却太恼人。”

宁殷摩挲着杯沿，沉声道：“过来，为夫替岁岁清理干净。”

虞灵犀一见他笑得这般，便知他定然不怀好意。

她刚要躲开，却被一把揽住腰肢。男人垂首，用唇一点点将她身上的落花摘取干净。

风吹梨雪，漫天飘白，梨雪落入成对的杯盏之中，泛起浅淡的涟漪。

浮云闲散，岁月悠长。

番外二 共沉眠

宁殷刚弄死老皇帝，登上摄政王之位，赵徽便送来了一个女人。

彼时举国大丧，禁丝竹宴饮，但并不妨碍趋炎附势的小人往上爬。一场珍宝鉴赏会，各家都拿出了镇宅之宝，削尖了脑袋想取悦年轻阴郁的摄政王。

厅堂内因各色珍奇的陈列而熠熠生辉，宁殷撑着太阳穴而坐，用苍白修长的手指随意地抓起一颗雕工极精细的翡翠白菜。

在献宝者欣喜的目光中，他五指一松，翡翠便发出令人心颤的碎裂声，四分五裂，继而是缀宝石的虎耳金杯、红玉珊瑚摆件……

毁坏东西是一件令人愉悦的事，破碎的各色玉石飞溅，也只配让摄政王听个响。

“不过是些死物、俗物。”宁殷掀起眼皮，黑眸如冰，“这也配拿来糊弄本王？”

那群面孔上的得意之色变为心疼之色，继而，他们面色灰败。只有一个人例外。

赵徽挪动臃肿的身子跪伏向前，谄媚道：“臣兵部主事赵徽，有一稀世珍宝，此宝举世无双，臣不敢私藏，愿赠与殿下赏玩。”

当天夜里，赵府用一顶不起眼的红纱软轿，送来了一位着红装绯裙的妙龄少女。

“此乃臣之外甥女，原是将军府幺女，出身高贵不凡。其父母亡故后，臣见其身世可怜，便将其收养于膝下，养于深闺。她一向是被臣当亲女儿教导照看的，不似那些不正经的女子污秽……若得殿下垂爱一二，能留在殿下身边执箕帚，也算是她三生修来的福分。”

先前赵徽那厮的阿谀之言犹在他耳畔，赵徽倒是没有说谎——少女当真有一张极美的脸，一袭如火的红裙近乎刺目。

宁殷披着单衣进殿时，她正跪伏在地上，柔软的乌发自耳后分开垂落，漂亮脆弱的颈项延伸至衣领深处。她身材极好，纤腰诱人，不盈一握。

雨夜阴冷，他左腿的陈年旧疾隐隐作痛。

宁殷以食指慢慢点着座椅扶手，审视着跪伏在他脚边的身影：“叫什么名字？”

他在笑，却没有丝毫温度。

少女自然听出来了，呼吸颤抖地开口：“虞……”

嗓子紧得很，她艰难地咽了咽口水，方哑声道：“虞灵犀，心有灵犀的灵犀。”

宁殷心道：姓虞啊，难怪。

宁殷半眯着眸子，以手杖抵住她的下颌：“抬起头来。”

有金属质感的手杖带着冰寒入骨的凉意抵在她的下颌上，她明显一颤。攥紧手指，她缓缓抬头。

她果然是哭过了，眼尾红红。

外边秋雨瑟瑟，她的周身却像是笼罩着一层柔光，显得她脆弱而夺目。

他心想：很好，大雨天最适合杀人了。

这天下有多少人想巴结他，就有多少人想要他死。他们送过来的女人不过是刮骨刀，他绝不会让她们活着见到第二日的朝阳，不管虞灵犀背负着何种“任务”，都不会例外。

他用拇指一按机括，手杖底部的利刃便毫无征兆地刺出。

烛火猛烈摇晃，殿外秋雨疏狂，他的影子在地砖上张牙舞爪地晃动。

颈部被利刃所抵，虞灵犀湿红的杏眼中却是一片沉寂。

她没有尖叫求饶，自始至终都是柔弱且美丽的。她只问了一句：“若我死了，可会连累姨父一家？”

她的反应平淡至极，宁殷略微不悦，语气也冷了几分：“若不尽兴，本王会将他们都杀光。”

说罢，他盯着虞灵犀的眼睛，然而并未在她眼中看见恐惧的神色。

她像是得到了想要的答案，抬手握住了拐杖下的刀刃。

她纤细白嫩的手指上，刻着族徽的兽首戒指折射出凛冽的寒光。

这是一个反抗的姿势。

宁殷流露出几分兴味，几乎下意识地要刺穿虞灵犀的颈项。

吧嗒，一滴泪顺着她的下颌淌下，溅在刀刃上，发出清越之声。

宁殷眼底嗜血的兴奋之意如潮汐般渐渐退去。

他看透了她的心思。这女子故意作势反抗，一心求死，是想拉着赵家共沉沦……

也对，赵府将她当作礼物献给他，她自是怨透了他们。

“胆子不小啊，敢借本王的手杀人。”宁殷气极反笑，攥住了她握着刀刃的手腕，力气大到几乎要将她纤细的腕骨捏碎。

虞灵犀吃痛，迫不得已松开了手，跌坐在地上，殷红的血珠顺着指尖滴落，绽开朵朵血梅。

宁殷不悦，极其不悦。

他这人天生反骨，虞灵犀一心求死，他反而不愿给她个痛快。

满心戾气的摄政王眯着眼，改了主意。

…………

秋雨下了一夜。

宁殷下榻时，脸色惨白，身上仿佛没有一丝人气。

将头枕在椅凳上浅眠的少女立刻惊醒，直起身看着他。

刚醒的摄政王还未来得及伪装情绪，皱着眉，整个人冒着森森的寒意。

他盯着虞灵犀，想起来还有这么个玩意儿存在。

虞灵犀还坐在冰冷的地砖上，被他盯得浑身发怵。她像是被苍狼按在爪下的猎物，只能本能地战栗。

“今天王爷会杀我吗？”她显然一夜未眠，弱不胜衣，妆容晕开后的她面色苍白，这竟让她有一种颓靡之美。

宁殷前后转了转手腕。手背上的青筋微微凸起，他似能轻而易举地捏碎人的骨头——昨夜，虞灵犀已经领教过他非人的力道了。

她下意识地藏住腕上青紫的指痕，接着便听见摄政王冰冷的笑声传来：“回来就杀你。”

宁殷如愿以偿地看到虞灵犀的眼睫抖了抖，这才拄着手杖满意地离去。

比杀死猎物更有趣的，是让猎物陷入生不如死的恐慌之中。

一想到回来时就能看到她那张惨淡枯槁的脸，看着她在绝望中凋零，摄政王总算泛起了些许惬意的神色。

殿中。

知道了自己的死期，虞灵犀忽然就觉得安心多了。

府中侍从并不知这女子是何来历，毕竟从未有哪个礼物能在摄政王的身边活过一夜。他们疑惑且忌惮，所以当这位貌美少女礼貌地请他们送些吃食和清水进来时，他们不敢拒绝……

傍晚，宁殷处理了几个不听话的朝臣归来，便见那红裙少女已梳妆完毕，正坐在寝殿的椅子上，吃得唇角都是糕点。

没错，她的确在吃东西，胃口相当不错。

宁殷站在门口，就这么眼也不眨地望着她。

虞灵犀露出一脸“终于来了”的平静神色。她依依不舍地放下最后半块糕点，细心地将四个吃空的盘子叠起，擦净嘴唇，整理好裙裾，这才远远地朝着宁殷垂首跪下。

“多谢王爷款待。”她俨然是吃饱喝足，准备好上路了。

宁殷沉着脸，一步一步地朝她走去，手杖敲击在地上，发出催命般的声音。

她绞着手指，眼睫随着他特殊的脚步声而一颤一颤的。她看起来并没有面上所表现的那样平静。

宁殷抬起手杖，抵住了她纤细的脖颈。

虞灵犀闭上了眼睛。

锋利的刀刃距离她脆弱的肌肤不过毫厘，他只需轻轻一划，她的身体就会开出猩红的花来。

然而他觉得没意思。杀死一个等死的人，他不会获得任何快意。他厌恶被人拿捏的感觉。

叮的一声，他将手杖底部的刀刃收了回去。

虞灵犀仍紧紧闭着双目。

她明明是个娇弱得他单手就能扼死的东西，哪来的勇气视死如归？

宁殷嗤笑一声，一个阴暗的念头浮现在他心头。

“你如今的样子和死人也没有什么区别了。”宁殷单手拄着手杖俯身，用另一只手捏着虞灵犀的下颌，强迫她睁眼。

他盯着她水光潋滟的眼睛看了半晌，忽而轻声道：“本王对戮尸没有兴致。走吧。”

杏眼倏地瞪大，里头迸发出亮光来，饱满的红唇微启，她似要问什么。

宁殷眯了眯眼，慢悠悠地道：“我说走。没听见？”

他……真的要放自己走？这无疑是个巨大的诱惑，虞灵犀看了他许久，迟疑地缓缓起身。

宁殷交叠双手拄着玉柄镶金的手杖，耐心且温柔地等待她飞奔而出时生出狂喜的情绪。

每次那些人送女人过来，他都喜欢故意让她们放松警惕，然后在细作按捺不住露出破绽之时，再亲手将她们的希冀连同生命摧毁。

宁殷已经能预料到接下来的画面了。

虞灵犀的窃喜情绪很快会被惊慌感取代，继而，她会在他的刀刃下苦苦哀求。当发现哀求无用时，她会于绝望中破口咒骂……诸多情绪会如花般盛开在她美丽的脸上，然后瞬间消失。

宁殷耐心地等待着，但虞灵犀走到门边，又慢吞吞地转了回来，垂首敛目站在原地。

宁殷眼底的兴味淡了下去。

“就这么想死？”他问。

虞灵犀轻摇玉首，细声道：“王府之外，亦是另一个囚笼。民女只是觉得，继续生不如死地生活，不若死个干净。”

这女子无趣到极致，反倒显得有趣。

于是他笑了，极轻地嗤了一声，像是毒蛇吐芯。

他越过纤弱的少女，缓步踱到椅子旁坐下，四周阴暗，越发显得他苍白的脸颊如鬼魅般阴寒。他不紧不慢地道：“你知道本王的手段？”

虞灵犀没吭声，一时拿不准该点头还是摇头。

“以你的姿容，你最适合做成‘美人灯’。”宁殷以指腹摩挲着手杖的玉柄，一字一句，故意说得优雅而清晰。

虞灵犀将头垂得更低了些，两片眼睫如鸦羽般轻颤。她握紧了十指。

她狠了狠心，加大手劲。昨夜她握住刀刃时伤到了手，伤口未经处理，很快又渗出鲜血来，鲜血顺着指缝滴落在地砖上。

虞灵犀望着掌心的伤痕，许久后，抿了抿朱唇道：“民女身上有伤，用民女做出来的灯恐会漏风。”

她的言外之意是：可否换种死法？

宁殷对油盐不进的她叹为观止，心中的耐性已然到了极限。

他靠着椅背，观摩了她半晌，温柔地道：“过来。”

虞灵犀迟疑了一瞬，还是撑着几乎要发软跪下的膝盖，一步一步地轻移至阴鸷俊美的摄政王面前。

看不清是如何动作，她只觉颈项一阵冰冷——宁殷掐住了她的颈项。

说是“掐”其实算不上准确，因为宁殷修长有力的手指贴在她的细颈上，他看起来并未使劲。可不知为何，她就是喘不上气，空气瞬间变得稀薄。

虞灵犀的脸颊渐渐浮现出瑰丽的红色，她像是濒死前热烈绽放的花。她张开了唇徒劳地呼吸，却并未挣扎。又来了，她这种故意激怒他后视死如归的平静情绪又来了。

宁殷像是捏着一团没有生气的泥人，索然无味地松开了手。

眼角微红的虞灵犀立刻撑在地上急促地喘息。

女人柔软的乌发自她耳后垂下，像是一汪倾泻而下的墨水，衬得她白皙的面容吹弹可破，也显得她脆弱无比。这么个看似娇弱，实则敢拿捏他心思的女人多难得啊，他顺从她的心意杀了她，未免太可惜。

宁殷温柔地伸手，将她散乱的鬓发别至耳后，有了新的主意。

…………

自那以后，宁殷每次从寝殿出来，都能看见那女人远远地跪在廊下，弱声问：“王爷今日会杀我吗？”

若他说“会”，虞灵犀则会想尽法子过好生命中的最后一日，然后收拾好仪容，安安静静地等死。但每次，宁殷都不会杀她。

他在等，等她心理防线溃乱的那日。

半个月后，虞灵犀还活着。

宁殷甚至默许侍从，不管她提什么物质要求，都尽量满足。

虞灵犀在王府中得到了从未有过的优待，一时间，诸多侍从对虞灵犀肃然起敬，觉得她大约要飞上枝头变凤凰了……可惜，这只“凤凰”并不争气，在提心吊胆了许多日后，一病不起。

宁殷忙着排杀异己，等到回想起已然多日不曾有人前来向他请安，询问他“杀不杀我”这事时，虞灵犀已经没几口活气了。

榻上的病美人呼吸微弱，如失去养分的花朵般迅速枯萎。干裂的嘴唇急促地张合着，她发出含混的呓语。

宁殷拄着手杖俯身凑近，才听见她唤的是“爹”“娘”。

她说她好冷，想回家。

“虞家坟塚连山，你已经没有家了。”宁殷毫不留情地嗤笑她。

他难得有闲情雅致，端起案几上一只有缺口的瓷碗，掐着她的脸颊，将里头的茶水强行灌进她的嘴里。

那茶又冷又浑浊，大部分顺着她的嘴角淌入了衣领中。

宁殷的侍从震惊了一片。

自离开欲界仙都后，宁殷已经很久不曾服侍过别人了。此时之举并非他的怜悯心作祟——他这个人六亲不认，连亲爹都能推翻，早没了七情六欲。

蜘蛛会将坠入网中的猎物养肥，再一口吞下，享受极致的美味，但若猎物还未被养肥就死了，未免太扫兴。他可比蜘蛛狠多了。

有了宁殷的默许，虞灵犀很快好转起来。

不出半个月，她已能下地走动。

也不知是虞灵犀病糊涂时梦见了什么，抑或是惦记着什么未完成的任务，病好后，她的求生意志便强了许多。

偶尔，她会大着胆子为宁殷烹茶煮酒，却不会再询问她的死期。她虽然依旧羸弱，可眼里的光彩显然明亮了许多。

她现在惜命了，很好。

在一个阳光和煦的深秋，宁殷掐准时机，把她叫到自己面前。

案几上已经摆好了一碗暗褐色的汤药，从旁边压着的药方上那十几味毒虫、毒蛇的名字来看，这药定然十分骇人。

“本王近来炼毒，缺一个试药人。”他交叠双手靠在座椅上，微抬下颌示意她，“喝了。”

虞灵犀一时间愣住。她早该明白，恶名远扬的摄政王不会轻易容纳她的，她平和地度过的这些时日，不过是镜花水月。

宁殷对她的反应颇为满意——那张精致如芙蓉的脸上总算浮现出了汹涌的情绪，而非木然的神色。

“自己喝，还是本王喂你喝？”他以指慢慢叩着手杖玉柄。这是他不耐的象征。

引得摄政王不耐会有何下场，虞灵犀并不想知道。

她被逼着饮下汤药，枯坐了一会儿，问：“去得快吗？”

“本王若知晓，还让你试什么药？”宁殷屈指抵着太阳穴，一本正经地胡诌，“快的话发作一刻钟便过去了，慢的话……”他故意拖长语调，懒洋洋、阴森森地道，“可就说不定了。”

虞灵犀点了点头，然后坐到梳妆台前，开始绾发描妆。

即便是死，她也要干干净净、漂漂亮亮地去死，以最美好的姿态去面见泉下的爹娘兄姊……一想到逝去的亲人，她终于湿了脸颊。

宁殷的目光跟着她的动作移动，他饶有兴味。

她背对着他，飞快地抹了把眼角，低头几度深呼吸，方红着眼重新傅粉描眉。

药效发作后，她摇摇晃晃地起身，拖着沉重的身躯爬到榻上，仰面朝上，将双手交叠搁在胸前，等待死亡的来临。

大病过一回的人格外惜命，她到底是不甘心的。

宁殷品味着她脸上的隐忍情绪，冷笑道："有什么遗言，赶紧说。"

虞灵犀想了很久，才于极度的渴睡中软声道："我若做鬼，一定回来找王爷……"

说罢她眼一闭，彻底陷入了昏睡之中。

摄政王坐在榻边，恨不能将她掐醒。他伸手比了比少女纤细的颈项，拢了拢五指，松开，笑道："好啊，等做了鬼，你可千万别忘了回来找本王。"

…………

虞灵犀没想到自己还有醒来的一日。

见到榻边那张阴鸷的脸，虞灵犀心里一紧，憋屈地想：莫非这阴晴不定的疯子追到地狱里来折磨她了？

大概她此刻的神情太过茫然，疯子难得说了句人话。他撑着脑袋道："别看了，你还活着呢。"

虞灵犀混沌的脑子还未变得清明，低沉的嗓音就再次传来。他温柔地道："把遗言接着说完，要回来找本王做什么？嗯？"

狠话放了，人却没死成，虞灵犀百口莫辩。还有比这更糟糕的情况吗？

宁殷坐在榻边，兴味盎然地看着虞灵犀哭了整整半个时辰。

她倒是识趣——在说什么"遗言"都是错的的情况下，哭总是没错的。

霎时间，劫后余生的欣喜与委屈情绪、压抑不住的孤独和恐慌感尽数涌上心头，在她那双湿红潋滟的眸中交叠浮现，她哭得梨花带雨。

她哭起来没有难听的声音，只是绷紧了小巧的下颌，任由泪水涌出眼眶，沁入鬓中。

宁殷见过不少人临死前哭号，但没有一个哭得如她这般赏心悦目。

宁殷忽然间就找到了一点比杀人更有意思的乐趣。

这是第三次，他没有杀虞灵犀。

虞灵犀以为自己得以苟活，是源于"毒药"研制失败，只有王府的亲卫猜出，摄政王是需要一个女人来充当门面。

因为只要王爷枕边空虚，便会不断有人送各式各样的女人过来，王爷处理得多了，也就腻了。

宁殷是个精于算计的人，曾刻意在议事时召虞灵犀侍奉茶水，谁料这女子只是乖巧地充当背景，目光好几次飘去窗外。她宁可望着枝头吵架的灰雀出神，也没兴致听他说了什么……

她那副看似尽心尽力实则心不在焉的神情，绝非装出来的。

她似乎把这当成了一份差事，需要时上上岗，不需要时便安静地滚去一旁，绝不露面打扰。她已是无可挑剔，宁殷对她的表现姑且满意。然而太顺着他了，他又觉得无甚意思，总想逼得她红一红眼眶才算尽兴。

宁殷有腿疾，畏寒，而且身躯又常年冰冷，便习惯泡汤池驱寒。

自从去年有内侍趁送浴巾的机会对他行刺，尸首弄脏了汤池后，他沐浴时便不再留人伺候。今夜，他却特地命虞灵犀伺候他沐浴。她若是谁家派来的细作，定然不会放弃这等千载良机，到那时，他只能亲手捏碎她的颈项了。

她若不是细作……

宁殷睁开眼，披着一身水汽迈出浴池，朝虞灵犀缓步走去。

然而虞灵犀低眉敛首地捧着浴巾，连抬眼看他的勇气也无，仿佛他是什么令人难以直视之物。

她胆子这般小，估计她也不会行刺。

宁殷坐在一旁的藤椅上晾着滴水的头发，看着她抖动的眼睫，忽而命令她："进去洗。"

虞灵犀一怔，瞄了一眼热气氤氲的汤池，小声道："我已经沐浴过……"

"本王说，进去洗。"他稍稍加重了语气。

少女立刻一颤，颤巍巍地抬起细嫩的指尖，开始解束腰和系带。

衣裙层层堆积在她的小腿处，心衣里裤包裹着她苗条的身材，如同花朵绽开极致的风华，热度从她试水的足尖一路蔓延，她烧红了脸颊。

她的脸天生就适合染上艳色。

无论是那日哭红的眼睛也好，还是此时羞红的脸颊也罢，都比那副恹恹提不起兴致的平淡模样要有趣得多。

宁殷就这样披着湿漉漉的长发，一边品味美酒，一边欣赏汤池中浑身泛红的窈窕美人。

直到美人晕乎乎地顺着石阶滑了下去，水面咕噜咕噜浮出一串气泡，他才慢悠悠地放下酒盏，赶在她被溺死前将她捞了出来。

虞灵犀在摄政王府度过一个月后，赵家开始蠢蠢欲动。

赵徽命人送了厚礼过来，用长辈关切小辈的口吻道："外甥女能得王爷垂爱，觅得良人富庶一生，姨父悬着的心总算能落地了。将来九泉之下，姨父也能有脸与你爹娘兄姊做个交代。都是一家人，还望外甥女常送家书回赵府，姨父也好将家书烧给你爹娘报平安……还有胡桃，那丫头可时时想着你呢！"

赵徽声泪俱下，扼腕叹息，虞灵犀却只觉得可笑。

姨父所挂念的并非是她的家书，他只是想让她利用近身服侍摄政王的机会向他传递消息，为他的升官之路提供保障……她不能不从，因为胡桃还被赵家捏在手里。

胡桃虽是个侍婢,但的确是忠心耿耿陪伴虞灵犀走过一段艰难的岁月，是虞灵犀仅剩的温暖了。

可惜，虞灵犀早已不是当初那个单纯可欺的少女。她转头就将赵徽的话转告给了宁殷，并以此为理由，请求宁殷将胡桃带到他身边服侍。这样，赵家就没有拿捏她的把柄了。

"你倒是会捡高枝。"宁殷乜着跪坐着奉茶的她，似是要从她眼中剖出答案，"抱上了本王的跛脚，就迫不及待地想将赵家踢开了？"

虞灵犀有些惊讶，但很快定下神来，举着茶杯道："王爷于我有不杀之恩，我只是不愿受制于人、恩将仇报。"

她的嗓音轻柔干净，听起来很舒服。

宁殷对识时务的她颇为满意，不发疯的时候，倒也好说话。

于是第二日，胡桃就被两个人高马大的侍卫架着胳膊，拎来了王府。

今日宁殷外出打猎,别有用心之人在猎场中投放了本不该出现的野狼。宁殷养了两年的猎犬与狼群搏斗，受了重伤，已然活不成了。

他抚了抚猎犬的眼睛，然后当着虞灵犀的面，亲手让它安眠。

他命人将猎犬做成标本，摆放在寝殿内。这样，即使爱犬死了，他也能日日夜夜地看见它，它和活着时并无区别。

猎犬标本被做好的那晚下了雨，宁殷的腿并不好受，脸色惨白如纸。

当年在欲界仙都，他被人泄露行踪，落到宁长瑞的手中。那人用尽卑劣的手段，不停地对他施虐、下毒，在耗尽他所有的体力后，再命人敲断他的左腿腿骨，让他像条死狗一样在地上抽搐爬行。

那铁锤上有尖刺倒钩，敲断他的骨头后，带出碎肉，不论他如何诊治，腿都留下了难以消弭的后遗症。

宁殷习惯在雨天惩罚人，这是他唯一缓解疼痛的方式。

虞灵犀那侍婢进来奉茶，却被墙上那猎犬标本的绿眼睛吓了一跳，失手打碎了他惯用的杯盏。

清脆且突兀的碎裂声响起，他叩着桌面的手一顿，接着，他慢悠悠地睁开了眼。

约莫察觉到他眼底渐浓的杀意，于一旁调香的虞灵犀忙起身挡在被吓得跪伏在地的胡桃身前，叱道："还不快收拾干净？"

宁殷微眯眼眸，苍白的薄唇若有若无地弯着——这是他动怒的前兆。

虞灵犀知道他想杀人，而这殿里除了胡桃就只有她，谁都逃不掉。

她贴了上来，放软声音，笨拙地分散他的注意力。

大雨夜，宁殷旧疾复发，她不该妄图安抚一个杀气腾腾的疯子。

宁殷几乎下意识地掐住了她的颈项。她僵住了身子，一动也不敢动，只用美丽的瞳仁定定地望着他。

宁殷指下的颈侧血管急促地鼓动，活人的体温顺着他冰冷的指尖蔓延，皮肤如玉般温暖细腻。

宁殷力道一顿，接着，他将另一只手也放了上去。

虞灵犀被掐在她颈上的指节冰得哆嗦，却不敢违逆他。察觉出他此刻病痛缠身，她迟疑地向前，先是握住了他的手，再一点点贴近他，试探着走入他的领地。

殿外夜雨绵绵，飘动的帐纱张牙舞爪。

黎明渐至，雨霁天青。

宁殷睁眼的时候，有那么一瞬的确动了杀心。

他怀中之人乌发如墨，眼睫上还残留着湿痕，这让她看上去脆弱而妖冶。

宁殷从不与人同宿，从儿时听到那女人惨烈的哭声起，他便厌恶极了这一切。

理智告诉他，他应该杀了这女人。任何能影响他的存在，都该从世上消失。

他很是嫌恶地伸手掐住她的颈项，而睡梦中的她一无所知。

恶狠狠地盯了虞灵犀许久，他终是松了手，捏住了虞灵犀的鼻子。

不稍片刻，虞灵犀就被憋醒了。她有些茫然地睁眼看他。

她的嘴唇是红的，眼睛也是红的，迷迷蒙蒙的样子我见犹怜。

“把灵犀的腿也打断吧，或者断灵犀的一只手。”他索性放弃杀她，笑得温柔，“这样，灵犀便与本王相配了。”

虞灵犀知晓，他不是在说说而已。这个得了失心疯的人，是真的计划将她变作他的同类，想将她长久禁锢于身边。

“断了脚，不能为王爷起舞；”虞灵犀看着他，哑声回答，“断了手，不能为王爷按摩烹茶。”

“那便毒哑。”宁殷冷笑着按住她的唇，直将那饱满的红唇压得没了血色，才似笑非笑地道，“省得这张能言善辩的嘴惹本王心烦。”

虞灵犀被吓得闭了气。然而宁殷没舍得毒哑她，毕竟昨夜某些时候，她的声音还挺好听。

自那以后，两人间似乎有了些变化，又似乎没有。

有变化的是虞灵犀服侍摄政王的时辰——除了白天，偶尔雨夜她也会服侍他。不变的是，摄政王依旧凉薄暴戾。

除此之外，虞灵犀衣食住行的规格倒是稳步提升，大有宫中后妃衣食住行的规格。

有次宁殷心情不错，兴致来焉，问她想要什么。

虞灵犀约莫还忌惮先前宁殷对她“下毒”之事，唯恐希冀越大，便越会被他摧毁取乐，憋了半天，只憋出来一句：“想看上元节的花灯。”

这算是什么要求？宁殷嗤之以鼻。

然而上元节宫宴，等待他的却是一场鸿门宴。

那暗器险些刺中虞灵犀的心脏。

宁殷处理了很多人，宫里乱成一片，殿前的御阶被染成了鲜红色。

虞灵犀本可趁乱逃走，但她并没有。

“为何要逃？”虞灵犀被他浑身浴血、宛若修罗的模样吓到了，但仍努力镇定心神，“王爷权御天下，世间再没有比王爷尊贵的靠山、再没有比王府安适的归宿，我没理由叛逃。”

宁殷笑了起来，笑容显得格外癫狂。

虞灵犀说这话时，眼里闪着明显的怯意，但宁殷很满意，她哪怕说的是假话，也是最动听的假话。

去行宫避暑时，宁殷带上了虞灵犀。

他们度过了一个没有鲜血的酷暑，他取了个敷衍的假名“卫七”，让她伴着他游山玩水。

然而穿上王袍，他又成了那个令她不敢直视的摄政王。

虞灵犀也会学着做些刺绣女红讨好他，毕竟她一无所有，连命都不是自己的，能拿出来的诚意就只有这些。

宁殷从不佩戴她绣的东西，随手就丢。他觉得让那些粗制滥造的东西出现在他身上，是一件可笑的事。

虞灵犀也不在意，总会做出新的物件来讨好填补。然而当侍从从榻下清理出一个针脚歪斜的香囊时，宁殷却鬼使神差地接过，掸了掸灰尘，再一脸嫌弃地将它锁入榻边的矮柜中。

一两年过去，他留下来的，只有那只被遗忘在角落的香囊和那双穿着舒适的云纹革靴。

宁殷从不觉得虞灵犀有何特别。他就像养了只乖巧的小猫小狗，对她招之即来挥之即去，施以照顾，再冷漠索取。腿有旧伤，他不能跪，就连雨夜与她同榻而眠时，都是她主动贴身侍奉。

他生来冷血凉薄，不知“喜爱”为何物，不允许自己有任何软肋。

他不会喜欢任何女人，包括虞灵犀。

宁殷恶劣地享受一切，却并不担心虞灵犀会离去。

因为她孑然一身，除了待在他亲手打造的空间里，已经无处可去了。

直到这年的春日，赵府的一封密笺打破了平静。

宁殷穿上那双云纹革靴，坐上前往赵府的马车时，面上尚能挂着温润的笑意。然而当他亲眼看见虞灵犀与薛岑站在海棠花下交谈，所有的温润笑意都化作了疯长的阴暗杀意。

她唤他“岑哥哥”，美人君子美如画卷，仿佛他们生来就该站在一起。

她眉尖微蹙，满心焦急，那是她面对他时从未有过的情绪。

而在王府时，她所有的眼泪、羞色、笑容，都是他逼出来的。

面容阴沉的宁殷慢悠悠地开口，刺破了花树下和谐的画面。

虞灵犀脸色苍白地为薛岑下跪，一如两年前的秋夜，薛岑在大雨中为她跪了一夜那样。

宁殷看着默契的他们，看着薛岑熟稔地护在她身前，眼底的戾气几乎翻涌而出。

薛岑是个什么东西？他也配？

宁殷不顾虞灵犀哀求的目光，将薛岑押去了大理寺狱，亲自审问。

灵犀有什么错呢？错的都是引诱她的人罢了。

他折磨薛岑，用鲜血来抚平心中的郁气。直到很久以后他才明白，他心底那股恣意疯长的阴暗郁气，名为“嫉妒”。

宁殷从大理寺狱中出来后，拄着手杖的步伐一顿。

他垂眸，视线落在虞灵犀缝制的革靴上——暗色的鞋面上染了薛岑的血，靴子被弄脏了。

宁殷有些不悦，然而转念一想，他可以光明正大地让虞灵犀再缝制一双新的。他有着薛岑永远得不到的东西。

宁殷变得宽慰起来，带着笑归府。

夜沉如水，寝殿内如往常那般灯火通明。

“王爷，我错了。”橙黄的暖光下，虞灵犀描画着精致的容颜，如神妃般明艳，秋水美目中蕴着微微的忐忑之色。

宁殷姿态悠闲地擦着指节，垂眸看着她道：“说说，错哪儿了？”

只要她和以往那般说两句好听的话，从此乖乖留在自己身边，宁殷也就不苛责今日与姓薛的私会的她了。

他总是用威胁的方式，让她留在他身边。

只是那时的宁殷并未察觉，原来他从那么早开始就害怕失去她了。

他一如既往地冷漠强悍，高高在上地等待她说温言软语。

然而虞灵犀俯身半晌，只轻声来了一句：“错在未经王爷允许，便出门与结义兄长叙旧。”

她刻意加重了“结义兄长”四字，欲盖弥彰。

都到这种自身难保的时候了，她居然还在为薛岑求情。

宁殷的笑意更浓了些，眼底却是一片冷意，暗色汹涌。

虞灵犀明明胆怯，却仍然坚持以颤抖的指尖，磕磕绊绊地去碰他的腰带，长睫扑闪，像是风中颤动的蝶。

宁殷看着她忙碌的样子，一时竟不知自己该嘲讽谁。他用漠不在意的慵懒态度，掩饰着心中翻涌肆虐的阴暗情绪。

原来虞灵犀为了薛岑，可以做到这种地步。他以为虞灵犀是不一样的，她无处可去，只能永远留在他身边。可虞灵犀和那个疯女人一样，嘴上说着会永远对他好，实则随时准备将他抛下。

此时她跪伏在他身前，光彩熠熠，他却觉得自己从来不曾真正拥有过她。

胸口的陈年旧伤在隐隐作痛，宁殷再次尝到了被背叛的滋味。

他的血液有多沸腾，眸色便有多冷。自回宫为王以来，他已经很久没有这般失控的时候了。越是濒临失控，他便越想证明自己能掌控一切。

“笑一个。”昏暗的纱帐中，宁殷伸指捏住虞灵犀的嘴唇，在她的脸上强行扯出一个笑容。她只能对着他笑，哪怕这个笑是被逼出来的。

他伸手将她唇上渗出的血珠抹匀，用最卑劣的话语，懒洋洋地提醒她如今的处境。以前更坏的话他亦说过，他说得过分了，虞灵犀会哼哼唧唧地贴上来，堵住他放诞的言辞……

他是恶人啊，恶人天生就爱欺负人的。何况，他喜欢虞灵犀眼角红红却又无可奈何的样子，那样的她美丽极了。但这次，虞灵犀蹬开了他。

她一脚踹在了他左腿的旧伤处，力度不大，却足以让他勾起怒火。

灵犀以前不这样的，她永远顺着自己，温柔而体贴。可自从见过姓薛的以后，她连表面的敷衍功夫也不愿做了。

宁殷甚至不知自己的怒火来源于他以前所受的屈辱，还是来源于虞灵犀的抗争。

“现在才开始厌恶本王，是否晚了些？”宁殷阴沉地道。

他太过愤怒，抓住她的脚踝威胁，以至并未发觉虞灵犀花了的口脂下，唇色已然变得苍白。

等到他反应过来不对劲的时候，一切都太晚了。

滚烫的液体喷洒在宁殷的前襟，他停止了对她的恫吓与讥诮。

烛影摇曳，帐帘鼓动，他茫然地抬手碰了碰虞灵犀的唇角。

虞灵犀双目紧闭，口中还在一股一股地吐着鲜血，连鼻腔里也溢出一线触目的黑红之血来。

宁殷慌忙地按住她的穴位试图替她止血，可是止不住……那么多的血，他的衣襟和袖口处全染上了血，他怎么也擦不干净。

须臾之间，她的指尖从他的臂上无力地滑了下去。

眼睫一颤，宁殷下意识地抓住她的手，用力地攥住。

“灵犀。”他唤她，可回答他的只有无尽的沉默。

砰的一声，寝殿门被人从里踹开。

于庭中值守的侍卫立刻拔刀，却在见到满身黑血的摄政王时，悚然一惊。

“去太医院。”宁殷抱着裹着斗篷的虞灵犀，面色冷得可怕，“把药郎叫过来。”

可摄政王是个瘸子啊！他怎么抱着一个人快步行走？

短暂的寂静过后，有人小心翼翼地提醒：“王爷，药郎两年前就已经出京云游……”

侍从话还未说完，整个人就飞了出去，砸在廊柱上，又骨碌摔倒在地。

众人各自飞奔下去安排事宜，谁也不敢多说一字。

宁殷苍白的脸上很快渗出了冷汗，伤腿承受不住两个人的重量，泛起钻心的剧痛。他踉跄了一步，但很快稳住身子，抱着虞灵犀上了马车。

他将虞灵犀小心翼翼地搁在身侧，想伸手抚开她被黑血粘在嘴角的发丝，却在见到自己满是血渍的双手时顿住。他无从下手。

“别怕。”他注视着双目紧闭的虞灵犀，一贯从容强硬地道，“不会有事的。”

太医院中有资历的大夫全被抓来了，他们战战兢兢地跪在宁殷脚下，束手无策。

不是他们医术不精，便是华佗再世，也救不回来一个死人哪！

“观夫人表征，似是毒发之状。然银针探不出异常，或许夫人是急症而亡的也未可知……”不知哪个字惹怒了宁殷，宁殷拐杖下的刀刃刺出，那名太医立刻瞪大眼倒下。

“庸医。”宁殷淡然地收起手杖底部的利刃。

“王爷饶命！饶命啊！”太医院里一片哀号声。

天亮前，宁殷将虞灵犀带回了王府。

她的身体变得好冷，体温比他旧疾复发时的体温还要低。

宁殷将她抱去了净室的汤池。灵犀那么爱干净，身上总不能一直黏糊糊的。

水汽氤氲，黑夜与黎明交接，冷光透过高高的窗棂投入池水中，荡开银鳞般的碎纹。

他抱着虞灵犀缓步迈入池水中，乳白的水雾温柔地荡开，又轻轻将二人包裹。

宁殷抓着被浸湿的帕子，一点点为虞灵犀洗去污血，然而无论她怎么泡，无论他如何洗，她的身躯始终是惨白的，再也不会如往常那般泡得绯红。

“天快亮了。”宁殷将她搁在汤池里的玉阶上坐好，伸指推了推她紧闭着的眼睛，嗓音沙哑低沉，“再不醒来，本王就将你的旧相识全杀光。

听见没有？”他捏着虞灵犀冰冷的下颌，熟稔地威胁她。

虞灵犀靠着湿漉漉的池边，身体失了支撑，朝水里滑去。

神色一变，宁殷忙将她捞起抱在怀中，重新扶稳。

“这么不经吓。”他嗤笑了声，用漆黑的眼睛望着一动不动的虞灵犀。

许久后，他用低哑的声音说：“醒过来，本王就不吓你了。”

虞灵犀自然无法开口回应。宁殷记得她身体差，每次，她在汤池中待不了一刻钟便会胸闷气短，晕乎乎地站不起来。

他怕憋着虞灵犀，每隔一刻钟便会将虞灵犀抱出汤池。可出去一盏茶的工夫，虞灵犀的身子就又会冷下来。他便不厌其烦地将她再抱回池中，直至她染上那曾让人迷恋的温度。

第一缕晨曦透过窗棂照入，宁殷知晓，到虞灵犀梳妆打扮的时辰了。

每天的这个时候，她必装扮得清新淡雅，柔顺地前来请安，为他煮一盏清茶。

宁殷将虞灵犀抱回寝殿，打开梳妆台上的妆奁，取来胭脂螺黛为她描画敷粉。

嫣红的口脂掩盖住她苍白的嘴唇，点亮了她娇美的容颜。乌发如缎子般铺展，她安静得像是睡着了。

宁殷替她穿衣时，视线落在她的肩背后，那片白皙无瑕的肌肤上出现了几点小小的紫斑。他伸指按了按，原本悠闲的神情渐渐变得凝重起来。

宁殷起身，命人用寒玉和坚冰赶工做了一张精美的冰床送入密室之中。

装扮齐整的虞灵犀躺在上面，被一层淡蓝的冷雾所笼罩，美得像是于冰雪之中诞生的仙娥。

宁殷很满意，漫不经心、轻柔地道：“夜里再来看你。”

直到此时，他仍觉察不出自己有多少难受。

谁毒害了虞灵犀，他杀了那人便是。

不出两日，下属便查出了虞灵犀在赵府品的茶有问题。

即便赵家人已经第一时间将证物毁尽，摄政王府也有的是人脉和手段查到蛛丝马迹。

第三日，宁殷去了赵府。

赵家在他手中灭门。

他没有杀赵玉茗，因为凡是最可恨的人，他都要留下来慢慢折磨，对对方施以生不如死的酷刑。

第五日，宁殷优哉游哉地去了一趟大理寺，掰折了薛岑的两根手指。

他说过的，她若再舍不得醒来，他会把她的旧识全杀光。

第六日，虞灵犀还未醒。

天色阴沉，他的旧疾又开始复发，却再无人贴上来温柔地为他缓解痛苦。

宁殷去汤池泡了半个时辰，喝光了一坛酒。

奇怪，他并非放纵之人，从不酗酒，今日却一杯接着一杯地饮得颇有雅兴，仿佛唯有酒水能填平他某处的空缺。

有了酒水的催化，被他刻意压制的东西也渐渐浮上他的心头，充斥在他的脑中。

等到反应过来时，宁殷已经走入密室，站在了虞灵犀所躺的冰床前。

她躺得太久，脸上的脂粉有些许斑驳了。她生性爱美，当初饮下九幽香误以为自己要死去时，仍会拖着沉重的身躯描眉敷粉，想装扮得漂漂亮亮再去赴死。

思及此，宁殷取来了一旁的脂粉盒，开始慢悠悠地给她描眉补妆。

手忽地一抖，口脂被抹出了她的唇外，宁殷耐心地抬指抹去多余的口脂。

他看了她片刻，伸指按住她的嘴角往上推了推，慵懒地道："笑一个。"

虞灵犀的嘴角是僵硬的，比他的手指还要冰冷，她再也不会像以往那般睁开湿红的眼睛，无奈又可怜兮兮地望着他了。

她再也不会朝他笑了。她并非是在赌气报复，抑或是睡的时间格外长些，她死了。

"死"字浮上他的心头，他心中微痛。他不愿承认自己那一瞬的心慌。

"死了好。"宁殷薄唇轻启，脸上像是凝着一层冷霜。

他笑了声。死了好啊，她会如同那只猎犬一般，死后被保存起来，和活着时无甚两样。

是的，不会有什么区别。他宽慰自己。

第七日，宁殷将虞灵犀的东西都锁入了密室。

那些都是虞灵犀常用的物件，理应陪在她身边。

胡桃哭了七天，跪在庭中烧纸钱，眼睛红肿地给宁殷磕头，一下一下，直至额头破皮。

她道："求王爷发发慈悲，让奴婢为小姐入殓下葬。她不能成为没有墓碑牌位的孤魂野鬼啊！"

宁殷险些掐死这婢子。将灵犀埋入黑暗的地底，任她腐化生蛆，是对她的莫大亵渎。

灵犀应该永远留在王府中，陪在他身边。

自那以后，宁殷不许任何人再提及虞灵犀的名号，违令者死。

这群低劣的庸人，不配唤灵犀的名字。

可是，他无法承受胸腔中时常泛起的压抑疼痛之感。

宁殷以为，这股突如其来的痛感，是由剧毒百花杀引起的。

他虽体质特殊，可也不是金刚不坏之身，他不知道自己还能活多久。

但他在死之前，他一定会杀光所有人。

赵府茶盏里的毒，是薛嵩给的。他告诉赵玉茗：只有虞灵犀消失了，薛岑才会死心；而只有薛岑死心，赵玉茗才有可乘之机。所以赵玉茗与薛嵩沆瀣一气，假借救人的名义联手骗了薛岑。

可怜薛岑那蠢货直到最后都不知道自己成了害死虞灵犀的帮凶，甚至不知道，他的"二妹妹"已经不在人世了。

宁殷花了两天时间，将薛家连同他的幕僚党羽连根拔起，灭了个干净。

可他感受不到丝毫的快意。

他去狱里折磨薛岑，因为他嫉妒。薛岑以为虞灵犀还在王府受难，对他破口大骂。

骂够了，薛岑便叙述自己与虞灵犀是如何青梅竹马、两小无猜地长大的。他说他们少年时曾一同泛舟湖上，一同花下吟诗……薛岑与虞灵犀之间有那么多美好的记忆，而宁殷与虞灵犀之间的回忆并不美好，宁殷对她只有威胁和恫吓。

薛岑如此骂他，可他不会杀薛岑。

至少薛岑嘴里的虞灵犀是鲜活真实的，真实得仿佛犹在他眼前，他觉得偶尔来听听她的故事，也挺好。

他从狱中出来，凉风拂过脸颊，像是有谁怒气冲冲地从他身边跑过。

他伸手，握拢手指，却只抓到了一片虚无。

回到殿中，宁殷将拐杖搁在榻边，下意识地唤道："灵犀……"

可周围一片寂静。

空气中到处都有虞灵犀的气息，然而他却到处都不见虞灵犀。

灵犀不在的第二个月。

又是一个雨夜，多少酒都暖不了渗入骨髓的阴寒之意。

宁殷微醺地回到寝殿，拉开矮柜抽屉，视线落在那只针脚歪斜的香囊上。

他将香囊拿在手里，对着光看了许久，啧啧笑道："还是好丑。"

片刻后，他黑眸一沉，嘴角的笑意渐渐淡了下去。

他闭目倚在榻头，牙关打战，然后，他慢慢地、慢慢地蜷起身躯。

"灵犀，本王冷……"他猛然惊醒，望着枕侧，睁眼到天明。

灵犀不在的第三个月。宁殷改了口味，开始吃她喜欢的椒粉茶汤。他学着她的样子加了一勺又一勺的椒粉，辣得眼角发红，腹中如被火灼烧般痛苦，他反而笑得越发疯狂恣肆。

灵犀不在的第五个月，宁殷将小皇帝一脚踹下龙椅，将朝堂搅得天翻地覆。

他站在血海之上，坦然地接受着众人带着恐惧情绪的诅咒，睥睨众生。

他记得灵犀被送来王府时，也是一个萧瑟的夜晚。

年初之时，虞灵犀曾央求他放她上街逛逛，透透气，那时他忙着对付蠢蠢欲动的三皇子，并未答应。想起这桩未了的心愿，他难得起了雅兴，去街上走了走。

众人一见他那身贵气的深紫王袍，便骇得战战兢兢地绕道走，更有贩夫连摊位也不要了，拉着路边玩耍的稚童躲进胡同中。

宁殷丝毫不在意，拄着手杖慢悠悠地转了一圈，然后拿起玉器店中一支成色不错的白玉簪，下意识地转身道：“灵犀，这玉……”

他身旁空荡荡，并没有那道窈窕温柔的身影。

侍卫见他的目光一下暗了下来，尽职尽责地道：“王爷，可有吩咐？”

宁殷没说话，将簪子抛回锦盒中，转身离去。

他买了虞灵犀常吃的饴糖，一颗接着一颗地塞入嘴中，嘎巴嘎巴地嚼碎咽下。然而无论吃多少颗糖，他都再难尝出这糖含在她樱唇间的甘甜味道……

天边孤鸿掠过，叫声凄婉。

宁殷停住了脚步。

没人喂他糖吃了，也没人再给他缝制新的革靴。

他确确实实花了很长的时间，才在日复一日的回忆钝刀里明白，他的灵犀已经不在了。

胸腔中再次生出胀痛的感觉，五脏六腑几欲裂开，宁殷吐出一大口鲜血来，连着那未被含化的饴糖也一并被吐出。那血像花一样喷在地上，把一旁的糖贩和侍卫吓了一跳。

然而未等他们上前，宁殷面无表情地又吐出一口更大的鲜血。

被刀架在脖子上的一瞬，买糖的小贩吓得腿软跪下：天地良心！摄政王吐血与他无干，他的糖里可没有毒啊！

宁殷漠然地抬指，碰了碰唇上的血渍。

这并非他体内百花杀的残毒作祟，鲜红的液体，真真正正出自他的五脏六腑，是他迟来半年的心头血。

宁殷笑了起来，笑得双肩耸动，鲜血染红了他的薄唇，衬得他苍白分明的俊颜很是恐怖。

他不会哭，可嘴里的鲜血已然代替眼泪涌出。

“今天杀谁呢？”宁殷接过侍从颤巍巍地递过来的帕子，按压着唇角咳笑道。

这半年来，他处理过的人不计其数，其中有无辜的，也有不无辜的。

到最后他发现，其实最该死的，是他自己。

前年上元节后，他早知道身边危机重重，有很多人想让他死，他必然会连累虞灵犀，却依然自大地认为王府固若金汤，她不会有任何意外。

那日从赵府归来，他早看出虞灵犀脸色苍白，却任由嫉妒冲昏头脑，错过了救人的最佳时机……虞灵犀一定恨极了他。

恨他好啊，宁殷做梦都想让虞灵犀回来复仇。

她不是说过吗？她若死了，定会回来找他——找他索命。

可是为何，她还未出现？宁殷又咳了一口血，捏着被濡湿的帕子，眸中已染上怨毒之色。

冬夜苦寒，第一场雪猝不及防地降临。

薛岑蓬头垢面地站在狱中，望着牢窗外的雪光出神。直到现在，他还不知道虞灵犀死了，只吃糠咽菜苟活着。他坚信自己终有一日能带二妹妹逃离苦海，奔向一个世外桃源……那定是极美的画面。

嘴角挂着充满希冀的浅笑，他日复一日地等待着。

而摄政王府，大火映红了半边天。

宁殷带着满身鲜血，摇摇晃晃地进入自己大半年不敢涉足的密道。

冰床依旧，红衣如火。

“本王等了你八个月零九天。”宁殷将染血的手杖轻轻搁在一旁，俯身懒洋洋地抱怨，“你食言了，灵犀。”

宁殷的语气很快变得轻松起来，疯狂而又带着缱绻情意：“不过无碍，这次，本王去找你。”

密室的门在他身后缓缓关拢，落下死锁。

宁殷带着惬意的笑，以一个侧躺的姿势将虞灵犀搂入怀中。

直至永远。

番外三 影逐光

宁殷睁开眼，窗外的暖光打在座屏上，微微刺目。

他没想到自己还能有醒来的一天。

他最后的记忆，是他亲手烧了摄政王府，服用了足够剂量的百花杀后进入密室，抱着虞灵犀的尸身陷入长眠……

若这是十八层地狱，不该有如此耀目的晨光。

他投胎了？不对。他抬起指节分明的手掌，迎着光前后照了照，很快否认了这个想法。

这是一双成年人的手，与他之前的手并无区别。而这间寝房虽摆设布置得与王府的寝房略有不同，但格局与王府的相差无几。

外间窸窣的声响打断了宁殷的思绪，神色一凛，他下意识地去摸榻边的手杖，却摸了个空。

“嘘，小声些。”隔着朦胧的纱帘，被刻意压低的轻柔女音传来，“他难得多睡会儿，别吵醒他。”

宁殷听到这个阔别已久的熟悉声音，眸中的戾气瞬间消弭。

他掀开被褥下榻，赤足踩在地砖上，因习惯了左腿有疾的微瘸，落地时一轻一重，谁知反而险些踉跄摔倒。他发现了不对劲——这双腿，是完好无损的。

许久没有体会过正常走路的滋味，再次迈出步伐的一瞬，宁殷谨慎又迟疑。

随即，他的眸中浮现几分兴味。步履逐渐变得稳健，他如同颠沛已久的孤魂一般追随着光亮而去。

他穿着松散的亵服转过座屏，撩开垂纱，只见轩窗边的梳妆台前坐着一抹他记忆中出现了无数次的身影。她屏退了侍婢，微微侧首，用玉梳轻轻梳理柔顺垂腰的长发，淡金色的晨光自窗边铺展，给她添上了一层朦胧的暖光。他宛若处在一触即碎的梦境中。

铜镜中倒映着他的容颜，那张脸仍是他最熟悉的——眸黑唇薄，英挺俊美，却少了几分阴鸷如鬼的病态苍白之感。

虞灵犀从铜镜中看到了身后站立着的宁殷，骇得一抖，回首吐气道：“你何时醒的？吓我一跳。”眼睛干净明澈，声音柔软，她不像在抱怨，倒像在撒娇。

宁殷从未见过她这般随性不设防的模样，娇气十足，鲜活可爱。

他天生不是个怯弱之人，即便虞灵犀会恨他怨他，即便这只是一场注定会破碎的梦，他也会毫不迟疑地抓紧她，将她禁锢于自己身边，直至她的灵魂化作齑粉。

“真好啊。”嗓音低沉，宁殷伸手去触碰她的眉眼——热的。

指节一顿，他顺着她的脸颊和嘴角往下，停留在她的颈侧。

他指腹下的皮肤是温热的，脉搏在有力地跳动。她全然不似冰床上那副苍白冰冷的模样。

一切都如此真实。

像是明白了什么，宁殷忽地笑了起来。他猜想自己定然是在做梦，梦见自己回到了虞灵犀还活着的时候。

“本王找到你了。”他从虞灵犀身后拥住她，满足地收拢手臂。

本王？虞灵犀疑惑。

宁殷在她面前大多以“我”自称，何况，他早就不是王爷了。

颈侧的痛感唤回了虞灵犀的思绪，埋在深处的记忆闪过她的脑海，她还未来得及抓住，就已消失不见。

她终于发现，她身后之人似乎有些不对劲。

昨天是她定的两人的初见纪念日，昨晚宁殷这家伙将酒水倒在她身上……莫非他是纵饮过度，还未醒酒？被勒得透不过气，她反手摸了摸宁殷微冷的脸颊，关切道：“你怎么啦，宁殷？”

听到她直呼自己的名字，宁殷微不可察地一顿，慢慢睁开漆黑的眼眸。

他记忆中的那个灵犀，从来都只会小心地唤他“王爷”。

此处是曾经静王府的寝殿，但不知被谁擅作主张改造过，奢靡而庸俗，卫七对此人的品位颇为嫌弃。

他第一时间觉出不对，视线又落至他身边跪坐的美人身上。

案几上备着刚煮的清茶，虞灵犀屈膝敛裙坐得端端正正，被绾起的云鬓下是一段纤细漂亮的颈项。她的脑袋一点一点的，显然，她已困顿至极。

卫七记得昨夜自己将她从岫云阁抱回汤池沐浴时，她满身酒香，脸颊红若胭脂，她已然累得软成了一汪春水，今日怎么有力气起早煮茶？

何况，她的装扮与气质，还与往日略微不同。

卫七眯了眯眸。不知为何，他总觉得自己醒来后，静王府处处透着诡谲的气息。

他起身，随手抓起榻边的外袍，欲将外袍披在虞灵犀单薄的肩头。

谁知他刚触碰到她，她便猝然惊醒，下意识地往旁边躲了躲。

卫七的手顿在半空中，他抬眸看她。

虞灵犀很快反应过来自己有些失态，随即放松了身体，将脸颊往他的手指上贴了贴，像只努力讨好主子的猫。

“清茶已备好，王爷可要享用？”她抬起娇媚的眸，仍保持着跪坐的姿势，声音温柔，却不似往日那般含笑。

卫七看着她低垂的眼，眉尾一挑。

这又是何玩法？虽说岁岁这副谨小慎微的模样的确可人，任由哪个男人都把持不了，但……但岁岁合该是最耀眼的，怎可这般伏低做小？

“想有点情趣，我偶尔做回卫七便是。”卫七笑着下榻，去扶虞灵犀，“起来。”

左脚甫一落地，他便觉一股难以形容的痛感钻入骨髓。身子不稳，他及时撑住了榻沿。

虞灵犀下意识地去扶他，却反被他沉重的身子带倒，朝一旁的矮柜栽去。

眸色一凛，卫七手疾眼快地捞住她的腰肢。如此一来，搁置在榻边的东西就被他碰落，在地上骨碌滚了一圈。

卫七垂眸望去，看到了一杆玉柄镶金的手杖。

他的笑沉了下去，眉头微皱。那种熟悉之感又来了。

今日一早她犯了太多错误，她连呼吸都在抖。

她忙替他拾起那柄手杖，将功赎罪般用双手递了过去。

卫七接过那柄手杖，将之戳在地上支撑着身躯。

他弯腰撩起左腿裤管，视线落在那些可怕的伤痕处，霎时间，些许零散的记忆如电光般闪过。

他想起来了，若当初岁岁没有出现在欲界仙都，他的腿，就该是这般结局。

卫七是个聪明人，只略一转弯便明白了事情的始末。

视线落在一旁的铜镜上，他看着镜中阴沉的自己。熟悉而又陌生的王府，熟悉而又陌生的岁岁……这一切都在提醒他，他来到了一个厄运不曾被改变的世界。

“岁岁，过来，”卫七坐回榻上，用指腹轻叩着手杖玉柄，嗓音低沉地道，“将我这些年的经历说一说。”

虞灵犀悚然一惊。岁岁是她的小名，自从她的亲人去世，虞家覆灭后，已经很多年不曾有人叫过她这个名字了。

摄政王是如何知晓的，还唤得这般亲昵自然？

宁殷是个防备心极重的人，不会轻易露出破绽。

经过两刻钟的观察，同时听闻虞灵犀与宫婢零碎的交谈，他已大致弄明白，他好像陷入了一场浮生梦境，而在这个梦中的世界里，他有了截然不同的人生。譬如这个梦中的他双腿健康，大仇得报，还顺利登基称帝了。

更重要的是，这场梦里的宁殷有虞灵犀在怀，见过她嫁衣如火的样子，与她洞房、耳鬓厮磨过，拥有着她全心全意的爱与信任。

腰间挂着的壶形瑞兔香囊针脚齐整、绣工精巧，时时刻刻提醒着宁殷自己曾失去了什么。

宁殷是嫉妒的，嫉妒得发狂。

因为浮生梦境里的宁殷，拥有他曾经无法企及的一切美好。

不过这有何关系？现在这一切，都是他的了。

哪怕是偷、是抢，他也绝不放手。

秋阳透过叶缝漏洒在地上，跌成一地光斑。

宁殷拉了把椅子坐下，饶有兴味地看着虞灵犀梳洗打扮，宛若在欣赏一件失而复得的珍宝。她系衣的动作也是这般赏心悦目，宁殷坏心顿起，用指间的裁纸刀一挑，系带断裂，她刚穿好的外衣便滑落至臂弯，如云烟般堆叠。

一旁的宫婢们俱是红了耳根，不知是该继续服侍皇后穿衣，还是该掩门退下。

虞灵犀一巴掌将他的手拍开，瞋目道："很危险，快把小刀收起来！"

那一掌软绵绵的，打在人身上并不痛，宁殷却有种被兔子咬了一口的感觉，觉得有趣。

"胆子大了不少。"他优雅地笑着，视线一刻也不舍得从她身上移开。

他越是对虞灵犀着迷，便越发嫉恨梦中世界的宁殷——"他"抢走了属于他的幸运。

如果可以，他会毫不迟疑地掐死这个世界的"他"。

虞灵犀没留意他眼里翻涌着的阴暗情绪，只将系带断了的外袍脱下来交给宫婢，挑了件杏红色的大袖衣披上。

艳丽的衣裳如落霞，她沐浴着秋阳，连发丝都在熠熠生辉。

宁殷有瞬时的恍惚。

仿若要抓住指缝的光芒般，他抬手唤道："灵犀，过来。"

虞灵犀整理袖袍的动作一顿。她转过身，安静地看了宁殷许久，忽而一笑："昨天八月初八，即便那是我们的初见纪念日，你也不该喝那么多酒。一早醒来就古古怪怪的，还醉着呢？"

八月初八？宁殷记得这个日子，虞灵犀被赵家送入王府的那天就是八月初八。

他来到梦中的时间太短，还未来得及确认信息，只得顺着话茬道："若眼前之景能永存，本王便是一醉千秋不醒又何妨？"

他笑得优雅温润，黑眸却像是两汪望不到底的深潭，里头藏着太多情愫。

见他没否认，虞灵犀轻启红唇，欲言又止。她终是叹了声："我们出去走走吧，宁殷？"

宁殷下意识地去摸手杖，而后想起来，这副身体很健康，他已然不需要此等赘物。

他心满意足地起身，步履轻快地迎向虞灵犀。

他的灵犀。

左腿仍在隐隐作痛，这像是卫七甩不掉的诅咒。

从虞灵犀平静的叙述中，卫七得知了这场噩梦中所发生的一切。

如他所料，他少时流亡在外，并没有一位如仙人般美丽的少女降临，替他赶跑宁长瑞派来虐杀他的凶徒。

欲界仙都被毁后，亦没有少女于雪夜中出现，将雪地里半死不活的他捡上马车。

在这里，他没有在将军府与虞灵犀朝夕相处，七夕夜没有与她在阁楼上放祈愿灯，没有人跨越坎坷荆棘而来，将他从地狱拉回人间……这里的宁殷，前十八年活得如野狗般狼狈，后四年又过得如恶鬼般可憎。

卫七一点也不同情这个世界的自己，这个世界的宁殷简直糟糕透顶，咎由自取。

"说说你吧。"卫七眼中有着毫不掩饰的轻蔑之色，他只有在看向虞灵犀时，眼神才变得平和，"此处的我与岁岁，是如何相识的？"

再次听到"岁岁"二字，虞灵犀越发觉得惊悚。按照摄政王平日的性子，他越是温柔平和，心中的杀意就越是汹涌……可他现在又不太像要杀人，倒更像是在探寻什么。

莫非他昨夜遇刺后，失忆了？

虞灵犀按捺住小心思，谨慎地道："去年八月初八，姨父将我送来王府，蒙王爷不弃，我故而能留此长侍。"

八月初八……

"去年的今天，是你我初见的日子。"

"没有错。"

昨晚在静王府前，虞灵犀轻柔笃定的话语犹在他耳畔，拂开记忆的尘埃。

卫七的声音沉了沉："岁岁初见我那晚，可是穿着一袭绯红的裙裳，点了桃花妆？"

虞灵犀心想：咦，没失忆？

她颔首道："是。"

说到这儿，虞灵犀顿了顿："昨晚，便是我与王爷相识一年的日子。"

一个念头浮现在脑海中，卫七瞳仁微微一缩。

这是巧合吗？现实里的岁岁为何会知晓这场噩梦中发生的事情，记得梦中他们相遇的时间？

除非，她经历过这一切。她和他是先后陷入了同一场幻梦？

在欲界仙都救下他的那个岁岁，已经浴火重生；而他眼前这个谨小慎微的美人，才是岁岁曾经的模样。

曾经的他是个断腿的残废，是个卑劣的小人。

"我待你不好？"卫七问。

调香的动作一顿，虞灵犀很快移开视线，露出习惯性的笑来："王爷供我吃住，我穿戴的衣裳首饰规格都是最上等的，王爷自是待我极好。"

"撒谎。"卫七望着她明显紧绷的身子，恍然大悟地轻声道，"你怕我。"

抽丝剥茧，那些刻意被他忽视的细节都有了解释。

"我曾做了一个梦。"原来，那不只是梦。

"我梦见我因此而死，留你一个人孤零零地活在世上。"

原来，是他没有保护好岁岁。

卫七明白了为何岁岁在欲界仙都见着他时，眼里会闪着那样的惊惧神色；为何自己装乖卖惨混入将军府时，她会那般抵触疏远他……

因为她经历过苦痛的幻梦，她怕他。

可即便如此，当岁岁初遇落魄的他时，她也只想离他远远的，不曾借机伤害报复他……

他曾把岁岁推入炼狱，岁岁却将他拉回人间。

他真是个傻子。

卫七抬起苍白的手指，很是珍视地抚了抚虞灵犀的眼尾，低低一笑："真傻。"

他傻，傻到他恨不能亲手杀死那个面目可憎的"他"。

天气阴沉，左腿绵密的疼痛感仍断断续续地传来，卫七望着镜中阴鸷的自己看了片刻，很是嫌恶地将铜镜倒扣。

若无岁岁相助，他就会变成这副人不人、鬼不鬼的模样。

虞灵犀一直在小心地观察他，似乎很是奇怪他的举动为何如此反常。

她熟稔地取出温好的酒，斟了一杯给卫七驱寒。

卫七望着她柔和的神情，忽然就明白了当年在将军府时，身为小姐的岁岁给他喂荔枝也好、剥莲蓬也罢，动作为何会那般熟练自然。

因为这等事，她早已在很久很久之前便做过千百回。

可他什么也不知道，还奚落她"小姐伺候人的技巧怎的这般娴熟"。

眸中落下一片阴影，卫七伸手接过虞灵犀递来的杯盏于指间摩挲，道："坐下来，和我饮一杯。"

摄政王兴致一来，会拉着她小酌一杯，虞灵犀并不觉得意外，依言坐下，给自己倒了半盏酒——她怕喝多误事，没敢倒太多。

视线瞥过寡淡的酒水，卫七忽而问："可有椒粉？"

他记得虞灵犀爱辣，喝酒饮茶都爱放些椒粉增味。这是个奇怪又可爱的癖好。

虞灵犀以为他是在问酒水中有无放辣。忆起当初自己被辣得眼角发红的摄政王丢出门外的事，她忙回道："王爷放心，酒中并无椒粉。"

卫七看向侍从："取些椒粉梅子来。"

梅子很快被取来，卫七亲自夹了两颗，置于虞灵犀的杯盏中。透明的酒水很快变成了浅浅的琥珀色。

虞灵犀有些受宠若惊，又有些迟疑。以摄政王喜怒无常的性子，他该不会又研制了什么奇怪的毒混入了梅子中吧？

见她不动，卫七端起杯盏置于她的唇边，缓声道："张嘴。"

左腿作痛，面色不好，他用低缓的语气说话便显得有些瘆人。虞灵犀不敢违逆他，轻启红唇，任由温热辛辣的酒水缓慢地涌入她的唇齿间。

她等了一会儿，身上并无什么奇怪的毒发症状，短暂的辛辣微酸过后，便是梅子悠长的回甘。热意自她的腹中生出，钻入她的四肢百骸。

虞灵犀着实看不懂今天的摄政王，不过，已然不重要了。舌尖的辣意化作心中的快意，她已经许久不曾体会过这般酣畅淋漓的滋味了。这回不用摄政王帮忙，她自己又斟了一杯酒，双手捧着一饮而尽，满足地喟叹一声。那双带着谨慎揣摩之意的杏眼中总算浮现出了轻松的笑意。

这真是个好哄的人。卫七弯了弯唇角，告诉她："以后岁岁想吃什么、想喝什么，尽管自取，不必顾忌。"

"多谢王爷。"虞灵犀嘴上道着谢，心中却是翻了个大白眼。

摄政王喜怒无常，此刻对她怜爱有加，下一刻便可能翻脸不认人，她早就习惯了，及时行乐才是正道。

卫七看着她滴溜溜转动的眼睛，轻笑浅酌，知晓她定然在腹诽。

无碍，反正她骂的不是他。

这酒后劲大，虞灵犀多饮了几杯，脸颊绯红，渐渐地，她杯盏也端不稳了，撑着下颌昏昏沉沉地犯起困来。她小鸡啄米似的点头想睡却又想努力维持清醒的模样，着实好笑又可怜。

现实中的岁岁扭转了乾坤，饮醉后会哼哼唧唧地撒娇，一口一个"宁殷"地叫着，他一一应答，不厌其烦；而他梦中的岁岁孑然一身，亲友俱逝，连放肆耍一回酒疯都是奢望。

虞灵犀终于撑不住，手一松，脑袋直直地朝案几上砸去。

卫七及时伸手托住她。

脑袋砸在一个温凉的掌心上，她蹭了蹭，寻了个舒服的姿势睡去。

卫七没有把手收回，咬着酒杯，单手解下身上的外袍一抖一扬，披在了虞灵犀单薄的肩头。

安静的午后，乌云暗淡，天气却很温暖。

卫七盯着熟睡的虞灵犀看了片刻，也闭上了眼。

他的意识坠入黑暗，一股强大的力量如旋涡般将他拉扯着下坠，仿佛在召唤他流浪的灵魂。

卫七一惊，倏地睁开眼来。

意识回归躯壳，视线聚焦，他仍在命运未曾被改变的摄政王府。

虞灵犀枕着他的掌心而眠，身上盖着他亲手为她披上的暗紫色王袍。

卫七终于明白，他无法在这儿停留太久，一旦睡去，再醒来时，便会在真实的世界中。

回到阳光明媚的岁岁身边，他自然是欢喜的，可眼前的岁岁呢？

“我梦见我因此而死，留你一个人孤零零地活在世上。”那时岁岁说的话犹在他耳畔，她用轻松含笑的话语，说着她在幻梦里的结局。

眸中暗色翻涌，卫七似在酝酿着什么计划。

趁着现在还有时间，他小心翼翼地将手抽回，拿起一旁的手杖起身。

他将手杖轻轻一按，薄薄的刀刃刺出，在他的眸中映出一片寒光。

在意识坠入无尽的黑暗深渊之前，宁殷的心脏骤然一缩，他猛地睁眼。

岫云阁垂帘拂动，他的思绪被渐渐拉回，冰冷的指节慢慢变暖。

“怎么了？”陪伴在他身侧的虞灵犀很快发现了他脸色不对劲，担忧道，“做噩梦了吗？”

宁殷见到身边的虞灵犀，眸中的戾色才渐渐消散。他露出安然的笑来。

“是啊，做噩梦了。”宁殷缓缓松开紧握的拳头，摊开手前后看了看——还好，他还停留在这副完美的躯壳里。

原来鸠占鹊巢并非长久之计，只要睡着，他仍会回到那个冰冷的、没有灵犀的世界。这可麻烦了。

“娘娘，您要的饴糖和花灯买来了。”侍从上楼禀告，打断了宁殷的思绪。

“花灯？”宁殷挑眉。

“难得今日出宫休憩，我突然想将王府里的灯笼换一换。”虞灵犀笑着接过饴糖，打开油纸递给宁殷一颗，“吃吗？”

灵犀离去前的最后一个心愿，便是想同他一起去街上逛逛，买些零嘴。可惜她的这个愿望直至她死都不曾实现。后来他自己上街买了包糖，却怎么也品尝不出她亲自喂给他时的那种甘甜味道。

宁殷接过糖观摩了许久，方恋恋不舍地将糖含入嘴中。他满足地眯起眼眸。

虞灵犀展望天边的浮云，提议道：“离晚上看灯的时间还有几个时辰呢，可要一同放纸鸢？”

宁殷对放纸鸢并无兴致：一则是他儿时的经历不算美好；二则是他有腿疾，对一切需健康奔跑的行径都恨之入骨。

让他有兴致的，是他眼前鲜活明媚的灵犀。即便她索要他的心肝，他也会毫不迟疑地将之送给她。

现已入秋，集市上并无纸鸢可卖，虞灵犀便命人备了糨糊和篾条等物，试着亲手扎一个。

无奈她实在没有做手工的经验，忙活了半晌，反倒险些将手指割破。

“错了，应该这样扎。”宁殷实在看不下去，接过她手中的材料，自己动起手来。

虞灵犀含着笑，在一旁看他。男人垂眸时，眼睑上落着厚重的阴影，这样的他看上去极具疏离感，透出久经上位的肃杀之气。

宁殷不紧不慢地绑着细线，抬眸看了一眼面前专注的她，缓慢地道：“灵犀一直都这样开心？”

虞灵犀怔了怔，颔首道：“亲人俱全，爱人在侧，我自然开心。”

“爱人……”宁殷品味着这两个字，像着了魔似的，似笑非笑地道，“爱人啊。”

纸鸢刚被扎好，云翳就遮住了太阳。变天了。

秋风这么大，纸鸢必定飞不起来，虞灵犀有些失落，撑着下颌叹道：

“可惜，不能陪你放纸鸢了。”

宁殷倒无所谓，他的心思本就不在纸鸢之上。

阴天极为晦暗，才到酉时，府中上下就挂起了灯盏。

这些都是虞灵犀下午命人准备的花灯，庭中、廊下乃至檐下和树梢，都挂着簇新的灯盏。花灯如陨落的万千星辰，汇聚成了一片温柔的光海。

光海之下，虞灵犀与宁殷执盏对酌，宛若披着一层金纱。

灯下美人明艳无双，叫人挪不开眼。

宁殷从没有机会与灵犀看一场花灯……不，他或许是有机会的。

第一年上元节鸿门宴，他带给她的只有鲜血和杀戮；第二年上元节，他忙着处理几条漏网之鱼而并未归府……他活得无情混沌，总觉得来日方长，却并不知晓，他将在之后的某个春日，永远地失去灵犀。

宁殷想到什么，目光骤然一暗。

逛街、扎纸鸢，看花灯……似乎他死前的遗憾，正在被他眼前的灵犀一样一样地弥补回来。

可这个世界的灵犀如何知晓他的遗憾？

“宁殷，你还有什么想要的吗？”虞灵犀微醺，摇摇晃晃地捧着杯盏问道。

想要你啊。宁殷在心底回答。他眸色深暗，痴狂成魔。

嘴角挂着温和的笑，他半眯着眼，懒洋洋地道：“给本王做双革靴吧。”

虞灵犀极慢地眨了眨眼，笑着说：“好。”

夜雨寒凉，卫七还是无法适应这条残破的左腿。

他直接抄了薛府上下，灭了赵府满门，并未受丝毫阻碍。

看来无论哪个世界，他偏执暴虐的性格一点也没改变。

处理了薛、赵二家，接下来，他便该处理朝中隐忍不发的乱党余孽了。

好在他的心腹，与他之前世界中的心腹并无太大出入。

待处理光了该处理的人，卫七召集以周蕴卿、折戟为首的几名心腹，做最后的安排。

他靠在座椅上，徐徐转动指间的龙纹玉佩道：“将来若本王身死，执此玉者便是你们新的主子，你们需敬她、护她。谁有异议？”

众人虽然有疑惑，但还是躬身齐声道：“愿听王爷差遣。”

“很好。”做完这一切，卫七命人将薛嵩和赵家父女用粗绳拴在马背后，串成一串，连拖带拽地绑回了王府。

他让三名罪魁给虞灵犀下跪磕头。

薛嵩丢了一只靴子，被磨破的脚掌泡在雨水中，渗出丝丝缕缕的鲜血来。他喘着气，狼狈不堪，沉着脸挺直背脊，拒不屈膝。

“废了他的腿。”卫七冷着脸吩咐侍卫，没有一句废话。

他不知道自己还能在这个世界待多久，但他必须在回去前，为岁岁扫除一切危机。

府中出现几声惨叫，卫七淡然地抬手，遮住了虞灵犀的眼睛。

虞灵犀轻抿唇瓣，待她眼前的手掌放下后，薛嵩的双腿已然以奇怪的姿势扭曲着。他撑着地面跪在雨中，再也站不起来了。

赵徽和赵玉茗已被吓得面无人色，不用等侍卫来打，便腿软地跪拜在地。

“微臣不知有何罪过，但求王爷饶命！饶命啊！”见摄政王不为所动，赵徽如败犬似的在地上爬行，爬到虞灵犀面前磕头：“外甥女，你求求王爷！看在我曾收留你的分上……”

他不提此事还好，一提，虞灵犀便想起在赵府时，她过的是怎样憋屈的生活。

她后退一步，隐在摄政王高大的身影中，别过了头。

…………

虞灵犀有些猜不透。如果说摄政王让姨父和表姐给她下跪，是为了给她出气，那薛嵩呢？

直到秋风吹开了寝殿的窗扇，虞灵犀望着飘洒进来的雨水，才像是明白了什么。

今天下雨了，难怪呢。一到雨天，摄政王的腿疾便会复发，那时的他格外暴戾。

想明白了这点，她起身关好窗扇，解下衣裙系带，朝床榻走去。

她掀开被褥钻了进去，浅浅地打了个哈欠，赶在王爷归来前将床榻暖好。这件事她已经做了许多遍，她没什么好难为情的……

何况各取所需，本就是她的生存之道。

卫七披着一身寒气归来时，虞灵犀已自动往里滚了滚，让出刚暖好的一半床榻来。

染着女儿香的被褥上有着令人贪恋的温度，虞灵犀只露出一张脸来，用水光潋滟的杏眼定定地望着他。

卫七微挑眉尾，给她掖了掖被角。

他的脸已经白得没有一丝血色，唇紧抿着，他却没有像往常那样拿虞灵犀“取暖”。

虞灵犀一时拿不准自己是该贴上去，还是该继续躺着。见摄政王倚在榻沿生挨，她终是不忍，试探道：“我已沐浴过了，王爷可以过来些。”

卫七睁开眼睛，露出浅笑，嗓音暗哑地道：“不必如此，岁岁。”

这蚀骨之痛，本就是他应该承受的。他可要好好体会一下，若岁岁没有介入他的人生，他过的该是怎样人鬼不如的生活。

虞灵犀小心地观察着他，见他的确没有杀人的心思，这才将鼻尖埋入枕中，温声道：“王爷今日很不一样。”她还是发现了异常之处，而卫七并不打算瞒她。

迟疑片刻后，他轻启苍白的薄唇，幽幽地道：“因为我曾梦见过你过着另一种人生。在那个梦里，岁岁经浮生一梦，苏醒后改变了虞家和我的命运。”

虞灵犀睁大眼，愕然地看着他。

虞灵犀醒来的时候，头枕在一双结实的大腿上，怀中还抱着昨晚裁剪了一半的鞋样，而宁殷撑着脑袋倚在榻边，低头垂眸，正有一下没一下地抚着她睡得松散的鬓发。

虞灵犀见他眼底有青色，被吓了一跳。幻梦里的宁殷受腿疾折磨，彻夜未眠的时候，便是这副面色苍白、眼睑乌黑的模样。这样的他看上去颇为阴郁。

“你坐了一夜没睡？”虞灵犀抬手，隔空描了描他的眼眸，神情复杂。

“怕睡一觉醒来，就见不到灵犀了。”宁殷笑得疯狂，眼底的笑意却是温润的。

他握住虞灵犀的手指逐根抚了抚，方轻声问道：“灵犀是何时认出本王来的？”

虞灵犀身体一僵。

“嘘。”宁殷按住了她的唇，俯身看了一眼她手中的革靴鞋样，“莫骗本王，本王都看出来了，灵犀昨日一直在弥补本王的遗憾，就连这革靴，也和当初灵犀赠本王的那双样式一般无二。”

他笑了声：“本王不明白是哪里露了破绽。”

虞灵犀拉下他按在她唇上的手指，看了他许久，叹道：“你唤我灵犀，而且在这里我与你初见的日子，并非八月初八。”

昨日醒来她第一眼看见宁殷，便觉得他有些不对劲。

他的细微动作与自称，与幻梦里的一样。

“这里？”宁殷何其聪明，很快抓住了重点，“所以灵犀和本王一样，都是苏醒后发现自己来到这个梦中世界？”

不，他与灵犀不同。只要他闭眼睡去，灵魂就会被拉扯回原位。他不过是个鸠占鹊巢的寄居者罢了。

宁殷的眸色暗了下去，他温柔地道：“那么灵犀，代替我赢走你真心的、见过你穿嫁衣的那个人，又是谁呢？”

“是宁殷。”虞灵犀蹙了蹙眉，解释道，“你们并无区别。你们本就是一个人。”

“不是。”宁殷轻柔地道。只要他一闭眼，便又会回到残缺的身体里，过他残缺的人生。

而另一个“他”呢？“他”有灵犀相伴，什么苦痛都不必承受……不同时空不同的命运，这样的他们如何能算一个人呢？

想起什么，宁殷笑了起来。

“不如把‘他’杀了吧。”他轻声地道。

摄政王府，寝殿外风雨潇潇，殿内一片平静。

“未来的岁岁救了宁殷，所以，未来的宁殷也来帮助岁岁。”卫七嗓音低沉地给自己的叙述做了个总结。

虞灵犀已然听得怔住了。

“不信？”卫七问。

虞灵犀点了点头，而后又飞快地摇了摇头。

“我能问王爷……不，未来的王爷一个问题吗？”她道。

脸颊苍白的卫七弯着唇线道：“问。”

虞灵犀措辞半晌，方带着希冀小心翼翼地问道：“在你说的那个梦里，我的爹娘兄姊可还健在？”

卫七怔了怔。他没想到岁岁并没有问自己前程如何，也没有问自己是否母仪天下，而是问了这么一个不起眼的细节。

他点头道：“在。”

虞灵犀的眼睛亮了起来。

“都在。”卫七决定多说两句。

他本不是个在乎别人家事的人，但看到岁岁那双亮起来的眼眸，平淡的话已下意识地被他说出了口：“虞焕臣娶了苏家的女儿，刚生育了一女；虞辛夷与宁子濯两情相悦，亦即将定亲。你爹御敌有功，被封为一等定国公，你娘也挺好……”

说到这儿，他看见有眼泪滑入虞灵犀的鬓发。晶莹的一行泪，刺痛着他的眼睛。

“怎么了？”卫七忘记了腿上的疼痛，伸手碰了碰她眼角的湿痕。

“兄长的未婚妻的确姓苏，他们还未来得及成亲，兄长就……”

虞灵犀用力擦着眼睛，随即绽开一个带泪的笑来：“我只是高兴……真的，太好了！”

唇瓣颤抖，最后一根心弦突然断裂，她将脸埋入被褥中呜咽道：“他们还活着，太好了！”

卫七垂下眼，像哄小孩儿般伸手拍了拍她的背。

六亲不认的疯子，终于在见到此时岁岁的泪水后明白了血脉亲情的可贵。

短暂地喜极而泣后，虞灵犀恢复了常态。她将泪湿的脸使劲在枕头上蹭了蹭，方带着鼻音道："让王爷见笑了。"

卫七弯了弯嘴角，道："我一旦闭眼睡去，就会离开这里。岁岁还有什么想要的，尽管说。"

在离开之前，他定能让她如愿。

虞灵犀想了很久，摇首道："没有了。"

知晓了未来的结局将会圆满的秘密，她连语气都轻松了不少，整个人像是吸足水分的花朵，鲜活饱满。

见卫七挑眉，她柔柔地笑道："真没有啦。"

知晓家人在另一个时空好好活着，自己亲友俱全，她已别无遗憾。

"我一走，你又会面对那个一窍不通的疯子。"卫七不吝于用最恶毒的词语形容自己，沉声道，"你不怕？"

虞灵犀还未回答，卫七便低笑出声。

虽然疯子消失，现在的他也可能不复存在，但若他的存在是要以岁岁的死作为契机，那他宁可消失。

岁岁离了疯子，兴许会过得好些……谁知道呢？

卫七黑眸很亮，他俯身轻缓地道："我帮你杀了他，如何？"

虞灵犀还没有彻底弄清楚眼下的状况。

宁殷就是宁殷，就如同她从预知梦中苏醒过来依然是虞灵犀一样，不可能分裂成两个人并存于同一处。

"所以，你打算一直不睡觉？"虞灵犀对执拗的他颇为担忧，"一个人不眠不休，最多十日便会精神崩溃而亡。你若把自己折腾死了，不也什么都没有了吗？"

宁殷一天一夜不眠不休，脸色着实不太好看，但漆黑的眼睛是瓦亮的。

"假设这个梦中世界的宁殷会回来，那么必然会同本王抢这副身体的支配权。"他似是在期待，面上满是志在必得的泰然之色，"灵犀不妨猜猜，本王与他有无可能在精神世界相见呢？"

虞灵犀试着想象了一番，若不同时间的宁殷碰面……不，她不敢再想下去，而且这太匪夷所思了！

宁殷伸手取下瓷瓶中的一枝丹桂，漫不经心地抚着上面分叉的枝丫，“按照本王昨夜推演的来看，命运因灵犀的苏醒而先一步改变，如同这树枝在某个节点，长出相背的分枝。”

他拈住分枝，将其咔嚓一声折断，悠然地道：“本王的树枝坏了，本王何不将分枝抢过来，据为己有？”

橙红的丹桂于他指间洒落，虞灵犀良久无言。她仔细捋了捋前因后果，沉吟道：“所以你想在回去前，杀死另一个你，从而争取留在这个梦中世界？”

“不错。”

“若你留下来，那从前那个世界里的你又该怎么办？”

宁殷沉默了许久。

那一瞬，虞灵犀在他那张完美的脸上看到了类似悲伤的神情。

“那里已经没有灵犀了。”宁殷将残败的丹桂插回瓷瓶中，仰头靠回榻上，“本王不能失去你两次，灵犀。”

他半眯眼眸弯起嘴角，声音却像是深井里的风，喑哑不已。

执念成魔，如果可以，他愿意做“他”的替身，做灵犀的影子。

“你如此不眠不休，在精神上与自己厮杀搏斗，我该怎么办呢？如果你一睡不醒，我又该如何？”眼眶湿润的虞灵犀轻声道，“我也不想再失去你一次，宁殷。”

宁殷看着她，眸色深暗。他虽自私恶劣，但抵挡不住她说的这句带着鼻音的“我该怎么办”。

虞灵犀忽然就明白，他的执念从何而来了。

“打开你的香囊看看，那里面有我一直想对你说的话。”她深吸一口气，提议道。

过了片刻，宁殷才将视线落到腰间，解下香囊打开。

里面有两颗红豆，一张字条——

双生有幸，见君不悔

宁殷一下安静下来，望着“双生”二字许久，问：“为何不悔？你应该恨本王。”

因为他尝过失去她的滋味，明白追悔莫及，所以才想不择手段地停留于此。

“无论是在那场梦里还是现在，我都从未恨过你，也从不后悔遇见你。”虞灵犀将手中未完成的革靴搁置一旁，轻而坚定地道。

在她心里，宁殷就是宁殷，梦里的宁殷和现在的宁殷，就是同一个人。

宁殷眸色微动。

虞灵犀道：“所以你无须悔恨，也别再折磨自己。从生到死，向死而生，梦里梦外因果循环，你始终都是你。”

幻梦与今生，从来都不是什么背道而驰的分枝，而是兜兜转转后的圆满。

雨停了，天色微明。

卫七按了按手杖上的机括，利刃弹出，抵在地砖上。

“入睡离开前，我可将这副身体毁掉，这场浮生梦中的宁殷自然就回不来了。”卫七抬指点了点玉质的手柄，将计划和盘托出，“我已交代好了后事。等这副身体死后，王府的一切钱财权势都会落到岁岁手里，可保岁岁一生平安富庶，这岂不比岁岁仰人鼻息强？”

虞灵犀只是摇了摇头：“若王爷是恶人，那我经历一切重新苏醒后为何要救他？这其中定然有我现在没弄清楚的误解。”

卫七微怔。这是他不曾想过的细节。

岁岁是个恩怨分明的人，若这里的宁殷待她极差，她没理由在苏醒后放下心结爱上他。

“所以，我想弄明白这一切。我想看看王爷浑身尖刺的冷硬外壳下，究竟藏着什么心思。”

虞灵犀微微一笑：“很奇怪，见过你以后，我一点也不怕王爷了。”

卫七凝神："不悔？"

"不悔。"虞灵犀眼中含着温柔的韧劲，她坚定地道，"谢谢你告知我这些，让我知道我原来可以生活得如此美好。不管这辈子会发生什么，我都不会后悔。"

因为黑暗散去之后，会有无尽的光明。

晨光自窗外升起，照亮了她的眼眸。

卫七叩了叩手杖，收起刀刃。

"熬了一天一夜，王爷睡吧。"虞灵犀道。

卫七没有闭眼。他很想再说点什么、做点什么。

"不必担心我。"虞灵犀伸手遮住他的眼睛，哄道，"睡吧。"

温柔的黑暗自眼前出现，卫七睁眼许久，终是合上了眼眸。

暮色迟迟，秋风卷落满树红叶。

寝殿轩窗旁，宁殷自顾自地斟了一杯酒，夹起一旁的椒粉梅子，放了两颗进去。

虞灵犀以为这杯酒是给她的，谁知宁殷单手执起酒盏，竟将酒往自己的薄唇边送去。

"你不怕辣？"虞灵犀好奇地道。

如果他真的是从前的宁殷，应该一点辣都吃不得才对。

宁殷面无表情地将酒一饮而尽，放下空酒盏道："早习惯了。"

在她离去的那八个月，他只能靠着这点辣意回味她活着时的温度，睁眼熬到天明。

他摩挲着杯沿，眼睛一眨不眨地看着穿针引线的虞灵犀，屈指抵着脑袋问："他待你好吗？"

虞灵犀知道宁殷嘴里的"他"是谁，只道："你待我很好。"

宁殷一挑眉，倒也没纠正她。

"如何好？"

"你虽满腹坏心眼，但每次在关键时刻，总会出手相助于我。你高兴起来，恨不得将身上的骨肉都送给我，好像整个世界，只剩下'虞灵犀'

这一抹光彩。”

虞灵犀说了许多往事，说这些的时候，嘴角始终带着微笑。

想起什么，她放下手中的活计，笑道：“你从前也是如此，不是吗？若没有你，我不知死几回了。”

“可灵犀还是……”他抿紧了唇，不愿提及那个字。

虞灵犀没有继续说这个沉重的话题，只将靴面和靴底缝合，剪断线头，将靴子放在木托上整了整，翻过靴面道：“好了。”

这是和从前一般无二的云纹革靴，是他弄脏了，却再无机会讨要的新革靴。

“可要我服侍王爷穿上？”虞灵犀眨眨眼，故意换了称呼。

宁殷笑了声，接过靴子抚了抚，方自行穿上。

他在殿中来回走动，不知疲倦，像是在试靴子，又像是在感受健康的双腿。

许久后，他重新坐回虞灵犀身边。

他只是安静地坐着，看着夕阳自屋脊慢慢落下，像是要将两辈子的东西一眼看个够。

渐渐地，他的身子往下倒去，他将头枕在虞灵犀的膝头。

“本王不想回去。”眼中满是血丝，他像个孩子般固执地低喃，“那里太冷了，本王不愿回去。”

如果可以，他仍想杀了另一个宁殷。

可是万一他留不下来呢？难道他要让灵犀一个人活着，就像那个世界的他一样吗？

他怎么舍得？

“灵犀……”宁殷像是要抓住一缕光般，伸手笑道，“真想抓住你。”

虞灵犀什么也没说，只是垂眸，轻轻抚了抚他的墨发。

庭中红叶落下，他深深地凝望着虞灵犀，在黄昏中缓缓合上了眼。

宁殷本可以撑更久，但他还是闭上了眼睛。

能“死”在灵犀的怀中，是他莫大的荣幸。

大疯子的苏醒

宁殷站在无尽的黑暗中，看到了另一个自己。

两人如同照镜子般面对面，一样地俊美冷漠。

宁殷知道“他”想杀了自己，如同自己想杀了“他”一样。

宁殷抬起脚，对方也同时迈步，两人越来越近，某种神秘的力量将他们拉扯扭曲。

“王爷？”他听到了灵犀的声音。

“宁殷？”“他”也听到了岁岁的声音。

两人擦肩而过，如同穿过一面镜子，朝着自己的世界奔去。

熟悉的痛感顺着宁殷的左腿攀爬，宁殷却顾不上许多，朝着声音传来的方向跑去，然后，猛然下坠。

…………

宁殷睁开眼，晦暗的光线透过座屏投入，空气中弥漫着他所熟悉的茶香。

案几后，虞灵犀屈膝敛裙坐得端端正正，被绾起的云鬓下是一段纤细漂亮的颈项。她的脑袋一点一点的，显然，她已困顿至极。

她的装扮和气质，都是他最熟悉的模样。

宁殷静静地看着虞灵犀，黑眸像是一望无底的深潭。

他拿起榻边的手杖，起身来到虞灵犀身边，伸手碰了碰她温热的脸颊。

虞灵犀瞬间惊醒，抖抖眼睫茫然地道：“王爷？”

她的声音也如曾经一样。

他不是回到了密室，这里没有冰冷的冰床——他回到了虞灵犀还活着的时候。

宁殷的心脏重新跳动，越跳越快……

手杖滚落在地，他伸手拥住她，紧紧地将她禁锢于怀中。

“抓住你了。”他低低地笑道。

虞灵犀有些茫然。她方才做了一个很长的梦，梦中的王爷替她处置了利欲熏心的姨父一家，还跟她说了好多好多贴心的话。

她一觉醒来，等候她的并非王爷对她的责怪，而是一个紧得让她几欲窒息的拥抱……

大约是方才那个梦的缘故，虞灵犀觉得，她与王爷之间，天生就该如此亲昵。

“好啦。”于是她笑了笑，抬手抚了抚他宽阔的后背。

“对了，昨日八月初八，是我与王爷相识一周年的日子，我绣了个香囊。”虞灵犀说到这儿，声音低了下去，“只是我手生，绣得不太好看……”

她话还未说完，宁殷就捏了捏她的后颈，强势地道：“拿来。”

针脚歪斜的香囊还是那么丑，但宁殷笑得恣肆，将香囊挂在了腰间。

虞灵犀的眼底泛起从未有过的明媚光芒。

这一次，他要紧紧抓住她，不再放手。

小疯子的梦醒

宁殷脑中如被刀割般地疼。

“宁殷……宁殷？”虞灵犀的声音由远及近，渐渐变得清晰。

宁殷猛然睁眼，静王府寝殿熟悉的摆设铺展在他眼前，他望向一旁，看见了岁岁那张明艳的脸。

他回来了。

“做噩梦了吗？”虞灵犀抚了抚他的眉，担忧道。

宁殷望着她良久，忽地紧紧拥住了她。

“做噩梦了，”他声音低哑地道，“梦见我以前待岁岁很不好。”

坠入虚空前，宁殷仿佛穿过了一条记忆的长河。他看见了八月初八被软轿抬入府中的红衣美人，瞧见了她日复一日的谨慎神情，也瞧见了她喷洒而出的黑血和冰床上无声无息的她。

那些画面如此真实，真实到他光是回想片刻，心脏便痛得仿若要裂开。

说起梦，虞灵犀昨晚也做了个怪梦。

她梦见在那场幻梦里，自己死后不久，宁殷竟烧了摄政王府，服毒与她一同躺在了冰床上。

她梦见他来到这个世界，告诉她，他想留下，他不想再回到那个没有她的世界。

明知那是梦，她仍是眼眶一酸。她吻了吻宁殷紧抿着的薄唇。

两个人相依取暖，耳鬓厮磨，仿佛只有这样才能证明彼此的存在。

“我们会永远在一起的，宁殷。”虞灵犀吻了吻他，气息不稳地道。

宁殷沉沉地“嗯”了声，回以更热烈的亲吻。

殿外红叶飘落，晨光明媚，时光仍在向前流淌。

番外四 周唐缘

“乡君！乡君！”仆从们一路小跑着跟上大步流星的主子，擦着汗劝道，“这天都快黑了，您还是回去吧！明日老夫人就归府了，您要抄的功课，还一个字未动呢！”

乡君尚在禁足反思期间，明天若交不出功课，罪加一等，他们这些下人也得跟着一同挨罚。

“急什么？还早着呢！”街市上人潮熙攘，唐不离穿着利落的窄袖戎服，一会儿摸摸摊边的香囊玉饰，一会儿摘下货郎草靶上的糖葫芦，闲不住地道，“实在抄不完，不还有你们吗？”

仆从忙数了两枚铜板给货郎，苦巴巴地道：“不成啊，我们那些鬼画符哪能瞒得过老太君？”

仆从话音未落，便见一个半旧的包裹从一旁飞出，刚巧砸在唐不离脚下。

“哪个不长眼的东西？”唐不离义愤填膺，顺着包裹飞来的方向看去，只见一位衣着单薄的俊俏书生被人从书坊中赶出。

“既是道不同，无须多言。”书坊老板盘着两枚核桃，冷笑道，“敝店不欢迎阁下。赶紧走。”

书生约莫及冠之龄，背脊笔直。他慢条斯理地整了整被洗得发白的青衫道：“书可以不借，理不可不讲。模仿书圣字迹造假乃欺诈之罪，按本朝刑律当罚没家产，徒三年。我不愿助纣为虐，无错。”书生说话字字清朗、简洁有力，自有一股清正之气。

围观的群众渐渐聚拢，朝着书坊指指点点。

书坊老板微微色变。这书生常来书坊借书抄录，能模仿百家墨宝之风，书坊老板见他是京中难得一见的奇才，便生了歪心思，欲许他以银钱，让他仿古人字迹做几张赝品倒卖。谁知这书生如此不识抬举，拒绝不说，竟然还敢当众揭穿他！

老板捏紧核桃，朝一旁的伙计使了个眼色。伙计会意，摸了一本经折装的《六章释义》孤本，悄悄混入人群之中。

书坊老板神色稍缓，他倒打一耙道：“你来敝店行窃，我念你有几分才学放你一马，未料你恩将仇报，还敢口出狂言构陷于我！”

“我未曾偷窃。”

“没有，那这是什么？”伙计从书生散落的包袱中拿出一本书，指着上头鲜红的“万卷坊”红印章道，“人赃俱获，你还狡辩！”

书生皱眉。这书明显是对方为栽赃他而故意放在他的包袱中的，可他并无证据自证清白。

书坊伙计也是看准了这点，于是越发耀武扬威，将包袱中他抄录好的卷册一股脑扬了出来。

顿时漫天纸张飘飞，书生多年来呕心沥血所作的策论、文赋纷纷扬扬地落了一地。

围观之人只顾着看热闹，并不在乎真相如何。

唐不离咬了口糖葫芦，看着蹲在地上一张一张地捡拾纸张的书生，对他有些同情。

她是个急公好义之人，当即道：“喂！这书明明是你自个儿放进去的，贼喊捉贼玩得挺好啊！”

伙计变了脸色：“这位姑娘莫要含血喷人，你可有瞧见……”

“本乡君亲眼所见！”说着，她故意露出了腰间唐公府的令牌。

京城这么点大，一片树叶落下都能砸着几个贵人，伙计自然看出唐不离非等闲之辈，遂心虚地缩入人群中。

唐不离掂着手中的糖葫芦，用尽力气朝伙计砸去，糖葫芦啪地拍在他的后脑勺上。

伙计被砸得趔趄了一下，灰溜溜地跑到书坊老板身后。

书坊老板不敢得罪贵人，赔笑两声便躲进了屋中。一场闹剧落幕，围观的人一挥袖子，四散而去。

唐不离拍了拍手，视线从书生陈旧且略短的袖口上一扫而过。她问："你会仿人字迹？"

书生不语，仍捡着满地的纸张。

一张纸落在唐不离的藕丝靴面上，他的手顿了顿。碍于礼节，他不好直接上手去拿那纸。

唐不离弯腰，替他拾起那张纸，挑眉道："我们做个交易如何？你替我做一件事，我资助你求学……"

书生抬起眼来，眼中带着疏离之感。

"余虽家贫，但不穷志。"书生道，"余谢过姑娘解围，但姑娘若挟恩以行不义之举，恕不从命。"

这书生年纪轻轻，说话做事倒像个老古板。

唐不离觉得有趣，将手中的纸抖了抖，望着上头飘逸端正的字体道："放心，我只是想让你替我抄抄书，绝不让你做违背刑法道义之事。"

唐不离将书生带回了唐公府，派人在唐公府下人居住的后街中收拾出了一间干净的屋子，将其安顿了下来。

"你叫什么名字？"唐不离环抱双臂，摆出了唐公府乡君的气势来。

"周蕴卿。"书生道，"蕴藏的蕴，客卿的卿。"

"倒是个好名字。"唐不离摆摆手，立刻有仆从搬着足有一尺厚的纸张来。这些纸张哐当一声，砸在屋中的破案几上，扬起一桌尘埃。

这是她积攒了一个月的功课，一字未动。

"这些，你需在明日午时前誊写完……"这么多功课，任他有三头六臂也难以在一夜之间抄完，唐不离良心发现，支吾着改口道，"罢了罢了，你能抄多少算多少吧。这是我的字……"

一张有两行《内训》的宣纸上，画着一只醒目的长尾王八。

唐不离淡定地将画有王八的纸撕去，将其团成一团丢入纸篓中：“本乡君的丹青你就不必模仿了，仿字迹就成。”

说罢她将宣纸拍在案几上，豪爽地在上面放了两锭银子。

翌日。

老太君拜佛归府的第一件事，便是唤孙女过来，检查她的功课。

唐不离不情不愿地挪着小步子赶往正厅，一边想着等会儿如何搪塞，一边又担心：那周蕴卿一整晚没动静，不会卷款逃走了吧？

浑浑噩噩间，她见仆从自角门飞奔而来，抱着厚厚的一摞纸张道：“来了来了！乡君，都抄好了！”

“都抄好了？”

唐不离顿觉愕然。周蕴卿这厮只用了八个时辰便抄好了她一个月的功课！

她匆匆翻看那摞纸张——功课不仅一页未落，而且字迹笔锋与她平日的一般无二，宛若拓印出来的，连祖母都没看出来区别。

唐不离觉得，她约莫捡到宝了。

唐不离做了一个梦。

梦里，祖母已经不在了，她孤苦无依，在舅母的安排下嫁给了一个出身显赫的世家子。

婚前，舅母和媒人将世家子吹得天花乱坠、世间无二；婚后，她才发现此人金玉其外败絮其中，是个贪恋酒色的酒囊饭袋。

一日醉酒，她夫君失言辱骂摄政王，被拖入大理寺受刑，生死未卜。

高门联姻充斥着太多利益与瓜葛，她丈夫身死事小，连累满门事大。

梦中的唐不离走投无路，只能觍着脸去求新晋的大理寺少卿打探消息。

座上的高官有着令她熟悉的面容，一袭深绯色的官袍齐整得无一丝褶皱。而她绾着妇人的发髻，像是一块被命运打磨掉棱角的石头，没了闺阁时期的锋芒与骄傲。

两年过去，换她狼狈。

唐不离觉得羞耻，咬着唇下跪，放下自尊求周蕴卿高抬贵手，从轻处置她的丈夫。她不想被那蠢货丈夫拖累，不想被充入教坊司为奴……

“尊夫死罪已定，无法更改。”梦里她所感到的压迫感如此清晰，她感觉到那道视线始终落在她的肩头，压得她抬不起头来。

画面陡然翻转，有什么模糊的碎片如走马灯般从她脑海中晃过。

等梦境再次变得清晰之时，唐不离已浑身绷紧地躺在昏暗的罗帐中，眸中映着那张浮上红晕的清俊脸庞。

“可知道本朝律法，和奸之罪如何处置？”他嗓音带哑，眼神复杂，嘴中诉说冰冷的刑律，身体却施以火热的回应。

唐不离生生被吓醒，脸颊热得几乎能摊熟一张饼子。

她捂着脸颊，不敢相信自己梦见了什么。她成亲了，丈夫犯事，即将被抄家流放。她去求主审此案的大理寺少卿，而少卿竟是现在她府中一个抄书的穷酸书生，她还与他做了一些不要脸的事……

唐不离觉得自己中邪了。

“呸！臭不要脸！”她也不知自己在唾弃谁，仰面躺了一会儿，又开始心思晃荡。

周蕴卿那书呆子，就是个无情无欲的冰雕，怎么会……？

好奇的种子一旦埋入心中，很快就会破土生芽。

周蕴卿照旧穿着那身泛白的青色儒衫，但儒衫被洗熨得很干净，因此他非但不显得落魄狼狈，反而有种清高之气。

他背对着唐不离站在墙边，墙上贴着一张硕大的宣纸，他正提笔挥墨写着磅礴大气的赋文。洋洋洒洒千余字，誊满了整面墙壁，龙蛇飞舞，矫若惊龙。

周蕴卿是个安静清冷得无趣的男人，但他沉迷于墨海之间时，笔挺的身子中仿佛蕴含着无尽的力量，迸发出耀目的光芒。

他落下最后一笔，站在满墙的赋文前审视，仿若仙人在俯瞰云海翻腾的群山。

那是属于他的世界。

他久久伫立，墨水自笔尖滴落，于地砖上洇开一朵墨梅。

唐不离看得入神，怀中的书册掉落，哗啦一声打破了屋内的静谧氛围。

周蕴卿将笔搁在案几上，朝她拱手行礼。

光芒散去，他又恢复了那木讷低调的模样。

“喏，今天要做的功课。明日前，写一篇感悟出来。”唐不离将祖母布置的《词义》拾起来，放至周蕴卿面前，顺便在上面搁了一锭银子。

她出手十分阔绰，周蕴卿却不曾多看一眼，只回到案几后，提笔润墨书写起东西来。

唐不离没有离去，侧着头看了一会儿，才发现他是在写《词义》感悟。他一气呵成，连停顿思索的时间都不曾有。

唐不离大为震撼，问：“你都不用看书的吗？”

“看过了，”周蕴卿简短地道，“记在心里。”他买不起太多书本，借书时会尽量将书中内容默记于心，早已腹有千文。

“你很厉害。”唐不离生性直爽，从不吝惜自己的赞美，“我有个闺阁好友，她亦有过目不忘的本事，若有机会，你们可以比一比。”

周蕴卿专心书写，并未答话。

他对书籍以外的东西毫无兴致，唯有谈及刑罚律法的时候，才会口若悬河、娓娓而谈。

唐不离不禁好奇，眼前这个不知情趣的男人，真的会是梦里那个礼教崩坏于床的大理寺少卿吗？

她单手托着下颌盯着他看了许久，没忍住问道：“你可有妻室通房？”

周蕴卿眼也不抬：“没有。”

“可有未婚妻或红粉知己？”

“没有。”

无论唐不离怎么问，他回答的都是一句“没有”。

唐不离想起了那个梦。他不像是急色之人啊，怎么会……？

她止住了脑中的画面，清了清嗓子道：“那我问你，若一个女子夫家犯事，连累于她，她去求主审之人网开一面，然后……”

她咳了咳，才在周蕴卿疑惑的目光中支吾道：“然后不知怎的，两人就睡一起去了……嗯，这种情况算是怎么回事？”

一听到律法案件，周蕴卿来了兴致。

“女子自愿？”

“应该……可能……是自愿的。”

“那便是和奸。”周蕴卿一本正经地道，“按本朝律法，双方杖二十，徒刑三年。若女子以色贿赂，主审之人篡改案件，则主审之人刑罚从重，当革职流放一千里。”

唐不离不死心地道：“若你就是那主审之人呢？”

“不可能。”这次周蕴卿回答得极为迅速且笃定，“若我是主审之人，必将秉公执法，将那试图行贿的女子打出门去。”

唐不离竟觉得憋屈且生气。然而憋了半晌，她也不知该从何反驳。那个梦本就是子虚乌有的，当不得真。

她挑眉道：“我不信你不为女色所动。”

“不会。”周蕴卿道。

他越是与梦中有反差，唐不离便越是怀疑他故作清高。

清平乡君向来顽劣，并非安分之人，凡是好奇之事，她打破砂锅也要问到底。

“这样呢？”唐不离趴在书案上，朝他吹了吹气。

着枣红戎服的少女腰间挂着金鞭和铃铛，养尊处优，像是这盛夏的太阳。

眼睫抖了抖，周蕴卿笔触不停。

“这样呢？”唐不离按住了他的手。书生的手指修长，指腹上有薄薄的笔茧，但这并不影响他的手好看。

周蕴卿写不下去了，抬眼看她。他的眼睛迎着光，是很浅的琥珀色，挨近他后，乍一看，有种惊心动魄的清冽感。

“这样呢？”那一瞬鬼使神差，唐不离如梦里那般，在他的脸颊上飞快地啄了下。

与其说啄，不如说她是撞上去的，她的鼻子被他的脸颊磕得生疼。

毛笔在宣纸上拖出一条长长的尾巴。

风从半开的门中吹入，吹动满墙的宣纸，空气中墨香浮动。

周蕴卿怔住，面上平静如水，腹部却猛然收紧。

唐不离反应过来自己做了什么后，心中的戏谑之意退去，她只觉得尴尬。

四目相对，空气凝固。

她猛地起身后退一步，用力擦了擦嘴唇，落荒而逃。

唐不离从小被当作男子养大，玩遍京城受尽追捧，招猫逗狗惯了，一向不遵循什么男女大防。饶是如此，她也觉得自己那脑子一热而做出的行为离谱得很。

她为何要亲周蕴卿？

她为何要跑？

为何一回想起周蕴卿当时望过来的眼睛，她就尴尬得想哐哐撞墙？

唐不离不擅长逃避，她决定同周蕴卿解释清楚，将此事彻底揭过。

第二日去周蕴卿那儿取他写好的《词义》感悟，唐不离留下来多说了两句话。

“昨日那样……是我不对，我就是想逗逗你，看你是否真的如你说的那般心性坚定。”为了表明自己并无其他心思，唐不离颇为豪爽地拍了拍周蕴卿的肩，“反正你一个大男人也吃不了亏，别放在心上。”

周蕴卿被拍得手腕不稳，笔尖在宣纸上留下一个明显的墨渍。

他淡然地换了张纸，“嗯”了声。

见他依旧是那副置身事外的平静模样，唐不离如释重负，眉开眼笑地道：“那这样就说清楚啦！以后咱们就当什么也没发生过，谁也不许再提此事！”

说罢她拿起写好的功课，哼着小曲心满意足地归去。

一切仿佛又回到了往日那悠闲快乐的时光。

若有懂文墨的贵女做东设宴，唐不离便会带周蕴卿一同会客，让他给不学无术的自己充当门面。可唐不离未曾想到，寒门中人没有闲钱附庸风雅，读书作文时周蕴卿尚能游刃有余，一旦接触高门贵胄，便现了原形。

仆从端来漱口的茶水，他却一饮而尽，连奉茶的婢子都掩唇取笑起来。

周蕴卿坐在衣着光鲜的贵人之间，显得格格不入。

唐不离最是护短，她带过来的人，她怎能允许旁人取笑？她喝退了奉茶的小婢，回府之后，便下定决心教周蕴卿品酒煮茶，想将来他若真能入朝为官，跻身上流，也不至于被人轻视取笑了去。怎奈周蕴卿酒量极差，才饮了半杯就上头，开始喋喋不休。

唐不离在被迫听了他一个下午的《本朝刑律案典》后，头疼欲裂，不知身处何方，只好放弃教他品酒，转而专攻茶道。

她手把手教他官宦人家的应酬礼节。品茶之事周蕴卿倒是学得极快，不出一旬便已习得宴饮时的烹茶之道，还能辨出各色茶种的优劣。

唐不离喜欢看他煮茶时的模样——他风流蕴藉，仿若真正的世家公子。

然而好景不长。周蕴卿很快得知自己并非唐府正经的抄书人，他日日抄录、撰写的东西，是唐老太君布置给孙女的功课。

“乡君曾许诺我，不会让我做违反道义之事。”周蕴卿义正词严地道。

“我不想抄书，请你来抄，此乃你情我愿之事，如何算违反道义？”唐不离对钻牛角尖的周蕴卿颇为不解，“难道我不想做菜，请个厨子做菜，你也说我违反道义？”

“修身明礼，怎可与口腹之欲相提并论？”周蕴卿固执地道。

唐不离说不过他。有时候她真是受不了这古板冥顽的小郎君。

“不帮就不帮，干什么冷冰冰地训人？”她皱眉嘀咕。

两人第一次争执后，以不欢而散告终。

祖母病了。

老人家突然晕厥的时候，唐不离正在瓦肆看百戏。从满头大汗的仆从嘴里得知消息后，脑中嗡的一声，她只觉得天崩地裂。

唐不离赶回府，老太太刚服了药睡下。

唐不离直到现在才有机会仔细看这个坚忍的老妇。

原来，祖母已经这样老了。她鬓发银白，脸上没了往日的富态，她躺在榻上，都让人看不出起伏的轮廓。这个青年丧夫中年又丧子的强悍妇人，挨过半生风霜，以一己之力撑起偌大的唐公府，却倒在了年迈体衰的诅咒之下。

有时候，人被迫长大只是一夜之间的事。老太太病了，府中诸多大事都压在了唐不离肩上，唐不离忙得焦头烂额。

她也是自己掌事了才明白，唐公府没有实权，维持府中上下庞大的开销实属不易。偏生她不懂事，就连养一个抄书的书生都恨不能一掷千金。

天不怕地不怕的人，生平第一次有了害怕的东西，她害怕祖母和梦里一样会撒手离去。

“乖孙，这几日苦了你了。”唐老太太轻抚着孙女的脸颊，虚弱地叹道，“自你祖父大去，我独自一人将你父亲拉扯大，看着他入朝为官、娶妻生女。后来你父亲病逝，你母亲也随着去了，我又将你拉扯大……我唯一的遗憾，就是没来得及给你定门好亲事，风风光光地看着我的孙儿出嫁。”

祖母的声音带着老年人特有的沙哑，苦涩的药香萦绕，让唐不离的鼻根变得酸涩。

“祖母松龄鹤寿，不会有事的。”唐不离搅着汤药，哑声道，“只要祖母能好起来，抄多少书、多少经文我都愿意，我再也不贪玩了。”

“好孩子，有你这句话祖母就放心了。”老太太目露慈爱的神色，慢慢地道，“你比不得那些有父母兄弟撑腰的官宦子弟，以后切记要安分守己，再不可和外男任性胡闹，授人以柄……明白吗？”

唐不离知道老太太是听说了周蕴卿的存在，故而出言提醒。

心中酸涩，她用力点点头：“孙儿明白。”

老太君生病，府中入不敷出。唐不离打算留下那些忠厚老实的仆从，其他下人能遣散则遣散——其中，自然有周蕴卿。

七夕鹊桥相会，传闻这日将心愿写在天灯上，心愿便可顺着银河传至上苍。

唐不离于望仙楼设宴，邀请了虞家兄妹一同放天灯祈福。

她将周蕴卿带了过去：一则写一百盏祈愿灯需要大量人力；二则今日过后，她就不能再留着周蕴卿了，算是与他告个别。

画桥之上，唐不离执着火烛，将写好心愿的天灯一盏一盏地点燃。

每点一盏灯，她便在心中祈愿祖母身体健康、长命百岁。

起风了，来不及被点燃的天灯被吹得满地翻滚，唐不离手忙脚乱间，忽见一双指节修长的手从她身后伸来，替她拢住了险些熄灭的火烛。

周蕴卿什么话也没说，捡起被风吹落在地上的天灯，递给她点燃。

两人无声配合，天灯如萤火飞向天际，汇成橙色的光河。

“周蕴卿。”唐不离还是开了口，抠着雕栏道，“我以后不能留你抄书了。”

周蕴卿转过头看她，似是不解。风吹动他泛白的衣袍，仿佛他下一刻就要乘风飞去。

“反正……反正你不喜欢我弄虚作假，我也不喜欢受人管束，我们不若好聚好散。”唐不离一口气把话说完。不知为何，她没敢看周蕴卿的眼睛。

她向来骄傲，直到此刻也不愿承认自己已如此落魄。

她很想再说点什么，但最终什么也没说。

第二日，唐不离置办了笔墨纸砚和一套古籍，将它们连同碎银仔细包装好了，拿去给周蕴卿送行。

干净的房舍中翰墨飘香，周蕴卿背对着她，如往常那般书写赋文。

“周蕴卿，你收拾东西走吧。”唐不离清了清嗓子，将怀中的包裹轻轻搁在案几上，“我们相识数月，这些东西送给你，权当是饯别礼。”

周蕴卿笔走龙蛇，飘逸的行楷渐渐变成行草，力透纸背。

他那清瘦的身躯中，似乎有暗流在翻涌。

“周蕴卿，我走了！”唐不离加大了声音，见男人不语，又干巴巴地补充道，“你以后，会很有出息的！”

周蕴卿依旧没吭声，只是垂着头疯狂地写着策论，行草已变成了狂草。

白纸剥离，飘落一地，他浑然不觉，继续在墙上书写赋文。

唐不离等了会儿，猜想他大概是不会开口说话了，撇撇嘴垂头离去。

直到唐不离的脚步声远去，周蕴卿才像是年久失修的机括般猛然停笔。

早已干枯的毛笔分叉开裂，如杂乱的野草般顿在墙上。周蕴卿孤寂地沉默，就这样一动不动地站在未完成的赋文前，久久没有继续动笔。

写不出，他写不出来。

毛笔坠在地上，他后退一步，捏了捏鼻梁。

周蕴卿走了。

空荡的房间被收拾得很干净整洁，唐不离给他的饯别礼仍安静地躺在案几上，除了他自己的两套衣物和笔墨纸砚，他没有多带走一样东西。

唐不离望着那篇未完成的狂放赋文，墙上的墨迹在一处停止，没由来地让人觉得有些惋惜。

要应付的事着实太多，她很快将周蕴卿抛诸身后。

渐渐地，那抹青色的身影在她心中淡去。

没过多久，祖母托人多方打听，做主给唐不离定了一门亲事，求娶之人是太傅之孙陈鉴，据说他是个孝顺懂礼的世家子弟。

唐不离不想嫁人，担心自己如同梦里那般嫁给一个徒有虚名的酒囊饭袋，但老太太时日无多，她想满足老太太想看孙女出嫁的心愿。

“太傅之孙，想来家教甚好，应该不是梦里那个辱骂摄政王的蠢货吧？”唐不离思忖着，随即反应过来，拍了拍案几，“唐不离你想什么呢？那么荒唐的梦，怎么可能应验？”

何况本朝天子尚在，根本没有什么摄政王。

如此一想，唐不离勉强安了心。

虞灵犀大病了一场，中秋，唐不离特意登门看望。

听闻唐不离与陈鉴定亲了，虞灵犀有些愣怔。

“阿离定亲大喜，我本该高兴。”虞灵犀瘦了些，但颜色依旧不损分毫，她轻声道，“不过我听闻陈鉴此人多情狂妄、声名不正，定亲之事还须三思才是。”

很快，虞灵犀的话就应验了。那日她助虞灵犀去花楼查探消息，迎面撞上了几名油头粉面的世家公子，其中就有她的未婚夫陈鉴。

他说的那些污言秽语，不堪入耳。

一想到自己要嫁给这样的人，想起梦里自己无辜受累、卑微求人的下场，唐不离便气不打一处来。待她反应过来时，她手中的长鞭已朝陈鉴甩了过去。

陈家人咽不下这口气，竟以她“蛮横无理，有失妇德”为由，当众与她退亲。

一时间，唐不离“母老虎”“女霸王”的诨名流传出去，她沦为笑柄。

唐不离本人并不在意，谁敢当着她的面取笑她，她便用鞭子抽谁，绝不吃亏。

她唯一担心的，是祖母会失望。

“抱歉，祖母。”唐不离跪在榻前，低下了头，“孙儿又将事情搞砸了。”

“不怪你，乖孙。怪祖母识人不清，被人诓骗。”老人家笑呵呵地扶起孙女，安慰道，“那样不干不净、表里不一的后生，不要也罢！即便乖孙不抽她，祖母也要替你抽他！”

并未受到训斥，唐不离猛然抬头：“真的？”

“真的。”老太太抚了抚唐不离的束发，慈爱地道，“及时止损，乃是幸事。”

眼眶一酸，唐不离紧紧地拥住了祖母。

这个外刚内柔的老人还是没能撑过严寒的冬日，于雪夜安然合眼，驾鹤西去。

唐不离的天塌了。

老太太下葬后，唐不离的心也仿若缺了一块。从此世间再无人为唐不离遮风挡雨了，她只能自己磕磕绊绊地学着长大。

仆从来问她，后街房舍中那一整面墙的墨迹该如何处理。

唐不离才想起来周蕴卿留下的那半篇赋文，道：“重新刷白便是。”

仆从领命，唐不离又唤住他：“等等。”

仆从转身，唐不离想了许久，叹气道：“别管了，留着吧。”

她也不知要留着这面墙做什么，或许那满墙狷狂的文字中有镇定人心的力量，又或许……仅仅是因为她觉得涂抹掉那赋文太过可惜。

那篇赋文旁征博引，气势磅礴，若写完，定是为万世所传颂的杰作。

唐不离没想到，周蕴卿高中探花后做的第一件事，就是回来找她。

莫非，周蕴卿是回来炫耀及报复她的？毕竟她当初那般自恃高傲，赶走周蕴卿时语气太过直截了当、不够圆滑委婉，容易伤情分。

对方是前途无量的朝中新贵，而她则是家族式微的落魄孤女，除了扬眉吐气地奚落她外，她实在想不出周蕴卿还有别的理由登门。

越想越心虚，她索性让管家将府门关上，避不见客。然而已经晚了，探花郎立侍门外，非要见她一面。

唐不离没有法子，只好强撑气势，硬着头皮出门见他。

探花郎着一身红袍，面如冠玉，长身鹤立，没有丝毫不耐之色。

不可否认，有那么一瞬，唐不离被如脱胎换骨般俊俏清朗的他惊艳到了。

她很快收敛心思，戒备道："你想干什么？"

她用凶巴巴的语气掩饰此时的心虚忐忑，周蕴卿有些讶异。

然后，他缓缓拢袖，清朗地道："乡君资助深恩，周某没齿难忘，今特来拜谢。"说罢他行大礼，一躬到底。

他态度恭敬，给足了唐不离脸面。

唐不离如同一拳打在棉花上，满腔的戒备之心消散，她变得茫然。

周蕴卿说的每个字她都听得懂，但组合在一起，她却是不懂了。

她当初资助他的那些银子，他不是没带走吗？何来的资助深恩？

周蕴卿锋芒初露，成了新帝身边的红人。

即便是状元郎初入朝堂，也得从翰林院修撰做起，唯有周蕴卿直接被提拔去了大理寺。

他是个节俭到近乎对自己苛刻的人，常年只轮换着穿春秋两套官服以及几套会客的常服，不穿坏绝对不置新的。是以新帝赏赐的珍宝以及朝廷发放的绫罗他无福消受，一应差人送去了唐公府，美其名曰："滴水之恩，当涌泉相报。"

那些绫罗绸缎都是宫里的上品，着实好看，然而唐不离也着实难安。

她几次想拒绝，周蕴卿只有一句："我用不上，乡君若不喜，可变卖赠人。"

总之，他就是不愿将那些东西收回去。

唐不离实在忍不住了，问道："你为何要对我这般好？难道就因为当初我花钱雇你抄书？"

周蕴卿顿了顿，从书卷后抬起眼来，道："乡君每月命人悄悄赠我纸墨书册，助我科考及第，此等大恩，周某铭记于心。"

"每月……纸墨书册？"唐不离终于发现了不对：周蕴卿报恩，似乎报错人了！

那真正资助他的人，会是谁呢？

唐不离思来想去，只想到了一人。

"是我以你的名义做的。"昭云宫，美丽的皇后娘娘含笑端坐，告诉她，"我不是和阿离说过吗？周蕴卿这个人非池中之物，可得好好供着。"

虞灵犀似乎早就预料到周蕴卿会变得风光，以唐不离的名义资助他，有点替好友牵红线的意思。

唐不离惴惴难安，总觉得自己是个冒领了恩情的小偷。

有好几次，她想将真相和盘托出，告诉周蕴卿，资助他的人并不是她，然而每次看到周蕴卿那张清俊的脸庞，她的喉咙就像被堵住了似的，说不出话。

她开始贪恋、开始害怕，当初风风火火、敢爱敢憎的清平乡君，变成了一个踟蹰不定的胆小鬼。

周蕴卿身边始终没有女人，连端茶送水的婢女也无，空荡冷清，于是唐不离学着做糕点和羹汤，偶尔给忙得顾不上吃饭的小周大人送点温暖。

这是她唯一能为周蕴卿做的，她只有如此做，才能抵消那心底的愧疚之情。

在她烧了两次厨房，做的糕点硬邦邦的险些噎出人命后，周蕴卿终于委婉地告诉她："乡君不必勉强自己做不擅长之事，如常便好。"

他越是通情达理和大度，唐不离便越是内疚。

她既然没有洗手作羹汤的天赋，那邀请周蕴卿去望仙楼用膳，以酬谢他这些时日对她的照顾总不是问题吧？

用过膳，周蕴卿礼节性地送唐不离归府。

两人骑马并驾，慢悠悠地行着，不知怎的，就去了当初周蕴卿住过的后街客房。

门被推开，灰尘自房梁上簌簌落下，斜阳照射的墙面上，遒劲的字迹犹清晰存在，诉说着笔者胸中的韬略。

“这篇赋文千古难得，为何没写完？”唐不离抱臂站在墙边，问道。

周蕴卿与她比肩而站，想了想，道：“心不静。”

“为何不静？”唐不离甚是好奇。

在她眼里，周蕴卿是那种天塌下来了也不会眨一下眼睛的冰人。

周蕴卿没有回答，解下腰间的细长银鞘，拔出一看——那不是匕首，而是一支笔。

他竟是随身携带着笔墨！唐不离再一次被书呆子所折服。

周蕴卿站在满墙的墨迹前，略一沉思，便开始补写赋文。

他写得很认真，悬腕垂眸，仿佛在做一件极为神圣之事。夕阳的暖光打在他的侧颜上，为他添上一层金光，他的七分清俊也被衬托出了十分。

他是这样坦荡清正，清正到令天下宵小汗颜。

唐不离张了张嘴，再也忍不住了，鼓足勇气道：“其实，当初资助你笔墨书册之人，并不是我。”

周蕴卿沉默了良久。

唐不离泄了气，慌乱地想：完了、完了，书呆子疾恶如仇，最厌弄虚作假之人！他一定恨死我了！

“那个……抱歉啊，瞒了你这么久。”唐不离没脸再面对周蕴卿，匆匆丢下这句话便往屋外冲。

“我知道。”周蕴卿清朗的嗓音传来，将唐不离的脚钉在原地。

她转过身，睁大眼道：“你说什么？”

“我知道那些东西并非乡君所赠。”周蕴卿总算落完最后一笔，转身看她，“我登府拜谢那日，乡君眼里的惊讶之色不像作假。要想查明此事，并不费工夫。”

“你竟是那么早就知晓真相了？”唐不离百思不解，“那为何不拆穿我？”

周蕴卿收回笔，平静地道："乡君帮我是情分，不帮是本分。何况当初为我解围，教我酬酢礼仪，雪中送炭提供吃住照拂我的，的确是乡君，不是吗？"

何况，清平乡君惴惴难安，想尽法子回赠他的模样，的确有趣。

这是他心底的秘密，他永远不会说出口。

这番话让唐不离百感交集，她的一颗心仿佛从崖底直飞云霄。

霎时间，世界都仿佛变得亮堂起来。

这个男人，真是该死地古板，该死地诱人！

唐不离那颗招猫逗狗的心又蠢蠢欲动起来。

心脏怦怦直跳，她只有一个念头——她想将周蕴卿那不近人情的冷漠外壳剥开，逼出梦里他那副面色绯红、礼教崩坏的模样。

"小周大人没有妻室吧？"唐不离向前一步。

惊异于她的话题转变得如此之快，周蕴卿略一愣怔，随后诚实地点头："不曾有过。"

"你如今可是香饽饽，那么多权贵想与你结亲，你为何不肯？"唐不离又向前一步。

"不喜。"周蕴卿答。

"那些给你说媒之人都快将你的门槛踏破了，你定是很苦恼。"

"是。"

"我亦苦于媒人纠缠，既然我们所烦之事是同一件，何不联手？"

"如何联手？"

他入套了。

唐不离再向前一步，几乎贴着周蕴卿的胸膛，笑道："我们成亲，堵住媒人的嘴，如何？"

周蕴卿绷紧身子，垂眸看她。

唐不离从斜阳入户等到余晖收拢，直至嘴角的笑都快挂不住了，也没等到周蕴卿的回答。

唐不离睁着一双疲顿的眼，在榻上辗转了一夜。

她后知后觉地反应过来，自己大概被拒绝了。她婚事不顺，连亲都被退过了，被拒绝一次也无甚大不了的……

可拒绝她的是周蕴卿哪！

一想起书呆子那张无动于衷的脸，她便心塞。

罢了罢了，落花有意流水无情，与其在一棵树上吊死，她还不如去看看别的树杈。她好歹有个乡君的头衔，姿色也不差，还怕招不到赘婿不成？

唐不离握拳安慰自己，一个鲤鱼打挺起身，片刻后，又颓然地栽入被褥中……她还是心塞、没劲。

她浑浑噩噩地过了半日后，听侍从笑着禀告：“乡君，小周大人来了。”

唐不离倏地从椅上站起，见到那道清俊的身影跨进门后，又慢慢坐了回去，抱臂哼哧道：“你来做什么？”

“周某回府思索许久，昨日乡君所问……”

“打住！”唐不离抬手制止他继续说下去，恼羞成怒地道，“你昨日拒绝一次已是够了，本乡君并非死缠烂打之人，你不必登门再羞辱我一次。”

周蕴卿闻言，眸中掠过一丝讶异之色。

“我何时拒绝了？”他问。

一见他这副理直气壮的样子，唐不离便压不住心火，色厉内荏地道：“你沉默不语，不就是回绝的意思吗？装什么无辜？”

周蕴卿没有辩解，只是将手中的卷轴打开，哗啦啦地平铺在案几上。

那卷轴足有四五尺长，上面密密麻麻地写满了字，唐不离本不想理他，又实在好奇，便斜眼看着卷轴道：“什么鬼东西？”

“婚书及协议。”周蕴卿简洁地道，“我并非不愿，只是不善言辞，不如写下来。”

唐不离的心脏倏地一跳，盛气凌人的气势也弱了下来，她吭哧道：“所以你昨天晚上就在写这个东西？”

“是。”周蕴卿道，“结亲并非儿戏，需约法三章。”

唐不离心道：什么呀？不相信我就别成亲，还整什么协议……这么长的卷轴，这么多的字，这哪是约法三章？起码约法三百章了吧！

“拿来我看看！”唐不离踱过去，俯身看着卷轴上的小字，念道，“夫周蕴卿，妻唐不离……”

才念了两行，唐不离便脸颊发热。她瞪他道：“八字没一撇，谁是你的妻？”

她跳过前几行字，从正文开始念：“婚前男赠女嫁妆不少于万贯，婚后无论何种理由，皆不可收回；婚前女之家产，为女方独有，婚后无论何种理由，男皆不可挪用；婚后男若有不妥失仪之处，女可训导，男不得反驳；婚后当相敬如宾，男不允和离纳妾，如若执意违犯，净身出户……”

唐不离从头看到尾，又从尾看到头，发现有些不对劲。

“这协议上，为何只约束了男方？”

“成婚这种事，本就是女方吃亏。”周蕴卿顿了顿，继而道，“何况，我已得到了想要的东西。”

最后一句话，他咬字极轻，唐不离并未听见，仍捧着协议研究，狐疑道：“这东西，不会是你拿来哄人的吧？”

天下哪有掉馅饼的事？哪有男人毫不图利，愿将家产私财乃至话语权全交给妻子掌控的？

“此卷有公章，受律法庇护，自然不会作假。”

“你还找府衙公证了？公章在哪儿？”

对于钻研律法、铁面无私的小周大人来说，做一份诚意满满的结亲协议当作聘礼，并非难事。

他向前一步，从唐不离身后伸指，点了点卷轴末尾的红章：“这里。”

他的臂膀从唐不离身旁掠过，清朗的嗓音落在她耳侧，她顿时耳根一麻，忙臊得起身道：“好了好了，我相信你了。”

周蕴卿直身颔首：“若无异议，请乡君签字。”

两人的名字并排落在卷轴末尾。按上鲜红指印的一瞬，唐不离仿若觉得自己在做梦。

“所以，我们就算定亲了？”她喃喃道。

“理论上是，不过三书六礼，断不会少。”

周蕴卿看了许久，方极为珍视地卷起卷轴，而后双手将卷轴递给唐不离：“结发为夫妻，还请乡君多多照拂。”

唐不离接过卷轴抛了抛，得意地道：“看你表现，你若待本乡君不好，本乡君可是能让你净身出户的！”

“当然。”周蕴卿垂眸，遮住了眼底轻浅的涟漪。

若唐不离此时抬眼，就该看到冷若冰山的小周大人眼底，有着怎样明朗的笑意。

番外五 春睡

从冷宫里归来，虞灵犀便有些心神不定。她总会不经意间想起宁殷儿时那些骇人的经历……越想，她越是心疼。

“在想什么？”宁殷的声音冷不防地从她身后传来，打断了她的思绪。

虞灵犀回身一瞧，只见年轻的新帝不知何时进了门，正撑在榻沿上看她。

虞灵犀立刻绽开笑颜，往榻里挪了挪，匀出一半的位置来，道：“下朝了？”

宁殷踢了靴子侧躺着，有一下没一下地捻着虞灵犀的鬓发，淡淡地“嗯”了声。

北境燕国屡犯卫朝，大战在即，国库紧张，重重的压力落在刚登基的宁殷肩上，每日朝会的气氛都极其紧绷。

虞灵犀抚了抚宁殷发青的眼睑，温声道：“睡会儿吧，我陪你。”

抚弄她发丝的手下移，臂上一紧，宁殷将她捞入怀中禁锢，不安分地在她细软的腰窝上捏了捏，这才慢慢合上眼。

暮春时节，石榴花热烈地嵌在窗棂画景中，殿中兽炉飘香，烟雾袅袅。

虞灵犀小心地抬眸，看着眉头轻皱的宁殷，于心中轻叹。

她忍不住思绪飘飞：若是自己能再早几年遇见宁殷就好了。至少这样，小疯子就不会活得那般孤独辛苦……

虞灵犀浑浑噩噩地想着，眼皮渐沉。她打了个哈欠，在宁殷怀中寻了个舒服的角度睡去。

…………

“醒醒，快醒醒！”有人用力地推了推虞灵犀的肩。

她茫然地睁眼，只见朦胧的阳光倾泻，头顶满树白玉兰随风飘落，盖了她满身。

她心想：咦，这是哪儿？我不是与宁殷在寝殿小憩吗，为何会出现在这处陌生的花圃石凳上？

而后她发觉出不对——她身上穿的并不是往常那身精美大气的织金凤袍，而是一件宫女服饰。

怎么回事？难道我还在梦里？她正想着，一张有着雀斑的圆脸遮住了花景，那人皱眉道：“你可算醒了！赵嬷嬷罚你去给朝露宫送食，你却躲在这儿偷懒。”

虞灵犀听到“朝露宫”三字，心头微紧。她下意识地道：“那不是冷宫吗？”

圆脸宫女撇撇嘴，将一个半旧的食盒放在虞灵犀面前：“若不是冷宫，还轮不到你去伺候呢。”

“伺候？”

可朝露宫里，早就无人居住了呀！

反应过来什么，虞灵犀面色微凝。她问道：“今年是哪一年？”

圆脸宫女有些讶异：“你睡糊涂了？眼下是天昭四年四月十六，我们入宫的第二年。”

“……”

虞灵犀没想到自己竟然梦回十二年前，成了尚食局的一名小宫女。

池水中倒映出一张十二三岁的少女的脸庞，这与她本来的相貌有七分相似。目之所及，宫墙殿宇都像蒙着一层轻纱似的，这里宛若缥缈幻境。

虞灵犀掐了自己一把，没觉得疼。她果然是在梦中。

可即便是浮生一梦，她也会毫不犹豫地奔向宁殷。

圆脸宫女仍在絮叨，虞灵犀握拳起身，提起食盒道：“我这就去送。”

“哎，等等。”圆脸宫女拉住虞灵犀，将一个用油纸包裹着的热乎物件塞到她的掌心，四顾一番道，“这是司膳娘子赏我的御品豆糕，你拿着在路上吃。还有，我听闻丽妃有疯症，你……你千万小心些。”

这倒是个嘴硬心软之人。

虞灵犀将豆糕揣入怀中，感激一笑：“多谢。”

说罢她颔首作别，往朝露宫行去。

虞灵犀循着记忆穿过那片葳蕤的海棠花苑，阴冷的冷宫宫殿矗立在她眼前。虞灵犀深吸一口气，提着食盒迈上青苔密布的石阶。

看守冷宫的内侍打着哈欠起身，拦下她道：“把盒子拿过来瞧瞧！”

说罢，他夺过虞灵犀的食盒，打开一看——里头只有两碗隔夜的冷饭和三碟小菜。

两名内侍面露嫌弃之色，将唯一的一碟荤菜拿了出来，将剩下的残羹冷炙塞回虞灵犀怀中道：“进去吧。”

虞灵犀站着没动。

“这是皇上赏给丽妃娘娘和七皇子殿下的膳食。”虞灵犀盯着内侍手里的酱肉碟子，一字一句清晰地道，“这肉不是谁都能吞下的，当心硌坏了二位的牙。”

虞灵犀搬出了皇帝的名号，两名内侍纵使有天大的胆子，也不敢克扣皇帝御赐的东西。

他们觑着脸将酱肉丢回食盒中，斥道：“滚吧滚吧！”

虞灵犀被推入朝露宫中，阴风穿堂而过，掉漆的宫门在他身后重重关上，她打了个冷战，穿过前庭朝主殿而去。

冷宫并不似十二年后那般荒芜，打扫得还算干净，只是过于死气沉沉，明明是暮春时节，这里却透着彻骨的寒意。

主殿昏暗，唯一的亮色便是从窗外倾泻进去的三尺冷光，窗边案几后，坐着一个披发的着素衣宫裳的女子。

她背对着虞灵犀坐在那抹冷光中，即便虞灵犀看不清她的正脸，从她窈窕无双的背影中也不难猜出，这是怎样一个绝世美人。

可惜她美则美矣，却没有半分活气，若非那单薄的双肩尚在微微颤动，虞灵犀险些以为在那光束下坐着的是个精致的木偶美人。

虞灵犀刚要进殿门，便被一名宫女拦住。

“把东西给我。”宫女穿着过时的旧衣裳，蹲身将那冷饭和小菜夹出些许，盛在一个缺了口的旧碗中。

虞灵犀一开始有些不解，但很快就明白宫女为何要换木碗盛饭了。

殿中哐当一声脆响，木碗被打翻，饭菜汤水洒了一地，昏暗中传来女人崩溃的哭声：“我不吃！你们休想害我！出去！”

幸而那是木碗，若摔在地上的是瓷碗，尖利的碎片定然会伤到人。

虞灵犀叹了声，将木碗拾起擦拭干净，重新装了一碗饭菜搁在案几上。只是如此一来，留给宁殷的吃食便不多了。

想起宁殷，虞灵犀四顾一番，按捺住焦急的情绪，问道：“七皇子殿下呢？”

宫女草草收拾完地上的饭菜，木然地道：“谁知道呢？”

趁着宫女忙着收拾的空当，虞灵犀提着剩下的那点吃食出了殿门，四处转悠了一番，都没有瞧见宁殷的身影。

冷宫一共就这么点大，他能在什么地方呢？

想起什么，虞灵犀心下咯噔，朝着落锁的耳房跑去。

她跑得气喘吁吁，急切地去解门扉上缠了几圈的锁链。没有钥匙，她索性后退两步，提起裙角用尽全部力气踹去。

哐啷一声，年久破败的门扉彻底报废，扬起一地尘灰。

冷光倾泻，照亮蜷缩在角落的小少年。他微微眯眼，抬起苍白的脸来——那是宁殷，不及十岁的宁殷。

现实中的自己比宁殷小上好几岁，这是第一次，她以年长者的视角俯视年幼的宁殷。

四目相对，虞灵犀率先红了眼眶。她撑着膝盖笑道：“找到你了。”

那笑容干净纯粹，像是跨越沧海桑田而来的星月，柔柔地驱散了耳房四周的黑暗。

宁殷只是看着她，那双漆黑的眼睛里写满了冷漠，他似是在无声质问她是谁。

“我是新来的，负责给殿下和丽妃娘娘送膳食。”

虞灵犀跨入这逼仄的空间，抬手拂去旧案几上的灰尘，将剩下的吃食摆了上去。

剩饭与冷菜只有巴掌多了，想了想，虞灵犀将那圆脸宫女送她的豆糕取了出来，小心翼翼地打开油纸，将豆糕捧到宁殷面前道：“这个给你，趁热吃。”

豆糕一直被她揣在怀中，还带着她微热的体温。

宁殷冷漠地看着散发出香甜气息的豆糕，许久后，伸出瘦削的手指。

这处阴冷无比，他仅穿着单薄的一件衣裳，指节凉得像冰。心下一酸，虞灵犀忙解下身上的围裙披在宁殷身上。

围裙布料不多，但聊胜于无。

宁殷瘦削的身子微微一顿，随即，他垂下眼，将豆糕大口大口地送入嘴中。

他吃得很快，但并不会发出难听的咀嚼声，安静得令人心疼。

兴许是吃得太急，他扭过头猛地咳了起来，咳得眼角红了一片。

虞灵犀匆忙起身倒水，却发现这小黑屋里竟是连一滴水都没有。

她焦急地跑出耳房，寻了一圈，才在偏殿找到半壶浑浊的冷茶。

宁殷一把拽过茶壶，如涸辙之鲋般捧着茶大口大口地吞咽起来。

“别急，慢点喝。”茶水自宁殷的嘴角淌下，虞灵犀半跪在地上，不住地用袖子擦拭宁殷的嘴角。

宁殷的袖管下滑，露出了前臂上几道红肿交错的鞭痕。

才压下去的酸涩之意又漫上了鼻根，她眼眶一热。

那日在朝露宫，听宁殷用云淡风轻的语调忆及童年，她已是揪心无比，如今亲眼所见，方知真相比宁殷所诉说的那些更为残忍。

堂堂七皇子就蜷缩在这间小小的黑屋里待了不知几个日夜，没有吃食、没有水喝，满身伤痕无人问津……

没有遇见她的那些年，宁殷到底过的是怎样的生活啊？

她伸手去触碰宁殷臂上的伤，几乎用尽全身力气，才不至于让声音颤抖：“疼吗？”

宁殷顺着她的视线往下看，漠然地道："习惯了。"

他不是不疼，而是习惯了。

虞灵犀咬了咬唇，用力撕下干净的衣袖内衬，给宁殷破皮流血的伤处包扎。

他身上，她看得见的地方已是如此，看不见的地方还不知是怎样触目惊心的惨状呢。

"你在哭。"宁殷略显稚嫩的嗓音响起，里头没有一点波澜。

虞灵犀抹了抹眼睛，将那点泪水攥在掌心，低声道："我心疼殿下。"

宁殷抬手拭去唇上的茶渍，似是好奇又似是嘲弄地问："为什么？"

他的眼睛黑漆漆的，没有光亮，与夜色一样浓重。

"没有为什么，就是……心好疼。"她心疼到想给他一个拥抱，想带他远走高飞，哪怕……这只是一个梦。

宁殷没再说话，默默地吃着残羹冷炙。他饿极了，又在长身体，肚子就像个填不饱的无底洞。

"宁……殿下。"虞灵犀托着腮，眼睛一眨不眨地看着她，"我们出去走走吧。"

"不能出去。"

"我们就在庭院里，不走远，侍卫不会阻拦的。"

宁殷咽下饭粒，抬起眼来，古井无波地道："那个女人会生气。"

"那个女人"是他的生母，丽妃。

虞灵犀握了握手指，柔声道："殿下需要晒晒太阳。"

他的皮肤实在太苍白了，他像是在阴暗中生长的幼苗，没有丁点这个年纪的孩子应有的活力。

宁殷点点头，刚欲起身，便听主殿里传来一声尖锐的瓷瓶碎裂声。

继而丽妃声嘶力竭地咒骂道："那个小杂种在哪里？都是他，都是他害的！"

宁殷身子一僵。

丽妃的声音很好听，里头却带着难以消弭的怨毒之意："如果不是他出风头，皇帝怎么会想起他这个儿子，来此留宿？我又怎会受这般屈辱？他就是个会给人带来厄运的灾星，他的身体里流着肮脏的血！早知如此……早知如此，我当初就不该将他生下来！”

宁殷整个人仿若被利刃刺中般失了反应。

不满十岁的宁殷还没有练就六亲不认的狠毒心肠，只能抿紧泛白的嘴唇，将头抵在蜷起的腿上，用颤抖的手指虚虚拢住耳朵，仿佛如此便能隔绝那声音。虞灵犀倾身向前，替他捂住了耳朵。

世界一下安静下来，他小小的身躯渐渐不再颤抖。

“没事了，殿下。”虞灵犀低声安抚他，像是安抚一片簌簌欲落的叶片，“没事了。”

远处，丽妃的谩骂变成了幽怨的哭诉，她喃喃地叫着一个人的名字，接着被心惊胆战的宫婢捂住嘴，只能发出含混的呜呜声。

虞灵犀知道，她在唤她死去的前夫。

到最后，丽妃没再呜咽，宁殷终于恢复了平静，他的眸子如幽潭般乌黑。

受伤的小兽保持着绝对的戒心，一恢复过来，便立刻挥开虞灵犀替他捂耳的手，将头扭向一边。

许久后，稚嫩的嗓音响起：“她恨我。”

这毫无波澜的沙哑声音，听得人揪心。

“别在意丽妃娘娘的话。”虞灵犀望着他蜷缩在阴影中的小小身子，认真地补充道，“会有人喜欢殿下的，很喜欢很喜欢。”

宁殷转头看她，眼里写满了怀疑之色。

“你为何对我这么好？图什么？”他摆着少年老成的冷漠面孔，质问道。

虞灵犀抿了抿唇，笑道：“如果我说，我与殿下有缘呢？”

宁殷笑了声，那稚嫩的笑声回荡在逼仄的黑屋中，似在讥诮。

“那你真是不幸，和我这样的人扯上关系。”半晌后，他止住笑容，将下颌抵在屈起的腿上看她。

“你叫什么名字？”宁殷问。

虞灵犀几乎不假思索地答道：“岁岁。岁岁常安宁。”

“岁岁……”宁殷品味着这个名字，漆黑的眸子在黑暗中显得格外亮。

他像是猎食的幼兽，看了虞灵犀许久，忽而道：“我把岁岁锁在这间黑屋里吧。”

“啊？”虞灵犀一时没有转过弯来。

“锁在这儿，不让任何人知道。反正宫里失踪一两个宫女，也不会有人在意。”宁殷轻轻地道，“只要有我的一口吃食，我便不会少岁岁一口吃的。这样，就有人能陪着我，与我说说话了。”

虞灵犀怔住。果然，宁殷从儿时开始便有几分疯劲了。

“你在害怕吗？”宁殷眨了眨眼，露出一个稚嫩无害的笑来，“姐姐若是可怜我，便可怜到底吧。”

虞灵犀笑了起来。她一笑，宁殷反而不笑了。他像是在研究什么新奇物件般，眼睛一眨不眨地看着她。

“若我真能留下来陪陪你，就好了。”虞灵犀道，“若我能早几年遇见你，就好了。”

忽然，半掩着的木门被人推开，守门的内侍瞪着虞灵犀叱道：“寻了半天不见，原来你躲这儿来了！这是你能待的地方吗？

“把她拉出去！”

空间扭曲，内侍的脸渐渐变得模糊，虞灵犀猜想，自己大概要从梦中醒来了。

心中一慌，她看着角落里孤寂的小孩儿，拉住他的手道：“宁殷，小心皇后！她诱你们母子出宫是个陷阱，别相信任何人！”

内侍撸袖冲上来，将虞灵犀与宁殷分离。

掌心的温意消失的那一刻，宁殷有些慌乱。他下意识地伸长手去抓，却只抓到一抹冷光。

虞灵犀被内侍扛在肩头，仍在手打脚踢。她拚尽全力朝黑屋里的人喊道：“你要好好活着！活到他们都敬你怕你的那一天，活到我们相见的那一天！记住我的名字，我叫虞灵犀，虞美人的虞，心有灵犀的灵犀！

“宁殷！不管重来多少次，我都会找到你的——”

掌心一空，宁殷蓦地睁眼醒来。

案几上，兽炉中的香烟袅袅升起，他仍处在皇宫的寝殿中，而非儿时的那间黑暗的密室里。

于他怀中浅眠的人也跟着惊醒，急促地低呼道：“宁殷！”

宁殷垂眸，抬起虞灵犀的下颌道：“我在。”

睁眼仔细端详着宁殷俊美成熟的脸庞，虞灵犀总算舒了一口气：“吓死我了……”

“做噩梦了？”宁殷手往下，捏了捏她的腰肢。

回想起梦中所见之事，虞灵犀摇了摇头：“说不出，就是……心疼得慌。”

“嗯？”

“我此生唯一的憾事，便是与你相遇得太晚了。”

宁殷微顿，沉默着替她揉了揉心口。

“方才，我也做了个梦。”他露出一副春睡慵懒之态，咂舌回味道，“不过，那是个美梦。”

他梦见自己小时候，最无助之时，一个做宫女打扮的岁岁一脚踢开了黑屋的大门，气喘吁吁地对他笑。

她说：“找到你了。”

明亮的光涌入屋内，刺痛了他的眼眸。

梦里的岁岁，也还是那般温柔可亲，仿佛她只要遇见他，便能拿出无限的赤诚爱意来。

“岁岁。”

“嗯？”

“你要永远陪着我，若是哪天你不在了，”宁殷俯身轻笑，低声道，“我是会死的。”

虞灵犀抬眼看他，认认真真地看他，感受着他全部的爱与执念。

“我会永远陪着你的。”虞灵犀轻轻回答，“碧落黄泉，生生世世。”

宁殷笑得恣肆餍足，像是得到了一颗心念已久的美味糖果。他侧首吻了吻虞灵犀的眼睫。

生生世世的未来，足以填补他伤痕累累的过往。

番外六 剑穗

月影西斜，洞房中红烛高照。

满堂红绸鲜艳，烛火摇曳，这越发衬得常年习武的虞焕臣器宇轩昂。他解了婚袍搭在屏风上，挽袖行至盥洗架前濯脸。苏莞踟蹰地起身，体贴地给他递了条手巾。

虞焕臣顿了会儿，接过帕子道："多谢。"

苏莞下意识地道："不必谢。"

虞焕臣不太自然地别过头，拭去满脸的水珠，苏莞绞着袖子站在一旁。

新婚初夜，两人之间弥漫着生疏的气氛，他们说什么都显得突兀刻意。

最终虞焕臣打破沉默，声音低沉地道："操持婚宴太过疲惫，你忙了一天，早些歇息。"

他的嗓音清朗好听，苏莞红了脸颊，轻轻"嗯"了声，转身去梳妆台前拆卸饰物发髻。

待仔细收拾妥当，她才磨磨蹭蹭地来到榻沿。

虞焕臣已闭目躺在了喜床的里边，让出了外边的一半床榻。苏莞抿唇，一声不吭地脱了绣鞋，蜷缩着腿上榻，与虞焕臣并排仰躺着。寂静的夜里，她只听得见自己心脏的怦怦跳动声。

她忐忑地等了会儿，英俊年轻的丈夫始终闭目仰躺着，呼吸绵长。他似是已经睡着。

他似乎……并没有要圆房的意思。苏莞睁眼躺了会儿，脸上的燥意平息下来。

半晌后，她极轻地转过身，将手掌枕在脸颊下，借着纱灯的暖光打量丈夫的容颜。

苏莞第一次如此近距离地打量虞焕臣的模样，只觉得他硬朗英俊，比少年时多了几分沉稳之气。她慢慢地吐着气，仿佛只有如此才能宣泄心间的膨胀暖意。

罢了，能嫁给心仪之人，她已然心满意足。

苏莞嘴角上弯，直至困意袭来，她才恋恋不舍地闭上眼眸。

察觉到身边之人睡着，虞焕臣睁开眼，抬手按了按僵硬的脖子——装睡这事，太难了。

没法子，他独自睡了二十年，枕边突然多了一个娇滴滴的妻子，还真有些不习惯。何况，他也是今日才有幸瞧见妻子的容貌。虽说他揭开盖头看见妻子后，觉得妻子有那么点让人惊艳，可她也不过是个刚与他认识的人。理智上，他认同她是他过门的妻子，然而却无法贸然与她亲近。

如此就与妻子行周公之礼，未免太唐突了，他做不出来。

枕边的苏莞对他的凝视一无所知，正睡得香甜，卷翘的睫毛轻轻盖住了那双过于圆润的大眼睛，花瓣唇天生微弯，此时的她显得安静又乖巧。

“跟小孩儿似的。”虞焕臣嘀咕了声，小心翼翼地撑着床沿，探身去灭案几上刺目的烛火。

谁料虞焕臣刚吹灭烛火，熟睡的苏莞便翻了个身，一脚蹬在了他身上。

虞焕臣维持探身的姿势本就艰难，猝不及防地被她一踹，整个人顿时失了平衡，朝下一扑。

他立刻屈肘撑在苏莞耳侧，在离她的鼻尖只有寸许时将将停住，屏住了呼吸。

绣着戏水鸳鸯的红纱床幔轻轻晃动，黑暗中，她轻柔的呼吸如羽毛般拂在他的脸上，他鼻端满是诱人的女儿香。

虞焕臣僵了片刻，方惊醒般直身，翻身躺回床榻里侧。

好险！他扭头看了一眼身旁睡姿逐渐变得豪放的大家闺秀，不禁往里挪了挪。

“看上去文文静静的姑娘，睡起觉来比虞辛夷还不省心。”虞焕臣轻舒一口气，抬臂遮住了眉眼。

苏莞翻身滚至床下的一瞬，蓦地一惊。意识尚在梦境中，手已下意识地寻找攀附物，她一把抓住了身旁温热硬实的物件。

臂上一紧，虞焕臣猛然睁眼，便见苏莞紧紧抱着他的手臂，半截身子已经坠到了床下，整个人呈现出一种将醒未醒的茫然无措之态。

虞焕臣没多想，反抓住苏莞纤细的腕子一拉，轻而易举将她提溜上榻。他问道：“没事吧？”

苏莞坐在榻上，半晌后，眼底的睡意才彻底消散。接着，她红着脸颊飞速摇头。

“真没事？”虞焕臣不放心，毕竟方才她坠床时发出的咕咚声响，他听得清清楚楚。

苏莞依旧摇头，侧身拉住毯子一盖，蒙住头。

虞焕臣愣了好一会儿，方反应过来苏莞是有些羞愤难堪。

这有何不好意思的？他儿时也曾摔下床过，一路滚到了案几下才醒来。

虞焕臣伸手，顿了半晌，才轻轻拍了拍毯子下那团微微颤动的“轮廓”，忍着笑道：“你这样，我没法下榻。”他要是从妻子身上跨过去也太失礼了，不合适。

毯子下的“人形轮廓”蜷起身子，听话地朝上边缩了缩。

虞焕臣失笑，从她让出的位置下榻，取下木架上的衣裳穿上。

开门关门的声音响起，直至确定虞焕臣已经出去了，苏莞才从薄毯下探出脑袋来。

啊，真是太丢脸了！在苏府时她一个人睡大床，且有值夜的侍婢守着，她倒忘了自己睡觉不老实了。

啊，真是太丢脸了！那般丑态，夫君定会耻笑我吧？苏莞正浑浑噩噩地乱猜着，门再次开了，是她从苏府带过来的贴身侍婢端着清水和药瓶进门，来为她检查伤处了。

苏莞知晓，这定是虞焕臣授意的。

他担心她呢！苏莞想到这儿，眸子亮了起来，里头带着浅淡的笑意。

新婚第二夜，虞焕臣依旧没有与苏莞圆房。

只是夜里就寝时，年轻的男人自觉地睡到了床榻外侧，将里侧的大片位置留给了妻子。

自此，苏莞再未滚下过床榻。

苏莞有很多秘密，譬如她一点也不似表面那般乖巧守礼。

她藏着许多不正经的话本折子戏，也曾偷饮酒水至酩酊大醉，但若说她最大的秘密，便是她多年前见过虞焕臣。

十二岁那年，她随爹娘入宫赴宴，见到十六岁的虞小将军于御前献武，对他一见倾心。

她记得那日阳光明媚，意气风发的少年翻腾于剑光之间，宛若惊鸿游龙般，在她心间落地生根。

爹娘看出她的心意，用了两年的时间与虞府接洽，才促成这门婚事。

在虞焕臣看来，苏莞只是一个猝然闯入他人生中的女子，而在苏莞看来，虞焕臣是她藏在心底多年的爱。

她很知足。

两人婚后一个月不曾圆房，虞夫人十分担心。

某日，这个温柔的妇人悄悄将儿媳拉至一旁，旁敲侧击道："莞儿，焕臣待你可好？"

苏莞颔首笑道："夫君待我很好！"她说的是实话，虞焕臣虽然话不多，却是个有担当的人，素日十分照顾她，比她家里的两个哥哥还要体贴可靠。不只虞焕臣，公婆与岁岁，还有辛夷，他们都待她极好。

"傻孩子。"虞夫人道，"他光白天待你好还不够，须得夜里也疼你。"

苏莞怔了怔，明白虞夫人话里的意思后，不由得红了耳郭。

虞焕臣每年会定期与虞将军去校场操练手下士兵，忙起来时，会连着十天半月待在军营，无暇归府。

苏莞想了想，亲手备了消暑的凉汤和点心，前去几十里地外的军营探望丈夫。

夏末烈日当空，虞焕臣闻讯出来，一眼就望见了漫漫黄土中费力提着硕大食盒的妻子。

他加快步伐，来不及等侍卫挪开路障，撑着栅栏一跃而出，接过妻子手中的食盒道："天气炎热，你怎么来这儿了？"

"来看看夫君。"苏莞拿出熏香帕子，踮起脚仔细地替虞焕臣擦了擦脸颊上的汗，夸赞道，"夫君好厉害！这食盒我两只手都拎不动呢。"

苏莞的嘴很甜，她夸他箭术好、夸他字迹漂亮，就连他帮她提一下食盒，她也会软绵绵地夸上一句："夫君好厉害！"

饶是虞焕臣再装老成，也被她夸得飘飘然起来。他不太自然地揉了揉鼻尖，道："知道东西沉，以后这种活便使唤侍从干。"

"原是该仆从提的，可我怕里头的东西被磕坏。"苏莞小声说，"我做了许久呢。"

嘴角弯了弯，虞焕臣不动声色地挪步，让妻子走到营道里侧，走在相对凉爽的树荫下。

军营里黄沙弥漫，整齐的操练声响彻云霄。

虞焕臣推开了自己的房舍门，将食盒搁在案几上，道："你在此处休息，前方是军营重地，便是将军家属也不得入内。"

苏莞乖巧地点点头，好奇地打量着这间简朴的房舍。

"夫君就住在此处吗？"苏莞问。

虞焕臣"嗯"了声，欲盖弥彰地将被团成一团的脏衣服踢至床下，唯恐妻子表现出厌恶之色来……其实，他平时也没这般不修边幅，只是军中忙起来不分白天黑夜，他来不及收拾，房间这才有些许杂乱。

"居陋室却能统领千军，夫君好生厉害！"苏莞睁大猫儿眼，由衷地赞许道。

虞焕臣心中的那点忐忑情绪瞬间消失，他舒服极了。

"母亲昨日来了信，问……"虞焕臣饮尽凉汤，靠着椅背低声道，"问我俩圆房那事。"

苏莞规规矩矩地坐着，闻言抬起头来，忙不迭地摆手道："不是我说的！”

若是夫君误以为她向虞夫人告了状，那可就糟糕了！

“我知道不是你。”虞焕臣难得有几分局促，抬起手，用手背抵了抵鼻尖，扭头道，“所以这事，你怎么想的啊？”

“我？”苏莞微微侧首，不太明白他此言何意。

“就是圆……算了。”虞焕臣不知为何放弃了与她谈论这个话题，将空碗搁在案几上，起身揉了揉她的发顶。

还是别急吧。虞少将军冲着凉水澡，心想。

日落时分，虞焕臣送妻子上马车归府。

两人出了校场，过了路障。天边烧云如火，残阳金红，小夫妻俩的影子被拉得老长老长。

苏莞的脸颊像是染上了胭脂般，浮现出诱人的红色。

“热？”虞焕臣皱了皱眉，低头看着身量娇小的妻子，“脸这么红。”

炎热的天，军营里气闷，他就不该让她受累前来的。

苏莞停了脚步，低着头，虞焕臣跟着她停了下来。从他的角度看，他只能看到妻子卷翘的眼睫和绯红的耳尖。

她应是有话要说，然而深吸一口气抬头，用水汪汪的大眼睛看了他半晌，却只支吾着吐出一句：“我……我看夫君的床榻好硬，可要我给你带两床褥子来？”

虞焕臣一愣。她只是在纠结这个？

虞焕臣到底是血气方刚的年轻人，妻子一提“床榻”，他便想起了两人迟迟没能圆房一事，竟也红了耳郭。

“不必。”虞焕臣下意识地道，“行军床虽硬，却不会因贪睡而贻误时机，我身为将领，更须以身作则。”

苏莞有些心不在焉，小声“哦”了声。

虞焕臣望着她如蝶翅般轻颤的眼睫，扭头轻咳一声，改了话题：“阿莞做的绿豆糕，很好吃。”

他第一次唤她“阿莞”，第一次主动夸她做的糕点好吃，苏莞一时忘了自己要说什么，抬眼的那瞬时，笑容已绽开在她的嘴角：“真的？”

虞焕臣郑重地颔首。

苏莞轻快地道：“那我下次做了，再给夫君送来。”

天还未黑，她眼里就落了星子的碎光，虞焕臣看得心痒痒，忍不住伸手道：“下次，我回府吃。”

成亲月余，小夫妻俩依旧没能圆房。

但这日黄昏，他用温暖的手指轻轻捏过她的脸颊，唤她“阿莞”。

回府的马车上，苏莞双手捧着被虞焕臣轻碰过的脸颊，含着笑，出神了许久。

从苏家跟过来的贴身侍婢见状，便知她已忘了此行的目的。

“少夫人脸皮太薄了，默默付出了这么多年，也不敢当面表白心意。人心都是肉长的，奴婢不信，若是少将军知晓您喜欢他这么多年，还能无动于衷。”说着，侍婢撸起袖子道，“咱这就回营，您说不出口的事，奴婢与他说！”

“别！”苏莞匆忙拉出婢子，小声道，“演武点兵乃关乎国运的大事，万不可让他分神。”

侍婢只得作罢，抱不平道：“不过少将军也太过分了，哪有这样晾着新妇一两个月不碰的？”

“也不是……全然没碰……”苏莞摸了摸自己的脸颊，那里仿佛还残留着男人轻捏过后的热度。她光是回想那须臾的亲近，心就仿佛要扑通跳出喉咙。

不过侍婢的话倒是点醒了她。她虽暗自喜欢了虞焕臣四年，却因害羞，从未为赢得虞焕臣的回应而努力过什么，就连婚事，也是她爹娘出面为她争取而来的。

有时候，她真的很羡慕岁岁的通透勇敢。

再过不久便是七夕节，苏莞亲手打了一条剑穗，打算送给虞焕臣表明心意。

这一次，她不愿再畏缩沉默。

七夕，清平乡君做东于望仙桥燃灯祈福。

万千纸灯飘飞，在黛蓝的夜空中烫出一条璀璨的光河。虞灵犀带走了卫七，特意给兄嫂留出独处的空间。

苏莞攥着袖中的剑穗，鼓足勇气将虞焕臣唤到一旁，然而一望向虞焕臣，她那情怯的毛病就又犯了——脑中一片空白，先前背得滚瓜烂熟的腹稿她一个字也说不出来。

虞焕臣等了一会儿，见她满脸通红的模样，便笑了声，俯身主动道：“楼下的油酥泡螺乃京中一绝，吃吗？”

苏莞只好顺阶而下，挫败地点点头。两人下楼时，刚巧一群年轻男女上楼，苏莞被挤去一旁，正不知所措之际，一只手伸来，稳稳地牵住了她。

苏莞顺着那只骨节分明的大手往上望去，看到了虞焕臣的脸。

她的夫君像是人潮之中稳固的磐石，将她护在身后，为她开辟出一条安全的道路来。

那一瞬，有什么力量冲破了桎梏，冲击着苏莞的灵魂。

“夫君，这……这个……”她停了脚步，摊开微颤的手，将一条漂亮的黛蓝色剑穗捧至虞焕臣面前。

虞焕臣看着连耳根都通红的妻子，很快反应过来：“给我的？”

苏莞用力且认真地点了点头。

“啊，多谢。”虞焕臣的聪明劲像是突然被冻结了，他像毛头小子般手忙脚乱地接过穗子，看了许久才笑道，“很好看，费了不少心思吧？可惜我没有准备回礼……”

“我心悦于你。”苏莞突然抬头，用紧张到颤抖的细小嗓音坚定地道，“从四年前见你御前献武开始，我便喜欢你了。”

她的声音很轻，可虞焕臣听见了，听得一清二楚。

霎时间，火星仿若蹦入他的心田，猝不及防地在他胸中烧出一片燎原的热意来。川流不息的街道成了绚丽模糊的背景，他满目都只有苏莞那双楚楚动人的眼睛。

“四年前……”他想：御前献武？好像是有那回事。原来那时候，她也在席上吗？

“是。”苏莞绞着手指，一鼓作气道，“四年间，我给夫君折过开春的第一枝花，送过中秋的月团，但每一次，我都没勇气当面见你……”

虞焕臣忽然想起来，似乎的确是从四年前开始，他偶尔出门，会有不知名的稚童递给他一样东西，然后转头就跑，有时是一枝带露水的花，有时是各色吃食，上面没有署名，也没有拜帖。

虞家政敌颇多，虞焕臣不吃来历不明的东西，那些花束吃食，大都被他顺手扔在了角落……原来，那是苏莞的心意吗？

“我是一个胆怯无能之人，只敢躲在角落远远看上你一眼，就连婚事，也是向爹娘求来的。可是我……我……”苏莞“我”了半天，也不知该如何说下去。

她的确喜欢了虞焕臣多年，可那又如何？当年她那些不明不白的幼稚示好，在他看来只会是困扰吧？

“喜欢一个人四年，定然很辛苦吧？”虞焕臣安静地听着，然后轻轻打断了她磕磕巴巴且带着哭腔的话语。

苏莞惊异地抬头。她雾蒙蒙的视野中，是虞焕臣那张俊朗而绯红的脸。

他弯腰与她平视，用拇指轻轻蹭去她眼尾的湿痕，笑着说：“承阿莞喜欢多年，我很幸运，今后由我……”

他习惯性地清了清嗓子，才红着耳郭继续道：“今后由我喜欢你，好不好？”

苏莞的心仿佛瞬间炸裂，热血涌上她的脸颊。等她回过神来时，她脸上已有两行湿痕。

虞焕臣一下就慌了，凑近她道：“怎么哭了？我说得不好？我不会说情话，反正是那么个意思……”

苏莞摇了摇头，绽开一个带泪的笑，低头撞入他的怀中：“我是开心。”

虞焕臣后退半步站稳，有些无措。抬起的双臂顿了顿，而后被他轻轻放下、收拢——他揽住了怀中妻子纤细的腰。

“这么开心？”他弯了弯嘴角，红着耳朵问，“油酥泡螺还吃不吃？”

“吃！”他怀中的人用力点了点头。

街边的行人陆续走过，朝这对相拥的璧人投来善意的目光。

簇新的黛蓝色剑穗挂在了他的剑柄上，于风中微微晃荡。

亥时。

苏莞沐浴更衣归来，便见虞焕臣坐在床榻上，在认真地翻看一本线装书。

苏莞走近了才发现那线装书有些眼熟，封面上用醒目的字眼写着“邪王追妻记”几字。那是她带过来的那些不正经话本之一。

苏莞骇得低呼一声，忙扑过去捂住虞焕臣手里的书道：“不要看！”

虞焕臣见她反应这般大，惊了惊，解释道：“我想找一本兵书，不料翻出了这个，就顺手看了几页……”

见苏莞收拾书本的手都在抖，脸红得几乎要冒出热气，虞焕臣无措地道：“我不知是你的，抱歉。”

苏莞按住了被凌乱叠好的书本，深吸一口气道：“夫君定然对我很失望吧？”

“阿莞何出此言？”

“我身为名门闺秀，却在看这种不正经的书。”苏莞羞得音都变了，索性破罐破摔，“我还偷喝酒，醉了就满嘴胡话，睡觉也不老实，一点仪态也无……”

她从来没有表面上那般乖巧听话。她若是嫁在规矩森严的世家大族，这番行事，是要跪祠堂示众的。

虞焕臣看着紧张不已的妻子，故意道：“是有点失望。”

苏莞用书捂住脸，发出了“果然如此”的呜呜声。

“有好看的书、好喝的酒，阿莞却私藏起来不与为夫共享，终归还是与为夫有些生分，难道为夫不该伤心失望？”虞焕臣抽出了她用来遮面的书，看着她露出的嫣红湿润的眼睛，笑道，“下次别藏了，我们一起看。”

苏莞眨眨眼，又眨眨眼：“夫君不生气？”

虞焕臣沉默了半晌，问：“书里的这个郁王为何对他的爱妾这般坏？”

“也不是坏，他只是经历了太多人性的黑暗面，变得脾气古怪、不通情理，不知该如何表达对爱妾的喜爱。”一说到话本，苏莞来了兴致，抹了抹眼睛凑过去，与虞焕臣共看一卷道，“后来爱妾死了，他才明白自己的感情，悔得吐了好大一口血呢。”

虞焕臣还未看到那儿去，猝不及防被透露了后续的重要剧情。

两人挨得极近，肩抵着肩，虞焕臣眼前的字渐渐变得模糊，唯有身侧柔软的女儿香无比清晰。

视线从书卷上移开，虞焕臣侧首望着妻子娇嫩的侧颜，托着下颌问：“是悲剧？”

“也没有，后来爱妾又活过来啦。”苏莞软声催促他翻页，迫不及待地给他看最精彩的部分，“可是爱妾经历了失望，只想远离郁王过普通人的生活，郁王便放下身段讨好她……两人经历了重重磨难，才破镜重圆。”

这一段最好看，苏莞还为此悄悄哭了好几次。

虞焕臣皱了皱眉：“郁王心狠手辣，冒天下之大不韪，按理当诛，这还能破镜重圆？”

“夫君不懂，越是位高权重的人放下身段，悔不当初地讨好一个曾被他忽视的女子，将他曾施予女子身上的伤痛百倍奉还于自身，直至他脱胎换骨、专情专一，才叫人心里爽快呢。”苏莞道，“这大概就像……就像将一条六亲不认的狼，驯化成一只听话的犬。”

她脱口而出的话惊世骇俗，虞焕臣不懂，但大为震撼。

“原来阿莞喜欢这样的男子？”他咳了声，干巴巴地道。

“没有没有，我只喜欢夫君呀！”才降下去的慌乱感又倏地涌上心头，苏莞忙合拢那本《邪王追妻记》，换了本内容温和些的话本拿在手上，转移话题道，“这个也好看。”

虞焕臣瞄了一眼，这话本的名字倒正常些了，上面写着“青梅录”三字。

“讲的什么？”他问。

苏莞言简意赅地道：“说一位女子喜欢一个书生多年，两人历经困难终成眷侣之事。”

这样的故事千篇一律，无非是书生前来借宿，与府中小姐一见钟情，但小姐爹娘嫌弃书生出身寒微便棒打鸳鸯，最终书生科举高中，娶小姐为妻的故事。

虞焕臣挑着看了几页，而后直接翻到临近尾声的部分。这是小姐在破庙里送书生赶考的离别情节，虞焕臣所见的便是小姐宽衣解带，与书生纠缠到一块的描写，先是“情海恨天”了三页纸，继而又“颠鸾倒凤”了数百字，用词绮丽缠绵、艳而不俗，令人咋舌。

这本书苏莞还未来得及看完，不知后续情节如何，正侧首看得认真，忽见虞焕臣啪的一声合拢了书。

“怎么了？”苏莞眨眨眼。

小姐约书生于破庙相见，后面如何她还未来得及看呢。

“没什么。”虞焕臣喉咙有些发紧。

“他们送别，脱衣服做什么？”

“圆房。”

“……”

“……”

良久地沉默后，苏莞轻轻“哦”了声。

烛影跳跃，空气似变得燥热起来。

静谧中，虞焕臣搁在榻沿的手动了动，他似乎想去触碰苏莞的指尖。

苏莞却忽地抬头解释道：“我……我不曾看他们圆房。”

她虽喜爱看话本，却也不是那等沉湎于淫词艳曲的俗人。

虞焕臣不太自在地将伸到一半的手蜷了起来，握成拳，搁回了榻沿。

“我们，还未圆房。”虞焕臣耳根微红地道。

苏莞低低地“嗯”了声。她知道夫君其实不喜欢她这样的大家闺秀——有些叛逆的假大家闺秀。她撑起大方的笑来，刚想说“夫君不愿圆房也无碍”，便觉得手上一紧。

虞焕臣到底握住了她的手，扭头看着她道：“所以，我们可要试试？”

见苏莞怔住，虞焕臣紧着嗓子低声问：“不愿？”

苏莞眨眨眼，飞快地摇首：“不是、不是。”

声音也变得紧起来，她红着脸颊细声道：“我有学过，我知道怎……怎么圆。”

虞焕臣被她逗笑了，凑过来问：“从话本里学的？”

“才不是。”两人鼻尖对着鼻尖，苏莞屏住了呼吸道，“婚前……阿娘会教。”

但是她也只是似懂非懂。

“我没学。”

虞焕臣先前对这门亲事没期待，所以婚前教导课他都逃了。

他道：“烦请阿莞多教教我。”

这番话，苏莞听得面红耳赤。

她鼓起勇气，撑着身子前倾，飞快地在虞焕臣的脸颊上一啄。

虞焕臣感受到柔软湿润的触感，腹间一紧。

他深吸一口气定神，问道：“然后呢？”

“要脱衣裳。”苏莞回忆步骤。

“要灭灯吗？”虞焕臣哑声问。

“啊？”苏莞拿不定主意。没人教她要不要灭灯。

虞焕臣的脸却是先一步红了。他像要掩饰什么般起身，吹灭了案几上的纱灯。

房内骤然变暗，苏莞有些不适应，睁着眼睛摸黑道：“夫君？”

“我在这里。”他的声音从她的头顶上方传来。

苏莞触及一片炽热硬实的胸膛，顿时被烫得指尖一缩。

“你不是学过吗？”虞焕臣含混地说着，借着黑暗的掩饰，握住了她的指尖。

“去榻上？”他问。

苏莞点点头。

自那以后，两人便没有再发一言。单薄的秋衫解得磕磕绊绊，窸窣声中，两人宛如打了一场硬仗般长舒一声。

他们的嘴唇像是两片磁石，自动贴在一块，光是轻轻碰一碰，便足以让人战栗。

呼吸变得热起来，等了片刻，虞焕臣便着急了，问她：“为何不动了？”

苏莞答不上来。纸上谈兵与实战全然不同，她不知该如何继续。

“我来。”虞焕臣抚了抚她潮湿的眼睫，极尽忍耐地道。

过了许久，房中安静了下来。

清晨，苏莞满床滚着，被一双手臂及时捞入怀中。

昨晚的记忆争相复苏，苏莞倏地睁开了眼，缩入被褥中。

臂上有两道清晰抓痕的虞焕臣将苏莞从被褥中翻了出来。

“难受吗？”他嗓音低哑地问。

苏莞眨眨眼，红了脸颊。

虞焕臣也红了耳尖。

两人相视而笑。

没有缘由，他们只是看着对方，便觉得心中快乐无比。

“早，阿莞。”

“早呀，夫君。”

蜜里调油的一日，又开始了。

事事皆如意
岁岁常安宁